ブリジャートン家短編集1

レディ・ホイッスルダウンの贈り物

The Further Observations of Lady Whistledown

Julia Quinn ◆ Suzanne Enoch ◆ Karen Hawkinss ◆ Mia Ryan

ジュリア・クイン
スーザン・イーノック
カレン・ホーキンス
ミア・ライアン
村山美雪　訳

Raspberry Books

The Further Observations of Lady Whistledown
by
Julia Quinn, Suzanne Enoch, Karen Hawkins, Mia Ryan

『筆者ですら、この冬これほど立てつづけに結婚が決まるとは予想できなかった。このぶんでは、九カ月後にはまた洗礼式が相次ぐことになるのだろうか……』

一八一四年二月〈レディ・ホイッスルダウンの社交界新聞〉より

親愛なる読者のみなさま

数年前、わたしはのちに *The Duke and I*（邦題『恋のたくらみは公爵と』）として刊行されることとなる本を書くにあたって、レディ・ホイッスルダウンという架空のゴシップ新聞記者を生みだし、この女性のコラムを各章の冒頭に抜粋することにしました。じつを言えば、レディ・ホイッスルダウンに成り代わって書いているときほど執筆を楽しめたことはこれまでありません。辛らつで、へそ曲がりで、洞察力が鋭く、ときには情の深さも見せる女性です。*Romancing Mister Bridgerton*（邦題『恋心だけ秘密にして』）での活躍を最後に〝引退〟させたときには、喪失感を覚えました。

でも、ひとつ扉が閉じれば、また新たな扉が開きます。レディ・ホイッスルダウンを〝語り手〟としたアンソロジーを出してはどうかとの提案を受けたのです。もちろん、わたしはすぐにその提案に乗りましたが、正直なところ、当初はどのような物語にするのか決めていたわけではありませんでした。この本に収められた四つの短篇小説はさりげなく交錯しています。たとえば、スーザン・イーノックの物語のヒロインはスケート・パーティでわたしの物語のヒロインを倒してしまいますし、ミア・ライアンの物語の主人公ふたりは、カレン・ホーキンスの物語の登場人物が開いた舞踏会で口論に及びます。わたしはレディ・ホイッスルダウンのコラムの執筆者として、四篇すべての登場人物たちの目や髪の色など細かな点まで把握しなければなりませんでした。容易ではありませんでしたが、ほんとうに楽しかった。

スーザン・イーノック、カレン・ホーキンス、ミア・ライアンとともに、本書をみなさまにお届けできることはこのうえない喜びです。一八一四年初めのロンドンもまた話題にあふれ、レディ・ホイッスルダウンの筆も相変わらず冴えています。

お楽しみください！

ジュリア・クイン

ブリジャートン家 短編集1

レディ・ホイッスルダウンの贈り物

主な登場人物

アン・ビショップ……………………………………ダヴェン伯爵令嬢。

マクシミリアン・トレント………………………ハルファースト侯爵。アンの婚約者。

デズモンド・ハワード……………………………ハワード子爵。

エリザベス（ライザ）・プリチャード………上流階級の令嬢。

ロイス・ペンバリー…………………………………上流階級の紳士。

マーガレット（メグ）・シェルボーン………ロイスの妹。バレンタインデー舞踏会の主催者。

ダンロップ・ダラム…………………………………ライザの花婿候補。

キャロライン（リニー）・スターリング……先代ダーリントン侯爵令嬢。

テランス・グレイソン（デア）…………………第四代ダーリントン侯爵。

ジョージアナ・スターリング……………………リニーの母。

ロナルド・スチュワート（スチュー）………テランスの親友。

スザンナ・バリスター………………………………良家の令嬢。シェルボーン家の親類。

デイヴィッド・マン-フォームズビー……………レンミンスター伯爵。

クライヴ・スノウ-マン-フォームズビー……デイヴィッドの弟。

ハリエット・スノウ-マン-フォームズビー……クライヴの妻。

モアランド子爵………………………………………スケート・パーティの主催者。

レディ・ホイッスルダウン…………………………社交界新聞の記者。

たったひとつの真実の愛

スーザン・イーノック

わが曾祖父母、ヴィヴィアン・Hとゼルマ・ホイットロックの思い出に。

テキサス州西部のカウボーイと牧羊場の娘の思いも寄らないロマンスは、半世紀以上も続いたのである。

1

『レディ・アン・ビショップが、社交界のほかの人々と同じく、きびしい寒さと曇天を存分に楽しもうとばかりに街へ戻ってきた。ロンドンは観測史上、例を見ない寒波に見舞われ、なんと、広大なテムズ川すら凍結している有様だ。いまこそ世の夫たちは、「テムズ川でも凍ったら、この浮かれた頭をすげかえる」、あるいは痛風を認めるだの、妻の賢明な助言に耳を傾けるなどと言いわけして――この箇所には読者のみなさまのお好きなように台詞を挿入されたし――棚上げにしてきた仕事に取り組むべきときではなかろうか。

　されど、みっともなく鼻が赤らみがちな寒さにもかかわらず、貴族たちは目新しさゆえか、どうやらこの天候を楽しんでいるらしい。前述のレディ・アン・ビショップは、あろうことか許婚（いいなずけ）ではないサー・ロイス・ペンバリーとともに雪のなかで寝転がっているところを目撃された。

　この一件が、レディ・アン誕生の際に将来の花婿と定められたハルファースト侯爵の耳に入れば、さすがにヨークシャーの家を発（た）ち、ロンドンへ婚約者との対面に駆けつけるに違いない。

それとも、この御仁は目下の暮らしに満足しているのであろうか？　なにしろ、すべての殿方が妻を求めているとはかぎらない』

一八一四年一月二十四日付〈レディ・ホイッスルダウンの社交界新聞〉より

レディ・アン・ビショップは、書状をカードゲーム用のテーブルに並べた。「さてと」微笑んで言う。「これで三通すべてを読みあげたわ。みなさんのご意見は？」

「ミスター・スペングルのお手紙がいちばん熱心に思えるわ」テレサ・デプリスが感想を述べ、くだんの書状を指でそっと撫でて、くすりと笑った。「〝心〟という言葉を四回も使っているもの」

「それに〝燃えるような〟という形容詞が二回」アンは笑った。「しかも、とても達筆よ。ポーリーン、あなたはどう思う？」

「達筆かどうかなんて気にしてもいないんでしょう、アン」ポーリーン・ハミルトン嬢が言い、しとやかに鼻で笑う。「あなたがハワード子爵と劇場へ出かけるつもりなのはわかりきっているのだから、わたしたちの前で、お気の毒な男性たちの恋文をひけらかすのはやめてほしいわ」

「あら、どれも恋文などではないわ」アンは苦笑して、ハワード子爵の書状を手前に引き寄せた。たしかに、デズモンド・ハワードは自分の知る男性たちのなかで最も機知の働く人物だが、恋する相手としてはどうだろう？　とても考えられない。

「だとしたら、そこにあるものをなんて呼べばいいの？　〝あなたをとっても好きな人たちからのお手紙〟とでも？」

アンはややむっとして、書状をもとのように並べた。「軽いお遊びだもの。誰も、真剣に考えてやしないわ」

「どうして？　あなたには、生後三日で婚約したお相手がいるから？」ポーリーンは顔をしかめて食いさがった。「わたしには、あなたが男性たちの好意を軽く考えすぎているように思える」

「ポーリーン、急に倫理学者みたいなことを言いだすのね」アンは言って、書状をひとつにまとめてきちんと揃えた。「わたしは求婚されているわけではないし、何も悪いことをしているとは思わないわ」

「それに」テレサが言い添えて、ふたりのやりとりに加わった。「アニーがハルファースト侯爵から最後にお手紙を受けとったのはいつのこと？」

「一度もきてない！」友人ふたりは声を揃えて答えると、くすくす笑いだした。

アンは内心ではちっとも可笑しいことではないと思いつつ、一緒に笑った。おとぎ話のなかでは、婚約者は相手の女性のために魔女と戦い、襲いかかってくる竜を叩きのめす。それに比べれば、手紙を一通したためるくらい、たとえヨークシャーくんだりに住んでいようと、しごく簡単なことであるはずなのに。

「そのとおりよ」アンは仕方なく言った。「十九年間、一文どころかひと言も書いてくれていない。だから、わたしと婚約中の羊飼いさんについてはべつに知りたいとは思わない」そう言って身を乗りだした。「わたしの居場所は正確にご存じなのよ。ロンドンからできるかぎり離れて暮らしていたいのなら、こちらの知ったことではないわ」

テレサがため息をついた。「ということは、あなたは一生結婚しないの?」

アンは友人の手を軽く叩いた。「父が閣僚であるおかげで、わたしは毎月自由に使えるお金を与えられているし、一年のほとんどをロンドンで暮らしているわ。しかも、これ以上には望めないくらいすばらしい友人たちがいて、真冬だというのに、ひとつの催しに少なくとも三通ずつのお誘い状が届いてる。これを完璧な暮らしと言わずに、なんと呼べばいいの?」

ポーリーンが首を振った。「そうは言っても、羊飼いの侯爵様のほうはどうなるの?　老いて死ぬまでヨークシャーにいるおつもりなのかしら?　あちらが結婚する気になられたら、あなたは断われないのよね?」

アンは身ぶるいした。ポーリーン・ハミルトン嬢はいつも他人の進む道に落とし穴を探して楽しんでいるようなふしがある。「あちらがどうされようと、かまいはしないわ」

「羊の毛を刈っているときに誤って命を落としてしまうかもしれないものね」テレサが憶測を働かせた。

「あら、わたしはハルファースト侯爵に災難が降りかかるのを望んではいないわ」アンはすぐさま否定した。もし婚約者がこの世を去りでもしたら、ほかにも花婿を探したほうがいいのではないかとうるさくせつきはじめた母をとめる唯一の盾を失うことになる。こうして侯爵から連絡がないのを好きなだけ嘆いてはいられても、婚約者の同意なしにほかの男性との結婚話を進めるのが道徳に反することであるのは間違いないのだから。「あの方にはいまいるところで、お元気でいてもらいたいわ――ここから遠く離れた場所で」

「そうねえ」テレサが考え込んで言う。「いまはそう言っていられても――」

客間のドアが大きな音を立てて開いた。「アン、すぐに来て！」母が慌てた声で言った。

レディ・ダヴェンの顔は蒼白で、アンはとっさに父に何かあったのだろうかと考えずにはいられなかった。「お母様、いったいどうなさったの？」すばやく立ちあがって訊いた。

「あの方よ！」伯爵夫人はほかのふたりの婦人にはちらりとも目をくれずに続けた。「あら、あなた、どうしてそんな服を着ているの？　買ったばかりの青いドレスはどうしたの？」

「お母様、いったいなんの話をしてるの？」アンは強い調子で訊き、友人たちにさっと目顔で詫びてから、つかつかと母に歩み寄った。「あの方ってどなた？　お父様のこと？」

「違うわ、あの方よ。ハルファースト侯爵」

息がつかえて言葉をなくしたアンに代わって、テレサとポーリーンが驚きの声をあげた。

「なんですって？」

「何をもたもたしているの」母は口早に言い、娘の腕をつかんで、廊下に連れだした。

「だけど――いったい何しに来られたの？」頭のなかで様々な疑問が先を争っていたが、そのひと言だけはどうにか道をゆずられて、上擦った声で押しだされた。

母はいらだった目を向けた。「知るわけないでしょう。あなたに面会を求めているわ。気の毒にランバートは面食らってしまっていたけれど、せめても居間に通す程度の分別は働いたのね」

婚約者が居間にいる。羊飼いのハルファースト侯爵が。両親に決められた婚約者ながら、生まれてから十九年間一度も会っていない、おそらくは小太りで禿げていて汚らしく背の低い、悪臭のする羊飼いだ。「気絶しそうだわ」つぶやいた。

「気絶する必要はないわ。いずれにしろ、これは起こるべくして起こったことなのだから。ひょっとしたら、あの方は、あなたとの婚約を完全に破棄するためにいらしたのかもしれないわ」

アンはわずかに明るさを取り戻した。「そう思う？」いまいましい侯爵がロンドンに乗り込んできたとあっては、誰かほかに花婿を探せと母にせっつかれるのもあながち悪くないと思えてくる。

母娘は閉じた居間のドアの前で足をとめた。「そうに違いないわ」母が鼻息荒くささやいた。「お行儀よく振るまうのよ」勢いよくドアを開き、娘をぐいと押しだした。

「お行儀――」アンが言い終わらないうちに、背後でドアがばたんと閉まった。

婚約者は暖炉の前に立って手を温めていた。しばしのあいだ、アンはその横顔を黙って見つめた。禿げてはいないし、背も低くはなく、黒い上着がぴたりと合った身体を見るかぎり太ってもいないようだ。ふと、昔ながらの優雅な貴族らしい容姿だと思った。「あなたが、ハルファースト？」思わず口走り、顔を赤らめた。

かすかに空気がそよぎ、男性が向きなおった。片方の目には黒々とした髪の濡れたひと房がかかっているが、もう片方の暗灰色の瞳が息苦しくさせるほどこちらをじっと見ている。「そうです」低い声でさらりと答え、面白がっているのか、いらだっているのか、表情からは読みとれなかった。「レディ・アンですね」

不細工でもない。アンは見定めてふうと息をつき、はっとわれに返って、遅ればせながら膝を曲げてお辞儀をした。「ハルファースト侯爵、どうして……どうしてロンドンに？」

「雪遊び」侯爵はなおも淡々とした調子で言った。

「雪――どういうことかしら？」

侯爵がポケットに手を入れて、小さく折りたたんだ新聞らしきものを取りだした。灰色の瞳で射貫くように目を見据え、ゆっくりと歩いてきて、その紙を差しだした。「雪遊び」

アンは侯爵の手に触れないように気をつけてその紙を受けとった。ばかげた考えかもしれないけれど、手に触れれば、これは現実なのだと認めざるをえなくなると思ったからだ。右手の人差し指にはめられた大きなルビーの印章付きの指輪が炉火に照らされてきらめき、現実離れした薄暗い雰囲気をいっそうきわだたせている。アンは無表情な細い顔をちらりと見やってから、すり切れた羊皮紙を広げた。そして、立ちすくんだ。「まあ。わたしは……こんな……レディ・ホイッスルダウンはいつものように恐ろしく大げさに書いたのですわ」

「なるほど」ハルファースト侯爵はぼそりと言った。表情と同じ穏やかな声がアンの背筋をぞくりとさせた。「つまり、サー・ロイス・ペンバリーと雪のなかで転げまわっていたわけではないのですね？」

侯爵の姿を見たときの動揺は徐々に鎮まってきた。たしかに長身で、筋肉質で逞しく、詩人が泣いて喜びそうな引き締まった端整な顔をしているが、アンには容姿以上に気になる点があった。なによりもまず、態度がぶしつけだ。目をしばたたき、そのギリシア神のように整った顔から視線をそらした。

装いも、アンがこれまで見聞きしてきたロンドンの一般的な上流紳士のものとは違っていた。上着は高級な仕立てとはいえ、ゆうに六年は昔の型だ。濃い色の鹿革のズボンも最近ではあまり見かけないものだし、ぬかるみや雪に埋もれたら見わけのつきそうもない頑丈なブーツを履いている。

「わたしは転げまわってなどいませんわ、ハルファースト侯爵。サー・ロイスが雪のなかに転んだので、助け起こそうとして、わたしもバランスを崩してしまったんです」

侯爵は眉を上げた。「それで、雪のなかに寝転がっていたと？」

アンは咳払いしたい衝動をこらえた。そもそも、母親にさえ、これほどしつこく問いただされたことはないし、このような口調で尋ねるのはあきらかに礼儀を欠いている。「そのようですわね」

侯爵の口もとがぴくりと引き攣った。「しじゅう、このようなことをされているわけではないのですね？」

アンは眉をひそめた。この人はいま噴きだしかけたのではないだろうか？　「そういったことを問われる前に、まずはせめて朝のご挨拶をさせていただきたかったですわ、ハルファースト侯爵」

「この三日間、雪と氷とぬかるみの上を走る馬車のなかで、ぼくの婚約者はいったいなぜ結婚する相手でもない男と」侯爵はアンの手から新聞の切抜きを取りあげた。「つきあっているのだろうと考えていたので、常識はずれな態度になってしまったのでしょう」

ハルファースト侯爵、マクシミリアン・トレントは目を狭めた。婚約者はおそらく自分の訪問に驚くだろうとは思っていたが、まさか徹底的に反論してこようとは予想外のことだった。目の前に立つ女性は若く細身で、両手をきつくひとつに握りしめ、豊かな黒みがかった髪を高く結い、相手が自分にどのような期待を抱いていようと気にかけているふうもない。マクシミリアンはそんなそぶりに興味をそそられた。

ヨークシャーを離れるのはあまり気が進まなかったものの、来るのが遅すぎたのは認めざるをえなかった。レディ・ホイッスルダウンの社交界新聞は、ふたつの点を腹立たしいほど明確に示していた。ひとつは、アンのほうから尋ねて来ることはありえないので、みずからロンドンへ花嫁を娶りに出向かなければならないということ。ふたつ目は、仮に匿名のコラムニストの憶測にすぎないとしても、同じ貴族の人々に男の気概を問われているとするならば、いつまでもロンドンを避けてばかりはいられないということだ。そしてついに、自分が二十六歳になるまで十九年間、婚約者でありつづけた女性を目の前にして最初に思ったのは、もっと早く来るべきだったということだ。

「サー・ロイスとはおつきあいしていませんわ。友人です」

「もと友人だ」マクシミリアンは正した。これがふたりの初めての会話であるのを考えれば、このように断言できたのは自分でも驚きだった。

アンが睨みつけてきて、先ほどまでその深緑色の瞳に浮かんでいた好奇心は消えていた。

「あなたにそんなことをおっしゃる権利は――」

「それはそうと」マクシミリアンは遮って言った。「せっかくお伺いしたのですから」ゆっくりと踏みだした。「お父上はどちらに？」

アンは眉根を寄せた。「摂政皇太子のところですわ。なぜ？」

「できるだけ早く話を詰めるのに越したことはない。きみにこれ以上雪遊びをさせないためにも、話が決まりしだいここを発とう」

アンは侯爵が踏みだしたのと同じくらいゆっくりとあとずさった。「発つ？　発つって、どちらへ？」

「ハルファーストへ。この時期は長く家を空けたくないのです」

アンは足をとめ、厚手の薄紫色のドレスの皺を伸ばした。「お話はそれだけ？　十九年間も音沙汰なしに突然現われて、文句を言い、結婚するから荒野へ発つぞだなんて」

「ヨークシャーは荒野などではありません」マクシミリアンはやんわり言い返して、懐中時計を取りだした。正午前に発てば、悪天候のうえ花嫁を連れているので速度を落として走らなければならないとしても、週末にはハルファーストに着けるだろう。唇をすぼめ、あらためてアンに見入った。目の前に立っている花嫁となる婦人との旅であれば、何度か休憩を取るのはやむをえまいが——それがまた楽しみでもある。

「いやよ」アンはきっぱりと言い放った。

マクシミリアンは懐中時計から目を上げた。「なんだって？」

恥じらっているのかと思ったのだが、アンは肩をいからせて、つんと顎を上げている。

「いやと言ったのよ」

マクシミリアンはぱちんと懐中時計を閉じた。「それは聞こえた。だから、それはどういう意味なのか教えてくれないか？」

「意味ははっきりしているのではないかしら、ハルファースト侯爵。わたしはロンドンを離れてあなたとヨークシャーへ行くつもりはないということ。それにだいたい——」

「こちらで結婚したいというのか？　だとすれば、おそらく結婚特別許可証を取るのにさして手間はかからない」気持ちはわからなくもない。ロンドンで育った女性なのだから、こちらで結婚したいというのなら反対する理由はない。

「最後まで言わせて」アンはふるえがちな美しい声で続けた。「ヨークシャーに行くつもりはまったくないわ。あなたと結婚するくらいなら、死んだほうがましよ」

マクシミリアンは信じられない思いで歯を食いしばった。「きみは拒むことはできない。レディ・アン、これはきみに決められることではないんだ」怒りに駆られて言い返した。

「きみのご両親が――」

「たぶん、わたしの両親は、娘が不幸な結婚をする姿は見たくないという点をうっかりあなたに言い忘れていたのね。なにしろ相手の男性は見たこともなければ、さらに言うなら、十九年間、手紙はおろか伝言も、紙切れ一枚連絡をよこさなかったような人なのだから」

マクシミリアンは眉を上げ、この女性は自身と相手のどちらを納得させようとしているのだろうかと首をひねった。「きみは――」

「第一、わたしはあなたの人柄を何も知らないのよ」アンは続けた。「どんな状況であれ、知らない人にロンドンから連れだされたくはないわ」

「そういうことは事前にぼくに知らせるべきだったのではないかな」七つも年下のこの婦人に、結婚の条件を指図されるつもりはない。これまで手紙を書かなかったくらいで、このように格別に魅力的な女性を手放してなるものか。

「あなたが事前にご自分のことを伝える努力をしてくださっていれば、わたしも結婚を拒みはしなかったかもしれないわ」

この女性の主張は通りようがない。家同士で二十年近く前から取り決められている婚約を娘に放棄されては、親のほうが恥をさらし、ばつの悪い思いを味わうことになる。そのうえ、じつのところマクシミリアンはアンの父親と書簡を交わしてきたので、ダヴェン伯爵夫妻がこの結婚に乗り気であるのもじゅうぶん承知していた。口を開こうとして、やはりつぐんだ。彼女が事実をまだ知らないだけで、自分はもうこの女性を手に入れたも同然なのだ。たとえどのような言葉を継いだとしても、疲れているうえ体が濡れていてこう寒くては、機嫌よくとはいかないだろうし、相手を納得させる物言いはできそうにない。これから夫婦になるふたりの関係をさらに悪化させてはなんの意味もない。

マクシミリアンは、しばしアンをじっと見つめた。頬が上気し、速い呼吸で胸を上下させながら、厚手の薄紫色のスカートをきつくつかんでいる――怒鳴りつけても何も進展は望めない。だが少しでも成果がほしかった。戦わずして何かを勝ちとっても、まるで面白みがない。

この悪天候が続けば帰路はさらに進みづらくなるだろうと憂うつな考えが最後にちらりとよぎったが、うなずいた。「たぶん、きみが正しいんだ」

「たぶ――ええ、そうよ、わたしが正しいのよ」アンは言葉を返して、あきらかにほっとした様子で表情をやわらげた。

おお、なんと愛らしいのだろう。このような女性であるとは予想していなかった。思いも寄らなかった。「ということは、お詫びしなければいけない」

アンはふたたび眉根を寄せたが、すぐにもとの表情に戻った。「その必要はないわ」

「つまり、さっさとヨークシャーに帰れというのかい？」今度はおどけたふうに尋ねた。自分も予想外の相手に驚いているが、レディ・アンのほうはこちらの突然の訪問になおさらとまどっているに違いなかった。

「長く家を空けられないと言ってらしたでしょう」

「ああ、言った。だがまずは、よろしければ今夜――」よれよれのゴシップ新聞を裏に返す。「ドルリー・レーン王立劇場へ『ヴェニスの商人』を観に出かけませんか」アンに視線を戻した。「エドマンド・キーンがシャイロックを演じているらしい」

「ええ、そうなのよ」アンは瞳をエメラルド色に輝かせて微笑んだ。「すばらしい演技だと言われているわ。実際――」言いよどみ、頬を染めた。

「実際、なんだい？」マクシミリアンは問いかけた。

「なんでもないわ」

「よし。では、今夜七時に迎えに来よう」触れたほうがいいように感じて、さらに一歩ゆっくりと踏みだした。アンの手首に触れ、ドレスの布地から引き離した。

その手を持ち上げ、指関節に口づけると、アンが驚いたような声を小さく漏らした。カールした濃い睫毛の下からじっと見上げられ、マクシミリアンの体に熱いものがじわりとめぐった。

「では今夜」と言いつつ、その場でできることをついあれこれ頭に思い浮かべてから、手を放した。

返事を待たずに大股で廊下に出て、その先の玄関広間へ進み、帽子とケープ付きの厚手の外套を手に取った。夜までにやらねばならないことがいろいろある。古めかしい時代遅れの装いに目を凝らしている執事の表情を見ずとも、そのうちのどれを最も優先すべきかはあきらかだった。

数時間前にロンドンの街に着いたときには、レディ・アンを連れてすぐさまヨークシャーに戻ることしかほとんど頭になかった。それが実際に対面したいまでは、少しばかり交際期間を楽しむのも悪くないという気がしていた。

2

『おのれの影響力を誇示するつもりはないが、一週間前の本コラムが、ほかならぬハルファースト侯爵、マクシミリアン・トレントをつい先頃ロンドン入りさせた直接のきっかけになったと噂されている。高潔な侯爵どのはどうやら婚約者に、サー・ロイス・ペンバリーとのはめをはずした雪遊びについて苦言を呈したものと思われる。

さほどの激しいやりとりはなかったにせよ、侯爵がレディ・アンにあからさまにつきまとっているとささやかれている。ご参考までに、土曜の晩の、ドルリー・レーン劇場での出来事を……』

一八一四年一月三十一日付〈レディ・ホイッスルダウンの社交界新聞〉より

「求婚を断わっただなんて」

アンは、侍女のデイジーが困惑のため息をつきつつ髪結いを仕上げようとしているにもかかわらず、部屋のなかを歩きつづけていた。「お母様も話を聞いていればよかったんだわ。『すべての楽しみをあきらめて、いますぐ荒野の真っ只中について来い』だなんて」

「そんなことはおっしゃってないでしょう」

「そう言ったも同然よ」

レディ・ダヴェンはベッドに坐り、歩きまわりながら支度を整えてもらっている娘を見て、首を振った。「そんなことはどうでもいいわ。あなたは拒めないのよ。お互いの父親同士が取り決めた――」

「だったら、お父様があの方と結婚すればいいでしょう！　わたしは一度だって、ヨークシャーの田舎に嫁がせてほしいと頼んだ憶えはないわ！」

「きのうまでは、快く（こころよ）ハルファーストへ嫁ぐつもりでいたわよね」

きのうまでは、婚約者が実際に現われるとは考えてもいなかった。アンはしかめ面でしぶしぶ腰をおろし、デイジーに仕上げのピンをいくつか留めさせた。「あの方を好きになれないのよ。それでは理由にならないの？」

「まだお会いしたばかりだわ。それに、容姿については文句のつけようがないのではないかしら」

対面して最もとまどったのはその点だった。美男子だったのだ――想像していたよりはるかに。「ええ、顔立ちは好ましいと言えるでしょうね」あいまいに答えた。「でも、あの服を見た？　信じられないくらい古臭いんだから！　それに意地悪なのよ。あんなふうでどうして求婚を承諾してもらえると思えるのかしら？」

母はため息をついた。「おそらく、あなたとの対面に緊張されていたのよ」

「何かに緊張するような人ではないわ」アンはつぶやいた。

「初対面の印象がどうであれ、もう一度会ってみるのよ、アン。あの方に情緒不安定といったところでもないかぎり、婚約は成立しているわ。お父様の名誉がかかっているのだから」

「今夜、劇場へ付き添ってくださるそうよ」アンは眉をひそめた。「ほとんど強引に約束させられたようなものだけど」

「それならよかった。あなたのお父様もわたしも、今夜の報告を楽しみにしているわ」レディ・ダヴェンは衣擦れの音をさせて立ちあがり、すたすたと部屋を出ていった。

「よかったじゃないわ」アンは閉じたドアに向かってこぼした。「わたしは指図されるのは嫌いなんだから。それも、時代遅れの服を着た羊飼いからなら、なおさらに」でも、目だけはすてきだった。と考えて、慌ててかぶりを振った。「あの人の連れと思われるのはやっぱりいや。みんなに笑われてしまうわ」

「お嬢様?」

「デイジー、ランバートに、ハワード子爵がいらしたら、わたしに、いいえ、わたしにだけこっそり知らせるように伝えておいて」

「でも――」

「お願い、言うとおりにして。ヨークシャーに閉じ込められて一生を送るなんていやなの」

侍女が階下へ駆けおりていき、アンは椅子の背にもたれてイヤリングをいじった。娘がまだ今夜ハワード子爵のほうと劇場へ行く約束を断わっていないと知ったら、母はかんしゃくを起こすだろう。どうしてこんなふうに反抗的な行動を取っているのか、自分でもよくわからない——少なくとも、ハルファースト侯爵があのようにいかにも我が物顔で現われて、礼儀も気にせず、こちらの気持ちや状況をまったく考えてもいないそぶりでなかったなら、こんなことはしていなかっただろう。

誰かがドアをそっと擦るような音がした。「どうぞ」アンは呼びかけて、すっと腰を上げた。

デイジーがひそやかに部屋に入ってきた。「お嬢様、ハワード子爵が到着されました。奥様は客間におられるようです！」

アンはふるえる息を呑み込んだ。「わかったわ。ショールを用意して。出かけるわよ」

侍女は泣きだしそうな顔でうなずいた。「承知しました、お嬢様」

「心配しないで、デイジー。責めはわたしがすべて負うから」

「ああ、何ごともありませんように」

「つまり、牛車でいきなり乗り込んできて、きみをヨークシャーに連れ帰ろうとしたわけか」デズモンド・ハワードは従僕たちにうなずいて、アンとともにドルリー・レーン王立劇場の正面扉を通り抜け、ボックス席を持つ者だけが立ち入りを許された階段をのぼっていった。

ハルファースト侯爵にも両親にも見つからずに劇場に着き、アンは少しほっとしていた。

「ええ、突然の訪問を詫びる言葉も、朝のご挨拶もなしに」

「あの男らしいな」

アンは顎の張った子爵の顔をすばやく見やった。「ハルファースト侯爵をご存じなの？」

腕に手をかけているので、子爵が肩をすくめたのが感じとれた。「顔見知りだ。同じ時期にオックスフォード大学に在籍していた。最後にロンドンで会って以来だな」

きょうまで、婚約者がロンドンにいた時期があったとは、アンは知らなかった。「いつ頃の話？」

「七、八年前じゃないかな」

「そう。そのときも、わたしに連絡しようとは思わなかったわけね」たしかに当時こちらはまだ十二歳くらいだったとはいえ、すでに婚約はしていた。

「こちらにいたのはごく短い期間だった――たしか、先代の侯爵が亡くなったんだ」子爵は含み笑いを漏らした。「事務弁護士たちに破産寸前だと漏らされては、とてもロンドンにはいられなかったんだろう」

あら、すてき。ハルファースト侯爵は傲慢(ごうまん)なうえに貧乏だということだ。当然ながら両親からそんな話は聞かされていない。相手がいくら見目麗しい男性であれ、娘が掘っ立て小屋にでも喜んで嫁ぐと考えているとしたら、父も母も頭がどうかしている。「朗報だこと」つぶやいた。侯爵が花嫁の実家の財力をあてにしているのだとすれば、逃れるのはいっそうむずかしくなりそうだ。

ハワード子爵がふたたびくっくっと笑った。「気に病むことはないさ、アン」と声をかけた。「今夜はぼくが付いている。ロンドンの恵まれた都会からきみのような愛らしい花をあの男に奪わせはしないから、安心してくれ」

「ありがとう」感謝の気持ちを伝えて、ボックス席のカーテンを脇に引いてくれた子爵に微笑みかけた。

「どういたしまして。ぼくを信じてほしい」ハワード子爵は低い声で言うと、隣に腰をおろした。

舞台上でいつの間にかシェイクスピア劇の上演前の道化芝居が始まり、観客席がしだいにひいき客で埋まりだした頃、アンはふと一階席の騒ぎに気づいた。下に物見高い一般客の人だかりができていて、そのなかにとても見栄えのする貴族の紳士が立ち、そばに同じように上流の装いをした恥ずかしそうなそぶりのアミリア・レルトン嬢を連れている。

「レルトン嬢と一緒にいる方はどなた？」ほかのボックス席からもオペラグラスが向けられているので礼儀を咎(とが)められる心配はないだろうが、あからさまに見ないようにして尋ねた。

「ええと、ダーリントン侯爵じゃないかな」デズモンドは言い、椅子に腰を戻した。「ご婦人を一階席に連れていくとは、正気の沙汰じゃない」アンのそばに腰をずらし、隅にひっそり坐っているデイジーをちらりと見やった。「どうやらこの冬は、迷える幼獣たちが、ご婦人がた目当てにこぞって都会におりてきていると見える」

アンはにわかに侍女の存在をありがたく感じた。「寒いからかもしれないわね」と応じた。

「たしかに」子爵はさらに身を寄せた。「それで、きみは、ハルファーストとの婚約の解消を正式にご両親に申し入れたのかい？」

たわいない問いかけにしては青い瞳の輝きがあまりに熱っぽく見えて、アンはポーリーンに紳士たちの気持ちを軽く考えすぎていると指摘されたことが頭によぎった。「懸念は伝えてあるわ」慎重に答えて、いっぽうでは、どうしてこれほど用心深くなる必要があるのだろうかと思った。ハルファーストとの婚約を破棄するよう両親を説得すれば、母はただちにほかの花婿候補を探しにかかるはずだ。

「懸念というだけでは、さして急いでいないように聞こえる」子爵はそう答えて、隣のボックス席の知人に軽く頭をさげて挨拶した。

舞台の幕が上がった。「しいっ。始まるわ」アンはささやいて、今夜はエドマンド・キーンの演技を見ること以上の楽しみはないとばかりに身を乗りだした。

幕間まで押し黙って見入っていた。このように演じられるシャイロックも、これほどまで巧みな演技を見るのも初めてだった。ミスター・キーンの演技がロンドンで大きな反響を呼んでいるのもうなずける。

幕が閉じると、アンはほかの人々と同じように拍手喝采を送った。「すばらしいわ」笑顔で感嘆の声をあげた。「ミスター・キーンは――」

「――完全に役になりきっている」出入口のほうから静かな男性の声がした。「ここまでは、みごとな演技だ」

アンとデズモンドは同時に振り返り、子爵はすぐにぎこちなく立ちあがった。「ハルファースト」

侯爵は動かず、デイジーとは反対側のカーテンの端で、くつろいだ態度で後ろの壁に寄りかかっていた。侍女も驚いた顔をしているので、やはり侯爵が入ってきたことに気づかなかったのだろう。長身の姿は暗がりに包まれているが、アンにはその視線が感じとれた。

「ハワード子爵」ハルファースト侯爵はまたも穏やかな声で続けた。「きみは以前から賭け事が好きだったが――どうやら、ほかの男性の妻に手を出すのも好きらしい」

「わたしはあなたの妻じゃないわ」アンはつぶやくように言った。

侯爵は背をぴんと起こした。「だが、きみは今夜、ぼくと一緒に来ることになっていたはずだ」

「わたしは――」

「しかし、レディ・アンはぼくと来るという、賢明な判断をくだした」ハワード子爵が言葉を差し挟んだ。「というわけなので、ハルファースト、ぜひともぼくを侮辱するのはやめてもらいたい」

侯爵は一歩進みでて、シャンデリアのほのかな明かりの下に立った。アンは息を呑んだ。もう古めかしい時代遅れの服ではなく、筋肉質な身体にぴたりと合っていてあきらかに借り物ではないとわかる、暗灰色の上着とズボンを身につけている。それでもアンはなおも、その服がしまわれていたかもしれない地へ移り住もうという気持ちにはなれなかった。ただひたすら、濃い黒のベスト、白い亜麻布のシャツ、糊(のり)の利いた白い首巻(クラヴアット)、灰色のきらめく瞳を目でたどった。「あなた……変わったわ」どうにか言葉を発して顔を赤らめた。

「服装だけだ」侯爵は目を見つめたまま言葉を返した。「今朝の身なりはお気に召していただけなかったようなので」

「お引き取り願いたい」ハワード子爵が唐突に言葉を挟んだ。

アンはびくりとした。子爵がそこにいるのをほとんど忘れかけていた。デズモンドは骨格の張った端整な顔に、アンがしばしば目にしてきた自信たっぷりの表情を浮かべている。自分が優位にあるのを承知していて、その立場をここぞとばかりに利用しようとする意図が見てとれる。痛烈な反撃に出るつもりでいるのは間違いない。アンはなんとなく惜しいような気もした。立派に身なりを整えた侯爵を眺めてこの夜を過ごすのも悪くないかもしれない。

「いつまでもここにいるつもりはない」ハルファースト侯爵は明るさのない笑みをうっすら浮かべて言い返した。「この席からの眺めはひどいからな。ぼくは婚約者をもっと見晴らしのいい席へ案内するためにここに来たんだ――つまり、ぼくのボックス席へ」

「彼女はぼくといるんだぞ。その厚かましい頭でよく考えてみろ」

「ハワード子爵」アンはいさめた。

デズモンドはかまわず、長身の侯爵に一歩近づいた。「ロンドンから長く離れていたせいで、礼儀をすっかり忘れてしまったのか？　消えうせろ」

侯爵は動じずに肩をすくめた。「礼儀を忘れていたなら、すぐにもきみを階段の下へ引きずっていって通りに放りだし、二度とぼくとレディ・アンのあいだに割り込めないよう殴り倒していただろう。ところが実際はこうして、ぼくのボックス席へ来てくれるよう婚約者に頼んでいる。精一杯礼儀を尽くしているつもりなんだが」アンに視線を移した。「そう思わないか？」

子爵の顔が紅潮した。「おまえ……誰に……そんな口を――」

「口ごもる必要はないぞ、ハワード」侯爵は続けた。「言いたいことがあるのなら、さっさと言え。そうしないと、ただわめいているようにしか聞こえない」手を差しだした。「さて、お嬢様、このあとの舞台については遮るもののない眺めをお約束します」

アンは呆然とした。機知に富むハワード子爵が舌戦で、それも一方的にやり込められた姿は見たことがない。しかも、侯爵はこの劇場にはほかに誰もいないかのような目つきで自分を見ていて……。「行きたくないと言ったら？」どうにかふたたび頭を働かせて訊いた。自分は取引される品物ではない。それとも、その程度の存在だというの？

「ならば、ハワード子爵を殴り倒す」侯爵はあきらかにわざと淡々とした口調で答えた。

アンは席を立った。「でしたら、あなたとご一緒したほうがよさそうね」とりすました声で応じた。

「アン」ハワード子爵が呼びかけて、引きとめようと動いた。

ハルファースト侯爵はすかさず手を伸ばして遮り、子爵を椅子に押し戻した。「よい晩を、ハワード」あとずさり、カーテンの仕切りを開く。

アンの手袋をした手を取り、自分の腕にかけさせる。そのまま婚約者に一度も顔を向けずに、カーテンで仕切られたボックス席の並び沿いに進み、そのあとに侍女も続いた。アンが自分との結婚にどのような懸念を抱いているにしろ、考えていた以上に深刻な事態であることをマクシミリアンは悟った。同時に、襟ぐりの深い淡い菫(すみれ)色のドレス姿を見て、胸のふくらみや、白い真珠のネックレスで飾られた首に目を吸い寄せられ、ほかの男は誰も近づけたくないと思った。

愛らしい女性だろうとは想像していたが、見つめるうちにこのような熱さが全身をめぐるとは予想していなかった。しかも、その熱さは今朝より強まり、さらに深くへ達している。アンを理解し、自分と同じように欲望を抱かせたい。もはや、この女性を連れずにロンドンを去ることは考えられないからだ。

「エドマンド・キーンが演じるお芝居のチケットは売り切れていたわ。どうやって手に入れたの？」

マクシミリアンはカーテンを脇に寄せて、ボックス席のなかにアンを導いた。「頼んだんだ」

席につくと、ようやくアンをちらりと見やった。表情を見るかぎり、今回の誘拐ごっこを面白がっていたわけではなさそうだ。それはマクシミリアンも同じだった。ダヴェン伯爵夫妻が娘の手綱を握れていないのは一目瞭然だったが、今夜、ともに劇場へ行く婚約者が迎えに来て初めて娘の姿がないことに気づいたときにはさすがに慌てていた。

ないわ」

「ご存じでしょうけど、あなたが見晴らしのいい席をお持ちだから、こちらに来たわけでは

「そうだろうとも。ハワード子爵の身を守りたかったんだろう。感心な決断だが、ぼくとしては、きみがみずから一緒に行くと言ったことを思いだしてもらいたかった」

「あなたが勝手に思い込んでいただけでしょう」

「きみは拒まなかった。約束を守るのがそんなにむずかしいことだろうか？」

アンは目を狭めた。「怒りたければ、そうなさればいいわ。でも、こういったことについて、わたしは誰の指図も受けるつもりはないの。そう簡単に……従う女だと思わないで」

レディ・アン・ビショップを花嫁に娶り、しかもベッドをともにしたいのなら、アンの道徳観念と、こちらが費やさなければならない努力は、どちらもあきらかにまだまだ足りない。

「従ってくれるのを心から期待する」静かに言い、アンの手を取ろうと腕を伸ばした。

アンはこぶしをきつく握っていて、マクシミリアンは殴られる可能性も頭によぎらせつつ、身をかがめて指関節に唇を擦らせた。手袋をした手は石鹸（せっけん）の香りがした。この晩まではありきたりだったはずの香りに酔わされた。

視線を感じて背を起こした。「従ってほしいのなら」アンが声をふるわせて言う。「わたしに、そうしたいと思わせて」

マクシミリアンはふっと笑った。「では根（こん）くらべといこう」

3

『興味深いのは、終演前にハワード子爵がドルリー・レーン劇場を出る姿が目撃されたことである。大変機嫌が悪く、携帯用のフラスコ瓶から酒を呷(あお)っていたという。
ただし痣(あざ)は見られず、麗しきレディ・アンをめぐってハルファースト侯爵と殴りあいをしたとささやかれている話はどれも噂にすぎない。とはいうものの、穏やかならざるやりとりはたしかに人々の耳に届いていたのだから、どういうわけで諍(いさか)いを避けられたのか、ふしぎでならない。

筆者はけっして血を好むたちではないが、読者のみなさま、じつのところ、ハワード子爵の涼しげな整った顔に紫色の痣がひとつやふたつ加われば、味わいも出るというものではなかろうか？』

一八一四年一月三十一日付〈レディ・ホイッスルダウンの社交界新聞〉より

マクシミリアンは早朝にベッドを離れた。花嫁となる予定のまったくべつの家で眠っている女性が夢にまぎれ込んだせいで、ひと晩じゅう寝返りを打っていたのを考えれば、寝ようとしたことにそもそも無理があったのだ。

トレント邸の半分はシーツが掛けられたままで、おもに使う部屋に冷気が入らないようドアが閉ざされている。だが六年間も留守にしていたというのに、使用人たちは迅速に支度を整えて快く出迎えてくれた。

それにしても、花嫁となる女性にはなおもまるで思いなおすそぶりは見えない。取り決めどおり、ハルファーストへ連れ帰ってすぐにも娶るつもりでいたのだが、相手は口説かれることを求めている。

食堂に入っていくと、執事が問いかけた。「お茶になさいますか、旦那様？」

「コーヒーを。濃いのにしてくれ」マクシミリアンは食器台の上からハムと卵料理を山盛りに取りわけて、食べはじめた。ひと呼吸おいて、脇に置かれた〈ロンドン・タイムズ〉の朝刊の上に書状の束が載っているのに気づいた。「これはどうしたんだ？」

「招待状かと存じます、旦那様」シムズは答えて、大きなカップにコーヒーを注いだ。

「招待状？　何への？」

「私にはわかりかねます、旦那様――ただ、この冬はメイフェアが……いつになく活気づいているように思えます」

マクシミリアンは唸るように言った。「ヨークシャーでは毎年冬には川が凍る。イングランド南部の住民の半分がどうしてわざわざロンドンにそんなものを見にやって来るのか、理解しかねる」

「こちらではめずらしいことだからです……失礼ながら、旦那様がこちらにいらっしゃることと同じように」

マクシミリアンは書状をぱらぱらとめくって、うなずいた。「たしかにそのようだ。しかし、例のレディ・ホイッスルダウンのコラムに書かれていたことからすると、記憶が正しければ、ほとんどが未婚の令嬢がいる一族からのものだ。ぼくは花婿候補から、はずされたのではなかったのか？」

「私には――」

「ちょっとした皮肉だ、シムズ。トマソンにぼくの馬に鞍をつけるよう言っておいてくれ」

「あなた様の馬」執事はいぶかしげに繰り返した。

「ああ、ぼくの馬だ」

「さしでがましいようですが、旦那様、雪が降っております」

「ヨークシャーではこのくらい春でも降る。クラーケンとなら大丈夫だ」

「かしこまりました、旦那様」

マクシミリアンは食事をとりながら、様々なところからの書状を開いた。金庫が空だという噂は何年も前からロンドンに広まっているはずなのだが、そんな男にも娘を差しだしたい母親たちはいるらしい。考えようによっては愉快だった。独身男を受け入れてくれる女性は大勢いるのだとほっとさせられる――といっても、長年の婚約者だけはべつらしいが。しかも昨夜の出来事が知れ渡れば、そのレディ・アン・ビショップ以外にはもう誰にも見向きもされなくなるだろう。

自分自身の怠慢と、父の遺産に関わる煩雑な処理にかまけて、婚約者への気遣いを怠ってしまったが、同じ過ちは繰り返さない。アンからいわば挑戦状を突きつけられたのならば、まだ見込みはあるということなのだろう。その期待に応えてみせる。

「シムズ、どこか花を買えるところを知らないか？　できれば薔薇を手に入れたい」

「はい。たしかマーテンセンの店は温室栽培の花も仕入れているはずです。誰か遣いを――」

マクシミリアンはすばやく席を立った。「いや。ぼくがみずから行く」

ロンドンの貴族のほとんどがまだベッドに入っているとみえて、マーテンセンの店は難なく見つかり、そこからまっすぐビショップ邸へ向かった。みながこぞってロンドンにこの悪天候を楽しみにやって来ているという話を思い返すと、閉めきった馬車や、凍える朝にかさばる厚着をして出かける人々の姿がどこか滑稽に感じられた。

ビショップ邸の執事はマクシミリアンの訪問に驚いた顔を見せた。「お嬢様はまだ起床されていないものと思われますが」眉間の皺をすぐに消して答えた。

「待たせてもらう」

執事に閉ざされた肌寒い居間へ案内される途中、玄関広間の脇机に目が留まった。銀の盆に紳士たちからの名刺が並べられていた。競いあわなければならない相手はハワード子爵と、アンの雪遊び仲間のサー・ロイス・ペンバリーだけではないらしい。

「そちらの名刺は、本人が直接持って来られたのか？」歩調を緩めて訊いた。

「なにぶん雪が降っておりますから」執事は言い、それでじゅうぶん答えになったと判断したようだった。「すぐに火を熾させますので」

「いや、かまわない。自分でやってみよう」

「ですが……いえ、承知いたしました。レディ・アンに、あなた様のご訪問をお伝えしてまいります」

「どうして、来るのよ」アンは化粧着を脱ぎ捨てるとすぐさま頬紅を塗りはじめた。といっても、さほどの手間はかからなかった。ハルファースト侯爵が現われてからというもの、頬がいつでもほてっているような気がする。「第一、まだ朝の九時なのに」

「青いメリノのドレス、それとも、赤紫のビロードのになさいます？」デイジーが大きな衣装簞笥のなかに半ば埋もれた格好で問いかけた。

「赤紫のビロードのドレスにしようかしら」アンは寝つけない晩のあいだにもつれた濃い色の長い髪にブラシをかけた。「でも、それは外出用なのよね。雪は降ってる？」

「はい、お嬢様」

「だったら、メリノのほうがいいかしら」でも、それを着れば、部屋のなかでハルファースト侯爵と腰をおろしてお喋りせざるをえなくなる。ゆうべは彼がとても……魅力的に見えた。いまどうしても避けなければならないことがあるとすれば、それはあの婚約者に惹かれてしまうことだ。なんといっても自分をロンドンの友人たちや家族から引き離し、ヨークシャーへ連れ帰ることしか考えていない男性なのだから。「やっぱり、赤紫のビロードのドレスにするわ」

身なりを整えて階段をおりていくときには、息が切れて、手がふるえだしていた。寒さからか、婚約者の厚かましさへのいらだちのせいなのか、ひょっとすると再会に気を昂らせているのか、よくわからなかった。いらだちの可能性が最も高い。なにしろ、ほんの九時間前に別れたばかりだ。

「侯爵様……」アンは呼びかけて、居間の戸口で足をとめた。

侯爵は暖炉の前にかがんで、新たにくべた石炭に火を熾そうとしていた。手の甲が煤で汚れているのを見ると、何度か繰り返しているのだろう。肩越しに振り返った。「少しだけ待っていてくれ」

「でも――」

「使用人たちは忙しそうだった」侯爵は立ちあがって肩をすくめた。暖炉の火が燃えあがると、部屋の隅々にまで温かさが広がった。「ぼくが申し出たんだ」

つまり、わたしの羊飼いさんは火の熾し方も知っている――それも、こうして見るかぎり、得意であるらしい。アンは身ぶるいした。この男性は、わたしのでもなんでもない。「こんなに朝早く、なぜビショップ邸に？」

ハルファースト侯爵は手についた煤をハンカチで拭いて、近づいてきた。「ゆうべは礼儀だった。

かけたことはべつにしても、あのときの子爵が意気をくじかれたさまも……少しばかり愉快だった。

「そんなことはないわ」本心から答えた。「すてきな夜だったもの」ハワード子爵と喧嘩しかけたことはべつにしても、あのときの子爵が意気をくじかれたさまも……少しばかり愉快

を怠ってしまった」

侯爵の口もとがふっとほころんだ。「よかった。といっても、ぼくはああいうふうにしたかったわけではないんだ」

「それなら、どうなさりたかったの？」

ハルファースト侯爵はアンの前で立ちどまり、ひとしきり赤紫色のドレスを眺めまわしてから、ふたたび顔に視線を戻した。とてもゆっくりと手を伸ばし、顎をそっと上向かせる。「おやすみのキスを忘れてしまった」ささやいて、アンの唇に目を据えた。

「あなたは……」アンの言葉はふたたび消え入り、侯爵は身をかがめて唇を触れあわせた。アンは心ならずも自然に目を閉じていた。やさしく柔らかな束の間のキスにもかかわらず、じゅうぶんに気をそそられ、いまにも首に両腕をまわしてさらに求めてしまいそうだった。はっと息を吸い込んで、目をあけた。「許しを得ずにするなんて」どうにか言葉を発した。

ハルファースト侯爵は首を振った。「ぼくたちは婚約している」アンを引き寄せ、ふたたび口づけた。

次に手を放されたときには、アンはみずから身を傾けていた。胸のうちで自分を叱りつけて、背を起こす。「なんなの……おやすみのキスはもうすんだでしょう」

「いまのは、おはようのキスだ」

「まあ」

侯爵はいったん暖炉のほうへ戻って、炉棚に置いていた豪華な花束を取ってきた。「冬の薔薇だ」そう言って、差しだした。

鮮やかな深紅の花を見ているだけで部屋が暖かくなったように思えた。厚手のビロードのドレスを着ているせいか暑すぎるようにさえ感じてきた。「ありがとう」礼を述べて、芳しい香りを吸い込む。「すてきだわ。こんなことをしてもらう必要はないのに」

「間違いなく、必要なことだ」侯爵はきっぱりと言った。「ぼくは償いをしなくてはいけない。これはまだ始まりにすぎない」

「始まり？」アンはおうむ返しに訊いて、ゆっくりほころんでいく侯爵の口もとを見つめた。貴族らしい整った顔立ちで、どんなに想像をふくらませても詐欺師にはなりえない真面目そうな男性だ。それでいて微笑むと目がぱっと輝き、アンの心を気恥ずかしくなるほど浮き立たせた。

「求愛の」

あまりに穏やかに淡々と宣言されて、アンは虚をつかれ、また顎を動かせるようになるまで一瞬の間を要した。「わたしをヨークシャーに引きずっていくつもりなのかと思ってたわ」

侯爵はアンの考えを読みとろうとするかのように頭をかしげた。「そうすることもできた」低い声で認めた。「でも、それではきみにそこにいたいとは思ってもらえない。ましてや、ぼくとそこで生きていきたいと思ってもらえるはずがない」

アンは目をすがめた。「皮肉に聞こえたらごめんなさい。だけど、どういうわけで急にそんなに物分かりがよくなったの？」

「きみに教えられた。でも、だからこうしているんじゃない。これは根くらべなんだ。きみはぼくのものになると決まっている。でも、ぼくは自分の力できみを手に入れたい」

あら、ずいぶん自信がおありだこと。「なぜなら、わたしが可愛らしくて、うちにお金があるから？」

侯爵はまたも口もとにうっすら笑みを浮かべた。「なぜなら、きみがぼくと結婚するくらいなら死んだほうがましだと言ったからだ」

「それが理由だなんて……ばかげてるわ」

「それに、ぼくはきみに興味があって、惹かれているし、十九年間、ぼくが一度も手紙を書かないうちにきみは人気者になっていて、あっさりぼくを拒み、それでもほかの誰かを選ぶつもりはなさそうだからだ」

アンはめまいを覚えた。理屈が突拍子もないだけでなく、目を見据えて話すしぐさや、きみが聞きたいことはわかっていると言わんばかりの態度もどうかしている。「だから、わたしを口説こうとしているわけ？」

「そうだ」

「それでも、わたしが拒んだとしたら？」

「きみは拒まない」

男性特有の傲慢な思考の持ち主だ。「それでも、もし拒んだら？」

しばしの間をおいて、侯爵は口を開いた。「ヨークシャーに帰るしかない」

「ひとりで」アンは反射的に口にした。

「ぼくだけで」きみの求めている返答ではないのは知っているとでも言いたげに、侯爵は目をきらめかせた。

まさか、この男性はわたしに気を揉ませることができると本気で信じているの？　これまでずっとハルファーストの存在こそ知ってはいたが、実際に知りあってから丸一日しか経っていないというのに。侯爵がなおもじっと見つめているので、アンは鼻に皺を寄せて、きっと睨んだ。「よかったわ」

「よかった、か」ハルファースト侯爵は穏やかに繰り返した。「ところで、これからぼくと散歩に出かけないか？」

「雪が降ってるのよ！」

「たいして降ってはいない。ふたりとも外に出られる服装だ」侯爵は唇をすぼめて、またもアンの装いをまじまじと見た。灰色の瞳は面白がっているようにも見えるが、それにしては少し暗く、温かみもある。「ぼくとここに坐っていたいというのならべつだが」

アンは咳払いをした。「外套を取ってくるわ」

「そうくると思った」

「あなたを怖がっているわけではないのよ、ハルファースト侯爵」部屋を出ていきながら言った。

「マクシミリアンだ」侯爵が指摘した。

「だめよ」

侯爵は向きを変えて彼女の姿を目で追っていた。「どうしてだめなんだ?」

なんてこと、このままでは屈してしまいかねない。アンはほかの男性の友人たちとはいつも、はるかに物柔らかに自信を持って話せていた。とはいえ、そうした友人たちは自分の言葉にいちいち疑問を投げかけてきたりはしない。おそらく、話の半分も真剣に聞いてくれてはいないのだろう。

「男性を名で呼ぶのは、ある種の……親密さの表れだわ」そう答えて、母そっくりの物言いだと気づいて顔をしかめた。

侯爵が大股にすばやく二歩で、アンと戸口のあいだに立ちはだかった。「サー・ロイスとハワード子爵のことも、きみは名で呼んでいたじゃないか」低い声で言い、目を見据える。

「彼らとは、親密と呼べる行為を楽しんでいるのか?」

アンは苦しまぎれに短い笑い声を立てた。「嫉妬(しっと)してるの、侯爵様?」

「ああ。きみと過ごすうちにますます嫉妬深くなってきた」

その告白が、アンが言いがちな、とりすました返し文句を喉(のど)に押しとどめた。たいがい男性はさらに女性の気を惹くために嫉妬しているふりをするものだが、そういった態度を見るとうんざりするのがつねだった。そのくせ実際に嫉妬しているとは認めようとしないからだ——少なくともアンがこれまで知りあった男性たちはみなそうだった。「わたしは……あなたを嫉妬させようとしているわけではないわ」言い返したものの、侯爵の熱っぽい視線にそわそわと気が昂りだしていた。

「それはわかっている。アン、きみに惹かれるのにはまたべつの理由があるんだ」侯爵は片手を上げて、アンのほつれた髪をピン留めの後ろへ戻した。「マクシミリアンと呼んでくれ」

羊飼いさん。この人は羊飼いなのよ、と胸のうちで強く唱えた。しかもこともあろうに、ヨークシャーに住んでいる。「わかったわ、マクシミリアン」応じてはいけないと自分に言い聞かせても、背筋をじわじわと渦巻き状に這い(はい)のぼる疼き(うずき)をとめられはしなかった。

マクシミリアンの灰色の瞳が深みを増して翳った(かげった)。そのわりにさらりと言う。「外套を取っておいで、アン」

マクシミリアンは一緒に玄関広間へ行き、言い寄ろうとしている紳士たちの名刺が並んだ銀の盆にアンが目を向けようともしなかったことに気づいた。早起きをしたおかげで一歩有利に立てたというわけだ。

レディ・アン・ビショップが想像以上に多様な面のある女性だと知って、やりがいが湧い(わい)てきていた。アンの新たな一面を発見するたび、振り向かせるために考えた計画は修正と変更を強いられている。

執事が外套掛け(ラック)からアーミン毛皮に縁どられた重そうな灰色の外套を取ると、マクシミリアンはその手を押さえた。「ぼくにまかせてくれ」そう言って、きょとんとした表情の執事から外套を取りあげた。

アンのそばに戻り、外套を肩に着せかけて、髪のラベンダーの香りを吸い込んだ。正面にまわり、顎の下の銀のホックを留める。素肌から漂う香りに酔いしれた。これまでは跡継ぎを産んでもらうために結婚するのだと考えていたので、女性に多くを期待してはいなかった。実際に欲望を掻き立てられるとは頭をよぎりもしなかった。

「アン！」バルコニーから呼ぶ声がした。「どこに出かけるつもり？」

レディ・ダヴェンが、従僕ひとりとふたりの女中を従えて階段を駆けおりてきた。ゆうべ娘がいないことに気づいたときと同じような調子で、何を考えているのかとまくしたてながら歩いてきたので、マクシミリアンが進みでた。

「レディ・ダヴェン、おはようございます」挨拶をして軽く頭をさげた。

ダヴェン夫人はぴたりと足をとめ、色白の肌を赤く染めた。「あら、なんてこと。ハルファースト侯爵。わたし……お邪魔してごめんなさい。あなたがいらしていたとは知らなかったものですから」

「どうかお気になさらずに。今朝は競争相手たちに先んじてお伺いしようと思っただけのことです。それで、レディ・アンを散歩にお誘いしたしだいで」

「競争相手って――」アンは言いよどみ、眉をひそめた。

「あら、あなたに競争相手などいないはずですわ。主人もわたしも、果たすべき務めはアンにきちんと言い聞かせてきたのですから」

「お母様、そういう話は――」

「たとえそうでも」マクシミリアンは続けた。「ぼくはこのところ、戦わずして勝ちとっても、ほんとうに勝利したとは言えないのではないかと考えるようになったのです」

アンはさっさと玄関扉を開いて、外へ歩きだした。マクシミリアンは顔をしかめたいのをこらえてダヴェン夫人にうなずきで挨拶すると、アンのあとを追った。両親が娘に果たすべき務めを言い聞かせていようがいまいが、その願いを守らせるよう説得できるかどうかは、あきらかにまったくべつの話だ。

「アン」呼びかけて、婚約者の手を取って自分の腕にかけさせた。「きみがそれほどまで朝の空気を吸いたがっていたとは気づかなかったな」

アンは手を放して肩をすくめ、歩調を速めた。「あなたがもし、競争相手とやらに勝ちたくて、わたしの機嫌を取ろうとしているだけなのだとしたら、はっきり申しあげて見込みはないのですから、さっさとヨークシャーへお帰りになったほうがいいわ」

先ほどまでの愉快な気分が萎えてきた。「ばかなことを言わないでくれ」

「ばかなこと――」

「もちろん、ぼくはきみに気に入られたいからここにいる」遮って言い、ふたたびアンの腕をつかんだ。「そうでなければ、こんなことはしていない」身をかがめ、唇で耳をかすめた。「だがむろん、ぼくはきみと雪遊びをした男ではない。きみがそのようなことをしなければ、ぼくとまったく会わずにすんだのかもしれないな」正直なところ、そうとも言いきれなかった。もともと、春にはロンドンに来て、花嫁をヨークシャーへ連れ帰るつもりだったからだ。といっても、このようにさいわいにもアンの軽率な行動によって意欲を駆り立てられてロンドンに来ていなければ、春では時すでに遅く、ばかをみることになったのかもしれないが。

アンが横目でちらりと見やった。「つまり、レディ・ホイッスルダウンがわたしを記事に取りあげなければ、わざわざハルファーストからやって来なかったということ？　そっちこそ、ばかなことを言わないでほしいわ」

マクシミリアンはとっさに、親が取り決めた婚約に対する敬意の欠如を指摘しようと口を開きかけた。だが、すでにその点は話したことなので、蒸し返すのはやめて前進しようと思いなおした。「ぼくたちはお互い、果たすべき義務を怠っていたことを認めるべきなのではないかな」

「そこをはっきりさせておきたかったのよ」アンは語気を強めた。「わたしのほうには、あなたに果たすべき義務はないわ」

「だったら、どうして、ぼくたちはこうして雪のなかを一緒に歩いてるんだ？　きみは外に出るなんてとんでもないことだと考えているみたいだった」マクシミリアンはアンの鼻に舞い落ちた一片の雪を払った。「それなのに、こうして歩いている」

アンはすぐに肩越しに侍女の様子を窺ったが、その前にちらりと覗かせた笑みをマクシミリアンは見逃さなかった。「だって、退屈さと空腹で何も考えられない状態だったから、こんな苦行につきあってしまったのよ」

マクシミリアンは笑った。甘やかされて育ったお嬢様なら、言うことを聞かせるのはたやすいだろうと思っていたのは間違いだった。「今後は、きみが朝寝坊好きだということを肝(きも)に銘(めい)じておく」ぼそりと言うと、アンの頬が赤らんだ。寒さのせいとは思えず、嬉しくなった。「じつを言うと、今朝はハモンドのパン屋の焼きたてパンにバターを塗って味わいたいと思っていたんだ」

アンはほんとうに空腹だったらしく、マクシミリアンがその店へ導いて朝食を注文するまでのあいだ文句ひとつ口にしなかった。「どうして、このお店を知ってるの？」アンがバターを塗ったパンをしとやかにひと口齧(かじ)って尋ねた。

「ぼくはロンドンを知らないわけじゃない」そう答えて、頬づえをつき、食事をする婚約者を見つめた。

アンがカールした濃い睫毛の下の目を見開く。「それならなぜ、あまりいらっしゃらないの？」

「好きじゃないんだ」

「でもどうして？　友人たちがいて、夜会が催されるし、劇場も、お店もあって、すばらしいお料理も楽しめる――何が気に入らないの？」

アンは彼女自身がとりわけ惹かれているロンドンの魅力を挙げ連ねた。マクシミリアンは午前中のこの時間にはたいてい家畜の様子を見に遠いほうの牧草地まで出かけている。ロンドンにもよさがないわけではない。一瞬、聞き流そうかとも思ったのだが、すなおな問いかけと深緑色の瞳にふしぎとほだされやすくなっていた。「きみとは少し違う経験をしている。ぼくは……人間性ではなく、風評で判断されてしまうことを知った」

「それはたぶん、ほかに判断の材料になるものがなかったからだわ」目の表情が曇った。「だからわたしも、あなたがわたしの財力を目当てにここにいるのだと考えてしまうんだわ」

マクシミリアンは笑みを浮かべた。「ぼくたちは、ぼくが七歳のときに婚約したんだ、アン。当時のぼくは馬と兵隊さんにしか興味がなかった。残念ながら、きみも同じようなものだった。どんなにがっかりしたことか」

アンが魅力的な唇でパンを食べかけたところで、眉をひそめた。「わたしたちは前に会っているというの？」

マクシミリアンはうなずいて、アンの手の甲に指で線を引いた。「生後三カ月のきみを抱っこした」

「そうだったの？」

「そうとも。きみはぼくにくしゃみをかけたうえ、指で目を突いた」

アンが笑い、その楽しげな調べのような声がマクシミリアンの胸をはずませた。「あなたはそのときの恨みを、この十九年間、忘れずにいたわけね」

「そんなことはない」マクシミリアンは唇をゆがめた。以前は、言葉に窮するということはありえなかった。相手にどう思われようと気にしなかったからだ。それもロンドンでうまくやれなかった理由のひとつなのだろう。率直な物言いはこの都会の多くの人々には好まれなかったらしい。だが、アンは快く受けとめてくれているように見える。「十四のときは、七歳の女の子に手紙を書くのはばかばかしく思えた。ぼくが二十歳になっても、きみはまだ十三歳の少女だった。それから父がこの世を去り……先に対処しなければならないことに追われた」

「それで、わたしは忘れられてしまったのね」

マクシミリアンは首を振った。「たぶん、ぼくは……人生のその部分についてはもう準備が整えられているものと思い込んでいたんだ」あらためて目を合わせた。「そんなふうに思うのは間違っていた。だからこれから、その償いをしたい」

「それに、あなたはわたしを、何を言い聞かせるのにも手がかかる甘やかされて育ったわがまま娘だと思っているのよね？　はっきり言っておくけれど、マクシミリアン、わたしはけっして――」

「ああ、顔を合わせてから十分くらいは、ただのわがまま娘なんだろうと思っていた。いや、正確には再会してからと言うべきだな」にやりと笑って、親指でアンの下唇に付いたバターをぬぐい取った。触れたいという欲望と切迫をどこにも触れずに抑えきれるとは思えなかったからだ。

「あなたの見方を変えるような大それたことを何か言ったかしら？」

「きみはぼくの身なりを見て、決意を聞いて、人柄がわからないという理由で拒んだ」

驚いたことに、アンは食事の残りを脇にのけて、立ちあがった。「それで、わたしはあなたが課した試験に通った」両手を払い、手袋をはめる。「でも、あなたはわたしの試験に通ってないわ。しかも、残念ながら、通るのは不可能ね。ハルファーストがヨークシャーにあるかぎり」

またそこに話が戻るのか？　マクシミリアンは深呼吸をひとつして、立ちあがった。「アン・ビショップ、きみはそればかり繰り返している」アンを引きずるようにしてパン屋を出た。寒さのせいなのか、触れられるのが好きなのかはわからないが、アンは抵抗しなかった。「いっそ大声で叫べばいい。アン、きみはぼくを目にするたび、ぼくの唇を味わい、手を触れあわせるたび、ハルファーストはヨークシャーにあると唱え、ぼくはそれを聞かされるのか？」

「そうよ」アンはふるえがちな声で言った。「だから、議論はもうたくさん」

ふたりはビショップ邸の玄関前の踏み段にたどり着き、ランバートが玄関扉を開いた。アンはそこで手をふりほどこうとしたが、マクシミリアンはしっかりとつかんだまま自分のほうに引き寄せた。「アン、きみと婚約している特権を放棄するつもりはない」穏やかに言い、頭を垂れて唇を重ねた。

顔を起こすと、アンの目は閉じられ、柔らかな唇が温かい口のなかへいざなうように開いていた。ああ、いったいどういうわけで、こうも引き込まれそうになるのだろう？　昔から決められていた結婚相手にこのような……性的興奮を掻き立てられるとは思わなかった。

「あすは馬車で出かけよう」どうにか言葉を発して、外套を直してやりながら、抱き寄せたい気持ちをかろうじてこらえた。

「先に……予定が入ってるの」

「そっちは取りやめるんだ。それと、あすもきみにおはようのキスをする」

アンのなめらかな頰が赤く染まるのを見て、マクシミリアンはますます昂った。厚手のケープ付きの外套を着ようと思いつかせてくれた神に感謝しよう。なにせズボンの前の布地がぴんと張ってしまっている。

「自信家なのね、マクシミリアン」

「いや、それだけきみを信じているんだ」

4

『日曜日、ハルファースト侯爵が、レディ・アン・ビショップを訪問する姿が目撃された。月曜日、ハルファースト侯爵が、レディ・アン・ビショップを訪問する姿が目撃された。火曜日、ハルファースト侯爵が、レディ・アン・ビショップを訪問する姿が目撃された。筆者はこのコラムを水曜の朝までに印刷業者に入稿しなければならないのだが、以下の一文を火曜の晩に書いたとすれば、やはり記者として倫理にもとることになるのだろうか。水曜日、ハルファースト侯爵が、レディ・アン・ビショップを訪問する姿が目撃された。真実はいかに。筆者には既定の事実と思えるのだが』

一八一四年二月二日付〈レディ・ホイッスルダウンの社交界新聞〉より

「すぐの結婚はないわ」

ダヴェン伯爵は口をあけ、すぐに閉じた。「どういうことだ?」

「わたしに結婚を強制することはできないと申しあげたのよ」アンは深く息を吸い込んで、父のいかめしい表情を見つめた。さっさと話をすませてしまうのが賢明だ。「お父様にもヨークシャーには行きたくないとお話ししたでしょう」

「少し落ち着きなさい、アニー。求婚を拒んだのだとしたら、私に相談もしないでそのようなことをするとは信じられん――それならなぜ、ハルファーストは訪問を続けているのだ？」

アンは自分の爪先(つまさき)に視線を落とした。「わたしを口説こうとされてるのよ」小声で答えた。

「私はもう昔のように若くはないのだぞ。頼むから、大きな声で話してくれ」

「わたしを口説こうとされてるんです」先ほどより大きな声で繰り返し、ふたたび顔を上げた。「ともかく、ご本人はそうおっしゃってるわ」

父が唇をひくつかせている。

「お父様、わたしを笑ってらっしゃるの？」

「ああ、つい」父は椅子の背にもたれ、めずらしく表情をやわらげて微笑んでいる。「マクシミリアンは父親とは違うと思っただけだ」

アンは一瞬動きをとめ、それから自分の席に戻った。「だから、どうだというの？」

「いや、だからどうということはない。私に干渉されたくないのなら、そのままにしたいようにすればいい。いずれにしろ、私の知るかぎり、浮ついた気持ちで行動する人間ではないと言っておこう。気まぐれでやって来るような男ではない」

アンは顔をしかめて身を乗りだした。「お父様、あの方がこれまでどのように過ごされてきたのか、どうしてご存じなの？　この一年を振り返っても、お父様の口からあの方の名をお聞きした憶えはないわ」

伯爵は含み笑いを洩らした。「アニー、おまえよりは詳しく彼の様子を把握していたのは事実だ。私は手紙を書いていたし、彼も返事を書き送ってくれていた」机の上の帳簿を開いた。「悪いが、片づけたい仕事があるんだが」

「役立つことをまるで話してくれないんだから」

「うむ。それはおまえも同じだろう。どうしたいかを彼に話す前に私に相談してくれればよかったものを」

アンは顔をしかめたまま、父の執務室を出て、より気分が落ち着く居間へ向かった。父からついにハルファースト侯爵のことで話したいと呼びつけられたときには、怒られるものと覚悟していた。やはり、羊飼いのマクシミリアンには何か秘密があるとしか思えない。

ちょうど刺繍（ししゅう）道具を手に取ったところで、ランバートがドアを擦るように打つ音がした。

「どうぞ」アンは呼びかけて、スカートの皺を伸ばし、少しも鼓動は速まっていないふりを装った。マクシミリアンは毎日訪れており、きょうの午後にはテムズ川でモアランド子爵夫妻主催のスケート・パーティが開かれることになっている。

執事が部屋に入ってきた。「お嬢様、ハワード子爵がみえて、お会いできないかとのことです」

「ハワード子爵が？　ええ、もちろん、お会いするわ」デズモンドのことは、博物館へ出かける誘いを断わって以来、一週間近くほとんど忘れかけていた。

子爵は黄褐色の髪から雪を払いのけつつ、部屋に入ってきた。「アン」笑顔で呼びかけ、そばに来て手を取った。「家にいてくれてよかった」

「ええ、残念ながらここ数日、部屋にこもりきりだわ」

「おかげで独り占めできるというわけだ」デズモンドが言う。「坐ってもいいかな？」

「もちろんだわ」

ハワード子爵が張りぐるみの椅子のひとつに坐り、アンは向かいの長椅子に腰をおろした。デズモンドのことはロンドンの社交界に登場（デビュー）したときから知っている。いまにして思えば、舞踏会、様々な種類の夜会、打ち上げ花火の鑑賞、ほかにもロンドンで催される気晴らしの場のほとんどに付き添ってもらってきた人物だ。

「モアランド子爵家のスケート・パーティには出席するのかい？」子爵が訊いた。

「招待されているわ。まだ出席するかどうかは――」

「まだハルファーストからは誘われていないということだな」

「デズモンド、わたしには、あの方となるべく多くの時間を過ごさなければいけない義務があるのよ」

子爵はやにわに立ちあがり、大股でいったん窓辺へ歩いていき、戻ってきた。「ぼくには、きみがあの男に義理立てしなければならない理由がわからない。きみはつねづね、これまでいかに婚約者にないがしろにされてきたかをぼくにこぼしていた」すばやくアンの隣にきて坐り、手を取った。「そもそも、ふしぎでならない――あの男はどうしていまになってロンドンにやって来たんだ?」

突如感情を剝きだしにしたハワード子爵にアンはいささかとまどい、眉をひそめた。「わたしが、サー・ロイス・ペンバリーと雪遊びをしていたという記事を読んだそうよ」

子爵は手を握る力を強めた。「それなら合点がいく。きみに関心を向けている男がいると知って、きみと――きみの財産を得る権利は自分にあることを示すために、慌ててロンドンに飛んで来たんだ」

ハルファースト侯爵家の資産状況がどうあれ、マクシミリアンには新しい衣装を揃え、ハイ・ストリートの屋敷をふたたび住めるように整える程度の現金は間違いなくある。いっぽうで、完全な破産状態に陥りながら真実が露呈するまで何年も体裁を取りつくろい続ける一族が存在することも知っている。

「じつを言うと、ハルファースト侯爵の金銭問題は、あなたからしかお聞きしていないのよ」

「ほう。だが、あの男がそんなことをみずからきみに話すとでも思うかい? 金目当てではないとすれば、どうしてきみの願いを聞き入れて親の決めた婚約を破棄して、ロンドンに来てから自分に熱をあげてくれている小娘たちのひとりとさっさと結婚しないんだ?」

マクシミリアンを追いかけている女性たちがいたの? アンが想像もしていなかったことだった。ふたりでいるときには、自分だけが関心を向けられている女性であるように思えた。

「デズモンド、そうだとしたら、わたしにいったいどうすればいいというの?」

ハワード子爵は頬がアンの髪に触れるくらい身を近づけた。「ハルファーストの思惑がどうあれ、アン、きみがヨークシャーになじめないのは、ぼくもきみもわかっていることだ。それに、きみの好意を喜んで受け入れる男は彼ひとりじゃない」

そうささやいて、唇をアンの頬に擦らせた。アンがぎょっとして子爵の顔を見ると、今度は唇を触れあわされてしまった。

呆然となって、すぐに頭によぎったのは、ハワード子爵には首に両手を巻きつけたくなるような欲求はまるで湧いてこないということだった。もっときつく抱きしめてほしいとか、もう一度してみてほしいという感情も働かない。「お願い、やめて」アンは言い、手を引き抜いて、立ちあがった。

子爵も同時に立った。「すまない、アン。つい感情にまかせて行動してしまった」ふたたびアンの手をつかんだ。「どうか許してほしい」

「もちろんだわ」アンは答えて、妙な空気が消え去ったことに胸をなでおろした。「わたしたちは友人だもの」

デズモンドも空色の目に安堵の表情を浮かべ、笑みを取り戻した。「ああ、友人だ。そこで、友人として、モアランド子爵家のスケート・パーティへお誘いしたい。ハルファーストについてきみがどのような決断をくだすにせよ、ほんの一日午後をともに楽しんではいけない理由はないはずだ」

たしかにその点については子爵の言いぶんは理にかなっている。マクシミリアンに付き添ってもらうほうが心そそられるし、気分は浮き立つとしても、自分をヨークシャーへ連れていこうとしている相手であるという事実は頭から消せなかった。しかも、これまでの生活ぶりからすれば、次にロンドンを訪れるのは早くとも六年後になるだろう。そんな生活に耐えられるだろうか？

「ええ」アンは答えた。「スケート・パーティへ、あなたとご一緒するわ」

「ありがとう、アン。正午に迎えに来る」

子爵が部屋を出ていくなり、アンは、片隅に坐って靴下を繕っているふりをしていたデイジーを振り返った。「最近、やたらと紳士たちがわたしにキスをしたがると思わない？」

「はい、お嬢様。ハルファースト侯爵ほどお上手な方はいらっしゃらないでしょうけど」

「なんですって？」

「お嬢様がおっしゃったんですわ。あの方はとてもキスがお上手だと」

アンはため息をついた。「わたしったら、そんなことを言ったかしら？」

それから十分も経たずに、あけ放したままのドアをランバートがふたたび軽くノックした。

「お嬢様、ハルファースト侯爵がおみえです」

アンの体内を温かいものがめぐった。「お通しして、ランバート」

執事があとずさって道を空けると、マクシミリアンは居間の戸口に足を踏み入れた。もうすぐ、わざわざほかの人間を介して許しを得ずともアンの部屋に入れるようになる。もうすぐ、キスをするだけでこらえる必要はなくなる。艶(なま)めかしい曲線を描いているドレスの下に隠されているものを想像せずともすむようになるのだ。

「おはよう」マクシミリアンは挨拶をして、立ちあがったアンのほうへ歩いていった。

「おはようございます」

早くもアンの視線は婚約者の唇に据えられていた。マクシミリアンは、できることならアンを長椅子に押し倒して、古い契約書の上だけでなく実際に自分のものにしたいという性急な欲望をぐっと抑えた。一本の指の背で頬を撫で、かがみ込んで唇を重ねた。片隅に坐っている侍女の視線を察して、予定よりだいぶ早めにキスを切りあげ、身を引いた。

アンが襟の内側に手を滑らせてきて、みずから胸に身をすり寄せたので、深く息を吸い込むと同時に乳房に押されるのを感じた。口惜しいかな、ロンドンやこの街の人々にどのような感情を抱いていようと、アンが十八になったときすぐに迎えに来ればよかったのだ。そうしていれば、二年近くも早く知りあえていたのだから、どれほど嫌いな街であれ避けつづけてきたのは間違っていた。

侍女が咳払いをした。アンがはっとして、身を離し、あとずさった。「おはようございます」

マクシミリアンは微笑んだ。「その言葉はもう聞いた」

「そうだった？　記憶にないわ」

「それならキスも忘れてしまっただろうから、またぼくが思いださせてあげよう」

アンはほんの束の間、目を閉じた。「それは賢明だと思えないわ」ささやきかけて、ふたたび見つめあう。

「神よ」侍女がつぶやいた。

マクシミリアンは侍女のほうへ目をやった。アンの言葉はもっともだし、デイジーにつぶやかれても仕方がない。自制心を働かせなければいけない。すでに押しのけられてもふしぎではないくらい先走っているのはわかっていた。ここで逃げられては意味がない。

「そうだな」あきらめて、ふうと息をついた。「それならせめて、きょうの午後はぼくにつきあってくれないか？　テムズ川でのスケート・パーティに招待されているんだ」

アンのなめらかな頬から赤みが消えた。「まあ」

疑念がマクシミリアンの肩の筋肉をこわばらせた。「どうしたんだ？」

「わたし……先ほどハワード子爵がいらして、一緒に出席すると約束してしまったのよ」

まったく、いけ好かない男だ。「きみはぼくとキスをして、あいつと行動をともにするのか？」

「あの方ともキスをしてましたわ」侍女が口を滑らせ、首をすくめた。

「デイジー！」

「なんだって？」

アンはさらに何歩か後ろへさがった。「わたしがキスをしたんじゃないわ。向こうからされたのよ」

マクシミリアンは両手を握りしめた。「以前にもキスされたことがあるのか？」

「ないわよ！　断じてないわ」

その言葉を信じたが、筋肉と神経はなおも怒りで張りつめていた。デズモンド・ハワードがアンに触れ、アンはあんな男とスケートに行くことに同意した。「アン、ぼくはきみのお遊びにつきあってはいられない」硬い口調で言った。「ぼくとのことは遊びと思わずに考えてもらえればありがたい」

「そんなつもりは――」

「スケートを楽しんできてくれ」腹立たしさと猛烈な悔しさのあまり、丁寧ぶった物言いは続けられなくなって踵を返し、つかつかと廊下に出て、驚いた顔の執事から外套と帽子をひったくると、足早に屋敷をあとにした。

毒づきながらクラーケンの鞍にまたがり、トレント邸へ速足で駆けさせた。ひとつだけ、心は決まっていた。きょうの午後はテムズ川にスケートをしに行く。ハワード子爵にわずかに先手を取られたかもしれないが、アン・ビショップは自分のものなのだ。


アンは婦人たちのために用意されたベンチに、テレサとポーリーンに挟まれて坐っていた。ざっと見たところ、モアランド子爵家は百人近い人々を招いており、それによってもたらされる重みに、凍結して日の浅いテムズ川の氷面が持ちこたえられることを祈らずにはいられなかった。

「男女の割合を数えてみたわ」ポーリーンがブーツの上からメイドにスケート靴を履かせて

もらいながら、ひそひそ声で言った。

「わかりきっていることだわ」アンも同じように声をひそめて言葉を返した。なにぶん、モアランド子爵夫妻がたいして離れていないスワン・レーン桟橋（さんばし）の端にいる。屋外で演奏するために雇われた管弦楽団が大音響を奏でていても、その桟橋にとどまって、ふたりとも氷上の危なっかしい遊びに加わろうとする気配はない。

「どういうこと？」テレサが問いかけ、川の凍結面からわずかに手前の雪の地面に恐るおそる踏みだした。

「百人の招待客のうち、ざっと七十五人が女性ね」ポーリーンが皮肉っぽく言う。「どういうことかわかる？」

「ええ。またドナルドのためなのよね」

この四年、モアランド子爵夫妻は、おそらくは若い紳士たちの多くが街の外へ出払っているあいだに息子ドナルド・スペンスがどこかの若い婦人の気を惹けることを願い、閑散期に社交界の催しを開いていた。誰もがその計略を承知していながら、あえて口に出す者はいない。年々、婦人の招待客の割合は大きくなっているが、もうひとつ魅力に欠けるドナルドと恋に落ちる婦人はいまだ現われていなかった。アンもすでにデズモンドの馬車を降りてまもなくつかまって、ドナルドと十分ほどの会話を終えていた。この催しの入場料のようなものとはいえ、モアランド子爵の子息はどことなく以前よりさらにしょぼくれてしまったように見える。

「ハワード子爵がいらっしゃったわ」ポーリーンがささやいた。「わたしは行くわね。わたしの幸運を祈ってて」

「何も壊さないようにね」アンは友人の背中に声をかけた。無用な忠告だった。ポーリーンは何年も毎日滑っているかのように、氷上をなめらかに進んでいく。

ハワード子爵が紳士用のベンチからぎこちない足どりでやって来るのを見て、アンもどうにか立ちあがった。スケートをするのは久しぶりで、ほとんど経験がないが、ポーリーンはべつとして、ほかの招待客の様子からすると、足もとがおぼつかないのは自分だけではなさそうだ。

「行こうか？」デズモンドが言い、手を差しだした。

アンは両側から手を入れられるアーミン毛皮のマフの紐を首に掛けて、右手でしっかりと子爵の腕につかまり、うなずいた。ふたりで同時に氷上に足を踏みだした。さいわいにも転ぶことなく、なかなかうまく滑りだせた。

「まあ、楽しいわ」アンは声をあげ、安堵の笑みをこぼした。

「しかも、付添人たちはみな岸にいてもらえるのがまたありがたい」デズモンドは手をそっと放して、アンの周りをゆっくりとめぐりはじめた。「緑のビロードの外套がよく似合っている」そう言って、まわりつづけた。「それに寒さで頰が薔薇色に染まっている。きみはなんて美しいんだ、アン」

アンはふたたび不穏な空気を感じた。これは友人同士が交わすやりとりではない。「あなただって、とてもすてきよ、ハワード子爵」努めてにこやかに言葉を返した。「それに、ひょっとしてスケートを練習されたのではないかしら。わたしよりはるかにお上手ですもの」

「そんなことはないさ」

アンは気持ちを落ち着けようとして、氷上の向こうへ目をやった。すでに五十人程度が氷の張った川に出てきている。そのうちに厚手の靴下を履いたモアランド子爵家の使用人たちがサンドイッチとマディラ・ワインを載せた荷台を氷上に運びだしてきて、管弦楽団がカントリー・ダンスの曲を演奏しはじめた。

「答えてはくれないのか」背後から子爵の声がした。

アンは身をすくめた。「あら、ごめんなさい。何に答えればいいの？」

デズモンドはすっと正面にまわり込んできて空色の目を一瞬すがめ、すぐにまたもとの表情に戻った。「アン、今朝の詫びの言葉は撤回せざるをえない。ぼくは本気できみにキスをしたんだ」

どうしたっていうの。「まわるのはやめて」アンはきつい声で言った。「めまいがするわ」

デズモンドはすぐさま脇に戻って、ふたたび手を取り、雪がより高く積もっている岸のほうへ導いていった。「たぶん、めまいがするのはきみの気持ちのせいだ。驚かせてしまったのはわかっているが、ぼくたちはだいぶ長く友人関係を続けてきた。ぼくがきみに好意と敬意を抱いているのは気づいているはずだ」

アンは唾を飲み込んだ。デズモンドが、ロンドンからきみを奪わせはしないだとか、マクシミリアンとでは幸せになれないなどと口にするようになった理由がふいに呑み込めた。友情から言ってくれていたわけではなかったのだ。「デズモンド――」

「またあの男か」子爵が遮って言った。「どうしてあんな男が招かれてるんだ？　モアランド夫妻は何も考えていないとしか思えない」

アンは振り返った。ハルファースト侯爵が両腕によろよろしたご婦人たちをしがみつかせて、氷上を行き来している。婦人のひとりが何ごとかささやいた言葉に笑い、その楽しそうな声が幅広い川に響きわたった。アンは啞然とした。婚約者はきっとどこかべつの場所でふてくされているか、次にふたりで出かける計画を練っているものと思っていた。まさか同行を断わられたパーティを楽しんでいようとは考えもしなかった。

「金持ちのどこかの小娘があの男を好いてくれるかもしれない」デズモンドがアンに耳打ちした。「うまくいけば、バレンタインデーまでには結婚が決まって、きみがヨークシャーに連れていかれる心配もなくなる」

「でも、あの方はとても……」

「誠実そうかい？」子爵があとの言葉を引き取った。「ああ、そう見せてるんだ」

アンはできることなら、自分の最もよくない想像を声に出して語るデズモンド・ハワードのいないところで、少しの時間でも冷静に考えたかった。目が離せなくなって見ているうちに、マクシミリアンはいったん雪の積もった岸へふたりの婦人を戻し、ふたたび明るい笑い声に包まれて、べつのふたりの婦人を連れだした。連れだされる婦人たちはみなくすくす笑ってはしゃいでいて、侯爵に巧みな滑りで導かれるのをたいそう喜んでいる。

「さあ、行こう」デズモンドが言った。「きみは動揺している。無理もないだろう。あの男がほかのご婦人がたにも言い寄っているとは知らなかったのだから」

「あの方は」アンはデズモンドのささやきを振り払うようにして声を絞りだした。「親切心でされているのではないかしら？　このパーティでは付き添ってくださる紳士の数が不足しているんだもの」

「きみって人は、アン。誰に対してもいいほうにばかり見ていないか？」

「でも実際に――」

「いやな気分を吹き飛ばす、いい考えがある。クイーンハイスで庶民たちが凍った川面に食べ物やゲームの露店を出しているんだ。〝氷の国通り(フリーズランド・ストリート)〟とかいう名で呼ばれている。その先を曲がったところなんだ。よかったら――」

「マディラ・ワインを取ってきていただけないかしら、デズモンド」アンは遮って言った。本人はよかれと思って言ってくれているのだとしても、これ以上聞いていたら金切り声をあげずにはいられそうにない。

「わかった。ひとりで動きまわらないでくれよ。すぐに戻ってくる」

マクシミリアンは三組目か四組目の婦人たちを両脇に連れ、どうみてもスケートは得意ではないふたり組を氷上でやすやすと導いている。すべてが間違っているとアンは悟った。ここに来るべきではなかった。それもデズモンドとだなんて。ハワード子爵からキスをされたときに、子爵の好意や、自分の気持ちについてもっとよく考えなければいけないことに気づくべきだった。ハルファースト侯爵から遊びのつもりでつきあっているのではないかと問われたことさえ理解できていなかったのかもしれない。

アンは顔をしかめ、ぎこちなく氷を蹴って、マクシミリアンのいる桟橋のほうへ滑りだした。最終的に求婚を断わることになっても、いやな感情は残したくない。今朝も、気持ちをもてあそぶようなつもりはまったくなかった。

マクシミリアンが近づいてくる婚約者に気づき、束の間ふたりの目が合った。けれどすぐに背を向けて、婦人たちを導いて岸のほうへ滑っていった。

「アン、どうかしたの？」ポーリーンが滑ってきて急停止したので、ふたりとも転びかけた。

「どうもしないわ。ただ少し考えたくて」涙が頰を伝い、誰にも見られたくなくてすぐにぬぐった。

「考え事には不向きな場所だわ」友人が言う。「あなたが尻もちをつく前に、岸まで連れていってあげる」

そのとき、マクシミリアンがしがみついていた婦人たちを送り届けてきたらしく、アンの前に戻ってきて、胸の前で腕を組んだ。何が言いたいのよ。つまりはこうして気を惹いて、ほかの男性とここに来たことを謝らせたかったの？　これで婚約者がポーリーンのような大切な友人たちと別れて、喜んでヨークシャーについて来るとでも思ってるのかしら。

「行って、ポーリーン」アンはマクシミリアンに背を向けて言った。せいぜい、ぬか喜びしていればいい。

「でも、アニー――」

「ひとりで大丈夫だから」

親友のポーリーンは、相手がどんなに見栄えのする、やさしそうで感じのよい紳士であろうと、つらそうな友人をそこに残して立ち去ろうとはしなかった。たった何度か外出を楽しみ、そそられるキスをされたからといって、口説かれているとか熱烈に求められていると思いあがっていたのは間違いだったのだと、アンは気づかされた。そうだとしたらあとに残るのはむなしさだけだ。

アンは息を深く吸い込み、速度をあげてはいけないというポーリーンの忠告の声を背中に聞きつつ、かまわず勢いよく滑りだした。サー・ロイス・ペンバリーが目の前に現われ、ぎょっとした顔をしている。

「レディ・アン――」

衝突を避けなければと息を呑んで身をかわした。両腕を振りまわしているうちに回転してしまい、やむなくではなく、勇敢に技に挑んでいるように見えることを願った。左足のスケート靴の刃(ブレード)が氷を噛(か)んだかと思うと、ふたたび風を切って前進しはじめた。

前方でぼんやりと濃い青色の布地がはためき、その人物のほうへ疾走していく。脇を通りすぎたときに、どすんという音がした。

「うわっ。きゃあっ」ふるえ声をあげ、肩越しを振り返った。前の社交シーズンから親しくしているスザンナ・バリスターが雪溜まりのなかに、ドレスとショールをひるがえし、髪を顔にまとわりつけて倒れ込んでいた。アンがなおもとまれずに滑りつづけていくあいだに、スザンナは身体の前の雪を払いながら起きあがった。

「アン！」

アンはマクシミリアンの大声に縮みあがり、すぐにまた前を向いた。自分の顔が深紅に染まるのがわかった。怒鳴りつけられ、ましてやマクシミリアンや、ほかの人々みんなが見ている前では何がなんでもとまりたくない。たちまち川面の道なりに曲がって、モアランド子爵家主催のやたら賑（にぎ）やかなスケート・パーティの会場から姿を消した。

ようやくひと息ついて、どうにか転ばずに速度を落として岸に近づいていった。まだ何も見えないものの、前方からデズモンドが話していた川の凍結を祝う露店の喧騒が聞こえてきた。

「ついてるわ」アンはぐっと息を呑み込んで、ふたたび流れ落ちてきた涙をぬぐった。考える場所を求めていたので、自分を知る者がいない氷上市なら最適だと思った。幸運を祈って人差し指と中指を重ね、これまでよりはるかに慎重に氷を蹴って、音楽と笑い声が聞こえてくるほうへ滑っていった。

5

『レディ・アン・ビショップは、スケートがじつに下手であることを露呈した。これに劣るのはおそらくミドルソープ公爵くらいだろうが、ビショップ嬢の四倍近くの年齢に達していることは考慮しなければなるまい』

一八一四年二月四日付〈レディ・ホイッスルダウンの社交界新聞〉より

アンが同じ氷上で滑っている姿を見たときには、計画は順調だとマクシミリアンは思った。ハワード子爵がぴたりと寄り添っているのは気に入らなかったものの、希望を見いだしていた。あの子爵が何を言っているにせよ、アンが真剣に耳を傾けているそぶりはなかった。そして、岸に戻っていったので、自分も同じように戻って、一緒に滑っていた婦人たちも安全な土手に上がらせた。

そこから、予想外の事態が勃発(ほっぱつ)した。アンは、令嬢たちを雪溜まりに転ばせただけにとどまらず、大きく曲がりくねった川の先へ姿を消したのだ――ひとりで。

「なんてことだ」マクシミリアンは毒づき、ほかの招待客たちを掻きわけるようにして、あとを追って滑っていった。「アン！」

アンの姿はなかった。胸を締めつけられるような心地で、氷上を懸命に滑りながらテムズ川の両脇の雪溜まりに目を走らせた。もうひとつ曲がったところで、立ちどまった。

ロンドンは奇妙な土地だ。川幅がさらに広がり、氷上に建つ掘っ立て小屋の集落が見えてきた。大勢の庶民たちが急ごしらえの建物のあいだを漂い、歩き、滑っていて、賑やかな音楽と物売りの声が響きわたっている。

アンがスケートは下手なのを知って、マクシミリアンはいくぶんほっとしていた。完璧というわけではないということだ。とはいえ、若い婦人がひとりで人込みに入れば、気まずいどころではない思いをしているに違いない。もう一度低く毒づき、建ち並ぶ露店や手押し車のあいだを縫って氷の道を滑っていった。

生姜（しょうが）入りクッキーやミートパイを売り歩く人々がひしめいていて、思うように進めなかった。賭け事好きな酔っ払いたちが氷に足を滑らせて転んでいる。不安がつのり、胃が差し込んだ。癪（しゃく）にさわったのか、憤慨したのか、アンがパーティを抜けだした理由がなんであれ、ひとりでいるのは危険な場所だ。いったいどうしてハワードはそばを離れたんだ。

「やめて！　泥棒！」

女性の声がしたほうへ、マクシミリアンは突進した。アンが緑色の手提げ袋（レティキュール）をひったくろうとしている大柄ないかつい顔の男の腕をつかんでいた。

「アン！」

アンは男に突き飛ばされ、掘っ立て小屋の脇に尻もちをついた。盗人はそれを横目でじろりと見て、混雑した通りをすり抜けていった。

マクシミリアンはアンのそばに駆けつけた。「けがはないか？」しゃがんで、アンの顔から髪を払いのけて訊いた。「大丈夫か？」

「平気よ」アンは息を切らして言い、マクシミリアンはふるえている手をつかんで助け起こした。「でも、手提げのなかにブローチが入ってたの。とても――」

「ここで待っていてくれ」マクシミリアンは力強く言うと、近づいてきた巡査のほうへアンを押しやり、いきなり駆けだした。

アンを突き飛ばすような男は獣だ。今回ばかりは気遣いや礼儀は不要であり、ゲームを有利に進める加勢を待っている時間はない。人込みをすり抜けていく男の姿をとらえて、マクシミリアンは不敵な笑みを浮かべた。ぼくのアンを傷つける者は誰であれ許さない。

かたやアンは、ひったくりの犯人を追って遠ざかっていく婚約者の後ろ姿を見ていた。

「さあ、しっかりしてください、お嬢さん」巡査が言い、腕をつかんだ。「けがはありませんね」

はっきりとは否定できなかった。全身が寒さのせいではなくふるえていた。ひとりでいると思い込んでいたのに、どこからともなくマクシミリアンが現われた。そしてまた消えてしまった――自分が浅はかにもブローチのことを口にしたせいで、きわめて危険であるはずの男を追っていったのだ。「放してください」ふるえがちな声で言った。

「紳士に、あなたをここで待たせておくようにと頼まれたのです」

「ハルファースト侯爵が」はっきりとした口調で続けた。「危険にさらされています」

「ハルファースト侯爵……なんてことだ」巡査はつぶやくように言った。「わかりました。お嬢さん、あなたはここにいてください」

巡査はどこにでもいそうな娘の世話より貴族の紳士を手伝いたいという欲求に衝(つ)き動かされたらしく、あとを追って走りだした。アンはマクシミリアンを助けに行ってもらえるのなら、ささいな誤解は正したいとも思わなかった。

べつの巡査が駆けつけて、騒ぎの経緯を尋ねた。アンは素性を明かす前に、マクシミリアンが駆けていったほうへ先に立って進みだした。たったひとりで自分を追ってきてくれた人に、自分のせいでけがを負わせるわけにはいかない。

マクシミリアンは露店の集落が途切れる手前で盗人に追いついた。唸り声を発して、男に飛びかかった。組みあって倒れ込み、商人の荷台や、ビールジョッキや、ブランデー入りキャンディーが散乱した。

ふたりの男は露店の片隅に突っ込み、やわな板切れが頭上に落ちてきた。マクシミリアンは太腿(ふともも)をブーツで踏みつけられて呻(うめ)いた。さいわい、このろくでなしはスケート靴を履いていなかったが、そうでなければ、アン・ビショップとのあいだに跡継ぎをもうける将来設計をつぶされるところだった。マクシミリアンのほうだけがスケート靴を履いていたのが氷上では功を奏して、どうにか先に立ちあがった。

「この野郎――」盗人はそう言いかけて、顎にこぶしを食らった。

マクシミリアンは倒れた男の身体越しに手を伸ばし、ビールジョッキと牡蠣の山に埋もれたアンの手提げ袋を引っぱりだした。「手間をかけさせてくれたな」息を切らしながら、外套のポケットに手提げ袋を押し込んだ。

「ハルファースト侯爵！　おけがはございませんか？」

振り向くと、巡査が散乱した売り物や荷台の残骸のあいだを縫って滑ってくるのが見えた。

「あずけたご婦人はどうしたんだ？」どうにか息を整えて、きつく言い返した。まったく、これではまたアンをひとりにさせてしまったではないか。

「あのご婦人は……あのご婦人にあなたを助けるよう頼まれたのです」巡査は弁解した。

「私は――」

「マクシミリアン！」

振り向いて、突進してきたアンを抱きとめ、ふたたびビールジョッキと木片と牡蠣のなかに倒れ込んで悪態をついた。アンが胸にしがみついている。

「大丈夫？」アンが胸にすり寄せた顔を上げてこちらを見つめた。

「少々息切れしている」マクシミリアンはつまりがちに答えた。なにせ、人も物もやたらに自分の上にのしかかってくる。「きみは？」

「スザンナを転ばせて、むやみに逃げだして、あなたに泥棒を追いかけさせて――いま考えると恐ろしくてぞっとするわ。だって、あの泥棒がナイフを持っていたかもしれないのよ！」

「だが、きみにけがはないんだな」マクシミリアンは繰り返し、アンがしがみつくのをやめてくれるのを願った。気が散って仕方がないし、派手な捕り物騒動にかなりの数の野次馬が集まっている。

「ええ、けがはないわ」

「よかった。ぼくの膝の上からきみのスケート靴をおろしてくれないか？　なるべく、ゆっくりと」

「まあ、いけない」アンは息を呑んで、大げさなくらい慎重にぎこちなく氷上に足をおろした。「けがをさせてしまったかしら！」

マクシミリアンは起きあがった。「ほんのかすり傷だ。残念ながら、ズボンはもう使い物にならないだろうが」

「ほんとうにごめんなさい」

アンはいまにも泣きだしそうな顔をしている。「気にしないでくれ」声を落として言い、微笑みかけた。「この程度のことはなんでもない」

もうひとりの巡査も追いかけてきていたので、ふたりの巡査がふらついている盗人を引っぱり起こした。「こいつをどうなさりたいですか？」

マクシミリアンはポケットから手提げ袋を取りだし、アンに返した。「特に希望はない。被害はなくてすんだ。どこかへ放りだしてくれればそれでいい」

「はあ、承知しました」

巡査たちは、貴族はみなどうかしているというようなことをささやきあいつつ、おそらくはきびしく説教するために盗人を引きずっていった。アンが無事であるならば、その男がどうなろうとマクシミリアンはかまわなかった。唸り声をこらえて、どうにか立ちあがり、アンも引っぱりあげた。

「パーティに戻ろう」これ以上騒ぎを起こさせないよう、アンの手袋をした手をしっかりと自分の腕にかけさせた。

「だめ、それはできないわ」アンは慌てて言い、顔を緋色に染めた。「あんなみっともない失態を演じてしまったのよ」マクシミリアンを見つめる。「それに、あなたはけがを負って、濡れていて、魚とビールの匂いがするわ」

「きみは、羊飼いならそういう匂いがすると思ってたんじゃないのか?」マクシミリアンは平然と言葉を返した。「羊肉と濡れた羊毛の匂いは、おそらくきみが考えている以上のものだろうな」

「あなたはやっぱり、わたしがハワード子爵とスケートに来たことを怒っているのね。それに、ほんとうに羊飼いだったなんて」

マクシミリアンは奥歯を噛みしめ、そっけなくうなずいた。「ああ、そうとも。きみはなぜパーティから逃げだしたんだ?」

「そうしたかったからよ」

そうはいっても自分と婚約中のこの女性が、再会したときに想像していたような、甘やかされて育った単なる気まぐれ娘ではないのはすでにわかっている。「危険な目に遭う可能性は考えなかったのか？　ここの氷は鼠の重さにも耐えられないほど薄いところもある。露店市をひとりでうろつくなど論外だ。狙われたのが手提げだけだったのは幸運なんだぞ」

「あなたがいなくてもどうにかなったわ」

こんなやりとりはもうたくさんだ。マクシミリアンは手を放した。アンが甲高い声をあげて、よろめいた。転ぶ寸前に、脇に手を差し入れてまっすぐに立たせてやった。

「いまの発言は撤回するか？」頭の後ろから問いかけた。アンが押し黙っているので、クイーンハイスの船渠のほうへ進ませながら、やや口調をやわらげて言った。「まあいい。それなら、どうしてハワード子爵と来ることにしたのか説明してくれ」

「誘われたんだもの」

「ぼくが誘うことはわかっていたはずだ」

「あちらのほうが先だったわ」

「ぼくのほうが先に求婚している」

肩越しに顔を振り向けたアンの緑色の目に涙が浮かんでいるのを見て、マクシミリアンは胸を突かれた。「あなたはちゃんと求婚してくれてないわ。誰にも求婚されてないもの」

アンは、それを言うならぼくも誰からも求婚されたことはないといった皮肉が返ってくるものと思っていたが、そうではなかった。実際、思い返してみれば、この婚約について侯爵から自身の立場を嘆くような言葉は一度も聞いていない。

　クイーンハイスの船渠に着き、マクシミリアンはいともやすやすとアンを桟橋の端にのぼらせた。アンがぼんやり見ているうちに、丈の短いブーツからスケート靴がはずされた。足首をつかまれてスカートの裾をはたいてもらうと、肌に当たる空気はひんやりと冷たいのに、どういうわけか身体が熱くなってきた。羊飼いがスケートを得意としているとは考えもしなかったが、たしかにマクシミリアンは上手に滑っていた。

　ほかにもいろいろなことを知っているように見える——考えていた以上にロンドンになじみやすい男性なのかもしれない。それでもやはり、どこかこの街にはそぐわないところがあるのだけれど。「デズモンドにお断わりすべきだったわ」アンはゆっくりと言った。

　マクシミリアンはアンの両足のスケート靴をひとつに結んで肩に掛けると、顔を上げた。

「なぜ？」

　正直な返答を望んでいる。温かな灰色の瞳がそれを示していた。「あなたが誘ってくださるのはわかっていたから」

　マクシミリアンが隣にさっと腰をおろし、かがみ込んで、今度は自分の上質なヘシアン・ブーツ（十九世紀に流行した上部に房飾りの付いた軍用靴）からスケート靴をはずしにかかった。「子爵はきみの心をつかめていないということかな、アン？」

　アンは婚約者の横顔をじっと見つめた。「わたしの心は誰のものでもないわ」

　マクシミリアンが背を起こした。「ぼくはすでにその難題に挑んでいる」

「どうしてなのかわからないわ。あなたとは結婚しないと何度も言ってるのに」

「ふむ」マクシミリアンはほどよく厚みのある唇にうっすら笑みを浮かべ、ふたたびかがみ込んだので、少し伸びすぎた感じの黒い髪で細い顔の片側半分が隠れた。「きみは議論が好きなのか？　それともぼくには突っかかりたくなるのかな」

「今度は、わたしが質問する番だと思うの」アンは言い返し、ふと、ヨークシャーでこの男性を待っている恋人はいないのだろうかと疑問が湧いた。田舎では羊飼いの人気が高いのは間違いないし、実際、こんなにも飛びぬけて美男な牧場主は見たことがない。

「だったらどうぞ」

「あなたは何がなんでも一年じゅう、ヨークシャーにいなくてはいけないの？　それともあなたがずっとそこにいたいだけ？」

スケート靴が完全にはずれ、マクシミリアンはそれを空いているほうの肩に掛けた。「ぼくは土地の領主で、地元の治安判事も務めているし、農場には一年を通じて仕事があって、そのほかにもハルファーストに必要なことはなんでもする。それは責務であり、選択の余地はない」上体をかがめて、アンを立たせた。

アンは、スケート靴を履いていたときのように腕に手をかけさせてもらえるものと思っていた。ところが、マクシミリアンは温かなアーミン毛皮のマフに手を入れるよう促した。

「マクシミリアン、あなたにとってわたしは責務、それとも選択肢？」

「アン、きみは目下ぼくにとって難題だ。貸し馬車を頼むかい？　それとも歩くほうがいいかな？」

「歩く？　何マイルもあるのよ！」

「貸し馬車にするか」

アンはマクシミリアンに導かれて通りへ歩きだした。難題だという返答にほっとしていた。きみは意固地だとか浮ついているという言葉で片づけられるより、はるかに関心を持ってくれているように感じる。じつを言えば、このところ、当惑させられることが多くなっていた。なにしろ、初対面ではけっして結婚したくないと胸に誓ったはずの男性にたびたび予想外の欲望を掻き立てられている。ビールジョッキと牡蠣に埋もれていた姿にすら、つい魅入られていた。

「そうしないとあなたが凍えてしまうわ」だし抜けに言って、片手をマフから出してマクシミリアンの腕を取ったとき、貸し馬車がふたりの前に停まった。

マクシミリアンはアンを先に乗せて、ビショップ邸への道順を指示してから自分も乗り込み、扉を閉めた。閉ざされた馬車のなかでさえ、吐く息が白く見えた。ああ、もしマクシミリアンが凍え死にでもしたら、もう言い合いはできないし、おはようのキスもしてもらえなくなってしまう。

「どれくらい濡れてるの？」アンは問いただすように訊き、マクシミリアンを向きなおらせると、厚手の外套のボタンを上からはずしはじめた。

マクシミリアンが眉を上げた。「どうしたんだ？」

「あなたはずぶ濡れだわ」外套の内側に手を入れて上着に触れた。「どうしてもっと早く言ってくれなかったの？」黒っぽい上着の生地をめくると、胸を覆っている薄い平織りの綿布のシャツも濡れて冷たくなっていた。

「アン、速やかに反対側の座席に移ってほしい」マクシミリアンが低い声で言った。

「でも――」

「いますぐ」

アンは目を上げた。マクシミリアンが厚手の外套と上着の内側に入り込んだ自分の両手に視線を据えていた。歯を食いしばり、片手で扉の取っ手を握り、もう片方の手はすり切れた座席の背をつかんでいる。

アンはぱっと顔を赤らめ、両手をすばやく膝の上に戻した。「わたし……わたしはただ、あなたが風邪をひいてしまうのではないかと心配だったのよ」つかえがちに言った。ああ、なんてことをしたのだろう。高級娼婦でさえ、きっといきなり紳士の服の前を開きはしない。

「ぼくはじゅうぶん温かい。心配してくれてありがとう」マクシミリアンは呻くように言い、アンの手を見つめたまま荒い息をついている。

「あなたは――」

「アン？」

「何？」

「喋らないでくれ」

「まあ」

マクシミリアンは意味のわからないつぶやきを発したが、アンは訊き返すのは賢明ではないと見定めた。仕方がないので、歯ぎしりが聞こえてきそうなほど顎をこわばらせて目をきつく閉じている顔をじっと見ていた。

「大丈夫？」そっと声をかけてみる。

マクシミリアンがやにわに立ちあがり、そのまま動きをとめずに安普請の扉を開いた。

「ぼくは歩いていく」

アンはその腕をつかんだ。「だめよ！」

マクシミリアンがふたたび顔を振り向けた。「ぼくにとどまれというのか？」

「あなたはどうかしているわ」いたって淡々と答えた。付添人もいない閉ざされた馬車のなかにとどまるよう紳士に求めているのだから、自分もどうかしているのだろう。「そんな状態で外に出たら、重い風邪をひいてしまうわ」手を放して反対側の座席に移り、膝の上で手を組みあわせた。「あなたの貞操を奪いはしないと約束するわよ」

マクシミリアンは目を狭めた。「心配しなければならないのは、ぼくの貞操ではないだろう」

「とにかく坐って」

マクシミリアンは深呼吸をして、腰をおろした。「ぼくが風邪で死ねば、きみはもうヨークシャーに連れていかれる心配をしなくてもよくなるじゃないか」

少なくともまた会話はできるようになったらしい。「いずれにしても、わたしは強引にどこかに連れていかれるような女じゃないわ」

「ぼくにもだんだんとそれがわかってきたよ」

つまり、あきらめはじめているということ？　けれども、目の表情にはあきらかにまだ執着心が残されていて、とてもあきらめたようには見えない。それに、どのようなつもりでその言葉を口にしたにしろ、貸し馬車が停まる頃には身をふるわせつつ、感心するほど懸命に何ごともなかったかのような顔を装おうとしていた。

マクシミリアンは先に地面に降りて、アンが降りるのを手助けした。「ぼくの貞操を守るためにも」歯をがちがち鳴らしながら御者のほうをちらりと見やった。「きょうのところは、別れのキスは控えるとしよう」

婚約者は貸し馬車に乗って去ろうとしていた。ハイ・ストリートにあるロンドンの自宅まではここから二十分もかかるというのに。アンはしかめ面で、またも腕をつかんだ。「だめよ、行かせないわ」

「きみに好かれているような気がしてきたな」マクシミリアンがつぶやいた。

アンは自分でも身体を心配しているからなのか、唇を重ねたいからなのか判然としなかったものの、前者のほうだと思うことにした。「そういうことじゃないわ」あっさり否定し、玄関扉のほうへ婚約者を引っぱっていった。山を動かすほうがまだ簡単そうに見えたが、マクシミリアンはしぶしぶついてきた。「父の服のなかに、あなたが着られるものがあると思うわ。あなたが死んで、わたしのせいにされたらたまらないもの」

「ご親切に」マクシミリアンはふるえながらもどうにか外套のポケットからソヴリン金貨を一枚取りだし、貸し馬車の御者に放ったが、見せかけの寒がり方ではなかった。

ふたりが玄関扉の前に立っても、いつも扉を開いてくれるランバートは現われなかった。アンはいまさらながら、その日が週に一度使用人たちが午後を自由に過ごせる木曜日だと気づいた。「そうだったんだわ」つぶやいて、手提げ袋のなかの鍵を探り、それを取り返してくれた婚約者に胸のうちであらためて感謝した。

「どうしたんだ？」

「なんでもないわ。家には誰もいないのよ」

「そうか」

寒さのせいではないぞくりとする感覚がアンの背筋を這いのぼった。これほど長い時間を男性とふたりきりで過ごしたことはなく、このように大柄で筋肉質な男性を家に入れるのは控えめに言っても無分別なのだろう。そうだとしても、貸し馬車はもう行ってしまったし、こんな状態のマクシミリアンを雪のなか歩いて帰らせるわけにはいかない。「状況がどうあれ」相手のためであると同時に自分のためにも言葉を継いだ。「あなたは濡れて凍えていて、それはわたしのせいなんだもの」

「ぼくは拒んでいない」マクシミリアンはのんびりとした口ぶりで静かに言い、アンのあとから玄関広間に入った。「どちらの頭もどうかしていないことが確かめられればそれでいい」

それだけでも、ともかく彼を家に入れる理由にはなる。「父の部屋はこっちよ」アンは告げて、さっさと階段のほうへ歩きだした。

マクシミリアンがすっとアンの腕を押さえて、手を握った。「家には誰もいないのか？」

アンを自分のほうに引き戻した。「ほんとうに？」

アンはゆっくりと抱き寄せられ、爪先立って熱っぽく唇を重ねた。これに比べれば、マクシミリアンのおはようのキスは可愛らしいものだった。両手を下襟に巻きつけると、ビールで濡れた冷たい身体をじかに感じた。

「きゃっ」

マクシミリアンは温かい目で面白がるようにアンを見やった。「こんな反応をされた経験はないな」

「まずは着替えが必要ね。そんなに濡れて冷たい服を着て立っていられるのがふしぎだわ」

「たいして気にならない」

マクシミリアンはふたたび抱き寄せようとしたが、アンはさっと身を引いた。「来客用の寝室がそこにあるわ。わたしは着替えを見つくろってくるわね」

それからはっと、来客用の部屋の暖炉は火を熾す用意がされていないのではないかと不安がよぎった。でも、わたしの羊飼いさんは火の熾し方も知っている。

アンは清潔なシャツを探していた手をとめた。わたしの羊飼いさんですって？　いつからそんなふうに呼ぶようになっていたのかしら？

「どのみち、ロンドンでは誰かがあの人の世話を焼かなきゃいけないんだもの」とつぶやいて、そんな言葉が自分の口から出たことすら信じられなかった。マクシミリアン・トレントは、ヨークシャー好きのわりには――ひょっとして、そうだからこそなのかもしれないが――自分が知るかぎり、最も有能な男性だ。

シャツ、ズボン、ベスト、上着、首巻(クラヴァット)を取り揃えた。どれも父の衣類のなかではとりたてて上質なものではない。緊急事態をしのげさえすればいいのだから、マクシミリアンがこれで満足してくれることを願った。

「入るわよ」アンは大きな声で言い、少しあけてあるドアを押し開いた。もちろん、裸になっているとは思わないが、そんなことは誰にもわからない。

侯爵がケープ付きの厚手の外套すら脱がずに家に入ったときのままの姿で暖炉の前にしゃがみ、手を差し入れているのを見て、アンはがっくりと力が抜けた。

「せめて、外套くらい脱いで！」てきぱきと言って、持ってきた衣類を椅子にどさりと置く。

マクシミリアンは背を起こし、炉棚につかまって立ちあがった。「そうしようと思ったんだが」少し気恥ずかしそうに言う。「手がどうしようもなくふるえるんだ」

策略とも思えなくはなかったが、全身が揺れるほど両手を激しく擦りあわせている。「あなた、ほんとうに寒いのね？」

「凍え死にそうなくらいだ」マクシミリアンは答えて、ふたたびぶるっと身をふるわせた。

「焚(た)きつけるときに火傷しかけるまで寒さは感じなかったし、気にもならなかった」何秒かアンを見つめたあと、空咳をした。「火は熾した。もう少し経てば、温まる」

「お手伝いするわ」アンは意を決して進みでた。マクシミリアンは手助けを必要としている。それに、触れたくてたまらなかった。上着やシャツだけでなく、その下のなめらかな肌にも。

「その必要は――」

「じっとしてて」アンは指示して、マクシミリアンの両腕を開かせ、その真ん中に歩み寄って、馬車のなかでボタンをはずしかけた外套を脱がしにかかった。

いまにも抱き寄せられそうなくらいそばに立っているうちに、アンの手もふるえだした。それでもどうにか外套の前を開き、肩の後ろへ滑り落とした。

次に上着を脱がせる。顔に視線を感じつつ、あえて目を合わせなかった。目を合わせれば、あくまで彼のためにしているという態度が保てなくなってしまう。

ベストの固いボタンをはずしはじめたとき、マクシミリアンが片手をまわしてきて、指先ではじくようにアンの外套を床に滑り落とした。身がこわばった。

「暑くなってしまうと思ったんだ」マクシミリアンがぼそりと言う。

アンはとっさに、かじかんでいた指が動くようになったことを指摘しようとしたが、言葉が出てこなかった。ベストを開いて、本能が求めるまま冷たく湿ったシャツに手を滑らせた。逞しい筋肉がぴくりと動いたのを指先に感じ、生温かいものが脚の裏を駆けのぼった。

アンは前のめりになって、ベストを彼の両腕から引き抜き、床に落とした。ビールと牡蠣の匂いにこれほど気をそそられるとは思いもしなかった。身を寄せると、ズボンの内側から硬いものに押されるのがわかった。視線をさげる。「まあ」

顔を上げ、ようやく目を合わせた。マクシミリアンは大きく息をついて、あたかも彫像が目覚めたかのごとく、熱く貪欲（どんよく）なキスをした。「アン」腰に腕をまわし、さらにきつく抱き寄せた。

アンは目を閉じて、彼の感触に浸った。その唇のぬくもりに誘われ、自分のほうからもキスをした。どこへ行こうとしているのかわからなくても、ともかくそこへ、どうしてもこの人と一緒にたどり着きたい。

ドレスの後ろの留め具が緩められていく。体内をめぐる熱情に、脚を動かせるうちに逃げるべきだと警告する理性の声は抑えつけられていた。

足から急激に力が抜けて、すでに走りだせそうになかった。彼の唇の風味に熱せられ、身体が妙に軽くなったように感じられる。

マクシミリアンが片手で首巻（クラヴァット）を取り去り、喉の奥から低く呻くような声を響かせた。アンはふたたびぐいと引っぱられたかと思うと、たちまち絨毯（じゅうたん）敷きの床に倒され、ふたりが脱いだ衣類の山に埋もれた。

身体じゅうをたどられて息を奪われ、もっと触れてほしくて焦れた声を洩らした。マクシミリアンがシャツを頭から脱ぎ去り、引き締まった筋肉質な身体をアンの脚のほうへ滑らせていく。剥きだしになった肌を唇で隅々まで慈しみ、またゆっくりと顔のほうに戻ってきた。

アンがみずから腰を上げると、彼の手が太腿のあいだに滑り込んだ。「マクシミリアン」思いがけず懇願するような声を出していた。自分が求め、欲しているものに近づいているのがわかり、これ以上焦らされたら気が変になってしまうかもしれないと思った。

まさぐる手は腰から乳房へのぼってきて、温かな唇がそのあとに続いた。両方の乳首が舌で交互に転がされている。アンはもはや言葉を口にできなくなっていた。やむをえず、ふるえる手を彼の濃い髪のなかへくぐらせ、頭を自分のほうに引き寄せた。

マクシミリアンはなおも乳房を舐めては吸いつきつつ、身をよじってブーツを足から引き抜き、脇へ放り投げた。さらに、ズボンを脱ぎ捨てる。

ふたたび上に戻ってきて、唇を奪い、むさぼるような熱っぽいキスをする。アンはそのキスに応えながら、太腿が熱く硬いもので押されるのをひしひしと感じた。昂るとともにぞくりとする恐ろしさが身体を突き抜けた。それでも、ここでとめることなど考えられなかった。いまやりかけていることをマクシミリアンにやり遂げてもらわなければ、死んでしまいそうな気がした。どうしても彼と交わりたいという、経験したことのない猛烈な欲望が湧きあがっていた。

乳房に触れていた手が腹部をおりて太腿に至り、脚を開かせた。互いの下腹部の位置を合わせ、肌と肌、腰と腰を触れあわせる。

「アン」マクシミリアンがささやいて顔を上げ、アンの目を見つめた。それからまた腰をわずかにずらしてそっと押しだし、徐々になかに入ってきて、アンが想像もしていなかった深みに進んだ。

突然の痛みに息を詰めた。マクシミリアンがすぐさま動きをとめ、片肘をついて体重を支えながら、もう片方の手で左の乳房をくすぐった。

「力を抜いて」かすれ声で言い、喉と耳の付け根に口づけた。「すぐにおさまる。痛みを感じるのは、ぼくがきみの初めての相手である証しだ。もう二度と、このような痛みを感じることはない。ぼくをただ感じてくれ、アン」

「楽になってきたわ」どうにか言葉を返した。こんなふうに自分の肉体を意識したこともなければ、これほどの期待と……満ち足りた気分を同時に感じたことはなかった。「やめないで」

マクシミリアンはふたたび目を合わせて、うなずいた。「こんなにしたくてたまらないことをやめられるはずがない」ゆっくり奥へ進み、最後まで沈めた。

彼が深く、貪欲に、一定のリズムで動きだし、アンはその肩にしがみついた。自分の息遣いと鼓動が、突かれるリズムに合ってきたような気がする。望みどおりに動けている。こんなにも自然で、心地よく感じられることがほかにあるとは思えない。絶対に。

しだいに突かれる速さが増し、凄まじい切迫の波が押し寄せた。これ以上は耐えられそうにない。もう限界に達している。

「マクシミリアン？」喘ぎながら言った。

「最上の気分を味わえるのはこれからだ」マクシミリアンはあきらかにアンの意図を汲み取って、息を切らしつつ答えた。

「どうやって？」

「そのままでいいんだ、アン。考えるな」

彼のしなやかな身体に上から絨毯に押しつけられて抱きしめられ、脚のあいだを容赦なく突かれつづけて、ほとんど何も考えられなくなっていた。「ああ、なんてこと」か細い声を洩らし、マクシミリアンにしがみついた。

アンは息もつけない悦びにふるえて砕け散った。間をおかずに、マクシミリアンも彼女のなかで小刻みにふるえだし、言い表しようのない高みにともに昇りつめたことをアンは悟った。

それからしばらく、ふたりは手脚を絡ませたまま荒い息をついて横たわっていた。しばらくして、マクシミリアンは重みがかかってしまっているのを察してアンの下に片手を差し入れてごろんと転がり、上下を入れ替わった。

「どんな気分だい？」低い声で訊き、自分の顔の上に垂れたアンの黒みがかった長い髪を払った。できるかぎりやさしくしたつもりだったが、自分がどれほど激しく彼女を欲していたかを考えると、どこまで実現できていたのか自信がない。

「ぐったりしてるわ」アンはマクシミリアンの胸を手でたどりながら答えた。「それに、とても……」

「くつろいでいる？」マクシミリアンは代わりに言葉を継いで、ふっと笑みを漏らした。

「ええ、とても」

「すっかり身体が温まったみたいだ」吐息をつく。ハルファーストに帰ったら、できるだけ頻繁(ひんぱん)に暖炉の前でアンと愛しあいたい。息を吸い込むと、ふたたびビールと牡蠣の匂いが鼻をつき、顔をしかめた。たとえアンにはふたりが遭遇した災難の証しだとわかっていても、こうして裸でいるところを誰かに見られたら、安宿の匂いとしか思われないだろう。

「ビールの匂いがするわ」アンは胸に頬を寄せ、温かな手を腰に巻きつけている。

「いまはきみもだ。この部屋に洗面台はないよな？　きみの父上にお会いするときに、せめて悪臭はかがせたくない」

アンが起きあがり、皺くちゃのシュミーズが乳房から腰にずりさがった。「どういうこと？」

「ぼくはきみの父上の服を借りなければならない」マクシミリアンも上体を起こし、アンを胸に抱き寄せた。すでにまたも彼女を欲している。「一緒に契約書をまとめるときには、いくらなんでもビールと牡蠣の匂いをさせていたくないじゃないか」どのような取り決めになろうとも、アンさえ手に入れられれば、ほかのことはもうどうでもいいのだが。

アンはみるみる顔をしかめた。「なんの契約書？」

「ぼくたちの結婚のだ」

アンはマクシミリアンを押しのけて、よろよろと立ちあがった。「わたしを騙(だま)したのね」

「騙してなどいない」きっぱりと言った。「きみもぼくと同じくらい、こうなることを望んでいたはずだ」

「ええ、こうなることは」アンは互いを手ぶりで示し、マクシミリアンの下腹部にちらりと目を留めた。「でも、だからといって、わたしは……すべてに同意したわけではないわ」

マクシミリアンはやり場のない怒りと渇望に駆られ、同じように立ちあがった。「きみはぼくのものだ」と断言した。「すでにぼくの子を宿しているかもしれない。そうでないとしても、ぼくは遊びのつもりではないと言ったはずだ、アン。きみを娶るためにロンドンに来た。そしてようやく——」

階下から、玄関扉をあけ閉めする音が聞こえた。「アンお嬢様？　まあ、大変。そちらにいらっしゃるのですか？」

アンは蒼ざめた。「デイジーだわ」慌てて椅子へ歩いていって、父の衣類をつかんだ。「着替えて」きつい調子で言い、マクシミリアンの胸にその衣類を投げつけた。

「いやだ」

アンはほんの一拍、ためらった。「勝手にすればいいわ。裸でいなさい」背をひるがえし、自分の衣類を拾い上げる。「わたしはべつの部屋で着替えます」

マクシミリアンは引きとめようとドアのほうへ歩きだしたが、追いつく寸前で廊下に逃げられてしまった。アンの気持ちがわからない。きょうはもともと誘惑するつもりなどなかったのだが、自分のものにしたいという欲求を抑えられなかった。情けない。

悪態をついて、投げつけられた衣類をいったん椅子に戻し、ズボンを取りあげた。今回のことでもうアンを妻にすることはできるはずだし、それについて異を唱える者はロンドンには誰もいない——アン本人以外は。それになにより、欲望であれ、たとえ友情であっても、きょうはふたりの絆(きずな)が結べたものと信じたかった。しかしいますぐヨークシャーに無理やり連れ帰っても、アンを失望させ、互いにみじめな思いをするだけだ。

マクシミリアンはズボンの前を留めた。丈が短すぎる。ブーツを履いてきためぐり合わせに感謝した。そうでなかったら、まさにアンが嘲笑していた羊飼いらしい姿となっていただろう。羊飼いから遠ざかればそれだけ彼女に好かれやすくなるのは間違いない。

6

『ロンドンじゅうが、レディ・シェルボーンのバレンタインデー舞踏会の話題で持ちきりとなっている。筆者が聞いたところによれば、招待状は本日到着予定とのこと。

招待客はバレンタインカラーである赤、ピンク、白を着用すべきとの決め事があるかどうかは定かでない。

赤とピンクと白だらけ。考えただけで、ぞっとする』

一八一四年二月七日付〈レディ・ホイッスルダウンの社交界新聞〉より

四日後、それまで見つけられなかった絶好の機会が一通の書状によってもたらされた。レディ・シェルボーンこと、マーガレットが聖バレンタインの祝日に催す舞踏会の通知だ。マクシミリアンは招待状をじっくりと眺めた。自分にこれが届いたということは、むろんアンにも届いているはずだ。そして、ここ数日のアンの対応を考えれば、この舞踏会が彼女を勝ちとる最後の機会になるかもしれない。

昨日ビショップ邸を訪ね、その前日にも訪ねたが、いずれのときも、アンはハワード子爵と外出しているとのことだった。よもやスケートには二度と行きはしないだろうし、追いかけるにも、手がかりは無きに等しかった。

アンは自分との交わりを楽しんでいた。身を重ねていたときのしぐさや、伝わってくる鼓動から、それはたしかに感じとれた。自分が彼女にとって初めての相手だと知って、なおさら一生自分だけのものにしたいという気持ちが強まった。

アンがなんと言おうと、古い文書で婚約が定められているからというだけでなく、ふたりは結ばれる運命にある。それなのにアンが自分を避けてハワードと会っているのが、いらだたしくてならない。ロンドンから離れたくないために、あのいまいましい子爵の求婚を受けてしまうのではないかと思うと、居ても立ってもいられなかった。

「彼女の行き先は見当がつかないのか」マクシミリアンはビショップ邸の執事に尋ねた。

「それがまったく。アンお嬢様は、夕食までに戻るとしかおっしゃいませんでしたので」

執事はおそらく嘘をついているのだろうが、それも仕事のひとつなのだから仕方がない。だが、いちばんの目当ては逃したとはいえ、パズルを埋めるピースはまだほかにもある。

「では、ダヴェン伯爵夫妻はどちらかご在宅だろうか？」

ランバートは目をしばたたいた。「はあ、居間でお待ちいただけましたら、確かめてまいります」

つまりはいずれかは在宅しているということだ。問題は、どちらであれ、自分と話すつもりがあるかどうかだ。先日、ここにふたりきりでいたことについてのアンの説明はじゅうぶん筋が通っているように聞こえたが、親の立場からすればどうであったかは神のみぞ知るだ。

「ハルファースト卿」戸口から静かな男性の声がした。「まったく予想外の来客というわけでもないが、驚いたな」

マクシミリアンは軽く頭をさげた。「ダヴェン伯爵。お会いくださって感謝します。お忙しいのは存じておりますので」

「気にせんでくれ。アンが分別を取り戻したのだとすれば嬉しいのだが。あの子がきみを待たずに劇場へ出かけたと聞いて、私はきみに会わせる顔がないと思っていた」

「ぼくは辛抱強いんです」

「どうやらそのようだ」

伯爵に身ぶりで促され、マクシミリアンは坐り心地のよさそうな椅子に腰をおろした。

「お伺いしたいことがあるのです」

従僕が茶器の盆を運んできて、伯爵が咳払いをした。「憶測はいっさいやめておこう」

「花嫁持参金のことについてではありません」マクシミリアンは身を乗りだし、左右の手を擦りあわせた。こういったやりとりが、ロンドンの最もいやなところだ——策略、ごまかし、うわべだけの礼儀正しさは、誰も陰でしか本音を口にしないことの裏返しだ。かたや自分は率直でありたい。それをアンの家族にもわかってもらうことが大事ではないかと思った。

「あなたは、お嬢さんがぼくと結婚することを望んでおられますか？」

ダヴェン伯爵はいぶかしげに眉をひそめた。「ああ、もちろんだとも。両家のあいだですでに合意して――」

「そうではありません。あなたはぼくたちの結婚を望んでおられるのかを、お訊きしているんです」

「ふむ」伯爵はお茶に口をつけた。「きみが亡き父上のせいで貧窮（ひんきゅう）しているという噂が広まっていることを気にしているのか」

どうやらロンドンにも率直に話せる人間はいるらしい。いくぶん、気が晴れた。「はい」

「たしかに、本音を言えば――きみはそれを望んでいるのだろう――きみについてその噂しか知らなかったとすれば、むろん、娘との結婚を望んではいなかっただろう。ハルファースト侯爵家は歴史ある名家だが、率直に言って、それだけでは幸せになれるとはかぎらない」

マクシミリアンはしばし押し黙った。「ですが、あなたは噂の真相をご存じだ。ぼくは手紙で、紳士として許される範囲で明瞭に事実をお伝えしたつもりです」

「ああ、わかっている」伯爵はお茶のカップを傍（かたわ）らに置いた。「だからこそ、こちらからもお伺いしたい。きみは私の娘との結婚を望んでいるのかね？」

「望んでいます。ですから、必ず結婚するつもりです、伯爵。ただしまずは、十九年間、お嬢さんに手紙を書かなかったことへの埋め合わせが必要なようです」

ダヴェン伯爵は含み笑いを洩らした。「アンはロンドン以外の場所ではほとんど過ごしたことがない。ここでしか暮らせないものと信じ込んでいる」

「ええ、そのようですね」マクシミリアンは乾いた声で言葉を継いだ。「彼女がほんとうに不満なのは、ぼくが手紙を書かなかったことより、ぼくが住んでいる場所なんです」

「それについては解決策があるはずだ」

マクシミリアンはうなずいて、立ちあがった。「そのとおりです」

だがその前に、確かめなければならないことがある。子供じみた無意味なことだと言われようと、甘い言葉を並べて口説くほかの貴族の紳士たちの誰より自分を選んでくれるかどうかが知りたい。

しかもつねにハワード子爵とともにいるのだとすれば、あの子爵と同じ流儀で戦うつもりにならないかぎり、退けるのはきわめてむずかしい。できることなら、そのようなやり方は選びたくなかった。とはいえ、アンを手にするためならば、たいがいのことはする覚悟はできていた。アンが一歩、歩み寄ってくれたなら、こちらは何百マイルでも前進できる。

「なぜ、後ろばかり気にしてるんだい？」ハワード子爵が雪に覆われた道に目を据えたまま訊いた。「ハルファーストが、コヴェント・ガーデンまで追いかけてくるとでも？」

「あの人なら、ありうることだわ」アンは答えて、両脇から手を入れるマフのなかにさらに深く手を押し込んだ。

ほんとうはマクシミリアンを恋しく思い、身体が彼のキスを焦がれ、触れられるのを切望していることは心のなかでさえ認めたくなかった。ハワード子爵にもう一度キスしてくれるよう頼み、この愚かしい感情が、とても心地よかったことを繰り返したがる肉体の習慣的な反応であるのを確かめようかとも考えた。でも、そうではないのは本能的にわかっていた。マクシミリアンと楽しめたことは、マクシミリアンとしか楽しめない。べつの誰かとキスをしても、それを繰り返す気にはなれないことを思い知らされるだけだ。

「スケート・パーティできみを奪われたときに、ぶちのめしておけばよかったんだ」子爵がいらだちをあらわにして続けた。「きみが脅かされて、バリスター嬢にぶつかってしまったというのに」

「わたしはあの人に脅かされたわけじゃないわ」アンは顔を赤らめて反論した。「その話はやめましょう」

「きみがどうしてかばおうとするのかわからないな。ヨークシャーの田舎者ぶりの一端が表れただけのことだ」ハワード子爵は鼻で笑った。「あの男の家の床はおそらく、一緒に暮らす豚たちのために藁が敷きつめられているに違いない」

「ねえ、デズモンド、もうやめて。そんなことがあるはずがないでしょう」

「いやいや、なにしろハルファーストは羊の王国だからな」とうとう笑いだした。「男女の交わり方も羊から学んだのかもしれないぞ。なんたって――」

「ハワード子爵！　馬車をいますぐ停めて！　そんな下品な話を聞いているつもりは――」

子爵は二頭の馬の手綱を引いてとまらせた。「アン、頼むから落ち着いてくれ。無礼な態度を取ってしまったことは謝る。つい調子に乗ってしまったんだ」

「ほんとうにそうだわ」後ろめたさと屈辱の二重の打撃を受けているのを押し隠して、またもマフの奥に手を入れなおし、まっすぐ前を見据えた。子爵のほうを向けば、自分がしたことを見抜かれてしまいそうな気がした――マクシミリアンの交わり方を心から楽しんだことを。あれを羊から学んだなんて。

「アン、あの男の気持ちを傷つけない方法を考えようとしているのは感心なことだが、もう一週間以上も経ってるんだ。早くご両親に婚約の解消を申し出ないと、婚約不履行で、きみが告訴されかねない」

アンは呼吸を整えて、あらためて顔を振り向けた。「わたしたちは友人のはずよね？」

ハワード子爵はアンの肘をつかんだ。「もちろんだとも。そして、もう少し親密な関係になりかけているとぼくは思いたい」

どうしてまたそういう話になるのだろう。それでもアンは、マクシミリアンのみならずハワード子爵のことも傷つけたくはなかった。「風評や憶測や中傷はべつにして、あなたはいったいハルファースト侯爵の何をご存じなの？」

子爵はぴしりと手綱を打って、ふたたび馬車を走らせはじめた。「たいして知らない。トレントがまだ子爵で、こちらに来る前、父親は一年じゅうロンドンで暮らしていて、羽振りのよさを吹聴していた。実際にそういう時期もあったようだが、この先代のハルファースト侯爵がみずから催した夜会の最中に息を引き取ったとき、夫人はもはや破産だと泣き叫んで舞踏場を駆けだしていったという話だ」

「そんな。わたしは両親から何も聞かされてないわ」

「娘に、婚約している男のそんな話をするはずがないだろう。その後、ハルファースト侯爵家が貧窮しているという話が広まった。ぼくの記憶では、ハルファーストは紳士のクラブ〈ホワイツ〉の入会も拒否された。それからはほとんど何も語らず、母親と家財道具をまとめてヨークシャーへ逃げ去った」

実直としか言いようのないマクシミリアンの性格からして、自分の状況を嘘で取りつくろおうとしなかったのは納得がいく。同時に、何かから逃げる姿も想像できないものの、当時はまだ十八歳だ。いまの自分より一歳若かったのだとアンは思った。

「だから、前にも言ったように、あの男がいまになってロンドンにやって来た理由は察しがつく」子爵は続けた。「きみときみの財産をほかの男に奪われるのを恐れて、きみを連れてヨークシャーに逃げ帰るために駆けつけたというわけだ」

ヨークシャー。アンにとっては一度も訪れたことのない土地で、なにより耳にしたくない言葉であるのは事実だった。「そうなのかもしれないわね」

子爵はちらりと目を向けた。「そうなのかもしれないだって？　まさかあの男の田舎臭い実直さに惹かれているとでも言うんじゃないだろうな」

「そういうわけじゃないわ」アンは言葉を濁した。「でも、そんなにお金に困っていて、みんなにそれが知られているとすれば、どうして新しい衣装を揃えたり、ドルリー・レーン劇場の売り切れていたお芝居のボックス席を借りられたりできるのかしら？」

「この七年、切り詰めた暮らしをしてきたのだから、見栄えをつくろえるくらいの金は貯めていたんだろう。なんといっても、きみのご両親に拒絶されたら、ほかに頼れる相手はいないのだから」

「両親とはまだ正式に会ってもいないのよ」アンはデズモンドの耳に届かない程度の静かな声でつぶやいた。子爵は、マクシミリアンに熱をあげている女性たちがいるとみずから言っていたことを完全に忘れている。いずれにしろ、デズモンドの話はどうも腑に落ちなかった。マクシミリアンが女性を選べる立場にあったとしても、自分を求めてくれているのは本能的に感じていた。その情熱はとても強力で、見逃しようのないくらい確かなものだ。

「また動揺させてしまったかな。べつの話をしよう」

「ええ、お願い」力を込めて同意した。ともかく、デズモンドに動揺させられているわけではないことを気づかれたくなかった。マクシミリアンのことを考えただけで、鼓動が高鳴り、熱さと焦がれる思いで顔が赤らんでしまうなんて。

「アニー！」

アンははじかれたように通りに目をやった。テレサとポーリーンがポーリーンの家の四輪馬車の脇に立って、手を振っている。ああ、救われた。ほっとできる友人たちの顔だ。「停めて、子爵様」アンは手を振り返して、安堵の笑みを浮かべた。婚約者がロンドンにやって来るまでは、紳士たちとの会話を煩わしいやっかいなものと思ったことはなかったのに。

「せっかく、きみとふたりきりで過ごそうと思って来たのにな」子爵が不満げに言う。

「そのわりに、あなたは馬車に乗り込んでから、ハルファースト侯爵の話ばかりしてらしたわ」アンは言い返した。「これ以上はもうたくさん」

「だったら、きみも尋ねなければいいんだ。あの羊飼いにのぼせているのかと思われてしまうぞ」

尋ねなければ、ほかにどうやって情報を得ればいいというのだろう？　「馬車を停めて、デズモンド。デイジーと歩いていくわ」

「アン、きみとの外出を楽しんでいるぼくに腹を立てないでくれ」子爵はなだめるような口ぶりで言った。「なんであれ、きみの好きな話題に換えよう」

仲直りを持ちかけられても、アンの気持ちはとうに定まり、子爵から逃れたいとしか思えなくなっていた。とはいえ公正に考えるならば、コヴェント・ガーデンへ買い物に出かける誘いに自分もたしかに同意したのだ。「でしたら、わたしたち全員に付き添っていただけないかしら」と、提案した。「テレサとポーリーンに会うのは久しぶりなのよ」

子爵はややむっとした表情を見せながらも、二頭立ての四輪馬車を賑やかな通りの片端に寄せた。「お気に召すままに、お嬢様」

いまではきっとデズモンドから、機嫌を取らなければならない、あつかいにくい女性だと思われているのだろう。男性の友人たちから婚約中の女性だと見なされ、友情を示しさえすればよかったときには、いまよりはるかに気楽につきあえていた。ところが、最近のデズモンドはキスを迫ったり、マクシミリアンが自分より劣る男性であるとどうにかしてわからせようとしたりといったことしか頭にないように見える。

そのせいで、アンは言い知れぬ違和感を覚えていた。侯爵の求婚をはねつけるのが賢明だと思わせてくれる話を聞けるのだから喜んでもいいはずだ。にもかかわらず、デズモンドがマクシミリアンの難点を口にするたび、それを否定する理由をどうにか探そうとしていた。どうして、わたしはこれほど愚かな人間になってしまったの？　それにどうして、侯爵に抱きしめられ、触れられるのを許し、その身を受け入れてしまったのだろう？

「アン」馬車が雪道でゆっくり停まると、ポーリーンに足首をつかまれた。「あなたを見つけられてよかったわ」

「わたしも、あなたたちにまた会えて嬉しいわ」アンは友人の熱っぽい声に少し驚きつつ答えた。

「違うのよ。わたしたちはあなたを探してたの」テレサが説明した。「今朝、買い物に誘おうと思ってお宅を訪ねたのよ。そうしたら、誰を見かけたと思う？」

すぐに思いあたった。「ハルファースト？」

「そう！　知ってたの？」

「知っているはずがないでしょう？　今朝、ハワード子爵から買い物へお誘いを受けて、家を出てきたんですもの」馬車のこちら側にまわってきた子爵の名誉のためにも、微笑みかけてから答えて、通りに降ろしてもらった。

「でも、あの方、居間にいらっしゃったのよ。どうみても一時間以上は待っているご様子だったわ。しかも、あなたのお母様によれば、あなたが戻るまで待つおつもりなんですって！」

アンはまたもマクシミリアンの姿を思い浮かべたとたん胸のざわつきをはっきり感じて、束の間目を閉じた。ビショップ邸に自分がいなければ、婚約者は当然ながら父と話をすることになるに違いない。おまけに、ハルファーストの暮らしぶりはずっと把握していたという謎めいた発言からすれば、父はこの結婚に賛成している。どうしたらいいの、結婚が確定したも同然だわ！

子爵が隣で、不快感を隠しきれない表情でこのやりとりを聞いていた。次に問いかけられる言葉を察しているのはあきらかだった。「デズモンド、お願い――」

「家へ送れというのか？」子爵は先に言葉を発した。「ぼくがそんなことをしなければならない理由がわからない」

アンはいらだたしげに息を吸い込んだ。「ハワード子爵、あと数分、機嫌よくしていてくだされば、これまでどおり友人でいられるのではないかしら」

「それで、ぼくにどんな得があるんだろうか？」子爵は切り返した。「半年にいっぺんヨークシャーから、どんなに自分がみじめで、どんなに友人と話がしたいかを綴った手紙をくれるのかい？」

「友人とは思えないお返事だわ」アンはきびきびと言い、テレサの手を取って、親友が手のふるえに気づいても寒さのせいだと思ってくれることを願った。「まるで嫉妬しているみたい。婚約者がいることを否定した憶えは一度もないし、わたしがハルファースト侯爵と結婚する意思があってもなくても、婚約中の事実に変わりはないわ」

「都合のいいときにだけ、婚約を持ちだすわけか」子爵は冷ややかに笑った。

「アニー、ポーリーンとわたしで家まで送るわ」テレサがこわばった口調で言い、ポーリーンの馬車のほうへ手を引いた。

「ああ、そうしてもらおう」ハワード子爵はあっさり言い捨てた。「きみが正気を取り戻して、羊飼いは相手にできないと判断できるようになったら、またお会いできるだろう」

適当な返し文句を思いつく前に、子爵は幌なしの二頭立ての四輪馬車に乗り込み、混雑した通りの流れに加わった。

「あらまあ」ポーリーンがアンのもう片方の手を取って、つぶやいた。「子爵様のあんな姿は見たことがないわ」

「わたしもよ」アンの声は手と同じくらいふるえていた。「わたしを家まで送ってくれる？」

「もちろんだわ、アン。行きましょう」

ポーリーンの馬車のなかに腰を落ち着けると、嫉妬で憤っていたデズモンドのことはいつの間にかさほど気にならなくなり、ふたたび羊飼いのほうを思い浮かべていることに気づいてはっとした。マクシミリアンと経験した心地よいひと時のことばかり思い返していたこの四日間は、とてつもなく長かった。


さいわいにも、一緒にいてもらわなくても本を読んでいればのんびり婚約者を待っていられるとマクシミリアンが言うと、アンの母親は納得してくれた。レディ・ダヴェンの申し訳なさそうにためらうしぐさには歯がゆい思いがした。母親から見たアンの描写は気の毒なほど的外れで、不適切なものだった。アン・ビショップは言葉では容易に表現できない女性だ。

なによりまず、アンのように不要な気どりもなく接してくれる婦人にロンドンでお目にかかったことはない。飾らず、ありのままの自分にじゅうぶん満足しているように見える。それに、母親が言っていたように内気で遠慮がちなどということはまったくなく、好奇心が強く、率直で、けっして完璧でもない。

マクシミリアンとしては、自分との結婚生活で与えられるものを伝え、さらには愛の交わりの技を駆使してアンのロンドンへの未練を断ち切らせたかった。前者のほうは伝えられたとしても、アンが相変わらずハワード子爵と街へ繰りだしているのだとすれば、後者のもくろみはみごとにくじかれたというわけだ。そうだとしても、アンは自分を避けつづけることはできない。

彼女はここへ帰って来なければならないのだから、会えさえすれば、このとりとめのない思考もきっととめられる。結婚してもらえるよう説得し、気力と時間が尽きればロンドンで生きることにも同意せざるをえないだろう。といっても彼女と身を重ねて以来、気力はかぎりなく湧いている。ハルファーストの土地が荒れ果てようともかまわないと思ったのは、侯爵家を継いでから初めてだった。たとえそうなっても、ここで返答を待ちたい。アン・ビショップが一緒でなければ、ロンドンを離れることはできない。

そう思ういっぽう、アンの流儀に屈するつもりもなかった。美貌と富と人気を併せ持つアンは、男性からひざまずかれることに慣れている。そのとき、予想より早く、アンが帰宅したらしい物音が聞こえた。マクシミリアンが腰を上げず、ビショップ邸の図書室から選びとってきた本を読んでいると、アンが居間に入ってきた。

「ハルファースト侯爵？」

マクシミリアンは目を上げた。「アン」その姿を目にするなり熱情がむくむくと頭をもたげ、腰をじっと据えつつ、すでにそそり立ちかけている部分を抑えつけておくのは容易ではなかった。

「ここで何をなさってるの？　ランバートから、わたしが外出したことはお聞きになったでしょう？」

アンの声はふるえがちで、自分がそうさせているのではないかと思うと、くつろいだ姿勢を保っているのがよけいに苦しくなった。「聞いている。だから待つことにしたんだ」

アンがゆっくりと部屋のなかへ歩きだし、マクシミリアンはすぐに立ちあがってキスを浴びせたい気持ちをどうにかこらえた。後ろから侍女のデイジーも入ってきたが、廊下から女性の声に呼ばれて部屋を出ていき、ドアが閉まった。レディ・ダヴェンが気を利かせたのだろう。

アンは小首をかしげて、手にしている本へ目をくれた。「『夏の夜の夢』？　シェイクスピアがお好きだなんてお聞きしてなかったわ」

緊張が感じとれるのはいい兆候だ。「そうだったかな？　では、ぼくは何を読むと思っていたんだい？　それとも、本が読めるとは思ってもいなかったのかもしれないが」

「ばかなことをおっしゃらないで。わたしはただ……あなたにシェイクスピアを読む時間があるとは思わなかっただけよ。ヨークシャーではとても忙しくされているのでしょうから」

そんな話をしただろうか？　おそらくはアンの思い込みだろう。かく言うこちらもこのところ、黒みがかった長い髪を垂らすと一段と女らしいその身体のことばかり考えているのだが。「お望みなら、きみのために何か一節を暗唱してもいいが」本を脇に置き、立ちあがった。「他人が考えた美辞麗句を唱えたところで、なんの能力も示せない」

アンは小さく一歩あとずさった。「あなたは……わたしの質問に答えてないわ。ここで何をなさってるの？」

「きみはぼくを避けている」

「いいえ、それは違うわ」すぐさま否定して、上擦った笑い声をあげた。「わたしが家でじっと坐って、あなたの訪問を待っているだけとは思わないでほしいわ。友人もいるし、することもある。ここはわたしの家なのよ」

「わかっている」マクシミリアンは柔らかそうな唇を見つめ、ゆっくりと近づいていった。「たとえそうでも、おはようのキスをする権利はあるはずだ。これで、四回目かな」

「わたし――」

ここで反論を許せば、きょうはまったく触れられなくなってしまうかもしれない。すばやく大きな一歩でふたりのあいだの距離を詰める。肩をつかみ、前のめりになって唇を重ねた。アンはすぐさま反応し、胸に顔を寄せてきて、上着の内側に手を差し入れた。マクシミリアンは張りつめ、身を押しつけられて、ぬくもりを感じた。

両脇を手で下へたどり、腰を抱き寄せると、アンが押し殺した呻き声のようなものを洩らし、押し返そうとした。「やめて！」

「なぜだ？」マクシミリアンは唇にささやきかけた。「きみはふたたびぼくを求めていて、ぼくもきみを求めているのはわかっているはずだ」

互いの腰が擦れ、歯を食いしばって自分を抑えた。「そうだけど」と、アン。

「だったら、やめろと言わないでくれ」

もう一度キスをすると、一瞬にしてアンが屈服するのがわかった。「やめて！」アンは繰り返し、さらに強く胸を押した。

彼女の力では逃れられないのは知りつつ、みずから手を放してやった。不満を顔に出さないようにしなければ説得はできないと自分に言い聞かせた。強引に迫っても得られるものはない。「ぼくの求婚に応じてくれるのなら、毎日、こういったものを味わえる」

「そんなのずるいわ！」まるで声量をあげればそれだけ説得力が増すとでもいうようにアンは叫んだ。その視線がまた自分の下腹部におりて、唇がいざなうように開いていなかったなら、言葉どおりに受けとっていただろう。

「何がずるいんだ？　事実だ。それが結婚なんだ、アン。一緒にいて肌と肌を触れあわせる。

きみもたしかにそれを楽しんでいた。ぼくはきみを感じた。憶えているだろう？」

「嬉しいわ、わたしの弱さを思いださせてくれて」アンは頬に一筋の涙を流して言い返した。「あなたもハワード子爵と同じなんだわ」

マクシミリアンは一筋の涙に気をそがれ、にわかに結婚を説得するより泣くのをとめるほうが先決であるように思えてきた。「アン、あれは弱さじゃない」静かに言い、親指でアンの頬の湿り気をぬぐう。「欲望だ。欲望を抱くのは悪いことじゃない。それも、ぼくたちふたりのあいだでなら」

涙をとめたい一心で口にした言葉が、睨みつけられる結果を招いた。不満のため息をついて、椅子に腰を戻した。ここでアンを逃したら、訪問した意味がない。アンが自分について気に入らない点ははっきりしている。問題は、どうすればヨークシャーのよさをわかってもらえるかということだ。この真冬に説明するのはことさらむずかしい。

「アン」マクシミリアンは言った。「坐ってくれ」

「何しに来たのか話してくれたら坐るわ」

「ぼくはきみに会いにきたんだ。それだけではだめだろうか？」

「あなたはわたしに結婚を同意させるために誘惑しに来たんだわ」アンは非難がましい口調で言った。それでも、いちばん遠いところにある椅子とはいえ腰をおろした。

マクシミリアンは含み笑いを漏らした。「ぼくはすでにきみを誘惑した。そしてまだ、ぼくたちは結婚していない。なおもきみに好かれようと努力していることを詫びるつもりはない」

「誘惑に効果がなかったとわかっているのなら、どうやってわたしを説得するつもり？」

束の間、説得してもらいたいと言わんばかりに聞こえて、胸がどきりとした。「ファーンデールについて聞いたことは？」

アンは眉をひそめた。「ファーンデール？　ないわ」

「ハルファーストのおよそ三マイル西にある。ペナイン山脈の裾野の小さな渓谷だ。春先にはその一帯が野生のラッパズイセンで覆われる」

「美しいんでしょうね」

「想像する必要はない。きみに見せてあげよう」マクシミリアンはアンの険しい表情を見つめた。「アン、きみはヨークシャーに来たことがない。それなのにどうしてそんなに嫌えるんだ？」

「あなたはどうしてそんなにロンドンが嫌いなの？」

「ぼくは……人々といわば意見の相違があるということだ」

「あなたにお金がないと知った人たちから、ひどい仕打ちを受けたことを言ってるのかしら」

この率直な美女への強烈な欲望が押し流されてしまうほど激しい怒りが湧き、目を狭めた。

「ハワードから聞いたんだな？」

「ええ、すべて話してくれたわ。でも、わたしが尋ねたからなのだから、あの方を責めないで」

「すべて聞いたとは思えないな、アン」いまいましいハワードめ。噂話も、陰口も、人をだし抜くやり口も我慢ならない。アンには真実をわかってほしい。すべてを。「どうして、ぼくに訊かないんだ？」

アンは膝の上で両手を組みあわせた。「どうしてそうしなければいけないの？　どちらでも同じではないかしら。どうせあなたはわたしをヨークシャーに引きずっていくつもりなのだから。ラッパズイセンが咲いていようが、わたしは辺鄙（へんぴ）な土地で一生を送るつもりはないわ」

マクシミリアンは声を荒らげた。「だったらきみは、デズモンド・ハワードと暮らしたいのか？　どうしてあの男に婚約者にしてくれと頼まない？　あの男がきみの結婚持参金を使い果たしてから、どのくらいのあいだ、きみの大好きなロンドンで結婚生活を維持できるかわかってるのか？」

「あなたは嘘をついてるんだわ」

マクシミリアンは唐突に立ちあがった。「嘘ではない」つっけんどんに言い、すたすたと近づいていった。椅子の両脇の肘掛けをつかみ、前かがみになって目と目を合わせた。「本人に訊いてみろ、アン。それから、もし、ぼくについて知りたいことが何か――なんでもいい――あるのなら、ぼくに訊くんだ」

背を起こし、大股でドアへ歩いていって、ぐいと開いた。ほんとうなら結婚の確約を取りつけるまで出ていくつもりはなかった。もう一度アンと愛しあわないまま去りたくはなかった。ほかの人々のことを声を荒らげて話したくもなかった。そういうことをする性分ではない。正しくないし、いかに人を傷つけることなのかは身に沁みてわかっている。

「あなたは破産したの?」アンのふるえ声が聞こえた。「わたしのお金目当てで、ここに来たの?」

マクシミリアンは動きをとめた。「違う。そうじゃない。どちらの質問についても。そんなに簡単に説明できることじゃないんだ、アン。それに、ぼくはまだきみをあきらめてはいない」深く息を吸い込んで、アンのほうへ向きなおった。「きみのことはわかっているつもりだ。誠実で、高潔な女性だと思っている。こんなことで、すべてを知らないまま、見限ることのできるような女性ではないと信じている。ぼくはまだ近くにいる」

「ロンドンのお屋敷で、すねているということ? わたしは——」

「ぼくが言いたかったのは、これから二月十四日まで毎日きみを訪問するということだ。そして、聖バレンタインの祝日に催されるシェルボーン家の舞踏会に出席する。だが、十五日にはロンドンを発つ予定だ」

「ひとりで帰るのね」

「そのときにわかることだ。言ったように、ぼくはきみのことをわかっているつもりだ、アン」使用人たちがこっそり聞き耳を立てていても聞こえないくらい声をひそめて続けた。「それに、きみがまだぼくを欲してくれていることも。よく考えてみてくれ」

7

『いよいよ、バレンタインデーである。筆者からすれば忌むべき祝日だ。令嬢たちは届けられたカードと花束の数でおのれの価値を思い知らされ、若い紳士たちはいかにもまだ誰も口にしたことのない文句であるかのごとく詩の朗読をぶたねばならない。

これまで首都当局が禁止令を出さなかったのがふしぎでならない。ましてや国家が見過ごしてきたとは。

今年はなおさら感傷的な気分を高めている人々がいるものと想像する。というのも、レディ・シェルボーン主催の初めての（恒例行事とならないことを筆者は祈るが）バレンタインデー舞踏会では、出席通知の数から推察するに、大変な混雑が見込まれているからだ。

というわけで、バレンタインデーならではの問いを投げかけずには怠慢だとのそしりを免れないであろう――はたして何組の男女が結婚に至るのか？　むろんレディ・シェルボーンも、「結婚してくださいませんか？」の言葉がひとつも聞かれなければ、このパーティを成功とは見なせまい。

いや、それだけではじゅうぶんとは言えないだろう。当然ながら求婚とは、それにふさわしい返答なしには成立しないのだから』
一八一四年二月十四日付〈レディ・ホイッスルダウンの社交界新聞〉より

アンは父が図書室に入ってきたのを見て、『大ブリテン島の地図』を慌てて閉じた。「おはようございます、お父様」さりげなく言ったつもりが、あきらかに上擦った声が出て、内心でうろたえた。

伯爵は眉を上げた。「おはよう。ここで何をしているのだ？」

「読書よ」アンはなにげない笑みを取りつくろった。「図書室でほかにすることがある？」

「娘よ、いままで誰かに嘘がずば抜けて下手くそだと言われたことはないか？」

一度ある――だからといって、その男性に感謝の気持ちはまるで湧かなかったけれど。

「きょうは会議の予定はないの？」

父は歩いてきて、娘と並んで長椅子に腰を沈めた。「地図か」首を傾けて本の表紙を見る。「大ブリテン島の。どこか特定の地域に興味があるのか？」

アンは顔をゆがめた。「ご想像どおりの場所を見ていたわ。でも、あくまで、ほんの少し興味を覚えただけよ」

この一週間、マクシミリアンは、少しでも興味を掻き立てることを間違いなく期待して、ヨークシャー西部について会話のなかでたびたび口にしていた。しかもその間、一度もキスをしようとはしなかった。戦略なのだとしても、マクシミリアンが自身と、愛する辺鄙な土地のどちらに気を惹こうとしているのか、アンには釈然としなかった。じつは誠実で率直な男らしいハルファースト侯爵を巧みに演じているという可能性もあるのだろうか。あまりに男らしい気質がきわだっている。

「ほんの少しでも興味を覚えるのは悪いことではない」ありがたいことに父は娘の考えにはまるで気づかず言い添えた。ひと呼吸おいて続ける。「ハルファーストから、あす発つと聞いた」

アンの鼓動が速まった。「ええ、そうお聞きしてるわ」

「彼がいなくなるのが嬉しいのか？」

「お父様、わたしにどんな返事を期待しているの？」訊き返して、てきぱきと立ちあがり、地図帳を書棚に戻しにいった。「わたし……あの方のことは好きよ。でも、ヨークシャーに住んでいることに変わりはない」

「アニー、おまえが信じるかどうかはべつとして、私はこの件に極力、口を挟まないようにしてきた。強引に結婚させることもできたのだろうが、おまえの哀しい顔は見たくない」

「だったら、どうしてそもそもこんなばかげた婚約を取り交わしたの？」アンは口走り、自分が怒りよりいらだちを感じていることを意外に感じた。

伯爵は肩をすくめた。「ロバート・トレントは私の親友だった。ロバートに息子が生まれ、私に娘が生まれたので、そうするのが自然なことのように思えたのだ。だから婚約を取り決めたのだし、いまも親友の息子のマクシミリアンを気に入っている」

父が話す声は温かで、目にはふだんは政治家らしくあまり見せない茶目っ気が覗いている。アンはやりきれない気分になって、椅子の上で腰をずらした。父がこの結婚を望んでいるのはあきらかで、ほんとうは自分も冷静に考えられなくなるほどマクシミリアンの腕にふたたび抱かれることを求めている。「あの方は頑固者だわ」誰にともなく言った。

「それはおまえも同じだろうが」父は立ちあがった。「この結婚を望んでいないのなら、このまま彼を帰らせればいい。お母さんが張りきって、もっとおまえの好みに合う相手を探してくれるだろう」

アンは顔をしかめた。「もっとお母様の好みに合う相手を、でしょう?」

「ああ、しかも、地所がロンドンにもっと近い相手を。そのほうが、おまえも都合がいいはずだからな」

「お父様」

「楽しい聖バレンタインの祝日を」父は口もとに笑みを浮かべて言い、図書室を出ていった。

父がいなくなるとすぐさま、アンはふたたび地図帳を書棚から抜きだしてきた。マクシミリアンの克明な描写のおかげで、ハルファーストの場所は正確に探しあてられた。語って聞かせてくれた話によれば、ラッパズイセン、緑豊かな丘陵地、風光明媚(めいび)な小川や滝に恵まれた、地上の楽園のようなところなのだという。ロマ民族やヴァイキングの遺跡の狭間でのんびりと草を食(は)む羊の群れすら、牧歌的な美しい風景の一部を成している。

アンの胸のうちでは、マクシミリアンがそれほどまで愛している場所を実際に案内してもらい、見てみたい思いも芽生えていた。いっぽうで、ロンドンからいったん遠ざかれば、二度と居場所を見いだせなくなるかもしれないという不安もよぎる。

なにより問題なのは、解決策がいっこうに見えてこないことだった。ヨークシャーなのかロンドンなのか、マクシミリアンなのか……べつの誰かを選ぶのか。「マクシミリアン」独りごち、その名を耳にしただけで、鼓動が速まった。下腹部に蝶がはためいているようなざわつきを感じる。

誰かが図書室のドアを静かにノックする音がした。アンは驚きの声を小さく洩らし、慌てて地図帳を書棚に戻した。

「何かしら？」

ランバートが黄色いラッパズイセンの大きな花束をかかえて、図書室に入ってきた。「アンお嬢様宛てに届きました。ほかのものと同じく居間に飾っておきますか？」

ラッパズイセン。「ありがとう。それはそこのテーブルに置いていって」花々のなかに埋もれた書状に目が留まり、駆け寄って取りだしたい気持ちをこらえて両手を組みあわせた。

「かしこまりました、お嬢様」執事は花束を置いて、出ていった。

社交界に登場して以来、聖バレンタインの祝日には毎年花が届いている。昨年は母が数えたところ三十七の花束が届き、そのほとんどにキャンディーや詩が付いていて、なかでも鹿肉が入っているのを見つけたときには驚かされた。フランシス・ヘニングにはどうやら痩せすぎていると思われているらしい。今年もビショップ邸じゅうが薔薇の香りに包まれている。

けれども、ラッパズイセンを贈られたことはこれまで一度もなかった。

手が汗ばんできて、スカートに擦りつけてから、鮮やかな黄色い花々のなかから折りたたまれた書状を抜きとった。厚い紙を開くと、なかからもう少し小さい重みのあるカードが滑り落ちた。

裏面に均整の取れた黒い字で〝記憶のままに〟と書かれている。拾い上げて表に返すと、オークの木や岩に囲まれ、黄色い花が敷きつめられた、十五センチ四方の緑の牧草地の絵が色鮮やかに描かれていた。片端の〝ＭＲＴ〟のイニシャルに美しい絵と同じくらい見入った。

「絵も上手なのね」カードの表面をそっと指でなぞる。

アンは椅子に腰を戻して、カードをテーブルに置いた。手紙のほうへ目を移す。すでに届いているものも、これから届くほかの書付やカードも、ハートや天使の絵にたいがい熱烈に褒め称える文句が添えられている。

当然ながらこの手紙はほかのものとは違っていた。〝アン〟声に出して読む。〝ふたりが婚約してからの十九年間に十九本のラッパズイセンを捧げます。いつかきみに本物の花を見せたい〟

「学者さんで、画家で、ロマンチストなのね」手がふるえだし、かすれ声でつぶやいた。

「こんなこと、想像もしてなかったんだから」

一度きつく目をつむって、続けた。〝きみのことを想っている。同じように、きみもぼくのことを想い、欲望と期待を抱いていてくれることを祈っている。今夜会おう。マクシミリアン〟

今夜。聖バレンタインの祝日に開かれるシェルボーン家の舞踏会。勇気や確固とした意思といったものがあったなら、出席を断わっていただろう。でも行かなければ、マクシミリアンは去り、二度と会うことは叶わない。

アンは吐息をついて、衣装を選ぼうと立ちあがった。黄色のドレスを着ることはすでに心に決めていた。


マクシミリアンは、シェルボーン家の舞踏場でデザートのテーブルの脇に立ち、うろつかないよう努力していた。アンも招待されているのは、彼女の父親に確かめたのだから間違いない。今夜は来てもらわなくては困るのだから必ず来るはずだ。

「どうなってるんだ」低く毒づいた。

ほかの紳士たちもアンを待っているように思えてきて、ますます気がふさいだ。むろん、ハワード子爵もハゲワシよろしく舞踏場をうろつき、甘い菓子をつまむようにそこここの令嬢たちに声をかけつつ、主食のご婦人を待っている。サー・ロイス・ペンバリーもまた顔が見えるが、こちらはどうやらひとりの個性的な容姿のご婦人のほうに気をとられているようだった。このご婦人は、舞踏場の天井から垂れているピンクと赤と白の絹のリボン飾りとみごとに調和した、これまた個性的なピンクのドレスをまとっている。

仕返しをさせてもらうとするか。マクシミリアンはもう一度ロイス・ペンバリーをちらりと見やってから、レディ・シェルボーンことマーガレットがくだんのピンクのドレスの女性と話しているところへ大股で近寄っていった。

「ぜひ、ご紹介くださいませんか？」婦人たちの前に来て足をとめ、問いかけた。

「もちろんですわ、侯爵様」レディ・シェルボーンは一瞬とまどいを見せたものの、すぐにもとの表情に戻って応じた。「ライザ、こちらはハルファースト卿よ。侯爵様、こちらが――」

ピンクのドレスの若い婦人はにっこり笑って手を差しだした。「ミス・エリザベス・プリチャードです。ライザですわ。お目にかかれて光栄です」

マクシミリアンは差しだされた手を取った。「こちらこそ、お目にかかれて光栄です」複雑に結われた髪のあちこちから淡い褐色の毛先が突きだしているように見えるが、その目には見逃しようのない知性が表れている。未婚の令嬢のそばに寄るや脇に立っている既婚婦人からしぶい顔をされ、今夜ここに来てから最も愉快な気分が味わえた。

「よろしければ円舞曲(ワルツ)をご一緒しませんか、プリチャード嬢？」のんびりとした口調で訊いた。「もちろん、まだ次の予約が入っていなければですが」

見間違いでなければ、ライザはペンバリーのほうへちらりと視線を投げた。いいぞ。「お恥ずかしいのですが、まだ予約はありませんわ、侯爵様」

ライザはアンより背が数センチ高く、舞踏場の中央へ回転しながら進んでいくあいだに、赤い靴を履いていることにもマクシミリアンは気づいた。そして、その片方で、左足を踏みつけられた。

「ほんとうに、ごめんなさい」ライザが息を呑み込んで顔を赤らめた。

「謝る必要はありません」マクシミリアンは涙目になっていないことを祈って笑顔で答えた。不器用な婦人には見えないのだが――

プリチャード嬢がふたたび足を踏みつけた。「まあ、どうしましょう！」

「どうか、ご心配なく」唸り声で返した。やれやれ、容姿と同じように個性的な、象のように動くダンスをする。

「先にお伝えしておくべきでした」ライザはか細い声で言った。「ダンスは得意ではなくて。ステップを声に出して数えてもよろしいかしら？」

左足がしびれていたが、マクシミリアンは愉快に思わずにはいられなかった。「危険な冒険にこそ、やりがいが湧くものです」と応じた。

驚いたことに、ライザは笑い声をあげ、ほんとうに声に出して数えはじめた。マクシミリアンは苦笑するしかなかったが、そばで踊る男女たちは見るからに面白がっている。「ワン、トゥー、スリー。ワン、トゥー、スリー――ああ、もう」

ライザが自分のドレスの裾につまずき、マクシミリアンはどうにか彼女の足を踏まずによけて、サー・ロイス・ペンバリーがこちらをじっと見ているのに気づいた。ペンバリーはすかさず人込みを掻きわけてこちらへ向かってきた。

「お邪魔してもよろしいですか？」強い調子で訊く。

マクシミリアンは目を合わせた。怒りか、さもなければ、これまでロンドンの人々から向けられてきた悪意のこもったさげすみの表情を目にすることになるのだろうと思っていたのだが、あてがはずれた。うなずいてあとずさり、ダンスの相手をゆずった。ほかに言葉は交わさなかったが、ライザがサー・ロイスの手を取って目を見つめたとき、マクシミリアンはすぐさま、雪遊びの一件はアンが言っていたとおり面白がって大げさに書かれたものにすぎなかったのだと悟った。ロイス・ペンバリーはレディ・アン・ビショップ目当てでシェルボーン家の舞踏会にやって来たのではない。すでにいとしい女性を見つけていたのだ。

やや気の抜けた体で、マクシミリアンはデザートのテーブルへ戻っていった。ハワード子爵はますます落ち着きなく歩きまわり、こちらに疎ましそうな目を向ける回数も増えていた。デズモンド・ハワードはともにオックスフォード大学に在籍していた当時、若いメイドの貞操を奪ったことをアンに話しているのだろうか。その女性が安心して働けるようマクシミリアンがデズモンドの母親に話をつける労をとったときの、当の子爵の憤慨ぶりは大変なものだった。

空気がそよいだ。振り返らずとも、待ち人が舞踏場に入ってきたのがわかった。ぼくのアン。ひとりで去るか、アンを連れ帰るかのどちらかだと断言したものの、一日でも、ましてや一生、彼女なしで生きていけるものなのか自信がない。

なんとかハワードより先に近づくことができた。「黄色を着てきたのか」つぶやくように言い、手を取って、指関節に唇を擦らせた。

緑色の瞳がシャンデリアの光で輝いている。ダンスに胸をはずませているからだけではないとマクシミリアンは見定めた。自分が惹かれているのと同じくらい、彼女も自分に惹かれている可能性もあるのだろうか？　神よ、どうかそうでありますように。

「きょうは、ラッパズイセンを思い描いていたから」アンはいくぶん頼りない穏やかな声で答えた。

「きみのほうがはるかに輝いている。ダンスを踊っていただけますか？」

「マクシミリアン――」

「踊るだけでいい」有無を言わさず遮って、舞踏場の中央へ導いていった。名を呼びかけたあとには拒む言葉が続くに違いないと感じて、すぐに抱き寄せなければ時間切れになってしまうという本能が働いた。

その気持ちが伝わったのか、アンは吐息をついて肩の力を抜き、うなずいた。「ダンスは一曲だけ。そのあと、話しましょう」

「二曲だ」マクシミリアンは食いさがった。「なにしろ、この曲はすでに始まってしまっている」

「あなたと続けて二曲は踊れないわ」

「誰が見ているというんだ？　それに、ぼくたちは婚約している」

順調な滑りだしだった。アンに拒まれることなく礼儀上許されるところまでそばに引き寄せ、ライザとサー・ロイスにぶつからないように踊る気遣いも苦にはならなかった。スケートとは違い、アンのダンスの巧さはきわだっていた。アンの身体の揺れを腕のなかに感じていると、ロンドンにいることも、周りで大勢のほかの招待客たちがお喋りし、噂話に興じているのも、自分がヨークシャーに帰るのをハワード子爵が待ちかまえていることも忘れられた。

「あす、ほんとうに発つの？」アンが訊いた。長い睫毛に隠れて目の表情は窺えない。

「いつまでも、こちらにいられないからな」そう答えて、アンが残念がって口にした問いかけであるのを願った。

「どうして？」アンが顔を上向かせ、目と目が合った。「どうしてロンドンに残れないの？」

ほんの一拍、その言葉にそそられた。「ハルファーストはぼくの家で、ぼくには果たすべき責任がある。きみのためとはいえ、それを放りだすことはできない」

「そうやって、あなたはなんでも自分のやりたいようにしようとする。公平ではないわ、マクシミリアン」

公平ではない。マクシミリアンはしばし考える間を取って、答えた。「ぼくは、きみがロンドンよりもぼくのほうを求めてくれるようになることを願っていたんだ、アン。ここにあるのは建物と、いささか不愉快な人々だけだ」

「わたしにとっては不愉快な人々ではないわ。あなたも逃げずにここにいたら、それがわかったはずなのに」

アンはまたもハワードから聞いた話を蒸し返そうとしている。「ぼくは逃げたんじゃない。

ハルファーストでやらなければならないことが――」

「他人には言いたいことを言わせておけばいいのよ。あなたが気にする必要はない」

「言われたことが問題じゃないんだ」

「嘘！」

マクシミリアンは眉を上げた。「嘘？」おうむ返しに訊いた。

「そうよ、嘘。つまらない噂話を気にしてたんだわ。いまもまだ気にしている。だから、あなたはロンドンを嫌っている」

「ぼくは――」

「それはあなたのせいでもあるのよ」アンは続けた。

アンは議論に気を昂らせ、また少しそばに抱き寄せられたことにさえ気づいていない。ふたりの距離は十五センチほどにまで縮まっていた。これほど女性に酔わされたことはないし、今後もあるとは思えない。「どうしてぼくのせいなのか、教えてくれないか？」

「ぼうっとしてないで、あなたも何か言い返してやればよかったんだわ。破産したにしろ、しなかったにしろ、お父様の名誉を守らなければいけなかったのよ。だからあなたも悪いのよ、マクシミリアン」

「ぼくがぼうっとしてただって？」

アンが肩をぽんと叩いた。「ちゃんとこっちを向いて。大事なのはそこじゃないわ」

マクシミリアンにはアンが自分を懸命にロンドンに引きとめようとしていることのほうが

重要に思えたが、とりあえず指摘するのは控えた。「きみをこれ以上見つめたら、服を脱がしてしまいたくなる」ささやいた。

「そういう話はやめて。見てばかりではなく――行動を起こすべきなのよ！」

「つまり、ぼくが父のことで何を言われようがかまわず、椅子の上に立って、ありとあらゆる人々に向かって父の死を嘆き悲しめばよかったのか？　それとも、ハルファースト侯爵家は破産していません、ぼくの年収はおおよそ四万ポンドはありますとでも宣言すればよかったのか？」

アンは深みのある緑色の目をぱちくりさせた。「四万ポンド？」

「おおよそだ」

「だったら、みんなに、誰かにでも、噂はまったくのでたらめだと言えば、これからは――」

「ぼくをまた好きになってくれるとでもいうのか？」マクシミリアンは語尾を引き取った。

「ぼくがよく思われたい相手はひとりだけだと言わなかったかな」

「それはどなた……」アンは頬を染めてはにかんだ。「まあ」

ワルツが終わり、しぶしぶアンの腰から腕を離した。

「いやいや、おみごと」背後から耳慣れた男性の声がした。「今度はぼくの番ではないかな」

アンはマクシミリアンの腕をつかんでいる手の力を強めた。「デズモンド、ハルファースト侯爵と方舞曲（カドリール）も踊る約束をしているの。申し訳ないけれど――」

「羊飼いがカドリールを踊れると思うか？」子爵は訊き、マクシミリアンのほうへ向きなおってせせら笑った。「ワルツを踊れただけでも驚きだ。どんなものと引き換えにレッスンをつけてもらったんだ、ハルファースト。羊の肉か？」

マクシミリアンは無表情でハワードを見据えた。周囲の招待客たちが何ごとかと耳をそばだて、静かになっている。そんなことより気になったのは、隣で憤懣（ふんまん）やる方なげに身をふるわせているアンのことだった。

その瞬間、どのような犠牲を払おうともこの女性を手放してはならない、いや、手放すことはできないと気がついた。アンの主張には納得させられる点もいくつかあった。自分が評判を気にしようがしまいが、アンには当然気になるはずで、結婚するというのは、ふたりが同じ名で結ばれることでもある。

「ぼくの婚約者ときみとの友情は尊重してきたつもりだ、ハワード」淡々と低い声で続けた。「だが、いまきみは彼女を困らせている。消えてくれ」

「消えろだと？　ぼくはどこにも行くつもりはない。侯爵どの、ここではきみはよそ者だ」

「ハワード子爵、お願いだからやめて」アンが嚙みつくように言った。「いやがらせはもうじゅうぶんだわ」

「おや、まだ話しはじめたばかりじゃないか。羊飼いくん、きみの機知に富んだ受け答えをもっと聞かせてくれないか」

こんな言われようはもうたくさんだ。アンにも行動を起こせと勧められたではないか。

「こんなのはいかがかな?」

右のこぶしを突きだして、ハワードの顎をまともに捉えた。子爵は呻き声を洩らし、磨きあげられた床に沈んだ。

「すかっとしたよ」マクシミリアンは周囲からいっせいにあがった驚きの声や忍び笑いにかまわず、アンに向きなおった。「行こう」

「驚いたわ」アンは、床でぐったりしているハワード子爵を見おろし、かすれ声で言った。「一発で倒してしまうなんて」

マクシミリアンは婚約者の唖然とした表情に苦笑いを返さざるをえなかった。「行動的な男が好みだと先に言ってくれていればよかったんだ」

アンは呆気に取られて口が利けないまま侯爵に導かれ、いちばん近い戸口を出ると、狭い階段をおりていった。言葉で評判を守るべきだったとは言ったけれど、デズモンドを殴って気絶させることになるとは、爽快な光景だったとはいえ、考えもしなかった。「大変な恨みをかったわね」

「だからきみを連れて退散したんだ」マクシミリアンは階段をおりきったところで足をとめた。「ところで、ぼくたちはいったいどこにいるんだ?」

「使用人用の階段ではないかしら」

ちょうどそこに、砂糖菓子を並べた盆を手にした従僕が自在扉から出てきて、ハルファースト侯爵にぶつかりかけた。「失礼いたしました」つかえがちに言い、体勢を立て直しながら頭をさげた。

「その向こうは何になってるんだ？」マクシミリアンは扉を指して訊いた。

「厨房でございます」

「そこにも出口はあるのか？」

「はい、庭へ出られるようになっております」

「よし」マクシミリアンは自分たちをぽかんと見ている従僕を階段のほうへ軽く押しやった。

「行ってくれ」

従僕が階段の上へ消えると、アンを引き寄せて頭をかがめ、息もつかせぬ熱烈なキスで欲望をそそった。

「誰かに見られてしまうわ」アンはマクシミリアンの黒い髪に手をくぐらせながらささやいた。

「かまわない」

「わたしが困るもの」

マクシミリアンは首を起こし、きらめく灰色の瞳で見おろした。「結婚を強いられたくないから？」息苦しそうに言う。

「マクシ――」

マクシミリアンはアンの手をつかみ、厨房の扉を抜けた。料理を用意していた十数人の使用人たちがそれぞれの持ち場でぴたりと動きをとめた。「ぼくたちのことは気にしないでくれ」指示されて、みなふたたび手もとに目を戻した。

「マクシミリアン」アンは廊下で中断したキスを再開してもらいたいと半ば思いながらひと呼吸おき、言葉を継いだ。「どういうつもり？」

「ちょっと待っててくれ」

驚いたことに、侯爵はその場にアンを残し、厨房を歩きまわって、軽食か何かを探しはじめた。向こう端で目当てのものを見つけたらしく、料理人のひとりに言葉をかけて、ナプキンに何か大きなものを包んでもらい、こちらに戻ってきた。

「ギリシア神話は知ってるだろう？」問いかけて、手を差しだした。

「ええ」アンは侯爵の真剣な顔と、手のひらにのったものを交互に見ながら答えた。「でも、黄金の、それも半分に割ったリンゴと、いまの状況の関連性がわからないわ」

マクシミリアンはゆっくりと口もとをほころばせた。「その神話じゃない。あけてごらん」

突如として鼓動が高鳴りだし、アンはナプキンを開いた。「ザクロ」つぶやいた。一個のザクロ。

マクシミリアンは咳払いをした。「憶えているだろうが、美しいペルセポネは下界の恋人ハデスと天上の母デメトルのどちらを選ぶかで苦しみ、どちらとも選ぶ方法を考えだした」

アンは束の間息を奪われた。「ヨークシャーを出てくれるの？」つかえがちに訊いた。

「いとしい人よ、それはきみしだいさ」

アンの頰を涙が伝った。「いま、いとしい人と呼んだわ」声を詰まらせた。

「きみを愛しているからだ」

「ああ、ほんとうなのね」アンはかすれ声で言った。これで望みはすべて叶えられる。マクシミリアン・ロバート・トレントとずっと一緒にいられる。この人は永遠に自分のものになる。ふるえる手でザクロの六つの種をひとつずつ取り除いていった。「ヨークシャーに半年、ロンドンに半年」

「そしていつも、きみはぼくといるんだ、アン。ぼくと結婚すると言ってくれ」

アンはマクシミリアンの手から赤い果実を取りあげて脇に置いてから、背に腕をまわして抱きついた。「するわ。ええ、あなたと結婚します」アンは告げて、笑いながら涙を流した。

「あなたを心から愛してる」

マクシミリアンはキスをして、アンを抱きあげると、くるくるまわりはじめた。「嬉しいよ」ささやいて、何度も何度も同じ言葉を繰り返した。

アンはキスをやめられなかった。三週間前は羊飼いの求婚に応じるとは、まして心から結婚を望むようになるとは思いもしなかった。いますぐに離れるのはとても耐えられそうにないので、あと数日はロンドンにいてもらうことになるだろう。そして、すぐに結婚特別許可証を入手できれば、春にはヨークシャーへ居を移し、きっと満開のラッパズイセンを眺められる。

「ハッピー・バレンタインデー」アンはささやいて、抱きついた。

マクシミリアンの笑みを肌に感じた。「ハッピー・バレンタインデー」

ふたつの心

カレン・ホーキンス

わたしがパソコンで作業するとき、お気に入りの椅子を快くゆずってくれる愛猫のスキャットに。

1

『凍えるばかりの天候のせいで貴族たちが話題に窮しているとみえて（もっともこれは天候の話題が大のお気に入りの人々であり、世間話を苦手とする向きにはこの冬の信じがたい寒さが恩恵をもたらしている）エリザベス・プリチャード嬢が、じつに意外なお相手、ダラム卿と交際中であるとの話があちこちから聞こえてくる。

筆者からすれば考えられない組みあわせで、にわかには信じがたい――なにしろ、プリチャード嬢といえば、相当な資産家との評判で、行動はあきらかに一風変わっているとはいえ、人柄のすばらしさは誰にも文句のつけようがないご婦人だ。たしかに社交界の平均的な初々しい令嬢がたよりやや年嵩であるのは否定できず、実際、ダラム卿より年上なのだが。

プリチャード嬢はレディ・ダラムと名を変えるつもりなのだろうか？　もしやテムズ川が凍りでもすればそんなことも……いやいや、テムズ川はすでに凍っている。

近頃は、ありえないことなどないようである』

一八一四年一月二十六日付〈レディ・ホイッスルダウンの社交界新聞〉より

レディ・マーガレット・シェルボーンは、朝食用の食堂の壁面にある優美な装飾が施された暖炉へつかつかと歩いていった。「何よ、これ！」声高らかに言って、ぱちぱちと音を立てている炎のなかに紙を投げ入れた。「レディ・ホイッスルダウンはいつもこうやって破廉恥な記事を書くんだから！」

テーブルの上座で〈モーニング・ポスト〉の朝刊を読みふけっている夫、ジェイムズ・シェルボーン卿は目を上げすらしなかった。結婚の至福に恵まれて十年、芝居がかったそぶりで耳を傾けさせようとする小柄な妻の癖には慣れきっていて、たいして気にかけもしない。代わりにこの妻メグの兄、サー・ロイス・ペンバリーが反応した。

片眼鏡を目にあてがい、貴族たちを楽しませようとするレディ・ホイッスルダウンの最新の努力の賜物が丸まって灰と化していくさまを眺める。「レディ・ホイッスルダウンのことはむしろ気に入ってたじゃないか。見るからに読みたくてうずうずしていた。バートンが手渡す前に、ぼくの椅子を飛び越えかねない勢いで盆から取りあげたんだからな」

「そんなことはしてないわ。ただ身を乗りだしただけ――」メグは兄がにやりと笑ったのを見て目をすがめた。「まあ！」華奢な足を踏み鳴らした。「わたしをからかってるのね。お兄様のよくないところよ。真剣になる気がないんだから」

「なる気はないね」ロイスは認めた。「そんなに腹の立つことをレディ・ホイッスルダウンに書かれたのか？」

「わたしのことじゃないわ。ライザのことよ」

貴族たちのあいだではエリザベス・プリチャード嬢として知られるライザは、妹の子供の頃からの親友だ。まさしく切っても切れない間柄だが、これほど個性の異なる婦人のふたり組を見つけるのもなかなかむずかしいだろう。メグは小柄で、ブロンドの髪をつねにきちんと結い上げていて、きわめてせっかちな性分だが、ライザのほうは長身で、淡い褐色の髪に、いたずら好きの猫のような緑の瞳をしていて、服装の趣味がきわだって変わっている。ロイスが知る女性のなかで最も論理的な思考の持ち主でもある。「レディ・ホイッスルダウンが、ライザについて何を書いたんだ？」

「レディ・ホイッスルダウンがライザについてどうしてそんなに知っているのかわからないけど、ずいぶんと知ったふうな書き方だわ——その件で、今朝お兄様に来てもらったのよ」妹はひと呼吸おいて、もったいをつけた。「ライザが結婚を決めたかもしれないの」

その言葉は灯したばかりの蠟燭の薄い煙のように宙に漂った。妹の芝居がかった口ぶりに乗せられるのは癪だが、衝撃を受けずにはいられなかった。ライザが？ 結婚？ 「勘違いじゃないのか」

ライザの徹底した現実思考を知っている者なら誰でも、そんなばかげた話は信じられないだろう。ライザはわずか三つで両親を亡くし、社交界に登場した年に、母親代わりだったおばもこの世を去った。若くして身寄りを失い、頼れる相手は執務室の戸口に立つことが後見人としての務めであると信じている、陰気な老弁護士だけとなった。

気の弱い女性なら取り乱していたかもしれないが、ライザは家を買い、年配の貧窮していた従姉を呼び寄せ、後見人からできるかぎりのことを学んで、悠然と自分なりの人生を歩んできた。貴族の社会では老嬢と見なされる二十五歳の誕生日を迎えると、雇っていた話し相手に恩給を与えて退職させ、独力で財産管理を始めたときにも驚く者はいなかった。

「勘違いなんてしてないわ」メグは信じてもらえていないことに傷ついた表情で言った。

「お相手の男性の名はダラムよ」

「聞いたことがないな」

「ロンドンに来たばかりだそうよ。レディ・セフトンの遠縁の方だとか」

二年おきくらいに、悪風に乗じてロンドンの舞踏場にもぐり込み、あの手この手でライザに取り入ろうとする財産目当ての輩が現われる。メグの助けを借りて、ロイスはそういった怪しげな連中をことごとく蹴散らしてきた。

もちろん、ライザはまるで気づいていない。自身の楽天的な性質も、慎重な管理によって年々増えている相当に多額な財産の魅力の大きさも、まったくと言っていいほどわかっていない。そのうえ、自分と同じく、独身で配偶者に束縛されていない暮らしに心から満足しているように見える。少なくとも、ロイスはそう思い込んでいた。「ライザが早計に物事を決めるとは思えない」

「わたしだって、すぐには信じられなかったわ。でも……」メグは言いよどんだ。「先月の誕生日から、どこかふさぎがちでしょう。気持ちが少し不安定になっているのではないかしら」

ロイスは眉をひそめて思い返した。この二日、ライザと会っていない。その前はたしかに少し気がそぞろのようにも見えたが、それだけのことだ。正体不明の馬の骨に生涯を捧げる情熱を燃やしているような気配はみじんも感じられなかった。「ライザは結婚のような重大なことを、よく考えもせずに進める性格じゃない」

「前から考えていたのよ。ダラム卿を花婿候補として考える理由のリストを見せてもらったんだもの」

「なにがリストだ、ばかばかしい！　いったいどうしようというんだ。馬を買うのかでもあるまいし」

「ライザも三十一よ。同じ年頃の女性はほとんどが結婚していて、子供もいる」

「ライザはほとんどの女性とは違う。メグ、また結婚をうるさくせかしでもしたんじゃないのか？　そうであれば、ぼくが――」

「そんなことしてないわ」メグは頰を紅潮させて否定した。「今回はひと言も口に出してない」

朝食用のテーブルで、ジェイムズが兄妹をいさめるように新聞をかさこそと動かした。

メグはいっそう顔を赤らめ、早口で言った。「ライザが誰かと出会って恋に落ちるのはごく自然なことだわ。そのお相手が、わたしたちの知っている人であってほしいと願っているだけよ」

ライザが恋に落ちる？　妹はなぜそんなことを言うんだ？　結婚相手を選ぶのと、実際に恋に落ちるのとはべつの話だ。背筋がぞくりとして、胸のざわつきをはっきりと感じた。ロイスは立ちあがった。朝食用の食堂が暗く重苦しく思えてきて、窓を通して雪に覆われた通りから射し込む明るい光に逃げ道を見いだした。何から逃げようとしているのかわからないが、ともかく霜の張った窓の向こうに漂うひんやりとした空気を吸いたかった。「もう行かなきゃならない。朝食をごちそうさま」

ドアのほうへ歩きだし、つと立ちどまり、降って湧いた考えが絨毯の上に足をとどまらせた。「メグ、ライザはほんとうにダラムとかいう男と恋に落ちたと思うのか？」自分でも意外な質問だった。こんなことを尋ねるつもりは、まして声に出すつもりはなかったのだが。

メグはなめらかな眉をひそめて考え込んだ。「いいえ」ゆっくりと言う。「いまのところは。でも、ライザは何かが自分に欠けていると感じてるのよ。お兄様もライザのことは知ってるでしょう。何か事を起こそうと決めたら、必ず実行する」その声には心から憂う気持ちが表れていた。「お兄様、わたしたち、どうしたらいいのかしら？　もし、ダラムという男性が善良な人ではなかったとしたら？」

ロイスはやたらと重いもので胸を押されているように感じながら、ひとしきり思案をめぐらせた。ようやく、沈んだ声で答えた。「ぼくたちに何ができるのかわからない」

「どうして？　ライザが人生最大の過ちをおかすのを黙って見ていられる？」

「もう大人の女性だ。もし、ほんとうにその男に惹かれているのなら——」言葉が喉につかえて先が続かなかった。まったく、おれはいったいどうしてしまったというんだ？　なんたって、あのライザのことだぞ！　間違いなく冷静に、論理的に行動できる女性だ。ほかの誰より尊敬している女性でもある。彼女の幸せを望んでいるはずだろう？　もちろん、望んでいる。ライザはいわば――

ロイスはメグを見やって、眉をひそめた。いや、やはり妹とは違う。ライザにしているようには、メグに心情を打ち明けることはできない。メグとはたとえば……いや、どんなことであれ、真剣にじっくりと語りあうことはしない。しょせん、妹には理解してもらえないだろう。さほどには。とりわけ憂うつな気分に陥ったときには、少しは慰められると知っていても、妹に打ち明けはしない。話せるのはライザだけだ。

実際に、あらためて考えてみれば、いつもそういうときにはライザがそばにいた。長年のあいだに、メグだけでなく、自分にとっても親友と呼べる存在になっていた。そしていま、その関係が、おそらくは財産狙いで、思いやりにあふれたライザの心を傷つけようとしているろくでなしに脅かされている。そう考えると、ロイスがめったに抱くことのない怒りが湧きあがった。しかも、あまりに唐突に慣れない感情が押し寄せたので、自分の気持ちが判然としなかった。

「お兄様が助けようとしてくださらないのは、がっかりだわ」メグは腕を組んで、刺すような視線を向けた。「きっとどこかの新しい女性といちゃつくのに忙しくて、かわいそうなライザに関わっている暇はないのね」

「いちゃついてなどいない」

「よく言うわ！　先週、ハイド・パークで、レディ・アン・ビショップと雪遊びをなさっていたことはどうなの？　レディ・ホイッスルダウンがコラムに書いたから、みんな噂してるわよ。こんな屈辱を味わわされたのは初めてなんだから」

「屈辱？　雪遊びで？」

メグは肩をいからせた。「ロイスお兄様、誰かが、ダラム卿の本心を探らなくてはいけないわ。財産目当てかもしれないし、もっと卑劣なことも考えられる」

ジェイムズ・シェルボーンが新聞越しに目を覗かせ、ロイスに〝逃げろ〟と声に出さずに言い、すぐにまた紙の後ろに顔を引っ込めた。

うなずきはしなかったが、つい口がほころんでしまったかもしれない。「財産以外に、ダラムがライザから何を奪えるというんだ？」

「純潔よ」

目の奥がかっと熱くなった。ばかな、どんな男であれ、ライザを汚させるようなことをさせてなるものか！　認めるのは腹立たしいが、メグの指摘はもっともだ。誰かが、ダラム卿について調べなければいけない。

とすれば、その誰かは自分しかいないだろう。自分がダラムとかいうろくでなしを調べなければ、メグがやることになり、妹ではどんな騒動を引き起こすかわかったものではない。

「よし。できるかぎり調べてみよう」意欲も湧いていた。正体不明の男が過去に犯した卑劣な悪事をすべて暴いて、ライザに突きつけてやるのだ。

そうとも、この計画はうまくいくはずだ。ロイスはほっとして、またもつい笑みをこぼしそうになった。「心配するな、メグ。なんとしてでも、その偽善者の尻尾をつかんでやる」

メグは顔を輝かせた。「そうこなくっちゃ！　お兄様はライザに女性の魅力を感じていないかもしれないけど、ほかの男性たち――」

「もちろん、ライザは魅力的だと思ってるさ」

妹はいぶかるような目を向けた。「お兄様とライザをそういう間柄だと疑っている人はいないわ。わたしですら、わたしよりライザのほうを妹と思っているのではないかと時どき感じてたのよ。ライザには平気で失礼な態度を取るんだもの」

ロイスはいままでもいろいろと非難を受けてきたが、異性を妹のようにあつかっていると指摘されたのは初めてだった。「ライザは友人だ。だから、ほかの女性に対するよりも率直に話してしまうのかもしれない。だが、それだけのことだ」

「いずれにしても、気にするほどのことではないわよね。向こうもお兄様に男性の魅力を感じてはいなさそうだし。長いあいだ一緒にいれば、異性だと意識しなくなるものだわ」

その言葉が自尊心に突き刺さり、ロイスは背筋を伸ばして高慢な口ぶりで言った。「ライザとの関係は、そのような愚かしい感情を超越したものだと思いたいね」どうだ。自分でも感心せずにはいられない宣言だった。それでも、説明のつかないいらだちは消えなかったが。

「ところで、ライザはその男とどこで知りあったんだ？」

「レディ・バーリントンに引きあわされたそうよ」

「さもありなんだな」ロイスは答えた。レディ・バーリントンはライザの教母だ。意気軒昂で、慣習にとらわれず、ぶしつけにものを言う老婦人で、貴族たちからは慕われている。

レディ・バーリントンが義務感に駆られるのも無理はなかった。ライザが初めてロンドンに足を踏み入れたときから、この教母はライザのために社交シーズンのめぼしい催しから招待状が送られてくるよう手配し、誰もがほしがる〈オールマックス〉社交場の入場証可証まで手に入れた。その後、ライザが社交界で美女とされる基準にはあてはまっていないことが判明してからは、いっそうかいがいしく世話を焼くようになり、目の覚めるような美女にはなれなくとも、魅力的な女性になればいいと教えた。ライザはこのささやかな助言を胸に刻んだ。

衣装の好みはさらに個性がきわだつようになり、驚くほど率直な物言いをすることで知られ、人目を引くほど御者台の高い二頭立て四輪馬車を購入して、それをみずから御してどこへでも出かける。もちろん陰口を叩く者もいたが、ライザはまったく意に介さず、いつしか貴族たちから、ライザ・プリチャード嬢が今度は何をしでかすのかと期待されるようになった。

それだけにとどまらず、ライザの突飛（とっぴ）な行動は流行すら生みだした。昨年の夏、ライザは紐（ひも）に繋いだ小さな猿を連れて歩きはじめた。誰もが、皇太子までもがその動物の従順さに魅了された。一週間もしないうちに、ロンドンじゅうの猿たちが流行に乗り遅れまいとするご婦人がたに買いあさられたが、みなすぐに猿を飼うのと手なづけるのとは違うことなのだと思い知らされた。

騒動も持ちあがった。レディ・ラッシュマウントの不作法な猿がキャスターランド卿の親指を嚙んだのだ。キャスターランドはその後一週間床に臥すこととなった。サンダースン－リトル嬢の猿はしじゅう紐からはずれ、怯えたご婦人を見つけてはすかさずスカートの下にもぐり込んでいた。ランデル子爵夫人のペットには光っているものを飲み込んでしまう困った癖があり、レディ・ブリストルから先祖伝来の指輪が消えたので返してほしいと求められた。くまなく探してみたがどこにも見つからず、やはり猿の腹におさまっているものと断定。はたして、ほどなく気まずい場面を迎え、子爵夫人は生きている猿を飼うのは自分には向いていないのだと見切りをつけた。

　ロイスはため息をついた。「ダラムとかいう男が、財産目当てではないことを祈ろう。ぼくが介入しなければならないとなると――」

　控えめにドアを叩く音がした。バートンがもったいぶった口調で告げた。「エリザベス・プリチャード嬢がおみえです」

　深紅と緑の幻影が現われた。いや、幻影ではない、とロイスは胸のうちで訂正した。あきらかに実物だ。ライザは装いの慣習にはこだわらない。朝、昼、晩にかぎらず、いつでも奇抜な色合いの衣装を鮮やかにまとっている。今朝の深紅のドレスとそれに合わせたマント式の外套はまだだいぶ地味な部類で、黄色のハーフブーツと緑のターバン式の帽子は着こなし上手な誰かの助言を要することを如実に物語っている。

　ロイスは、顔の造作も、あらゆる表情も知りつくしている女性を先入観を持たずに見てみようとじっくり観察した。そして、驚きを覚えた。ライザは目を見張るほど美しい。鮮やかな緑色の瞳を持ち、淡い褐色の長く垂れた巻き毛は命を宿しているかのように見える。たいがいの婦人より長身で、それがまた個性的な美貌によく調和している。手脚が長く、ウエストはほっそりくびれ、女らしい体型だ。知りあってから長い月日に様々なことを経験するにつれ顔つきがやわらぎ、緑の瞳に覗く大人の女性の茶目っ気が本来の快活さと相まって、いっそう魅力を増していた。

衣装をどうにかすれば、もっと以前から魅力的に見えていたのかもしれない。

「ライザ!」メグが声をあげた。「その頭はどうしたの?」

ライザはターバンに手をやった。長身の頭の上に三十センチはありそうな大きな白い羽根飾りが突きだしている。「あん、もう。また曲がってる?」羽根飾りは片側にぐいと押され、今度はまっすぐ後ろへ傾いた。

「そんな趣味の悪いものをどこで手に入れたんだ?」ロイスは訊き、自然に笑みを漏らしていた。

ライザがターバンの脇を叩いたせいで、さらに斜めにずれてしまった。「ボンド・ストリートのマダム・ブヴィエッテの店よ。お気に召して?」

「こんな変わった帽子を見たのは初めてだわ」メグが言う。「ターバンを巻くのは未亡人だけよ」

「ばかばかしい! 哀しいわ、わたしはとても気に入ってるのに」ライザは羽根飾りをまだいじっていて、いまにも折れ曲がってしまいそうに見える。「しかも、ものすごくお買い得だったの。たった十シリングよ。マダム・ブヴィエッテが何を考えているのかわからないわ」

「ぼくにはわかる」ロイスはためらわず言葉を継いだ。「こう考えていたはずだ。『たぶん、こんな趣味の悪いターバンを十シリングでだって買ってくれる奇特な人間はロンドンにはいないわ。さっさと売り払ってしまいましょう』いいかい、ライザ、きみにご親切なマダム・ブヴィエッテは間違いなくこう思っていたさ」

ライザは笑いをこらえようとしたが、できなかった。ロイスにからかわれて笑わずにいられるだろうか？　互いに同じくらいばかげた冗談が好きなのだ。「面白がるのもたいがいにして。今朝は早く家を出たから、ホット・チョコレートも口にしていないんだから。それに、あなたではなく、メグに会いに来たのよ」メグを見やる。「あなたが主催するバレンタイン舞踏会の招待状を書くのを手伝いましょうか？　きょうの午後はずっと空いてるの」

ジェイムズが大きくため息を吐き、新聞がぱたぱたと音を立てた。

「ああ、そうか」ロイスが言葉を挟んだ。「メグがバレンタイン舞踏会を開くんだよな。すっかり忘れていた」

「よく忘れられるわね」メグは呆れ顔で続けた。「レディ・プリュドムが社交シーズンの話題をさらいたくて、つまらないちっぽけな夜会を開いて以来、わたしはずっと計画を練ってきたのよ！」

レディ・プリュドムはメグの最大の競争相手だった。ふたりは女学生時代に出会い、その後同等の身分の男性と結婚し、同じ人数の子供をもうけ、互いに引けをとらない美貌を備えているとあって、対抗心をつのらせ、ことあるごとに衝突してきた。どちらかがなんらかの方法で相手をやりこめることができたなら、競争心も衰えるのかもしれない。しかしいまのところ、熾烈さを増すばかりで、ふたりは社交の場で顔を合わせてもまともに挨拶すらできなくなっている。

「心配いらないわ」ライザがてきぱきと言った。「シェルボーン家のバレンタインデー舞踏会のすばらしさを世に知らしめれば、プリュドム家の取るに足りない催しなんて忘れ去られてしまうわよ」

メグは満足げに笑みを広げた。「ライザ、華やかなものになるわよ！　赤い蠟燭を二千本も注文してあるの。それに、玄関への通路には、ムッシュ・ディターニーに氷像を六つ、こしらえてもらうことになってるわ。ロイスお兄様も出席してくださるわよね？」

「もちろんだ」ロイスは即座に答えた。「そして舞踏場で、心を癒してくれるご婦人たちと、たとえ目つきのよろしくない女性であれ全員とダンスをする」

ライザはその言葉を信じられなかった。ロイスはとりわけ美しい女性たちとしか踊らない。そのような場面を見るたびいらだたしく感じ、もう少し視野を広げられないものかと願っていた。

メグは新聞に隠れた夫のほうへ勝ち誇ったような視線を投げた。「少なくとも、頼りになる兄がいて嬉しいわ」

「わたしたち全員を頼りにしてほしいものね」ライザが、新聞の上から妻の様子を窺っているシェルボーン卿を思いやって言うと、こちらに向いている目が愉快そうに温かみを帯びた。シェルボーン卿は感情を表に出す男性ではないものの、快活な妻がいやがることを口にするくらいなら飛び降りるほうを選ぶに違いない。メグと夫は二度と離れられそうにないほど深く愛しあっている。こんなふうに男性と互いに自分を相手のものだと思いあえる関係を築けたなら、どんなに幸せだろう。

自然と目がロイスへ向いた。すると驚いたことに、相手も濃い青色の瞳で問いかけるようにじっとこちらを見ていた。たちまち疼きのようなものが背筋を這いのぼり、ライザは懸命に感情を抑え込んだ。ちょっと見られただけで、しかも、相手は一日に少なくとも四十人の女性には思わせぶりな熱っぽい視線を向けているサー・ロイス・ペンバリーだというのに、反応してしまうなんてどうかしている。なにしろ、ライザは何年ものあいだ、実際にそんなふうに女性を見つめるロイスを目にしてきた。

そうよ、それくらい、ライザ・プリチャードはサー・ロイス・ペンバリーのことは何もかも知っている。だから、いつもながらの視線を向けられるたび胸をときめかせていては身がもたないこともじゅうぶん承知していた。ロイスは並外れた放蕩者で、ひとりの女性に熱をあげても、めったに一カ月も続かないくらい気まぐれであることで知られている。とはいえ、おおやけの場での行動は慎重で、かけがえのない自由を奪われるような道義をはずれた領域にはけっして踏み込まない。

だからこそ、こうして良好な友人関係を保ててきたのだとライザは思う――ロイスのことをよくわかっているから、どのような話も気にせず聞いていられる。ロイスのほうも自分に対して同じように思っているのを感じていた。

それでも、ロイスの魅力に気づかずにいられるはずがなかった。眉にかかった暗褐色の髪が青い瞳をよけいにきわだたせ、憎らしいほど美しい顔立ちをしている。巻き上がった濃い睫毛に縁どられたその瞳に笑いかけられたなら、うっかりしていると息を奪われてしまう。

そのうえ、長身で肩幅が広く、顔の輪郭もみごとに均整が取れているので、見惚れてはいけないと思っていてもいつの間にか目を引きつけられていた。ロイスがもっと平らな顎で、もう少し暗い目をして生まれてくればよかったのにと思う。さらに、年を経るにつれ髪も少しずつ薄くなってくれればよけいにありがたい。ぜんぶとは言わないまでも、これほどまで美男には見えない程度にどこかが足りなければいいのに。

残念ながら、神には公正を図ろうという気はないらしく、ロイスは三十九歳になったいまでも、十八歳のときと変わらず美男なままで、むしろ少しばかり魅力が増したようにすら思える。貴族のなかでもとりわけ女性たちを泣かせてきた紳士と友人関係を保ちつつ、自身の品位とロイスの価値観をも守りとおせてきたのは、恐るべき意思の強さの証しだとライザは自負していた。

その考えを確信すべく、友人らしく落ち着いた態度でロイスに微笑みかけてから、メグのほうへ向きなおった。「わたしは何通の招待状を書けばいいかしら？」

「何百通、何千通でも。全員をご招待したいくらいよ」メグは朝食用の食堂の片隅に据えられた小さな書き物机へすたすたと歩いていった。山積みになっている上質な厚い羊皮紙の招待状をひとつに集めて、長いリストの最後尾を引きちぎる。「ライザ、ほんとうに感謝するわ！　丸一日ぶんの仕事が省けたんですもの」

ライザは招待状の山を受けとり、きちんと束ねて、腋の下にかかえた。「あすには発送できるわ」リストの切れ端を手提げ袋に滑り込ませて、袋の口を閉める。「もう行くわね。お遣いがあるのよ」

「馬車までお送りしよう」ロイスは快く即座に申しでた。ドアを開いて、片側に立つ。

ライザは手袋をはめつつ、睫毛の下からちらりと目を向けた。ロイスはどことなくそわそわしていた——何かを探るように様子を窺っているのが感じとれる。メグと喧嘩でもしたのだろうか？　なんであれ、ライザはその理由を聞きだすつもりだった。ロイスは友人であり、互いのどんな悩みでも打ち明けられるようでなければ、友人でいる意味がある？

「そう言ってくださると思ってたわ。馬車まで送っていただけたら、とてもありがたいわ」手をひらりと振って、メグに別れの挨拶をした。「あすの朝には出来上がった招待状をお持ちするわね」そう言うとさっさと部屋を出て、ひんやりとした玄関広間まで歩き、あとからロイスが来るのを待った。

屋敷を出ると、大気が寒さできらめいていて、ライザの吐く息が白く染まった。ロイスの厚手の外套を少し恨めしそうに見やった。ライザは白鳥の綿毛に美しく縁どられた上質なマント式の外套を羽織っているものの、梳毛糸織りの厚い生地ほどには冷気を遮れない。

「ケープも付いた厚手の外套を着てくれればよかったわ」

馬車が玄関口の踏段の下で停まり、ロイスはライザを見やって、口もとにうっすら笑みを浮かべた。「ぼくの外套を貸そうか？　きみの身体をすっぽりくるんでしまうだろうが、暖かくはなる」

「そうしたら、あなたはどうなさるの？　女物のマントを羽織る？　とても無理だわ。そんなことで評判に傷をつけたくないでしょう」

「正直なところ、きみがそのおかしなターバンを着けて歩けるのなら、ぼくがご婦人のマントを着るくらいなんでもないだろう」

ライザはとりすまして笑った。「あなたがこの帽子を好きではないのがよくわかったわ」

「その帽子は気に入らないな」ロイスは切り返した。「もっとも、きみは気にしないだろうが」

「あら、気にするわよ」従僕が馬車の前に踏み台を降ろしているあいだにやんわりと返した。「どちらかへお出かけなの？　よろしければご一緒しない？」

「きみに迷惑はかけられない」

「迷惑だなんてとんでもない！　話し相手がいたほうが楽しいわ。しかも、通りにほとんど人気がないから、快適に走れるし」もうひと押ししてみようと、内緒話でもするような口調で付け加えた。「角を曲がるときに馬車が少し滑るでしょう、それがまたなんとも言えず楽しいのよね」

ロイスが白い歯を見せて笑った。「きみは生粋のおてんば娘だな。きみが面倒に巻き込まれないようにするためにも、ぼくが乗ったほうがよさそうだ」馬車をちらりと見て、眉を上げた。「この馬車には見覚えがない」

「新しい馬車なんだけど、乗っているのも忘れてしまうくらいなめらかに走るのよ」

「そんなそそられる話を聞かされたら、とても拒めない」ロイスは従僕に自分の馬車を片づけるよう指示して、ライザの肘を取り、新しい馬車に乗り込ませるために目の高さが同じになるよう身をかがめた。「さあ。こんな寒さのなかで突っ立っていたら風邪をひいてしまうぞ」


ロイスからすれば特別な存在だと感じさせようという意図などなく、ごく自然にほかの女性たちにも幾度となく繰り返してきたしぐさなのだろう。ライザはそう思いつつも、守られ、大切にされているようにすら感じた。自分の習慣的な行動が、そういったものに慣れていないライザのような女性たちにどのような影響を与えるのか、ロイス自身が気づいていないのはさいわいだった。ライザは馬車に乗り込むとすぐにそっと肘を引き、そそくさと手を動かして膝の上に毛布を広げた。

ロイスが向かいの座席に腰を落ち着け、従僕が扉を閉めた。馬車はほとんど間をおかずにすべらかに動きだし、凍結した舗道を静かに進む音を聞きながら、ふたりは早くも心地よくくつろいでいた。

「豪華だな」ロイスは車内をつくづく眺めて、ビロード張りの座席や、革のカーテンや、真鍮の飾りに触れた。「いい趣味だ」

「前回の投資でだいぶ利益が出たから、何かすてきなことにお金をかけようと思ったの」

ロイスはもの問いたげな目を向けた。「つい先日、ウェクスフォード公爵がきみのことをとても褒めていた。あれほど商才のあるご婦人には会ったことがないと」

「収益性の高い鉱山開発の投資をご紹介したから、そう言ってくださっているだけだわ。宝石に強い関心をお持ちなのよ」

「そうはいっても、大変な褒めようだった。あの公爵は気安く人を褒める男じゃない」

「わたしもおだてられて図に乗る女ではないわ」ライザは床に置いてある小さな金属製の箱の上に足をのせた。「ねえ、あなたもここに足をのせてみて。温かくて気持ちいいのよ」

ロイスが言われたとおり大きな足をそこにのせると、ライザの足がひときわ小さく見えた。

「ずいぶん奇抜な色だな」深紅の外套の裾から覗いている黄色いブーツを面白がるように見て言った。「派手な靴だ。こんなのは見たことがない」

「新作なのよ。大金をはたいて買ったんだから」ライザは自分のブーツをいとおしそうに見つめた。「とても気に入っている靴なの。もうじゅうぶんすぎるほど持っているのに、また欲しくなってしまうのよね」

ロイスににっこり笑いかけられ、ライザは胸がどきりとした。「それを言うなら、ぼくの場合にはベストがそうだ。あえて自分の愚行を認めるつもりはないが」

ライザは思わず笑い返していた。ほとんどの男性がためらうことをためらわないところが、ロイスが多くの女性たちの心をとらえる理由のひとつだ。女性たちが衣装や流行やお喋りやお茶を好むことを快く認めている。女性たちが噂話を好み、多くの人々がそれを愉快に情報を交換する手段だと考えている事実も容認している。ロイスは頭から否定することはせず、理解し、励まし、耳を傾ける。ひとつひとつはごく自然な行動でも、それが組みあわされると、女性の気持ちをくつろがせ、好意を芽生えさせる。

ライザは咳払いをした。「温めた足載せ台は気持ちいいでしょう？」

ロイスはふたりの足が並んでいる箱に視線を落とした。「とても」束の間ためらった。「ライザ、きみに尋ねたいことがある——」言葉が途切れ、ロイスの迷っているような様子に、ライザの警戒心が働いた。

ロイスが何かに思い煩わされているのが、ライザにははっきり見てとれた。「どうしたの？」

ロイスはばつの悪そうな笑みを浮かべた。「きみはぼくをよく知っている。ライザ……知ってのとおり、ぼくはつねにきみの意見を尊重してきた」

気が沈んだ。「今度は、どちらの女性なの？」

「女性？」ロイスの笑みがすっと消えた。「どうして女性の話だと思うんだ？」

「あなたから意見を求められるのは、たいていその手のことだもの」

ロイスは虚をつかれたように目をしばたたいた。「そんなことはしていない」

「ペラム家のお嬢さんについても訊かれたわ。ブロンドで、大きな――」両手を胸の高さまであげて身ぶりで伝えた。

ロイスの耳が赤くなった。「そんな憶えは――」

「だって、訊いたもの」しかもいまとなって思い返せば、まるで面白みもない話で、悪夢のような女性だった。いつも頬をピンク色に染め、作り笑いを浮かべていて、ロイスはそんな彼女に目も当てられないほどのぼせあがっていた。むろん、ライザにはその情熱が二週間以上続くのはまれだとわかっていたけれど。それでも、有力者との縁が薄いペラム家がひとり娘を裕福な紳士と結婚させようと躍起になっているのは周知の事実だったので、ライザは少しばかり気を揉んだ。いけ好かないその女性がロイスに罠を仕掛けるよう家族からせきたてられていることも大いに考えられたからだ。

さいわいにも、大事に至る前に、ロイスの気持ちは冷めてしまったのだが。「それで、今度はどんな女性なの？　レディ・アン・ビショップではないわよね？」

「いや、レディ・アン・ビショップではない」

「そんなに不機嫌にならなくてもいいでしょう」

「不機嫌になどなっていない」ロイスはぎこちない口調で返した。「だいたい――そんな不適切な話題をきみと話した記憶がないんだ」

「たしかに話したわ。お熱をあげていた女優に、ルビーのネックレスとイヤリングのどちらを買ったらいいかとまで相談されたもの。劇場に行った晩に、あなたはわざわざどの女性なのか指し示してくれたのよ。教えてくれてよかったわ。てっきり赤毛の女性かと思っていたら、実際はありふれたブロンドの髪をしていたから」

ロイスは口をあけ、答えるべき言葉が見つからないのか、ふたたびその口を閉じた。

ひょっとして当の女性のことを思いだせないのだろうかとライザはいぶかった。なにぶん、四カ月も前のことだ。「当然、憶えてはいるわよね。青い瞳をしたブロンドで、お尻が大きめだった。そうそう、最近ではすっかり時代遅れのつけぼくろがやめられない人だったわ」

ロイスは啞然として言葉を失い、座席に背をもたせかけた。メグの言うとおりだ――これまでライザにずいぶんと失礼な態度を取っていたものだ。あらためてライザの顔を見て、寒さで頰と鼻が赤らんでいるのに気づいた。ライザが手袋をした手の指先で頰を撫でるように、ほつれた巻き毛を払いのけた。ロイスの目はその動きをじっと追っていた。「ライザ、すまない」

「すまない？　何に謝ってるの？」

「きみにあまりに不適切な相談を持ちかけていたことに対して。きみとはとても話しやすいんだ」

ライザの笑みがほんの束の間翳ったが、すぐに言葉が返ってきた。「だから、そういう話を聞かされるのよね。でも、たいして気にしてないわ。またわたしの意見を訊きたいんでしょう？　今度はどんなこと？」

「ああ。そっちは女性のことじゃないんだ。というか、ほかの女性ではなくて――」すんなり言葉が出てこず、煮えきらない自分に腹が立った。自分にはまるで不似合いな女優にのぼせあがっていることはライザにぺらぺら喋れていたらしいというのに、ライザとの仲を噂されている男についてはは尋ねる言葉が見つからない。

ロイスは首をさすりながら、いつからライザとこれほど話しにくくなったのかと頭を悩ませた。相手はほかでもない、ライザだ。誰より自分のことをよく知っているライザ。失敗すれば笑われ、落ち込んでいるとからかわれるが、いつでも、どんなときでも、自分のことをわかってくれている。

ところがその彼女を前に、舌のまわらない六歳児のように口ごもっている。正体不明のダラム卿の話をさりげなく持ちだす方法を考えあぐねて、行き詰まってしまった。

もはやなんとしても、ライザが謎の男に少しでも惹かれているのかどうかを訊きださずにはいられない気持ちになっていた。坐ったまま姿勢を正した。「今朝、メグから興味深い話を聞いた」

「そうなの？」

「ああ、それで、その、つまり……きみの話なんだ。きみと、もうひとりの人物の」

ライザの緑色の目にすぐに反応が表れた。だが、好ましくない考えをはねのけるように、さらりと肩をすくめた。「さしずめ、メグがまた誰かとの仲を取りもとうとしているのね」穏やかに言う。「どうしてあんなに一生懸命になれるのか、わからないわ」

ライザがダラム卿のことをすぐに思い浮かべもせず、否定もしないのは良い兆候だとロイスは思った。おそらくすべてはメグの取り越し苦労に違いない。そうとも、いかにもメグが考えそうなことではないか——妹はいつもそのような調子なのだから。ほっと胸をなでおろし、笑みがこぼれた。「きみもぼくの妹のことはよく知ってるだろう！　誰彼かまわずいらだたせて、楽しんでいる」

「知ってるわ。メグに仲を取りもとうと目をつけられたら気をつけないと。身を守るにはロンドンを離れるしかないかもしれない。それについては、あなたには悪いけど、わたしのほうが逃げやすいわ。名前を変えて、家庭教師として雇ってもらえばいい。でも、あなたはどうしたらいいのかしら？　あなたも家庭教師として雇ってもらう？」

「ぼくのラテン語の発音を聞かせたら、雇ってもらえる見込みはないな」

「ないわね。それに、あなたにはもっと刺激のある仕事が必要ね。船でインド諸島をまわることもできる。給仕係がとても不足していると聞いてるし」

「給仕係？　船長じゃなくて？」

「残念だけど、その地位までのぼりつめるには努力しなくちゃ。七、八年で、なれるわよ」

「まったく、きみは冷たいな」

「というより、困ってしまうほど正直なのね。あなたは海で一日も暮らしたことがないのよ。港(ポート)から船を出す方法も知らないでしょう」

「うちにあるポートという名のワインのことならよく知ってるんだけどな。毎晩、ベッドに入る前にグラスに一杯たしなんでいる」

「それなら、これまでの発言はすべて撤回するわ。あなたならきっと優秀な船長さんになれる」ライザは皮肉たっぷりに言った。

ロイスは笑った。「いつでも、ぼくが帰れる場所を用意しておいてくれるかい？」

「お望みとあれば」ライザはかすかに笑みを浮かべて応じた。

「本気で言ってくれているのだとすれば、われわれは礼儀にはずれた会話をしていることになる」

「わたしたちがいままで礼儀にかなった会話をしたことがあったかしら。まあ、そこがわたしたちの関係のいいところのひとつでもあるんだけど」ライザはかかえている招待状の束に目を落とした。「メグがよかれと思ってしてくれているのはわかるんだけど、残念ながら、お相手探しをふりきるには海にでも逃げる以外に方法はなさそうね。わたしたちの好きなように生きることを認めてくれればいいのに」

「きみを心配しているのさ。メグにとってきみは姉妹のようなものだ」

ライザの笑みが少し引き攣ったように見えた。「わたしもメグを姉妹のように思ってるわ。彼女の友情がなければ、こうして生きてこられたかどうかわからない。もちろん、あなたもいてくれたし」

「メグのことはぼくが言えることじゃないが、ぼくはいつでもきみの力になる。つねにそうしてきたつもりだ」

ライザがさっと目を合わせた。沈黙が落ちて、空気が張りつめた。ライザは唇を嚙み、革のカーテンの片隅をめくって、窓の外を覗いた。ターバンから突きだしていた曲がった羽根が肩に落ちた。「テムズ川に硬い氷が張ってるんですってね」

ロイスはしばし押し黙り、話題の転換を受け入れた。なるべく早くいつもの調子に戻せれば、それだけ話しやすくなる。そもそも、メグが事を大げさに伝えるからいけないのだ。ダラムとかいう男とはなんの関係もないのはあきらかだ。そうでなければ、ライザはとうにその事実を明かしていただろう——友人なのだから、なんでも話してくれるはずだ。

ただし、メグが言っていたように、たしかにライザがどことなく不安定に見えるのも確かだった。いつもの快活な表情の裏に、哀しみのよどみが見え隠れしている。その目のなかに、それも笑おうとするときにはなおさらはっきり見てとれた。ロイスは切りだす言葉が見つかることを願って、しばし見つめた。

ライザがカーテンをおろして正面を向き、坐りなおした。その姿に、いつの間にか備わっていた滲みでる気品をロイスは感じずにはいられなかった。十七歳の誕生日から二十四、五歳になるあいだのどこかで、ライザは自身の独特な美しさを意識するようになっていた。その美しさは顔の造作というより、ぴんと伸びた背筋や両手を広げたしぐさに色濃く表れている。

ほかの男性たちも同じようにライザの美しさに気づいているのだろうか。そう考えるとロイスは落ち着かなくなって、座席の上で腰をずらした。ライザが誰かに汚されるかと思うとどうしようもなく腹立たしい。ほかの女性の誰とも違う特別な女性であり、じつはきわめて繊細な一面も持っている。ロイスは心を決めてライザを見据えた。もはや恐れずに、この三十分、口に出すのをためらっていた質問を投げかけたほうがすっきりするだろう。「ライザ、ダラムとかいう男のことを聞かせてくれ」

ライザの頬がたちまち赤く染まり、ロイスは愕然とした。そんなばかな。だがメグが正しかったのだ――何かが起きている。それがなんであれ、自分が好ましく思えないことであるのを悟った。

「何を言いだすの！」ライザは眉間の皺を消し去ろうとするように手袋をした手で額をさすった。「今朝の〈レディ・ホイッスルダウン〉を読んだのね。書かれていたとおり、ダラム卿よりわたしのほうが年上だけれど、恥ずかしいとは思っていないし、そんなことは問題では――」

「年上だと？」

ライザは目をしばたたいた。「社交界新聞を読んだのではないの？」

「メグが焼き捨ててしまったから、読めなかった」

「なんてことを！　わたしはべつに怒ってないわ。たしかにダラム卿より少し年上だもの。四歳くらい、たいしたことないし。レディ・ホイッスルダウンがどうしてそんなことを騒ぎ立てるのかわからない」

つまりは、ダラム卿は自分より十歳以上若いということだとロイスは算出した。頭のなかで警報が鳴り響いた。身の程知らずの若造め。「その男はいったい何者なんだ？」

ライザは答えようと口を開きかけて、すぐにいったんぴたりと閉じた。「どうして知りたいの？」

「どうして？　どうしてとはどういう意味だ？　メグはきみにとって姉妹も同然だ。したがって、ぼくにはそういったことについて尋ねる権利がじゅうぶんにある」

「ロイス、わたしたちは十五年以上も友人で――」

「二十一年だ」

ライザは眉をひそめた。「嘘よ！」

「いや、そうだ。ぼくたちは、八月にチャタム家の泊りがけのパーティで初めて出会った。きみは十歳で、ぼくは十八だった。ぼくとメグが着いたすぐあとに、きみとおば上が乗った馬車が来たんだ」

ライザは驚いているようだった。「そんなことまで憶えてるの？」

「憶えてないのか？」

「正直なところ、憶えてないわ」

こらえた怒りがあやうく噴きだしそうになって、低い不満の唸り声を洩らした。「そんなことはどうでもいい。ダラムとかいう男のことを聞かせてくれ」語気を荒らげるつもりはなかったのだが、ぶっきらぼうなきつい調子になっていた。

ライザは身を硬くして、うちとけた態度を一変させた。「話したくないわ。あなたが不機嫌になるのならなおさら」

馬車が、がたんと音を立てて停まった。ロイスは自分の下宿屋に着いたのだろうと思いつつ、いらだっていて確かめる気にもなれなかった。話し渋るとはライザらしくない。「どうしてダラムについて話せないんだ？　何か問題のある男なのか？　きみは何か隠してるのか？」

「彼に問題なんてないわ。あなたには関わりがないというだけよ」

「よくそんなことが言えるな」ロイスは手を伸ばしてライザの両手を取り、きつく握った。「ライザ、この二十一年間、ぼくはずっときみの親友だった。きみに恋人のことを尋ねるのはしごく自然なことじゃないか」

ライザはつかまれた自分の手を見おろし、一瞬妙な表情を浮かべた。「ロイス、わたしは子供じゃないのよ。ダラム卿だろうと、ほかの誰であれ、危害を与えられることはない。それに、レディ・バーリントンから、とても立派な方だと聞いてるわ」

「きみの教母なら、ドッスルホワイゼ卿のことだってとても立派な方だと言うだろう。口に食べ物を詰め込んだまま話し、婚外子が十四人もいようとな」

ライザは唇をゆがめた。両手をロイスの手からそっと引き抜く。「レディ・バーリントンはダラム卿のことをこのうえなく退屈な人だと言ってるわ。つまり、模範的な男性だということよ」

扉が開き、ひんやりとした風が馬車のなかに流れ込んできた。従僕が開いた扉を押さえて、ロイスが降りるのをじっと待っている。

ロイスは懸命に口にすべき言葉を探した——ライザを守るために説得力のある言葉を……といっても、何から守ろうとしているんだ？　ひょっとしてレディ・バーリントンが言うように、ダラム卿は吹き寄せる雪のごとく清廉潔白な男なのかもしれない。それでも、証拠が何ひとつなくとも、ライザにふさわしくない男であるのは間違いない。「事を急がないと約束してくれ」

ライザの深緑色の目の奥に何かがちらりとよぎったが、すぐに明るい笑顔に掻き消された。

「凍える前に屋内に入ったほうがいいわよ」

「まだ話は終わってない」

「いいえ」ライザはきっぱりと言った。「悪いけど話はもう終わりよ。それに、かわいそうに猿のジョージが待ってるの。風邪をひいてて、お薬をあげられるのはわたしだけなのよ」

それ以上、ロイスに言えることはなかった。友人らしくあっさり追い払われようとしていて、だんだんと腹が立ってきた。だが、何ができるというのだろう？　馬車を降りて、従僕にうなずくと、すぐに扉が閉められた。

するといきなりカーテンが上がり、ライザが冷たい風のなかに身を乗りだした。とりわけ強い風が馬車の側面に吹きつけ、緑のターバンから垂れた巻き毛がなびいて、赤らんだ頰をはじいている。みずみずしく生気にあふれ、自分自身にもこの世にも満足している表情だ。

「ロイス、ダラムに会いたいのなら、あすの晩、メグとわたしと劇場へ行きましょう。キーンという新しい役者が登場するの。演技を絶賛されているわ」

「ぜひとも観たい」ロイスは即座に答えた。ともかくダラムという人物を知るきっかけをつかみたい。「いい芝居は好きなんだ」

ライザは目尻に皺を寄せてくすりと笑った。「ええ、あなたがどれだけ劇場が好きなのかは知ってるわ。先月の『夏の夜の夢』のときもずっと眠ってたものね。『キッパートン卿の最後のお願い』のときには寝息まで立ててた。あれは最後に驚きのどんでん返しがある殺人事件ものだったのに。今度はせめて起きててよね」

愛想笑いを浮かべると、ライザがあまりに明るく面白がるような笑みを返したので、ロイスは思わず前に踏みだした。だがライザは手を振るとすぐにカーテンをおろした。ロイスが気を取り直して話せるようになる前に、馬車はがくんと動きだし、通りを走り去っていった。

言えることなどあっただろうか？　ダラムという男と実際に会ってみるまでは、ただ気を揉んでライザに気をつけろと言うよりほかにない。しかも、誰より現実的な考え方をするライザがそのような根拠のない忠告に耳を傾けるはずもなかった。

ロイスはしばらく下宿屋の前の歩道に立ちつくし、考えをめぐらせた。寒風が後ろに整然と連なる家々の鎧戸（よろいど）をかたかた揺らし、通りに点々と立ち並ぶ木々の枝をたわませ、凍りついた敷石の上で雪を巻き上がらせている。ダラムという男については憂うべき点がいくつもあるし、結婚すれば、はばかることなくライザを独り占めするだろう。妻とその友人である男との友情を快く思わない可能性は高い。

ロイスは寒さに肩をすぼめた。ああ、いったいどうやってライザと会わずに一生を送れというのだろう？　気さくに話し、悩みを打ち明け、からかい、笑いあっているのが当たり前だった女性が結婚したら……何もかも終わりにしなければならない。心地よく共有していた友情も。

むろん、友人であることに変わりはなく、時どきは真剣な話もできるだろうが、いまのように自由な友達づきあいは永遠にできなくなる。奇妙なことだが、人生そのものが、もはやどんよりとした面白みのないものになってしまうような気がする。

どのくらいのあいだ、突っ立ったまま、ライザの馬車が消えた通りの先を見つめていたのかわからない。脚や顔の感覚が麻痺してきて、建物のなかへ歩きだした。家政婦が凍りつきかけた姿を見て、けたたましい文句をこぼし、応接室へロイスを急き立て、お茶のポットを用意するよう指示を出し、従僕に新しいブーツを引き抜かせた。あっという間に、ロイスは上靴に履き替え、炎が赤々と燃える暖炉の前に坐って、ブランデーをたっぷり入れた湯気の立ったお茶のカップを手にしていた。

心も爪先と同じようにやわらいでいった。レディ・バーリントンに会い、平穏に過ごしていたわが人生を脅かすべく突如現われた男について、知っていることを訊きださなければならない。それから、つかんだ情報を携えて、ドルリー・レーン王立劇場へ乗り込み、ライザに突きつける。正体不明のダラム卿の審判の時は近づいている。ロイスはみずからその男の退却を見届けるつもりだった。

2

『プリチャード嬢の話となれば、身につけている衣装の色に触れておかずにはいられない。先週のある日の衣装に以下のすべての色が使われていた。

赤。

青。

緑。

黄。

薄紫。

ピンク（淡い色調である点に留意されたし）。

どこかにオレンジも取り入れられていないかと探したが、見当たらなかった』

一八一四年一月二十六日付〈レディ・ホイッスルダウンの社交界新聞〉より

ライザは居間に入って、褐色の毛の小さな猿に微笑みかけた。ジョージは自分の止まり木を登り降りしながら、きゃっきゃっと喜びの声をあげている。

「わたしに会えて嬉しいの？」ライザは手袋をはずして脇机に放った。「今朝の調子はどう？　まだくしゃみが出る？」

かわいそうにジョージはこの凍てつく天候と隙あらば帽子を脱いでしまう哀しいさがのために、ひどい風邪をひいていた。けたたましく話しかけているような声と、茶目っ気たっぷりの顔に、ライザは笑った。とても小さな猿で、ライザの手の長さほどの身長しかない。これより小さな猿は見たことがないので、同じ種族のなかでも特に小柄なのだろう。ジョージを連れ歩くようになって数日で、真似る貴族が多く現われた。「でも、あなたほど賢くて、お行儀のいい子はいなかったものね？」

ジョージがその言葉に応えて飛び跳ねた。ライザは止まり木を据えているテーブルの小さな抽斗を引いて、干しイチジクの袋を取りだした。ジョージが差しだされたイチジクを取って、螺旋状に止まり木を登り、おやつを齧りつつ、もの問いたげに飼い主を見つめている。

「気分の乗らない朝だわ。すごく寒いし、玄関口の階段で新しいブーツを擦ってしまったし」ブーツを持ち上げて見せる。ジョージは忙しく口を動かしながら、おとなしく目顔で話に応じている。

ライザは猿の顎の下を撫でてやってから、ターバン式の帽子を留めていたピンを抜いて、背もたれのある長椅子の肘掛けに置いた。ため息をつき、袖が張りだした椅子に腰を沈め、クッション付きの背もたれに寄りかかる。競売にかけられていた屋敷から、思いつきで購入したお気に入りの椅子だ。家具の大部分はそうやってあちらこちらから買い集めたもので、さほど調和しているとは言えない。けれど椅子や長椅子のどれもが個性的で、このうえなく坐り心地に優れている。つまるところ、重要なのはそこだけだ。

ターバンのせいで巻き毛がつぶれてしまっているはずの髪を掻きあげ、ロイスは何を思い悩んでいるのだろうかと考えた。たぶん、原因はどこかの女性のことなのだろう——いつものことだ。その女性は、ロイスに憧れる女性たちすべてにとって間違いなく脅威になる。苦しさのあまりロイスを撃ち殺そうとする女性がまだ現われないことがふしぎなくらいだ。

ライザはブーツを脱いで、黄色とオレンジの低い足載せ台に脚を投げだした。このように凍える寒さの天候でも家のなかは暖炉の火が燃えさかっていて暖かくくつろげるし、椅子も坐り心地がよくのんびりできて、傍らには満足そうにこちらを見ている可愛らしい小さなジョージもいる。ライザは部屋をぐるりと見まわして、幸せだと思える理由はいくらでもあるのに、そうは思えないのだとつくづく考えた。数週間前から自分の人生には何かが欠けていると感じはじめた——何か大きなものが欠けていると。

ジョージはイチジクを食べ終えて、じりじりと飼い主が見える止まり木の先端まで進みでてきた。頭を片側にかしげ、キッキッと問いかけている。

「ええ、大丈夫よ。天候のせいで憂うつなのもあるんだけど……」ライザはため息をついた。「わからないわ。なんとなく……むなしいのよ。しかも、きょうロイスと話してたら……どうしてなのかわからないけど、よけいに気が重くなったの」ロイスが真剣にダラムのことを心配しているように見えて、自分は大切にされているのだとさえ感じた。もちろん、いっときのことだった。メグに姉妹のように思われているのだと聞いて、とっさに、あなたはわたしを妹のように思っているのかと尋ねたい衝動に駆られた。でも、尋ねるのはやめようと思いなおした――これ以上憂うつな気分になりたくはない。愚かにもわざわざ自分を痛めつけなくてもいい。

ロイスの手を借りて馬車に乗り込み、ダラムのことを尋ねられ、いくら自分が大切にされていると感じたとしても、彼が惹かれた女性たちに見せる気遣いに比べればたいしたことではないのを知っているのが、なにより哀しかった。当然ながら、ロイスはどの女性にも、少なくともおおやけの場では気を惹かれていることをあからさまには見せない。そうだとしても、ふたりだけのときにはきっと……ライザはいらいらと息を吐きだし、暖炉のぬくもりに包まれた爪先をもぞもぞ動かした。

わたしはいったい何を期待しているの？　おとぎ話を夢みるには少しとうがたっている。「愛」とつぶやいて、さも呆れたように見ているジョージに苦笑した。ライザは人を愛したことがなかった。それどころか、自分がそのような感情を抱けるのかすらわからない。

胸が締めつけられ、涙がこみあげた。気分を憂うつにしている原因はこれだ。長年、〝激しい情熱〟を経験できるときを待ちつづけてきたのに、いっこうに実現しないからだ。人を愛するのがこの地上で最もすばらしい感情だと確信しているライザには、人一倍つらいことだった。それがどういうものなのかは知っているつもりだ――めまいがして、刺激的な、圧倒されるような感情。シェルボーンと恋に落ちたメグを見ていたから、よくわかっている。

恋に落ちて、しかもそこから愛を育めれば、さらに幸せになれる。

　ところが、ライザが何年待っても、どんなものより捉えどころのないその感情が自分のなかに生じる気配はなかった。忙しい日々を送ってきたので、そのことばかり考えていたわけではない。けれどこの前の誕生日にふと、自分は身を捧げられるほど熱烈な恋に落ちるようには生まれついていないのだと思い至った。永遠に。

　哀しくも、徹底した現実思考の性格のために、そのような感情は抱けないのかもしれない。そこで、考え方を逆転させることにした。夫にふさわしい男性を見つけて、結婚し、それから恋に落ちる。もともと夢みていたような、心揺るがす情熱的な愛とはいかないかもしれないが、より安定した関係を築けるのではないだろうか――生涯続く愛を。

　これまでのところ、ダラム卿はきわめて有望な花婿候補のように思える。いままで出会った男性たちのなかで、最もまじめで、誠実で、有能で、礼儀正しく、率直な人物だ。容姿も、ロイスとは比べるべくもないとはいえ、悪くはない。もっとも、謎めいた雰囲気の美男揃いのセント・ジョン家や、ずば抜けて魅力的なブリジャートン兄弟たちをもってしても、サー・ロイス・ペンバリーの容姿には及ばないが。少なくとも、ライザの目にはそう映っていた。

　でも、ダラム卿にはロイスにはない強みがあった――自分に心から惹かれてくれている。あとは、シェルボーン家の人々とうまくやれる人物であるのが確かめられさえすれば、婚約を交わすことになるだろう。メグとロイスは家族も同然で、ライザは誰よりふたりの意見を信頼していた。

だからこそ、あすの晩、ダラム卿を劇場に招待してほしいとメグに頼んだのだ。計画は順調に進んでいるとライザは思い、沈みがちな気分を少しでも押し上げようとした。

控えめなノックの音がして、執事のプールが姿を見せた。「お嬢様、ダラム卿がおみえです」

少し待っても鼓動は少しも高鳴らなかった。きっともう少し時間が必要なのだろう。上体を起こし、靴を探した。「お通しして」

「かしこまりました、お嬢様」執事はためらった。長い沈黙があり、ライザはようやくプールがまだ戸口に立っていることに気づいた。

靴を探すのを中断した。「どうかしたの?」

「失礼ながら、その……鏡を見られたほうがよろしいかと。髪が……」小さく空咳をした。

「ぼさぼさなのね? あのターバンのせいだわ」

「ダラム卿に少しお待ちいただきましょうか?」

「あら、その必要はないわ。居間で待ちぼうけをくわせたら失礼ですもの。すぐにお連れして。この髪は手早く直してしまうから」

「承知いたしました、お嬢様」プールはお辞儀をして、さがった。

ライザは足載せ台の下からブーツを引っぱりだして履いた。それから、ドレスの皺を伸ばし、炉棚の上の壁に掛かった鏡の前へ歩いていく。自分の顔を見て、ぷっと吹いた。褐色の巻き毛の短い部分が角のように頭のあちこちから立ちあがっている。蛇頭女と魔王を混ぜ合わせたような風貌だ。プールの目が釘づけになるのも仕方がない。

ライザはなおもくすくす笑いながら指で髪を梳かし、角のような巻き毛を緩やかなふくらみになるまでどうにか撫でつけた。「さてと」ジョージに向きなおって言う。「これでどうかしら？」

ジョージが小首をかしげ、顔に皺を寄せた。

「まだだめってことね。でも、少しはましになったのは認めてほしいわ」

ジョージが反応するいとまもなくドアが開き、プールが静かに告げた。「ダラム卿をお連れしました」頭をさげて後退し、ドアを閉めた。

ジョージが来訪者に歯を剝きだした。止まり木からひょいと降りて、下で尻を向けて坐った。

威勢よく部屋に踏みだしたダラムがゆっくりと足をとめて、眉をひそめた。「その生き物は、ぼくを好きではないようだ」

「少し緊張しているだけですわ。きょうはご機嫌いかがですの、ダラム卿？」

ダラムは気重げに猿から目を戻し、丸い顔をくしゃりとさせて笑いかけた。「あなたにお会いできたので元気がでました。ぼくは――」ライザの髪に目を留め、笑顔が固まった。

「――寝ていらしたのですか」

ライザは恥じらう手つきで乱れた巻き毛に触れた。「ごめんなさい。今朝はターバンを巻いていたものですから」

「ターバン？　そのようなものを身につけるにはまだ若すぎる」ダラムが真剣な面持ちで言う。「それに、美しすぎる」

ライザは褒め言葉をすなおに受け入れることにした。ホット・チョコレートのカップと似たような安らぎを与えてくれる。「ありがとうございます」椅子に坐り、向かいの空いている椅子を身ぶりで勧めた。

ダラムは威厳を強調するようなしぐさで椅子に腰をおろした。「今朝は家にいてくださってよかった。買い物にでも出かけてしまったのではないかと心配していました」

「先ほど帰ってきたところですわ」ライザはダラムをまじまじと見つめた。中肉中背で、なかなかに見栄えのする男性だ。髪は褐色で、さらに濃い褐色の目をしていて、歩き方には感心させられるほど威厳が漂っている。みずからの立場と望みを知っている男性は好ましい。残念ながら、ダラムの自信にはわずかな尊大さと少しばかりの慢心が覗いている。どちらの性質についても、結婚すれば薄れるものだと信じたかった。

仮に結婚を決めさえすればだけれどと、ライザは胸のうちで言いなおした。まだ仮定の話にすぎない。何がなんでも結婚したいわけではないし、過ちはおかしたくない。

ダラムが笑みをこしらえた。「母がよろしくお伝えくださいとのことです」

「光栄ですわ。ぜひ、近々お会いできるのを楽しみにしているとお伝えくださいさい」ダラムの母親についてはかなりのことを知っていた。頻繁(ひんぱん)に話を聞かされている。「お母様はお元気ですの？　あなたにお会いになるのを待ち望んでらっしゃるのではないかしら」

「ええ、そうですね。父が亡くなってから、母にとってはぼくがすべてになってしまった。これは断じて愚痴ではありません。お会いになれば、母がきわめて好人物であるのはおわかりいただけるでしょう」ダラムはいわくありげな目を向けた。「母には、ぼくが戻るまでそう時間はかからないと言ってあります。母を驚かせたいものだ」

束の間、ライザは動けなかった。ダラムの言葉の意図はあきらかに汲み取りながらも、心が奥のほうへ引きこもって、出てくるのを拒んでいるかのように思える。

とはいえ、ダラムにはどのような相槌も必要なかった。微笑み、嬉々とした口調で続ける。「何もせかすつもりはないのですよ、プリチャード嬢。ただし、ぼくの意志は率直にお伝えしておきたいのです。哀れな母にひとり息子が何週間もロンドンにとどまっている理由をほのめかしたからといって、焦っているとは思わないでください。どうかお気になさらずに」

ライザの首から上が熱くほてった。いいえ、気にせずにはいられない。たとえそうでも、結婚するかもしれない相手なのだから、気にすべきではないのだろう。まだ結婚するかもしれないというだけだけれど。

ああいったい、わたしはどうしてしまったの？　自分が望んだことでしょう？　ダラム卿はまじめで、尊敬できる高潔な男性だ。貧しさとは無縁で、大きな農地をいくつも保有し、そのほとんどをみずから耕作した。しかも、愛想がよく、礼儀を欠かさず、物腰も丁寧だ。これ以上、何を望めるだろう？

唐突に、ロイスの顔が頭によぎった。つい笑い返さずにはいられない、見るからに愉快そうな輝きを目に灯してこちらを見ている。ライザは眉をひそめた。もし結婚したら、ロイスとはどれくらいの頻度で会えるのだろう？　ひょっとして、まったく会えなくなることもあるのかしら。

そのときふと、ダラムが返事を待っていることに気づいた。答えようがないので、とっさに話題を換えた。「あすのお芝居は楽しみですわ。『ヴェニスの商人』は好きな作品のひとつなんです」

「レディ・シェルボーンがぼくをお仲間に加えてくださったのは、非常に光栄です。ふだんはそういった浮ついた遊びにかまける男ではないのですが、郷に入っては郷に……」笑みを浮かべた。「プリチャード嬢、あなたは足繁く劇場へ通われているのですか？　残念ながらサムズバイはさほど大きな町ではありません。最近まで、芝居を観る機会もかぎられていたのですが、近いうちに……」ダラムは聞き手がうわの空になっているのも気づかず話しつづけた。

ライザは、ロンドンのように便利ではない小さな町に暮らす自分を懸命に思い描こうとしていた。暮らしはがらりと変わるだろう。居心地のよい家を見まわし、愛着のある品々を眺め、新しい靴を見て、どうやって暇をつぶせばいいのだろうと思いめぐらせた。

「プリチャード嬢、牛についてどう思われますか？」

ライザは目をぱちくりさせた。牛。牛についてどう思うかと言われても。「あのう」慎重に言葉を選んだ。「馬は好きですわ」

「ええ、馬はなくてはならない生き物です。ですが、牛は……」ダラム卿は満面に笑みを湛えた。「ぼくは千頭飼っています。しかもどれも金で買える最上等のものです」

なんてこと、この人は牛を千頭飼っていることに誇りを持っている。「それで、どのようなことをなさってますの？」

「繁殖させているのです。ダラム家の牛は質の高さには定評がある」

なるほど、だとしたらダラム家の雄牛の質はどうなのかしら？　ライザは笑いを嚙み殺した。ロイスとなら、一緒に笑ってくれるのはわかっているので、反応を心配することなく口に出していただろう。お互い似たような皮肉の効いた冗談を言う癖がある。でも、ダラム卿とはそんなふうに気さくには話せない。もちろん、知りあってまだ間もないせいもあるのだろう。きっと徐々に自分の考えを伝えられるようになるはずだ。

「ぼくの農場をきっと楽しんでもらえることでしょう」ダラムが言う。「どこにも負けやしない。プリチャード嬢……ライザ……こう呼んでもよろしいですか？」

ライザはぐっと息を吞み込んだ。ふたりの関係は進展している。そうなることを望んでもいた。それなのにどうして、気分がこんなに……落ち着かないの？　ライザ、あなたは少し怖気づいているだけよ。男女の関係がさらに親密になりそうなときに若い女性がこんなふうになるのは、ごくふつうの反応だわ。スカートの皺を伸ばして、はっきりと答えた。「もちろん、ライザと呼んでいただいてけっこうですわ」

「ではあなたも、ダンロップと呼んでください」

息がつかえた。ジョージは飼い主が窒息すると思ったのか、止まり木の下でぴょんぴょん跳ねて、キイキイ鳴いている。

ダラムがはじかれたように立ちあがった。「プリ——ライザ！　大丈夫ですか？」

「猿の毛ですわ」声を絞りだして、坐るよう身ぶりで伝えた。だってまさか、そんな滑稽な名を聞かされるとは思っていなかったのですもの。ライザは、自分自身の心の安定のためにこちらからはダラムと呼びつづけようと思い定めた。甲高い声をあげている猿にしかめ面をして見せた。「ジョージ、いい加減になさい」

小猿はにっと歯を見せて笑うと、止まり木を這い登り、まるで祝祭の催しでも眺めるかのように腰を落ち着けた。

ダラムはいささか不安げに猿を見つめた。「あなたの言葉はすべて通じているのですか？」

「ほとんどは。言葉自体を憶えているのではなくて、声の調子で理解しているんです。でも、ジョージの話をしていたのではなかったわ。牛は、あなたのペットですの？」

ダラムは声をあげて笑い、くつろいだ表情に、もういかめしさは感じられなかった。実際、笑った顔は……感じがいい。ライザはとたんに、名を聞いてひそかに笑ったことに後ろめたさを覚えた。

「牛はぼくのペットではないが、あなたが望むならそうしてもかまいませんよ」

「すてきだわ。一年じゅう、田舎にお住まいですの？」

「いやいや」ダラムは気どったふうにふっと笑みを浮かべた。「ぼくは高尚な趣味も楽しめる男です。ロンドンにはしばしば来るつもりですよ。おそらく年に数週間はこちらで過ごすことになるでしょう」

「数週間？　社交シーズン中はずっと滞在なさるのではないの？」

「牛の世話がありますからね。多くの人々は使用人たちにまかせればいいと思っているかもしれない。ですが、ぼくは、手をかけたぶんだけ、価値が二倍にも、三倍にさえ上がると信じています。想像してみてください、ライザ」ダラムは目を見張って首を振った。

「それは……すばらしいことですわ」たしかにそうだと思った。ほかの誰かにとっては。自分よりもっと牛に関心のある人にとっては。

ダラムが苦笑いを浮かべた。「ぼくの牛のことより話さなくてはいけないことがあるのではないですか。レディ・シェルボーンの舞踏会について聞かせてください。盛大な催しになりそうだ」

ライザは飾りつけや軽食といった細々(こまごま)としたことは省いて、メグの計画を話して聞かせた。説明が終わるとすぐに、ダラムは身を乗りだして、ライザの手を取った。ほんの三十分前に、ロイスがつかんだのと同じ手を。そのときには両手とも取られていた。手袋をしていたにもかかわらず、軽く触れられているだけで妙な刺激が腕をのぼった。いまはダラム卿に手を取られていても、安定感はあるものの、冷えた指に温かさを感じる程度だった。ライザはダラムの手をじっと見つめた。

手を握られるとは思っていなかった。いまはまだ。心を決めるまでには少なくとも一週間は必要だ。そうよ、一週間あれば、なんとかなる。膝がむずむずしはじめた。

「いらしてくださってよかったですわ」ライザはだし抜けに言い、立ちあがった。ダラムも少し驚いた様子でじっと立っている。仕方のないことだろう。「でも、とても大切な約束を思いだしたんです――」懸命に考えようとしたが、脳が働いてくれなかった。まだ三十一だというのに、惚けるにはまだ早すぎる。「その約束というのは、その……」背もたれ付きの長椅子の肘掛けに、いまや緑のフェルトの切れ端同然に放置されているターバンに視線を落とす。「婦人用の帽子店ですの。ええ、その店にそろそろ行かないと、約束の時間に遅れてしまうわ」

「お送りしたいところですが、セフトン卿と紳士のクラブ〈ホワイツ〉に行く予定なのです。ぼくの身元保証人になってくれると言うので」ダラムはおどけたそぶりで眉を動かした。「遊びにばかりかまけていてはいけませんね。賭けで一族の農場を失うようなことになっては大変ですから」

こういうところは信頼できる。性急に判断してはいけないのだとライザは思った。社交界に登場したての小娘ではあるまいし、王子様を見つける夢はとうの昔にあきらめている。王子様など存在しない。

ダラムはふたたびライザの手を取り、今度はすぐにうやうやしく頭を垂れた。「よい一日を、ライザ。あすは劇場へ出かけるときにお迎えにまいります。七時でしたね？」

ライザはますます気分が沈んでいくのを感じつつ、黙ってうなずいた。

「では七時に」ダラムは気持ちを込めて手を握り、それから歩き去った。

ドアが閉まり、ダラムがいなくなったと見るや、ジョージが止まり木から降りてきて、やんちゃさと生意気さを取り戻し、警告するようにけたたましい声をあげた。

「もう、静かになさい！」ライザは叱った。気持ちがひどく混乱していた。頭と心がちぐはぐで、互いにべつのことを要求している。「ダラム卿のせいだわ」声に出して言った。

するとと気分が楽になった。でもほんの少しだけで、まだじゅうぶんではない。さらに声を大きくして続けた。「それに、サー・ロイス・ペンバリーと、ロイスの憎らしいくらいきれいにくぼんだ顎のせい」どういうわけか、こちらの愚痴のほうがはるかに気分は晴れたものの、強い孤独感は消し去れなかった。ライザはため息をついて、メグからあずかってきた招待状を掻き集め、より生産的なことに頭を働かせようと、作業に取りかかった。

3

『筆者には白状せねばならないことがある。

レディ・バーリントンが歩いて来るのを発見し、反対方向へ（駆け足で）逃げてしまった』

一八一四年一月二十八日付〈レディ・ホイッスルダウンの社交界新聞〉より

翌日の早朝から、ロイスはレディ・バーリントンを探しに出かけた。老婦人ひとりを見つけだすのに日中のかなりの時間を費やしてしまったが、ようやくどうにか外出先で追いつくことができた。レディ・バーリントンは甥の息子にあたるエドマンド・ヴァルモントと一緒にちょうど図書館に入ろうとしているところだった。ルビー色のドレスと、両側から手を入れられるけばけばしい紫のマフに、恐ろしく調和していない不気味なほど暗い褐色のマント式の外套を着ていた。

ロイスは急いで馬車から降りて、雪がぱらつくなかをふたりを追って図書館へ向かった。なかに入って玄関扉を閉め、外套に付いた雪片を払った。「レディ・バーリントン、少しお話しさせていただきたいのですが」

エドマンドが振り返り、ロイスを目にして顔を輝かせた。「サー・ロイス！　たまたま先日あなたのことを知人と話していたんです。いや、正確にはあなたのことというより、あなたの馬のことなんだが――二年前にタッターソールの馬市場であなたが売った葦毛の馬のことです。憶えてますか？　肩にイタリアの地形にそっくりな模様が付いていた。あんな変わった馬は見たことがない。あの馬はイタリアに行ったことがあるのかな？　イタリア生まれなのか、それとも旅したときに記憶が焼きついてあんな模様に――」

「いい加減になさい！」レディ・バーリントンが言い、エドマンドの爪先ぎりぎりのところに杖をどしんと突いた。「くだらない話をしてないで、湿った外套を脱ぐのを手伝ってちょうだい。あなたが話の核心に入るのを待っていたら――核心があればだけれど――肺炎を起こして死んでしまうわ」エドマンドが外套を脱がしにかかるとすぐさま老婦人はロイスに鋭い視線を向けた。「それで、あなたは何がしたいの？　あなたに借りがあったかしら？」

ロイスは眉を上げた。「身に覚えがありませんね」

「それならいいの。ゆうべはマーカム家で賭けゲームをして、かなりの損をしたのははっきり憶えているのだけれど、誰に負けたのかがまったく思いだせないのよ」

エドマンドがレディ・バーリントンの外套を腕にかけて、内緒話といったふうに声をひそめてロイスに言った。「歳なんだな。おじのティッペンスワースもこんなようだった。時どき、自分の名前すら思いだせなくなるんだが、すぐに忘れてほしいことは憎たらしいくらいよく憶えてるんです。だから、ぼくが三歳のときに教区牧師の奥さんの前で真っ裸になったと言いふらしていたらしいが――いたたっ！」

「あなたの脛なんて叩きたくないのよ」レディ・バーリントンが言う。「そうでもしないと、いつまでも話しつづけるから、誰も口を挟めないでしょう。あなたね、わたしは歳のせいで忘れたわけではないのよ。お酒を飲みすぎてしまったからだわ」老婦人は少し照れくさそうにロイスを見やった。「シャンパンをね。おいしいお酒だけれど、飲むといつも頭がぼうっとしてしまうのよね」

「わかります。レディ・バーリントン、ダラム卿について、あなたのご意見をお伺いしたかったのです」

「ダラム。ふふん。聞き覚えがある名ね。新しいメソジスト教の布教師のひとりだったかしら？　先日、お話を聴きにいったのよ。意見を言わせてもらうなら、地獄についてあんな気の滅入る話をしたら、男女の密通を煽るだけのことだわ。このわたしですら、そんな気分になったのだから」

「み、密――マディおば上！」エドマンドが声を張りあげた。

「わたしの名はデミよ、エドマンド！　それと、密通って言ったのよ。話はちゃんと聞きなさい。ともかく、ぐだぐだ言ってないで、わたしの本を返してきてちょうだい。一日じゅう、ここにいるわけにはいかないのだから」

エドマンドはロイスにちらりと苦々しい目を向けたが、おとなしくいちばん近い窓口へ本を返しにいった。

甥の息子が声の届かないところまで離れたと見るや、レディ・バーリントンが目を狭めてロイスを鋭く見つめ、薄い唇の片端をわずかに上げた。「あなたが、メソジスト教徒についてわたしと話しに来たとは思えないわね。ひょっとしてべつのダラムのことかしら」

ロイスはからかわれていることにはっきりと気づいた。「ぼくは初めから、あなたが名づけ親となった令嬢に交際相手として推薦したダラム卿について話しているつもりでしたが」

「ああ、あのダラムね。どうして初めからそう言ってくれなかったのかしら。あの方のことならよく知ってるわ。ただし、あなたはひとつ誤解しているわね。わたしは交際相手として推薦してはいないもの」

ロイスは笑みをこぼしかけた。ライザにとんだ誤解をしているのだと伝えるのが待ちきれない。時間を取らせたことに礼を言おうと口を開きかけたとき、レディ・バーリントンが言い添えた。「花婿候補としてなら推薦したけれど」

花婿。その言葉が冷気のごとく鋭く胸に沁みた。

老婦人は鼻を鳴らした。「そんな目で見ないでよ！　ライザは学校を出たてのお嬢ちゃんではないのだから、遠まわしに言う必要はないでしょう。聡明な娘だし、それほど若くもない。たわごとを並べる男たちに言い寄られるのを期待して、機会をふいにするほどまぬけではないわ。そんなことをするのは、目を潤ませた小娘たちだけよ」

「ライザはちやほやされる年齢は過ぎているかもしれませんが、きわめて魅力的で、莫大な資産も有しています」

レディ・バーリントンのガラス玉のように冷ややかな青い瞳が揺らめいた。「たとえ財産がなくても、ライザには男性を惹きつける魅力がじゅうぶんにあるわ。あなたもきっとそう言いたかったのではないかしら」

ロイスは耳が熱くなった。「あなたが彼女のよさをわかっていないと言いたかったのではありません」こわばった口調で答えた。「ぼくはただ、ライザが気持ちを傾けるに値する男であるかを確かめたかっただけです」

「ダラム卿は分別があって、礼儀をわきまえた、なにしろ退屈な方だわ。わたしからすれば面白みはないけれど、ライザにとってはいい出会いになるのではないかと思ったの。あなたとあなたの妹さんと一緒にいたら、魅力的な男性と出会えはしない」

「どういうことです」

「わたしにしらばくれても無駄よ！　この数年、あなたが大勢の紳士たちを追い散らすのを見てきたのだから」

「ふさわしくない男たちばかりだったからです」

「誰にとってふさわしくないの？　あなたが自分勝手に決めつけてきただけでしょう。そろそろ、あの子の好きなように生きさせてやってほしいわ」

「彼女が傷つきさえしなければ、好きなように生きてもらいたいと願っています」

「ふんっ！　あなたはよかれと思ってやっているのかもしれないけれど、ライザは財産目当ての男が好きかもしれないでしょう。美男な放蕩者が好みのようだし」

放蕩者？　ダラムが礼儀正しく、しかも放蕩者などということがありうるのだろうか？　ロイスは歯を食いしばり、しだいにもどかしさに胸をみしみしと押されているように感じた。ライザが自分の人生からゆっくりと抜けだしていこうとしている。退屈な説教につきあっている暇はない。「ぼくは、ライザにとっていちばん幸せな道を選んでほしいだけです」

レディ・バーリントンの目つきがわずかにやわらいだ。「ライザだって間違えはするでしょう。それもたくさん。みんなそうだわ。だからといって、あなたにあの子から選択の自由を奪う権利はないでしょう」

「もし、ろくでなしの甘い言葉に騙されたらどうするんです？」

「あなたもご存じのように、ライザはそれほど愚かじゃないわ。そっとしておいてあげなさい。ダラムを見きわめる能力はじゅうぶんにある。申し訳ないけれど、そろそろエドマンドを探さなくちゃならないわ。この前、図書館にひとりで残していったら、不適切な本ばかりの棚を見つけて、刺激が強すぎたせいで一週間も不眠に悩まされてたんだから。ご機嫌よう」

ロイスは奥歯を噛んで無理やり笑みをこしらえて、頭をさげた。レディ・バーリントンが去るとすぐに、踵を返して凍える風のなかへ歩きだした。激しい風が背後の閉じた扉を叩き、外套のボタンの穴や首と襟の隙間から沁み込んでくる。きのうより寒いが、ロイスの身体のなかではふつふつと煮え立った怒りが足の裏まで熱くめぐっていた。

ライザの幸せを妨げているなどと、どうして非難されなければならないのだろう？　ばかげた考えだ。いままでいつでもライザのためを思って行動してきた。さいわい、数時間のうちには、ダラムについての解答は得られるだろう。品行方正だとかいう男と対面すれば、おのずと取るべき方策も見いだせるはずだ。ロイスは劇場へ行くのを生まれて初めて心から楽しみにしていることに気づいた。

「馬車を待ってるの？」温かみのある女性の声がした。

振り向くと、自分を思い煩わせているまさにその人物が、燃えるようなオレンジのドレスに赤いマント式の外套をまとった派手やかな姿で立っている。その後ろに控えている従僕は円筒型の箱を積みあげてかかえていた。

ロイスは従僕の腕からいまにも崩れ落ちそうな山積みの購入品を見て、にやりと笑った。これこそ自分の知っているライザだ。「買い物をしてたんだな？」

「そうよ。こんな天気のときにできることがほかにある？」たちの悪い風が吹きつけ、ライザはぶるっと身ぶるいして、外套のフードの縁を引いて顔の周りを覆った。「もういやになるわ！」声をあげた。「火まで凍ってしまいそうな寒さなんだもの」

「ああ、そうだな。馬車を探してたんだが、御者が馬たちの体温を下げないようにその辺を歩かせているんだろう」

通りの向こうを見やるライザの頬をほつれた巻き毛が叩いている。「あなたの馬車が帰ってくるまで、わたしと一緒にいらしたらどうかしら？　ちょうど角のお店に行こうとしていたところなの。わたしはそれほど期待していないんだけど、メグによれば、ロンドンでいちばん趣味のいいリボンが揃っていると言うのよ」

「ご一緒しよう。こうして通りに立っているより店のなかに入ったほうが暖かいに決まっている」ロイスはライザと並んで歩きだし、従僕がその後ろをついてきた。洒落た建物に入り、ロイスは凍てつく風から逃れられてほっとした。

ライザが陳列台に並んでいる商品を丹念に眺めているあいだ、ロイスは辛抱強く待った。リボンの束を探っている。「ジョージが赤いリボンをぜんぶぼろぼろに嚙み切ってしまうの。この色が好きなのね」

ロイスはラベンダー色のリボンを手に取った。「これはどうだろう？　きみの髪によく似合いそうだ」

「おとなしすぎるわ」ライザはリボンを受けとって陳列台に戻した。「もっと華やかなのを探してるのよ」鮮やかな紅色のリボンを手に取って、明かりに照らして眺める。「今夜、劇場にいらっしゃるのよね？」

「見逃すわけにはいかないからな」

さっとロイスを見据えたライザの緑色の目の奥に、いらだちらしきものがちらりと浮かんだ。「偶然ここで会えてよかったわ。ロイス、ダラムをからかうようなことはやめてね。世慣れていないところがある人だから」

ロイスは眉根を寄せた。「傷つけるつもりはない。きみもそれはわかってるだろう」

「ええ。ただ……なんていうか、あなたもわたしも思ったことを口にする癖があるでしょう。そういうのに慣れていない人を惑わせてしまうかもしれない」

「口を慎むとしよう」ロイスはライザの瞳の色に似た海緑色のリボンを見つけた。ライザの肩に掛けてみる。フードからはみだした淡い褐色の巻き毛によく映える色だ。メグにはライザをきちんと見ていないような言われ方をされたが、それは違う。ちゃんと見ている。だから、頬の輪郭も、瞳の微妙な色合いも、笑うと上唇より下唇のほうがわずかに横に伸びることも知っている。その唇を見ていると、胸がじわじわと温まってきた。みずみずしく、柔らかそうで、キスをするのに完璧な形だ――

「あなた、凍え死にそうに見えるわよ。鼻まで赤いわ」ライザは肩に掛けられたリボンを取って、陳列台の上に落とした。「具合が悪いの？」

傑作だ。魅力的な唇に見惚れていたというのに、その唇の持ち主に悪寒で鼻を赤くしているのではないかと疑われるとは。ロイスは内心でむっとしつつ、肩をすくめた。「大丈夫、すこぶる元気だ。メグに言われたことを考えていただけだ」

「そうなの？　メグがなんて言ってたの？」

ライザの話し方には気分をなごませる独特の響きがある。歯切れがよく、率直だ。ほとんどの女性たちは考えをはっきり口にせず、頭のなかで整理しないまま話すので、紳士たちをあれこれ思い悩ませる。けれども、ライザはいつもこの調子で、自分が知っている女性たちの誰よりはるかに優れている。

優れている？　いつから自分はライザをほかのどの女性よりも優れているなどと考えるようになったのだろう？　ロイスは瞬きをした。「髪を飾り立てるリボンをたっぷり買い込んだら、今度はどこへ行くつもりだ？」

ライザはくすりと笑った。「帰って、劇場へ出かける支度をするわ。こんなところで、あなたを見つけるとは思わなかったのよ。めったに買い物はしないでしょう。メグに何かお遣いを頼まれたの？」

「まさか。それは親友のきみの担当だろう。ぼくの務めは単に妹が催す舞踏会に出席して、どのお嬢さんがたとも平等にダンスのお相手をするだけだ」

「あなたはとびきりのダイヤモンドに喩えられるような女性たちとしか踊らないじゃない」

「そんなことはない。先週もサラ・ホートン－スマイス嬢とダンスをした」

「お気の毒にちょっと目をすがめる癖のある方ね」ライザはひと握りのリボンを選んで、そばで控えていた店員に手渡し、手提げ袋の口を開いて硬貨を取りだした。「でも、気立てのいいお嬢さんよ。あの方ともう一度踊っていただきたいわ」

「踊るとも」ロイスは即座に答えた。ライザから嬉しそうな笑みを返されて、赤ん坊を死の淵から救ったかのように得意な気分になれた。

ライザはきれいに包まれたリボンを差しだし、従僕がほかの購入品を脇に置いて、受けとったリボンをポケットにしまうのを待った。「これで」ライザは晴れやかに言った。「買い物はすべて終わりよ。あとはあなたの馬車を待つだけね。戻ってきたら、ここからでも見えるわよね」

ロイスはライザのあとから窓辺に近づいた。風が薄い窓ガラスをかたかた揺らし、冷気がわずかずつながらも店内に入り込んでくる。

ライザが手提げ袋の口の紐を締めた。「あなたはこれからどちらへ?」

「タッターソールの馬市場へ。ミルフォードの落ちぶれぶりを眺めに行くのさ。ギャンブルの借金を返すために馬を売らなくてはいけなくなってしまったらしい。格安で売られるかもしれないと聞いている」

「その馬たちは弱くて、すぐに息切れしてしまうとも聞いたわ。わたしも競りに加わりたいと思ってたんだけど、一年に二度も騙されるのはいやだもの」

「いつ、誰に騙されたんだ?」

「ハルモントフォードから揃いの葦毛の馬を二頭買ったときよ。憶えてないの?」

「ああ、思いだした。一頭の脚運びがおかしかったんだよな」

「初めて馬具を付けたときに、あやうく落馬しそうになったわ」

ライザがほつれた髪を手袋をした手で顔から払いのけた。ライザの髪は押さえつけようとしてもどうにか逃れようとする性質があるようだ。結わずに背中に垂らしたときもそうなのだろうかと、ロイスは思いめぐらせた。やっかいな想像はさらにふくらみ、服を脱いだ姿が頭に浮かんで呆然とした。手脚の長い均整の取れた肢体で、白くなめらかな肌をしていて、乳房はつんと——だめだ。考えないでおくほうがいいこともある。

ロイスは落ち着きなく身じろぎして、話していたことを思い起こした。「その馬をどうしたんだ？　なめし革工場送りにしたのか？」

「うちの厩でもりもり食べて、丸々と太ってるわ。どうにかするなんてことは考えられない。美しい生き物だもの。毎日馬丁に走らせてもらってるんだけど、神経質な動物にはそれだけでは運動が足りないのかもしれない」

「売ってしまえばいい」

「歩き方がおかしいから？　自分の腕を切り落とすほうがまだましだわ。わたしはあなたと違って、都合のいいときにだけ良心を忘れたふりはできない」

「ぼくがいつ良心を忘れたふりをした？」

「去年の夏、あなたがイタリアのアヴィアント伯爵夫人とカードゲームをしたときよ。あなたはクイーンを揃えていて、伯爵夫人が勝つために必要なカードを揃えられないのを知っていた」

「カードを揃えるのはいんちきじゃない」

「ええ、でもあなたは夫人が負けたぶんを払えないことも知っていて、大金を賭けさせて――べつのもので返させた」ライザの頬がそそられる赤みを帯びた。「噂で、何が起こったのかは知ってるわ」

まったく、いったい誰がそんなことをライザに話したんだ？　まともに目を見られない。

「そういった噂は信じないほうがいい」とたんに老け込んだ自分の口調にぞっとした。しかもどうしたものか、ライザに老け込んだと思われるのは死より避けたいことに思えた。

「ロイス、わたしのことはよく知ってるはずよ」ライザがはにかんだようでいて、いたずらっぽくも見える笑みを口もとに浮かべた。「わたしは噂話が好きなの。人の好ましくない話を耳にするのはなにより面白いんだもの」

ライザが頬を染めるとこんなにも愛らしいことにどうしていままで気づかなかったのだろうと、ロイスは考えた。できるかぎり頬を染めさせる努力をしてみよう。「いずれにしろ、そんなくだらない話をきみに吹き込んだ者は誰であれ銃殺刑に値する」

「否定はしないわけね。イタリアの伯爵夫人と破廉恥な行為に及んだのは認めなさい」

たしかに破廉恥な行為に及んだ。だが、相手のレジーナもその成り行きを楽しんでいなかったわけではない。それどころか、賭け金の返済は次の密会まで持ち越すという不埒な取り決めまで付加して、それを終えたあともしばらく逢瀬を続けたのだ。

ライザは窓の向こうの自分の馬車を見ている。「あなたが良心を忘れたふりをしたのはそのときだけではないわ。あの女優さんにも――」

「ぼくの話をしてたんじゃない」ロイスはすかさず遮った。「きみの馬のことだったはずだ。きみの厩でもりもり食べて太っている馬だ。そうだろう？」

ライザが表情をやわらげた。「プリニーはいい馬よ」

「プリニー？　皇太子から名を取ったのか？」

「名がなければ呼べないわ。ハルモントフォードはまるで的外れな名を付けていたんですもの」

「どんな名だ？」

嬉しいことに、ライザの頰が先ほどより濃いピンク色に染まった。「言えないわ」きっぱりと言う。「ともかく、プリニーのほうがずっといい名であるのは確かよ」ロイスと目が合い、苦笑いを浮かべた。「少なくとも、皇太子様の耳に入るまでは。皇太子様がわたしの厩の前をたまたま通りかかって耳にするなんてことはありえないでしょうし」

やはりライザは個性的な女性だとロイスは思った。服装もたしかに変わっているが、それだけではない。ほかにも何かが違っている。緑色の瞳に表れている知性のせいかもしれないし、顔をくしゃっとさせる笑顔のせいかもしれないが、どんな理由であれ、いつまでも笑っていてほしいという不可思議な欲求を掻き立てられる。

だがもうライザは笑っていなかった。眉間に皺を寄せて考え込んでいる。「まじめな話、田舎のどこかに地所を買おうかしら。そうすれば、プリニーを牧草地でのびのびとさせてあげられるわ。痛ましくなるくらい小さなうちの厩に閉じ込めておくより、ずっと気持ちよく過ごせるはずよね」

「肥満の馬一頭のために地所を丸ごと買う必要はないだろう」

「どうして？」ライザはさも納得がいかないといったふうに言った。「だけど……プリニーがかわいそうなんだもの」それからぱっと顔を輝かせた。「ダラム卿に飼ってもらうように頼めばいいんだわ。あの方なら広大な農地をお持ちだから、きっと快く――」

「ぼくが飼おう」

ロイスは目をしばたたいた。ほんとうに、いまのは自分が言ったことなのか？　いったいなんだって、食い意地が張って太った、歩き方のおかしな馬の世話を申し出なければならないんだ？　いや、それでいい。ライザにダラムへの借りをつくらせないためならなんでもする。

ライザも喜んでくれるはずだ――感謝すらしてくれるかもしれない。ところが実際は、いぶかしげな目をこちらに向けていた。「あなたが、わたしの馬を飼うというの？」

「そのとおり。ぼくもロザーウッドに十二分に牧草地を保有している。馬丁頭が丁重に厩に連れていってくれる。猟馬は数頭しか持ってないんだ」

ライザは驚いているらしかった。「あなたが、これまでしてくれたことのなかでいちばん嬉しいことだわ。どうかしちゃったの？」

ロイスは憤慨の唸り声を洩らした。「どうもしないさ！　どうしてそんなふうに思うんだ？　嬉しいことといえば、きみがテランスなんとかっていう女性を訪ねたいと言うから、ブライトンまで送り届けたことだってあったじゃないか。たしか、きみがどうしても行きたがっていたのに、誰も連れていってくれなかったんだよな」

「彼女の名前は、リリス・テランスよ。ご主人が海軍の将官なの。それと、わたしの記憶が正しければ、あなたはその辺りに行く口実がほしかったから、わたしを乗せていってくれただけだわ。ほら、ええと……あの女性の名前はなんだったかしら？　そう、オリヴィアだったわよね？」

ロイスは反論しようと口を開きかけて、おぼろげな記憶に良心をちくりと刺された。ああ、そうだった。あの色白のオリヴィアか。思い返せば、一週間の旅を費やしても報われるもてなしをしてくれた。だが、その程度しか憶えていない。

ふと、ライザが見ている自分の姿が見えた気がした。これまではずっと長続きしない男女の戯れ(たわむ)れを繰り返してきた。黒みがかった髪の女性もいれば、ブロンドも、赤毛もいた。みなそれぞれに何にもまして色っぽく、思わせぶりに誘いかけてきて、状況しだいで戯れるだけのこともあれば、ベッドで交わりを楽しむこともあった。みな揃って明るく陽気な性格で、必ずどこか決定的に自分と合わない部分があった。

ロイスはライザにしたり顔で見られていることに気づいた。けれどその目には非難ではなく、笑みが覗いていて、いまにも噴きだしそうな笑いをこらえているかのように唇を引き結んでいる。

「そこまで言わなくてもいいだろう」むっとした調子で言った。「まったく、きみの記憶力のよさには、ぼくの心の平穏が脅かされる」

「お気の毒」ライザは言葉を返して、とうとう含み笑いを洩らした。

従僕が伝えた。「馬車が到着しました」

「よかったわ」ライザがはずんだ声で言い、冷気のなかに踏みだすと、ロイスもそのあとに続いて店の扉を閉めた。

手助けしようと脇に控えていた従僕に手を振って追い払い、ライザを馬車に乗せた。ライザは凍てつく風に吹かれてフードが脱げているのも気にせず、身を乗りだして微笑みかけた。「つきあってくださってありがとう。ひとりで買い物するのは嫌いなのよ」

「どういたしまして。しかし、ぼくのほうこそ、長いあいだ恥ずかしい話ばかり聞かせてきたことを、きみに謝らなければならないのかもしれない」

「どうして？　どれもこれも愉快な話だったのに」ライザは率直な目を向けて、わずかにためらってから続けた。「わたしたち、いつもそばにいたものね？」

ロイスはライザの片手を取って、手袋を脱がし、素肌をあらわにした。指の長い優美な手で、指輪をひとつも付けていないのがまた彼女らしい。その手を自分の口もとに引き寄せ、肌のぬくもりを味わうように指関節に唇を触れさせた。

一瞬にして熱く性急な欲望がどくどくと湧きあがり、ロイスは呆然とした。はっとわれに返って目を上げると、ライザも同じように驚いているのが見てとれた。

ライザが手を引き抜いた。「わたし――わたし――こういうのは苦手なの」先ほどまでほんのり赤らんでいた頬が、あたかも平手打ちされたかのように真っ赤に燃え立っていた。

「プリニーを飼ってもいいと申し出てくれてありがとう」

「申し出ただけじゃない」ロイスは努めて軽い調子で言い、馬車からあとずさった。距離を取らざるをえない雰囲気だった。「今週中にロザーウッドへ連れていくよう馬丁に頼んでおく」

「ありがとう、ロイス」

「こちらこそ、楽しい午後を過ごさせてもらって、ありがとう」ライザに答える間を与えずに馬車の扉を閉めて、御者に出発するよう、うなずきで合図した。

妙な喩えかもしれないが、自分のなかで魔物が目覚め、意に反することを考え、感じさせられているような気分だった。おかげで殊勝にも、まともに走れない肥満の馬の世話を引き受けてしまった。とはいえライザがいま手を焼いているのがあのジョージではなく、喧嘩っ早い猿を押しつけられることにならずにすんだだけでも、さいわいだったと思うべきなのだろう。

ロイスはみずからのお人よしぶりに首を振り、外套の襟を立てて、ライザの馬車が見えなくなるまで振り返るまいと胸に決めて歩きだした。

4

『サー・ロイス・ペンバリー。いまやこの御仁については、同じ表現をその後何週間も使わずとも語れるくらい話題が尽きない。

いやしかし、正確には例外もある。放蕩者、洒落男、色男、もて男、やんちゃ者といった表現は、本コラムでこの手の紳士に幾度も使い古されているからだ。

ただし、表現は重複していても、話の内容はどれも異なる。サー・ロイスは語り種となる偉業を重ねながら、命綱とも言うべき人柄の魅力のおかげでいかなる非難も免れてきた。

じつのところ、この紳士の笑顔を軽く受け流せる婦人は（むろん妹は除いて）、同様に同じ表現をその後何週間も使わずとも語れるライザ・プリチャード嬢だけに違いない。

もしこの男女が恋仲となれば、男女の友情は成立しないと主張する人々を喜ばせる実例となるであろう。現に、土曜日の午後、このふたりがボンド・ストリート付近で一緒に買い物をする姿が目撃された。

同じ日の晩、ドルリー・レーン劇場に現われたプリチャード嬢に付き添っていたのは、ダラム卿だったのだが』

一八一四年一月三十一日付〈レディ・ホイッスルダウンの社交界新聞〉より

王立劇場は、長い寒冬の晩に気晴らしを求めて訪れた芝居好きの目の肥えた観客で一階席もボックス席も埋めつくされ、ざわざわと熱気がみなぎっていた。男性も女性も精一杯めかし込み、上演前の道化芝居が行なわれているあいだ、ほとんどが興奮ぎみにお喋りに興じていた。

「ああほんとうに、エドマンド・キーンを見るのが待ちきれないわ!」メグが言った。「レディ・バンクロフトによれば、天才だそうよ」隣りあうボックス席へちらりと目をくれてから、すぐ後ろに坐っているライザに興奮した口ぶりでささやいた。「ついさっき、わたしがレンミンスター伯爵と話していたのを聞いてた? わたしの舞踏会に出席してくださるんですって!」

ライザは、当の伯爵と静かに話しているメグの親類のスザンナ・バリスター嬢をさりげなく見やった。以前からたまに会うたび、凛(りん)としたきれいな女性だと思っていたが、今夜はひときわ美しく見える。ライザはにっこり笑った。「バリスター嬢を舞踏会に招待しているのなら、レンミンスター伯爵も間違いなくいらっしゃるわ」

メグが目を大きく開いた。「つまり——違うわよ! ありえないわ——だって、ほら、例の出来事は、あなたも知ってるでしょう」

「ええ、でも、少し前のことだわ。それに、バリスター嬢はほんとうに気立てのいい淑女よ。

おまけに、きれいだもの」

メグが同意して熱心にうなずいた。「ええ、たしかに。とてもすてきな女性――」言いかけて、向こう側のボックス席に目を奪われた。「あら！　レディ・アン・ビショップがハワード子爵と並んで坐ってるわ。あのふたりは結ばれると思う？」

ライザはうわの空でうなずいて、扇子を隣の空いている席に置いた。ふだんは噂話を心から楽しめるのに、今夜は気もそぞろだった。なによりダラム卿に芝居が好きかどうか、お気に入りの芝居は何かを尋ねたい。ふたりがどちらも関心のある話題が見つかるかもしれないからだ。なんとはなしに、できるかぎり共通の話題を見つけなければという焦りを感じはじめていた。

ところが、ダラム卿はシェルボーン卿と、貴族院議会で論議される農地税法案の利点について話し込んでいて、取りつく島がない。ライザはダラム卿に憂うつな目を向けた。大事な牛たちに関わりのあることしか話せないのかしら？　自分も牛を好きになれるよう努力しなくてはいけないのだろう。そう思うと気が滅入った。

ため息をついて、緑の絹地の裾から覗く新しい赤い靴を見おろした。金糸の刺繍が施され、ルビーの腕輪と首飾りと同じくらい大胆な輝きを放っている。たいがいの女性は緑の絹地のドレスにルビーを合わせはしないだろうが、ライザはこの対照的な色の組みあわせを気に入っていた。自然とクリスマスが思い浮かんで、けっして悪いことは起きないような気がする。

「ずいぶん深刻そうな顔をしてるな。そんなにキーンの芝居が楽しみなのかい？」

ライザは顔を上げ、ロイスの顔がすぐそばにあるのに気づいて息を呑んだ。いつもより暗い感じのする青い瞳にまっすぐ見つめられ、身体のなかを熱いものが駆け抜けた。そっとその向こうのダラム卿の様子を窺ったが、今度はメグとなにやら話し込んでいる。仕方なく、ライザはロイスに視線を戻した。「お芝居のことを考えてたんじゃないわ。自分の腕輪に見惚れてたのよ」手首を上げて見せた。「これくらいの暗さのなかではとてもきらきらして見えるでしょう」

ロイスはゆっくりと目から顎へ視線を落とし、口もとをしばし見つめた。「きれいな腕輪だ」不自然に低いかすれ声だった。その声がライザの身体に染み入って、さざ波のごとく心地よい刺激が肌を伝わった。

ロイスはまるで自分がそのように感じさせていることを知っているみたいにふっと表情をやわらげ、引き締まった唇のあいだにちらりと白い歯を見せて、思わせぶりなゆがんだ笑みを浮かべた。「今夜もきみは美しい。その腕輪とまさしく同じくらいに」

ライザは呆気(あっけ)に取られてロイスを見つめた。この人はいつもこうやって、女性を口説いてきたの？　多くの女性たちがこの魔法にかかってしまったのも無理はない。その考えがすでにささくれ立っていた神経を逆なでした。「やめて」

ロイスが眉を上げた。「何を？」

「わかってるはずよ――わたしがどんなふうに感じているか」とても気持ちいい。そんなことはとても口にできず、遠まわしに言葉を継いだ。「不快な気分にさせないで」

「そんなつもりじゃなかったんだ。そうではなくて、プリニーを連れていく手はずが整ったと伝えたかったんだ。あす、馬丁がきみの家に馬を迎えに行き、ぼくの地所へ連れていく」

感謝しなければいけないのはわかっていたし、実際に感謝していた。心からありがたいと思っている。でも同時に何かべつの感情も混じっていた。もっと大きく、とてつもなく複雑な感情が。

ライザは互いの肩が擦れていることに気づかないふりをした。熱さが腕を這いのぼり、鎖骨をおりて、昂った胸から大きな鼓動が響いてくる。どういうわけかこの数週間のうちにロイスを意識するようになっていたのだと、とまどいを覚えた。

これまでも、まったく意識していなかったわけではない――何も感じずにいられる女性がいるだろうか？　それでも、どのような場面でも反応せずにいられることには自信を持っていた。いまではちらりと見ただけでも、ふるえるような疼きに思考を遮断されてしまう。ライザはいらだたしげに肩を動かした。「どうしてそんなに近くに坐ってるの？」

ロイスの目が翳った。「ライザ、どうかしたのか？」

「肩がぶつかっているでしょう。そういうのは苦手なの。少し離れてくれないかしら」理不尽な要求であるのはわかっていた。椅子は隙間なく設置されていて、ロイス自身が離れようとしても肩が擦れあってしまうのは避けられない。わかっていても、そんなことは考えていられなかった。離れてもらわなくては困る。いますぐ。

ロイスはほんのわずかにさらに身を寄せた。「ぼくはこうして近くに坐っているのが好きみたいだ」

ライザは引きさがりたくなかった。自分としてはこれでもこの一週間でずいぶんと考え方を修正したつもりでいるのに、ロイスにまで譲歩させられたくない。自分が離れるのではなく、逆に身を寄せて、自分の重みでロイスの肩を押し返そうとした。「動いてよ」

ロイスの目に、単なるいらだちではない何かが灯った。好奇心と、面白がるような表情も入りまじっている。「きみのように癪にさわる女性はほかに知らない」

おそらくロイスがこれまで大勢の女性たちと触れあってきたとすれば、褒め言葉とは考えにくい。大勢の女性たちと触れあったのだと想像するとよけいにいらだたしくなり、奥歯を嚙みしめてさらに強く押した。

ロイスが笑って椅子の上で腰をずらし、手加減せずに押し返してきた。しばしのあいだ、どちらも黙って、押しあいを続けた。

ライザはふと、ロイスがもしいきなり引いたら、自分は勢いあまってダラムの膝の上に突っ込んでしまうかもしれないと気づいた。だとすれば、どうしたらいいの？　やめることはできない。栄光の瞬間はいっときであろうと、絶対に勝ちたい。どんなことであれ。

両手のこぶしを握り、誰かに見られたときの場合に備えて、口もとに笑みをこしらえた。

「あなたの心奉者たちにもこんなことをしていないのを祈るわ」嚙みしめた歯の隙間から言った。

ロイスが声を詰まらせた。「心奉者——なんだと、ライザ！　今度は何を言いだすつもりだ？」しだいに、押す力を弱めた。「心奉者たちであれ誰であれ、ぼくがどのように人に接しているか、きみは知らない」

ライザはもう押されていないことに気づいた。勝ったんだわ！　一瞬にして気分が浮き立った。

ところが、勝利の余韻に浸っている間もなく、ロイスの低い声を聞いた。「ぼくはこう、やって女性をその気にさせるんだ」ライザのレースの胸飾りをかすめて腕を伸ばし、反対側の椅子に置いてある扇子をつかむ。ロイスがゆっくりと上体を引き戻すと、腕がドレスの前に親密に擦れ、絹地の下でライザの乳首が立ちあがった。太陽に口づけされたかのように肌が燃え立っている。

ライザが椅子の肘掛けをつかんで息を詰めているうちに、ロイスは椅子の背もたれに身を戻した。もどかしくてたまらない快いときがゆっくりと過ぎて、やっとロイスの腕が離れた。実際にはほんの束の間だったのだろう。それなのにまるで肉体が感情にしがみついてなかなか離れず、最後までそのときを味わいつくそうとしているかのようだった。

ロイスがライザの見開いた目の前に扇子を差しだし、ぱたぱたと動かして、膝の上に落とした。

ライザは扇子を見つめて、息を整えようとした。全身が妙な熱気を帯びてふるえている。

「どうして——誰かに——わたし——」いつ燃えあがってもふしぎではないくらい頰が熱く

なっている。「どういうつもり?」どうにか噛みつくように言った。「誰かに見られていたらどうするのよ」

「誰も見てなかったさ」ロイスはややそっけない調子で答えた。その目にはライザが見たことのない表情が浮かんでいた。危険そうで、それでいて心を惹きつけられる。

ライザは何か言わなければと思いめぐらせた。先ほどの触れあいにまったく動じていないことをはっきりと示したかった。でも、思い浮かばない。引き込まれそうな青い瞳を見つめて、もう押さずにすむよう祈るしかなかった。

ロイスのほうも内心では、ちょっと触れただけでどうしてこんなにも心乱され、まともに話ができなくなってしまったのだろうかと考えていた。大勢の女性たちと出会い、数えきれないほどの人数と戯れを楽しみ、たいていは相手が誰でもいつでも、思いどおりつきあえてきた。ライザが腹立たしいからかい方をするから、つい、いままでしたことのない行動に出てしまったのだ。その瞬間に、何かが変わった。守るべき大切な友人だったライザが、どうしようもなくそそられる異性になっていた。自分が猛烈に彼女を欲していることに気づき、ひどくうろたえた。苦しいほどの切迫を感じている。

信じがたいことだが、自分はライザを欲している。欲望が濃霧のごとく体内に垂れこめ、懸命に呼吸している有様だった。親友であり、誰より自分のことをよく知っている女性を欲している。まったく予想外の、打ちのめされる現実だった。そもそもありえないことだ。いったい、これからどうすればいいんだ?

「サー・ロイス、道化芝居は楽しまれましたか？」ダラムがにこやかに笑いかけてきた。

「ぼくは非常にうまくできていると思いました」

ロイスは咳払いをして、どうにか言葉を返した。「あの、そうですね。ええ、非常によくできていました」

ダラムはこちらにはたいして気も留めず、恋した少年のようにライザを見ている。「ライザ、きみはどうだい？　楽しめたかい？」

ロイスは顔をしかめた。いつからダラムに名で呼ばせるようになったのかと、問いただすような視線を向けた。

ライザは顎を上げて答えた。「ダラム卿は名で呼ぶ許しを尋ねてくださったので、そうしてくださいとお答えしたのよ」

それについてはロイスにも言いたいことが山ほどあったが、メグに遮られた。「ライザ、見て！」メグは、不作法だと咎められないよう、椅子の端から伸びあがるようにして一階席を見ていた。「ダーリントン侯爵が一階席にいるわ。というか、わたしには、ダーリントン侯爵に見えるんだけど」

ライザはすばやく腰を上げた。なにより自分から離れるためなのは、ロイスには一目瞭然だった。メグの隣に移って、バルコニーから身を乗りだすようにして下を覗いている。

「ダーリントンのはずがないでしょう。ロンドンにはもう長くいらしてないんだから」

「知ってるわ。でも、似た方が一階席に入るところが見えたのよ」メグが座席から離れないようにしながら手摺りの向こうを見ようと首を伸ばした。「だけどたしかに、ダーリントンなら下に坐られているはずがないわよね？」

「失礼ながら」ダラム卿が太い眉をひそめて言った。「ライザ、バルコニーからそんなに身を乗りださないほうがいいのではないかな」

たいがいの女性なら、こうした気遣いにはすなおに感謝するものだろうが、なにせ相手はたいがいの女性ではない。ライザがいらだった視線をダラムに返したのを見て、ロイスは笑いを嚙み殺した。

「わたしは平気ですわ」ライザは抑揚のない声で言った。「椅子に足を引っ掛けていますから」それからまた背を向けて、さらに手摺りに身を乗りだした。「あら、ほんと、ダーリントンだわ！　顔を憶えているもの。手を振ってご挨拶しましょう」

「ライザ！」メグが慌てた声をあげた。「手を振ってはだめよ。不作法だわ。何を言われるかわからない」

「かまわないわ」ライザは小首をかしげた。「ちょっと瘦せたみたい。病を患われていたと聞いたわ」

メグが完全には手摺りから身を乗りださずにどうにかして話題の男性の姿をとらえようと、坐ったまま精一杯伸びあがった。「相変わらず、すてき？」

「ええ、相変わらずよ」ライザは答えた。「もっとすてきになってるわ」ダーリントンに手を振った。それも小さくしとやかにではなく、大きく腕を振った。腕輪が灯火に照らされ、きらきらと輝いた。近くのボックス席にいた数人の老婦人たちが不愉快そうな態度を見せたが、ライザは意に介さずメグを振り返って、にっこり笑った。「見て！　あちらもお辞儀を返してくださったわ。どうしていままでロンドンを離れてらしたのかしら」

ダラムが眉をひそめたままで、しかもいっそう眉間の皺が深くなっていることにロイスは気づいて活気づいた。よし！　この男がなんのために自分はここにいるのかと思っているのは間違いない。ライザは礼儀を指図されても従わない。彼女なりの流儀があり、これまでは周りもいっさい口出ししてこなかった。

「衝動的に動くきらいがあるからな」ロイスは笑みをこらえて言った。

ダラムが考え込んだ目を向けた。「プリチャード嬢には生活のなかで男性を意識させることが必要なのです。そうすればおのずと、本来備わっている女性らしい奥ゆかしさを取り戻せるのでしょう」

「ライザに女性らしい奥ゆかしさが本来備わっているとは思えない」ロイスはダラムから非難がましい目で見られて肩をすくめた。「なんの足枷もなく、いたって気ままに生きてきた女性なんです。自由を存分に楽しんでいて、いかなる立場とであれ引き換えにそれを手放すことは望んでいない」

「本人がどう言っているにせよ、完全な自立を好む女性はいない」ダラムは得意げな笑みでロイスの冗談めかした皮肉を一蹴した。「サー・ロイス、ご婦人がたのレモネードでも取りにいきませんか？　芝居が始まるまでにはまだ少し時間がある」

ボックス席を出て話すほうが都合がいいとロイスは見きわめた。すぐそこにライザに坐られていては、口に出して言うのは憚られることもある。「そうですね。行きましょう」

ふたりが席を立っても誰も気づいている様子はなかった。メグはライザと賑やかにお喋りしていて、シェルボーン卿はすでにひそかにうたた寝の準備をするかのように椅子に腰を沈めている。さらにスザンナ・バリスター嬢はボックス席の仕切り越しにレンミンスター伯爵となにやら話し込んでいた。

ロイスはカーテンを引いて、ダラムを先に通路へ出させた。

ライザの同伴者はいかにも田舎の地主といった身なりをしている。飾り気のない実用的なブーツから、かすかに汗の滲んだ上唇に至るまで、野暮ったく場違いな感じがする。かたやライザは、どこにいても何を身につけていても、個性的な装いとまばゆい宝石類でつねに自分をうまく引き立たせているように見える。

ライザはいったい何を考えているんだ？　この男はただの農場主だ。田舎で埋もれる暮らしは、優雅で刺激的なロンドンで好きに生きてきたライザにとって死よりむごい運命ではないだろうか。

ふたりで通路を歩きはじめると、ダラムが咳払いをして言った。「サー・ロイス、あなたに非常に重要な話があるのです」

ロイスはシャンパングラスが並んでいるテーブルを見つけた。ひとつ取って差しだすと、ダラムは小さく首を振って断わった。ロイスは自分のためにあらためてグラスを選んで、口をつけた。「ぼくにいったいどんな重要な話があるのかわかりませんが、もちろん、伺いますよ」

ダラムはハンカチを取りだして、額をぬぐった。「少々緊張してしまってお恥ずかしいのですが……サー・ロイス、プリチャード嬢についてお話ししたいのです。彼女はあなたを家族のように考えています。ほとんど父親のように――」

ロイスは喉に流し込んだシャンパンにむせかけて、鼻を上向かせた。

ダラムがくぐもった声で毒づき、ロイスの背中を叩いて、よけいに咳き込ませた。

ロイスは逆効果の猛攻をやめさせようと片手を上げた。「もう息がつけそうです。まさか――ライザに父親のように見られているとは思わなかったので」

「では、兄なのでしょう」ダラムはあっさり言った。「初めてライザに会ったときから……あなたは、彼女のことをよくご存じのはずです。類いまれな女性だと思いました。強い精神力を持っている。それに、ぼくが農場を拡大する際には、武器となりうる優れた商才もある。まさしく、ぼくが探していた理想の妻なのです」

シャンパンにむせたのとは関係なく、ロイスは胸が焼けるように感じた。この男は妻を求めている。そして、ライザに狙いを定めた。見当違いもはなはだしい。ロイスは必死に丁寧な口ぶりを保って訊いた。「ダラム、ライザにそういった話はされたのですか？」

「まだです。頃合を見計らっているところです」口もとをゆがめて、気どった笑みを浮かべた。「ライザもぼくの想いにまんざらではない気持ちでいてくれるのは、ほぼ間違いないでしょう。サー・ロイス、あなたは彼女に毎日会っておられるので、なんとも感じないのでしょうが、ぼくにとっては……ずっと求めてきた、かけがえのない存在なのです。ライザはすばらしい」

この男はすっかりのぼせあがっている。ロイスはシャンパンをひと息で飲み干して、テーブルにグラスを置くと、べつのグラスを手に取った。それを味わいもせずいっきに喉に流し込んだ。

ダラムは重心を右足から左足へおき換えながらそれを見ていた。「サー・ロイス、大丈夫ですか？」

シャンパンがみるみる効いて、ロイスの胸と喉の締めつけはしだいに緩んできた。「大丈夫です。ひとつだけ質問に答えてくれませんか、ダラム」

「なんなりと。なんでもお答えしますよ」

「あなたとライザの共通点はなんですか？」

「共通点？　そうですね、ぼくたちは――」ダラムは背中で手を組んで、凝った装飾の天井を見上げ、濃い眉をぎゅっとひそめた。「彼女との……ううむ。共通点か。そういったものはあるのかなあ？」

ロイスはこの男にみじめな現実を認めさせたかった。ライザとの共通点などあるはずもない。何ひとつ。

突如ダラムの目の焦点が定まった。「ライザは動物が好きで、ぼくは農場で千頭を超える牛を飼っている」

牛だと？　ロイスは首を振った。「ライザが好きなのは馬や猿だ。さらに正確に言うなら、馬と、ある特定の猿です」

「ぼくも馬を飼ってますよ」ダラムが慌てて言葉を継いだ。「何頭も」

どれも耕作馬だろう。賭けてもいい。

「ですが、牛のほうが……サー・ロイス、蓄牛のことはよくご存じですか？」ダラムがとたんに目を輝かせた。「うちの牛は特別な方法で育てられているのです。ぼくが生まれる前に、父が少し大きく育てる方法を考案し、ぼくはその仕事を引き継ぎました」顔がほのかに赤らんだ。「大げさな言い方かもしれませんが、うちの牛たちはいわば家宝なんです。ぼくにとって最も誇れるものだ」

なんと、この男は大真面目に言っている。ロイスは、田舎で牛や、おそらくは十数人もの丸ぽちゃの子供たちに囲まれて、バター作りといった野良仕事をするライザを思い描こうとした。すると吐き気がこみあげて、思わず手で胃の辺りを押さえた。

そんなばかげたことがあってなるものか。ダラムにライザの人生をぶち壊されるのを黙って見ていられるわけがない。ライザは親友であり、そばにいなくては自分は生きていけないのだから、ぶち壊されるのはライザと自分の人生の両方ということになる。

そう考えたとたん、無意識に強い調子で言葉を発していた。「ダラム卿、ひとつだけ懸念があるのです」

「なんでしょう？」

「それは――」ロイスは続けるのは心苦しいといったふうに唇を噛んだ。目の端にダラムの顔をとらえて、待つ。

ダラムが不安そうに表情を曇らせた。「言ってください、サー・ロイス。ライザはあなたとメグを家族だと思っているのですから、ぼくたちも家族のようなものです。なんでも話してください」

「ええ、そのとおりです！　ぼくたちは家族になるのですから、やはりお話ししておくべきでしょう……ぼくが危惧（きぐ）しているのは、あなたの牛たちがライザの猿とうまくやれるかということなんです。ジョージは相手によっては凶暴になります。嚙みつくんです」

ダラムは蒼ざめた。「嚙みつく？」

「そうです。もちろん、怯えたときだけです。しかし、あのように小さな猿ですから、牛を怖がるのではないでしょうか。それも、とりわけ大きな牛ならば」

「なんてことだ。猿に嚙みつかれると相当に痛いという話は聞いています」

「場合によっては死に至る例もあるようですよ。ですから、もしあなたの牛たちにも嚙みついたらと思うと……」小さなジョージを悪者にするのは気が引けるが、何か手を打たずにはいられなかった。何か怖気づかせる話をして、どうにかしてライザを救わねばならない。このくらいの脅しでじゅうぶんだろうと思い、ロイスは背を向けて後ろのテーブルに空のグラスを戻した。

ダラムはしばらく押し黙って考え込んでいた。やや経って、口を開いた。「あの生き物はぼくを見るといつも少し興奮するのです。ロンドンに置いていくようプリチャード嬢を説得してみましょう」

「無理ですね。あの愚かな動物をとても可愛がっていますから」

「弱ったな。せっかく……」ダラムは懸命に気を落ち着かせようとしていた。「大丈夫！　考えてみます。心配無用です。どんなことでも解決してみせます。サー・ロイス、あなたとレディ・シェルボーンはライザとは非常に親しい間柄ですから、あなたがたには、ぼくがいたって誠実に将来を考えていることをわかっていただきたい」

ロイスは両手を握りしめて、上着のポケットに押し込んだ。

農場主はぶちのめされる寸前だったとはつゆ知らず続けた。「しかも、ぼくにはライザを幸せにする自信があります。何ひとつ不自由はさせません」誇らしげに言う。「サー・ロイス、ぼくの暮らし向きについて、お聞きになりたいことはありますか？」

そりゃ、あるとも。ダラムはライザの風変わりな好みを受け入れられるのだろうか。それに、大好きな買い物はどこでさせるのか。田舎で何を買えるというのだろう。これまで身につけていたような衣類が売っているとは思えない。靴はどこで手に入れるんだ？　週に一度、いやもっと頻繁にロンドンに来ざるをえなくなるだろう。

だが最も問題なのは、自分自身がライザなしでどうやって生きていけばよいのかということだった。ライザは自分の人生の一部となっていて――ときには腹の立つこともあっても、必ずそばにいる存在だった。ロイスはテーブルに並んだシャンパングラスを見おろし、泡が表面に浮いて明かりにきらめき、たちまち消えていくさまを眺めた。「結婚したあと、どのくらいの頻度でロンドンへ来られるのですか？」

「年に数度は。当然ながら、一度に一週間は滞在しますよ」

たった一週間？　このような恐ろしい発言は聞いたことがない。ダラムに相性が合わないことを気づかせるためにライザについて言えることを必死に考えた。のぼせあがった愚か者に、なんとしてもライザとの結婚はしてはならないことをわからせなければ。「それはライザに伝えたのですか？　また違った意見があるかもしれませんよ。すなおに提案を受け入れるとは思えない。女性というものは頑固ですから」

「ぼくの母もそうです。強い女性のあつかいには慣れています」

「ライザには強くならなければならなかった事情があるのです――頼れる相手が少ない状況で人生の苦難を乗り越えてきたのですから」

「だからこそ、女性にはあまり多くの決断をさせてはいけないのです。図にのせてしまうんです」

ロイスは眉を上げた。「ライザは決断が好きなんです」

「きびしい環境にあったせいで、本来養われるべき繊細さが隠されてしまっていたのでしょう。さいわい、ぼくには、不適切な習性を直して礼儀のお手本を喜んで示してくれる愛情深い母がいます」

「ライザがそれを知ったら喜ぶでしょう」ロイスは歯を噛みしめて言った。

「サー・ロイス、ご心配はいりません。プリチャード嬢とぼくはとても相性がいい。すでに——」やや胸を張った。「——ライザに結婚の特別な贈り物を用意しています。彼女だけの雄牛です」

ロイスはシャンパングラスを手に取って、すかさず飲んだ。「雄——牛。これはまためずらしい」

「まだライザには言ってません。驚かせようと思って」

「ええ、たしかに、それは驚くと思いますよ。ぼくだって、いま実際に驚きましたから。で、彼女はその牛をどうするんでしょう？」

「育ててもらいます。手をかけて育てれば、すぐに二、三百ポンドで売れる牛になるんです」

その程度の金は、ライザが一週間に買う靴で消えてしまう。ロイスはしのびないため息を呑み込むしかなかった。とはいえ、ライザが自分だけの雄牛を贈られると知ったときの顔は見てみたい気もする。いや、ライザが分別を失ってダラムの求婚を受けでもしたら、実現してしまうともかぎらない。

それだけは阻止しなければならないとロイスは思い定めた。自分がこの世にいるかぎり。

「ダラム、ライザの価値はおわかりだろうか？」

農場主は肩をすくめた。「人としてということであれば、とても値はつけようがないと心から思っています」

「資産のことです。ライザは非常に裕福な女性だ」

　意外にも、ダラムの顔にはっきりと影がよぎった。「知っています。でも、ぼくはそれに手をつけるつもりはない。結婚したら、ぼくの収入だけで暮らします」

「そうなのですか？　でも……なぜ？」

「サー・ロイス、ぼくは妻から金を受けとるような男ではありません。ライザがぼくを愛してくれるなら、こうした考え方もわかってもらえるはずだ。それに――」ダラムは顔をほんのり赤らめた。「――子供たちのために貯蓄しておくのもいいのではないかと思っています」

　ロイスは空けたばかりのグラスを置くふりをして背を返した。気持ちは掻き乱されていた。ライザが結婚する。田舎に埋もれる。ライザがダラムのように首の太い子供たちを産む。ああ、まったく、想像以上に事態は深刻だ。しばしの間をおいて、どうにか言葉を返した。「そろそろ芝居が始まるんじゃないかな。みなさんに何をしているのかと心配をかけてしまう」

　ご婦人たちのためにレモネードを手に入れてボックス席に戻る道すがら、ダラムはロンドンを好きな理由について熱心に語りつづけた。調子に乗った愚か者は悦に入っているようだが、それも当然だとロイスは苦々しく思った。ほんとうにこの男の筋書きどおりに運べば、機知に富み、けっして夫を飽きさせず、あるいは仕立て屋や流行の外套について延々喋りつづけて夫をうんざりさせかねない妻を娶ることになる。

妻となったライザはむろん、政治や、御者台の高い二頭立ての四輪馬車の窮屈な座席をいかに快適にするかといったことについても議論を持ちかけるだろう。そして白熱してくると、必ず足を踏み鳴らす。けれど、かっかとするのは一時のことで、すぐにまた笑顔に戻る。妬みにも似た不愉快な感情がロイスの身体を突き抜けた。まさかほんとうに自分は牛飼いの農場主に嫉妬しているのだろうか？　ありえない。ロイスは沈み込んだ気分のままボックス席の椅子に坐り、ダラムが、メグとバリスター嬢も呆気に取られるほどライザに熱心に話しかけている姿を見ていた。

髪を掻きあげ、どこかへ逃げだせたらと思った。これほど劇場を厭わしく感じたことはない。そのうちに、照明が絞られ、芝居が始まって、ダラム卿の大げさな褒め言葉が聞こえなくなると、ほっと安堵の息をついた。

5

『十四日の月曜日にシェルボーン家が開く予定の（ほぼ確実）バレンタインデー舞踏会の準備はすでに着々と進んでいる。筆者が聞いたところによれば、レディ・シェルボーンは、十四人編成の管弦楽団、ピンク、白、赤の薔薇（ばら）の鉢植えを五百個、軽食のテーブルを十卓、設える計画とのこと。

すべてを舞踏場にどのように配置するつもりなのかは知るよしもないが、それだけ揃えられれば、レディ・シェルボーンがほかのパーティ主催者たちの羨望（せんぼう）の的となるのは間違いない。招待した人数の半分が来れば、舞踏場はぎゅう詰めとなるであろう。

鉢植えにダンスの場を狭められるようなことがあっては、そのパーティを成功とは呼べまいが』

一八一四年一月三十一日付〈レディ・ホイッスルダウンの社交界新聞〉より

火曜日の朝、メグは書き物机に向かって、十二人編成の管弦楽団と、三百個の薔薇の鉢植えと、十八卓の軽食のテーブルを、舞踏場が窮屈に見えないように配置するにはどうすればいいのか頭を悩ませていた。

ドアが開き、ロイスがふらりと部屋に入ってきた。

メグは気晴らしできるきっかけができたとばかりに、すぐに椅子から立ちあがった。「ロイスお兄様！　きょうはいったい――」

ロイスはせかせかと妹を通り越して歩いていった。早朝の陽射しに照らされた首巻（クラヴァット）は無造作に結ばれていて、髪は掻きむしったらしくぼさぼさで、目の下には隈（くま）ができている。「まあ」メグは心底驚いて訊いた。「いったいどうしたの？」

「ライザが――」ロイスはぴたりと口を閉じて、ふたたび向きを変え、今度は窓辺で立ちどまった。どこを見るともなく雪景色に目を据え、やがて振り返ると、ふたたび部屋のなかをうろつきはじめた。

「お兄様、椅子に坐って、どうしたのか話して――」

「これがじっとなどしていられるか！　メグ、ライザがもし――」感情がこみあげて、とても話せないといったふうに言葉を切った。

メグは眉を上げた。このような兄の姿は見たことがない。兄が悩んでいるのを目にした記憶はないし、正直なところ、容姿に恵まれた兄にとって人生はきわめてたやすいものであるように見えた。お金に困る心配もなければ、女性たちはたいがいあちらから近づいてくる。そのうえ、満たされた状態にわずかでも不安の種を探そうとするたちでもない。目的も、望みも持たず、列ができるほど多くの女性たちを袖にして、気楽に生きることに満足しきっていた。

まさにこの部屋に坐って兄の冷淡さを嘆いて声をあげて泣いていた大勢の友人たちのことを思うと、つらくてやりきれなくなる。とはいえ、柄にもなく憔悴した兄を見ていると同じくらい胸が痛んだ。「呼び鈴を鳴らして、温かいお茶を頼みましょう」

「お茶など、どうでもいい」ロイスは踵を返して窓辺に歩いていき、ふたたび戻ってきた。

「ライザのことをどうにかしなければいけない。これは……ダラムとのことは、ぼくたちが考えていた以上に深刻な問題だ」

メグは気が沈んだ。昨夜会ったあとはなおさら、ダラムについては希望を見いだしていた。

「そんな。やはりあの人は、わたしたちが危惧していたとおり財産目当てだったのね」

「違う」ロイスは重々しい口ぶりで言った。「そうじゃない」

「財産目当てではないのね？　だとしたら、何か花婿になるには不適切な事実がわかったの？」

ロイスはつと足をとめ、口を開いて何かを言いかけたが、すぐにまた口を閉じると歩きだした。兄は何か胸のうちで葛藤しているらしく、いらいらと歩きながら髪を掻きあげているので、ますます毛先が逆立ってきた。ようやく妹の前で立ちどまり、言葉を発した。「ダラムはライザの財産に手をつけるつもりはない。恥ずべきことだと考えているんだ。小遣いに使わせることも考えていない」

「つまり……喜んでいいことなのよね？」

「いや」ロイスは熱のこもった声で言った。「メグ、ライザにふさわしい相手じゃない。結婚したら、田舎の家で暮らさせるつもりでいる」

「だから？」

ロイスは眉を険しくひそめた。「それだけでもじゅうぶんな理由じゃないか？　ライザがロンドン以外の場所で暮らすなんてことが想像できるか？　ここが彼女の家なんだ。ここしか知らないいんだからな」

メグは理解に苦しみつつ答えた。「ええ。でも、そういう夫婦はほかにもたくさん――」

「しかもだ」兄はおかまいなしに続けた。「ダラムは女性の自立心を快く思っていない。ライザの気持ちを沈ませるようなことをするに決まっている。そんなことを許すわけにはいかないだろう」

「ライザには少しわがままなところもあるわ」メグは努めて冷静に続けた。「ゆうべも、ダーリントンに手を振るべきではなかったのよ」

「どうしてだめなんだ？　誰かを傷つけたわけじゃない。どうせ誰も気づいていなかった」

そうとは言いきれないとメグは思った。それに……ふと兄の口の周りの血管が浮きでているのに気づいた。尋常ではない動揺ぶりだ。何かほかにもあったに違いない。唇を嚙んで、答えを求めて問いかけた。「お兄様、レディ・バーリントンと話してみた？　あの方ならダラムのご家族をご存じのはずよ。たぶん――」

「ああ、話した」ロイスはいかめしい口調で答えた。「あのご婦人は、ダラムは申しぶんのない人物で、ぼくたちの考えには同意できないそうだ」

「わたしたちの考えがどうしてわかったの？」

「ぼくたちがライザの花婿候補をことごとく追い散らして、結婚を邪魔していると言うんだ」

「そんなことしてないわよ」メグはむきになって言った。「花婿にふさわしい方ならライザから引き離していないわ。不適格な人たちを排除しただけじゃない」

ほんとうにそれだけだっただろうか？　メグの胸のなかでわずかな疑念がうごめいた。眉をひそめ、ライザの前に次々に現われた男性たちを自分たちが追い散らしてきた理由を思い起こそうとした。

ロイスが手のひらを振った。「そうとも、ぼくら兄妹は悪者の汚名を着せられている。レディ・バーリントン曰く、ライザは財産目当ての男を好きかもしれないんだとさ」

「思慮深いライザが財産目当ての男性を好きになるはずがないわ」メグはぼんやりと言った。「軽薄な人も好きじゃない。だから、お兄様には見向きもしないのよね」

歩きまわっていた兄がぴたりと足をとめた。目がぎらついている。メグはいくらかたじろいだ。

兄がこのような表情を見せたことはない。やむなくぎこちない笑い声をあげた。「や、やだ、他意はないのよ。わたしはただ――」言葉を切り、懸命に考えを整理しようとした。わずかな間をおいて、ゆっくりと言う。「ロイスお兄様、レディ・バーリントンが正しい可能性もあるのかしら？　わたしたちはライザを守ろうとして、やみくもに花婿候補を蹴散らしてしまったの？」

「そんなことがあるはずない」

「でも……もしダラムが財産目当てではなく、お兄様が見つけた最大の難点が、妻を田舎に住まわせようとしていることだとしたら……」メグは兄の顔に視線を据えたまま肩をすくめた。「その結婚をとめなければいけない理由がわからないわ」

「ダラムがライザを愛しているのなら、妻となる女性のありのままの姿を――ロンドンでの暮らしや、資産や、ジョージを受け入れるのではないかな」

「あのお猿さんのこと？　ライザはとても可愛がってるわ」

「ダラムには金になる牛のほうが大切なんだ」ロイスは髪を掻きあげた。このふた晩、ろくに眠れず、今朝も気分は少しもよくなりそうになかった。ゆうべ劇場を出てまっすぐ家に戻ったのだが、じっとしていられず、食べ物も喉を通らず、眠ることもできなかった。ライザの胸に腕が擦れたときのことが何度も何度も頭によみがえってくる。そのたび身体は正直に反応し、熱を帯び、切迫する。

単なる友人にも身体はそのように反応しうるものだろうか？　そうではないとしたら、いったい自分はライザをどのように思っているというのか。その疑問が頭のなかでぐるぐるまわっていた。自分の人生にも数少ないが、大切なかけがえのないものだと断言できるものがあり、そのひとつがライザだ。自分のことを、時には自分以上にわかってくれている。これまではつねにそばにいた。これからもずっとそうであるものと思い込んでいた。

ところがいま、ダラムが自分の人生からライザを奪い去ろうとしている。そんな身勝手を許してなるものか。「メグ、相手を変えてしまう結婚など成立するんだろうか？」

驚いたことに、妹はすぐには答えなかった。唇をすぼめ、頭を片側にかしげる。「ある意味、どのような結婚でも人を変えるわ。誰かを愛するだけでも人は変わる。少なくとも、自分から変わりたいと、それもたいていはいいほうに変わりたいと思うから」兄に思いやる目を向けた。「お兄様、将来結婚しようと思うのなら、それは考えておかないと」

「結婚したいとは思わないし、変わりたくもない」ロイスはきっぱりと言った。問題は、ライザにも結婚したり変わったりしてほしくないということだ。これからもずっと互いにいまのままでありたい。それではいけない理由があるのか？

メグが一転していらだたしそうに表情を曇らせた。「ロイスお兄様、変わりたくないのなら、それでいいわ。そのまま年老いて、ひとりで死ねばいいのよ。ライザはべつの道を選んだようだから、よかったわ。そういうことなら――」動きをとめ、目に何かひらめいたような光を灯した。「ダラム卿とうまくいくように、わたしもできることをすべきなのよ！」

ばかなことを言うのはやめろ！　どうしてそういうことになるんだ？「ライザにはおまえの助けはいらない」

「何言ってるのよ。レディ・バーリントンが正しいとすればなおさら、わたしたちにできることはかぎられているわ」メグは唇を噛んだ。「わたしたちがほんとうにライザの花婿候補をすべて追い払っていたのだとしたら、どうしたらいいの？」

「あのハンドリー＝フィンチとかいう男と結婚させていればよかったというのか？　多額の借金で牢獄にぶち込まれかかっていた男だぞ」

「それはだめね」

「あのデヴォンから来た男については、ふたりの妻が不可解な死を遂げていたんじゃなかったか？」

「証拠はなかったのよ」

ロイスは鼻で笑い、メグが続けた。「アメリカから来た、男やもめのミスター・ナッシュは？　とても感じのいい方で、お兄様にそれとなく追い払われて、ひどく落胆されていたわ」

「四人の子持ちだ。ライザが正気を失ってしまう。ジョージのあつかいだけでもひと苦労してるんだ。いいか、メグ、ぼくたちはライザの家族だ。幸せを望むのは当然の務めだろう」

「でも、何が彼女にとって幸せなのかを決めるのは誰の務めでもないでしょう？　お兄様が、ダラムの決定的な問題点を指摘できないのだとすれば、速やかに求婚していただけるように、ライザがしっかりとあの方の関心を惹きつけられるよう手を貸すのが、わたしたちの務めではないかしら」

「どうやって？　ライザを違う人間に変えさせなくちゃいけないのか？」ロイスはメグに背を向けて窓辺へ歩いていった。胸の前で腕を組み、窓枠に寄りかかって、どうして妹のところになど来てしまったのかといらだたしく考えた。お気楽な妹には事の重大性がわかっていないのだ。窓の外では寒々とした通りが青空の下できらめき、窓枠の隙間から冷気が染み入ってくる。「ライザの人生を台無しにする手伝いをする気はない。おまえも親友のためを思うのなら、やめておけ」

メグはどこか得意げに返した。「お兄様は、いつも鼻先にいた女性が自分の魅力になびかなかったとわかって、悔しがってるだけなんだわ」

「ばかばかしい」ロイスは鼻を鳴らした。「悔しがってなどいない。心配してるんだ。このふたつはまるで違う感情だ。それに、ライザはぼくにまったくなびかなかったわけじゃない。こっちだって――」

「なんなの？」メグはぽっかり口をあけて、目を見開いた。長椅子からさっと腰を上げ、兄のそばに駆け寄った。「何があったの？　すぐに話して！」

ロイスは口を滑らせた自分を呪った。「なんでもない。ただ劇場で身を乗りだしたときに、腕が――」目を擦った。「忘れた」

「忘れた？　ライザとお兄様がもし身体的に惹かれあうものがあるとすれば、気持ちさえ――」

「メグ、不要なことを勘ぐるのはやめろ」ああ、まったく何を熱くなってるんだ！　そんなことを妹に言ってる場合ではないだろう。

メグが唇をすぼめ、腹立たしくも訳知り顔で見るので、ロイスはかっとして叫びたくなった。「そういうことね」妹がゆっくりと言う。「ライザを求めているわけではないけれど、ほかの人に取られるのもいやなんでしょう」

「いい加減にしろ！　そんなことは言ってない」

「言わなくてもわかるわ」メグは百五十五センチ足らずの身体で精一杯横柄に胸を張っている。「お兄様のおかげで心は決まったわ」

「なんだと？」

「これからライザのところへ行って、ダラム卿を誘惑するお手伝いを申し出るつもりよ。ライザをロンドンで一番人気の美女になるよう着飾らせるわ。わたしのバレンタインデー舞踏会で最も注目される存在にしてみせる。紳士たちはきっとライザと踊るために列を連ねるでしょう」

「ライザはダンスができない」ロイスは言い、急性の神経発作を起こしたという理由で妹をなるべく早く田舎へ帰すよう、シェルボーンを説得できないものかと算段をめぐらせた。

「わたしが教えればできるようになるわ。お兄様にこれまでの不作法を償いたい気持ちがあるのなら、その役目をゆずってもいいわよ。もうこの時季になると優秀なダンス教師を探すのはほとんど不可能でしょうから」

「そんなことに手を貸すつもりはない」

「かまわないわよ」メグは陽気に答えて、なにげなくドアのほうへ歩きだした。「誰かほかの方にお願いするわ。ダラム卿なら喜んでお手伝いしてくださるでしょうし。考えてみれば、円舞曲(ワルツ)を踊るとなると確実に身体を密着させなければいけないわけだから、ちょうどいいかもしれないわね。たとえば、ダラムがライザに腕をまわして――」

「ふたりをくっつけようとするんじゃない！　いますらじゅうぶん会っているじゃないか」にんまり笑っている妹を睨(にら)みつけた。「選択の余地はないようだな」

「ええ、まるで」

「憎たらしい妹め」ロイスは苦々しくつぶやいた。メグが答えないので、もどかしげに言葉を継いだ。「わかった。ぼくが、ばからしいダンス教師役を務めよう」

メグは晴れやかな笑みを返した。「ありがたいわ！」ドアを開いて、玄関広間のほうへ手ぶりで促した。「来てくれてありがとう。ほんとうに有意義な時を過ごせたわ。でも、やらなければいけないことがたくさんあって、のんびり噂話をしてられないのよ。あす、ここにいらして。ライザも呼んでおくから」

「ありがたいね」ロイスは唸り声で応じた。見あげた話じゃないか――これから自分は、ライザがあの冴えない農場主にますます惚れられるよう魅力を磨く手伝いをするはめとなったのだ。世の中にこれほど理不尽なことがあっていいのか？

メグはドアをあけ放したまま、浮き足立って部屋を歩きまわりはじめた。「面白いことになりそうだわ！　ああ、でも、やることが多すぎる。ライザの衣装を見立てて、しぐさを指導して――結局、ダンスなんてほんの小さな心配事のひとつにすぎないのよね」

「ライザはどれにも同意しそうにないがな」

「わたしにまかせといて」メグはとりすまして言った。「どう言えばいいかはわかってるもの」

ロイスはぶしつけな返し文句を呑み込んで首をさすり、急に疲れを感じて反論する気力を失った。せめてもメグに手を貸していれば、ライザに目を光らせていられる。それにおそらく……疲れから頭が混乱し、考えが定まらない。おそらく、ライザに考えを改めさせるきっかけもつかめるだろう。ライザが思いあがった垢抜けない田舎者に満足できるはずがない。ライザにはもっと洗練されていて、彼女のよさを正しく理解できる男がふさわしい。たとえば……そうとも、ちょうど自分のような男だ。むろん自分がその本人になるわけにはいかないが。

「メグ、おまえはたしかに正しい」ロイスは考え込むように言った。

妹の楽しげな顔がいぶかしげに翳った。「何を考えてるの？」

「ここに来てライザを助けられるのが嬉しいだけさ。負けたよ、メグ。ぼくはダンス教師を務めるし、ほかにおまえが望むことはなんでもしよう。何時から始めようか？」

「ダンスなんて習わなくていいわ」

「ライザ、やらなきゃだめよ」メグは熱心に諭した。「とても重要なことだわ」

ジョージが甲高い声をあげ、お尻を掻いて、あくびをした。ライザは笑みを嚙み殺した。まさしく自分のいまの気持ちを愛猿が代わりに表現してくれている。「もっと若いときに練習したんだけど、まったく身につかなかったのよ」

「身につかないなんてことはないわ」メグが辛抱強く続ける。「せめて、やってみると言って」

　ライザはため息をこらえた。ほんの十分前に、メグが白鳥の綿毛に縁どられたフード付きの空色の外套をまとった愛らしい姿でやって来た。ライザはそれを見て、新しい薄紫色のブーツに映えると思って着るつもりでいた艶やかなオレンジ色の外出着をやはりべつの服に替えようかと考えはじめていた。メグの子ヤギ革の青いハーフブーツを覗き込む。「それ、どこで買ったの？　踵がすてきだわ」

「ボンド・ストリートに新しいお店ができて――待って。靴じゃなくて、ダンスの話をしてるのよ」

「あなたは好きなだけダンスのことを話していてかまわないわ。でもわたしは靴に興味があるのよ」

　メグが沈んだ表情になった。「ライザ、わたしは力になりたいだけなの」

「ダンスについては、どうにもならないわ。ムッシュ・デグラッセから個人レッスンを受けていたのに、完全に見限られてしまったんだから」

「何年も前の話でしょう。それに」メグはいたずらっぽい目を向けた。「ムッシュ・デグラッセより優秀な先生に頼んだの。兄のロイスが教えてくれるわ」

　いきなり心臓が跳ね上がった気がして、ライザは思わず手で胸を押さえた。鼓動がこれほど激しく鳴るとはとても信じられない。

「ライザ？　どうかしたの？　顔色が変よ」

「なんでもないわ」ライザは答えた。鼓動の鳴りすぎで命を落とすことがないかぎり、ほかにはどこも不調はない。

「ライザ、聞いて。初めてダラムにお会いしたときには、たしかにあまり褒めはしなかったけれど、とても立派な方だと思うの」

立派。ほんとうにそうだとしたら、どうしてダラムとともに生きることを考えるたび胃が痛くなるのだろう？「とてもいい方よね」

「ええ、あなたとお似合いだと思うわ。ふたりとも個性的で、色合いもよく似て――」

「色合いもよく似て？　揃いの手袋の話でもしているみたいに聞こえるけど」

「それは誤解よ。ねえ、ライザ、わたしに手伝わせてほしいの。ところどころでちょっとした技を使えば、ダラムをたちまちひざまずかせることができるわ」

「ひざまずいてもらわなくていいわ。わたしは――」何がしたいの？　死ぬまで安心して暮らしたい？　すでにそれを叶えられる蓄えはある。自由気ままに生きたい？　自分が望めば、それも叶えられる。「どうしたいのかわからないけど、ダンスを習いたくないことだけは確かだわ。いまのままの自分を受け入れてくださらないのなら、ダラム卿の妻にならなくていいし」

メグは呆れたようなため息をついた。「兄と同じようなことを言ってるわ。結婚すれば、誰でも変わるものなのよ」

「あなたは変わらなかった」

「ええ、でもシェルボーンのほうは変わったわ。初めて会ったときはとても無口だったの。ひと言も喋らなかったのよ。憶えてるでしょう？」

ライザは、たいてい寝ているか新聞の後ろに隠れているシェルボーンのことを思い返した。

「いまはそんなにお喋りになってたかしら？」

メグが咎めるような目を向けた。「たしかに人前では無口かもしれない。でも、ふたりきりのときには、ぺちゃくちゃ喋ってるのよ」

にわかには信じられないことだが、ライザは口を閉じていた。いまは反論する気にもなれない。といってもメグとはいつも言いあいにはならない。たいがい同意できないことを互いに認めあうだけだ。かたやロイスとは意見がぶつかると必ず言葉の応酬となる。

ライザはロイスのそういうところが好きだった。見下した話し方はしないし、少しきわどい表現を使えば卒倒させてしまうのではないかといった気遣いもしない。対等に向きあってくれる。ぼんやりと劇場でのことが呼び起こされた。ゆうべは家に着いてから一睡もできなかった。ロイスの腕が擦れたときの光景が何度も頭によみがえり、これまで一度も、誰にも覚えたことのない感情が掻き立てられた。だとすれば今後もこのような気持ちは二度と経験できないのかもしれない。

メグが意気込んだ様子で手を叩いた。「ロイスお兄様があすから教えてくれるわ。うちの居間で練習して、わたしが開く舞踏会でダラムを驚かせるのよ」満足そうな笑みを浮かべる。

「ひょっとしたら、そこで婚約を発表できるかもしれないわね。そんなことになったら、わたしの舞踏会は誰にも忘れられない夜になるわ！」

「まだわからないわ」気分を高めようとしても、ベッドにもぐり込んで上掛けを頭からかぶれたらどんなにいいかと考えてしまう。仮病を使うという手もある。たとえば浮腫だと言えばいい。ライザは眉をひそめた。あまりに見栄えの悪そうな病だ。どうせ仮病を使うのなら、もっと風変わりなもののほうがいい。ウェストチェスター熱ではどうかしら。こちらのほうが個性的な響きがある。

「ね、せめて試してみて」メグが懸命に勧めた。「楽しいわよ。兄に教えてもらえば――」

「ロイスはなんて言ってるの？」

「あら、だって、これはほとんど兄が提案したようなものだもの。わたしと同じ気持ちなんだと思うわ――あなたがダラム卿をお相手に選んだのなら、ぜひうまくいってほしいのよ」

ライザは笑みを返せなかった。突如喉の奥からこみあげた哀しみがこぼれでてしまいそうで、唇を動かすことすらできない。ロイスは、ダラム卿を射止めようというメグの計画を承知している。しかも、賛同した。花婿候補たちに好かれやすい女性になるための手助けに協力しようとさえしている。ライザはこれほどの落胆を感じたことはなかった。

「何か損をするわけでもないものね」自分の抑揚のない声が聞こえた。「あなたの言うとおりにしてみるわ」それでいい。夫になってもらえる男性がダラムしかいないとしたら、得られるものを手に入れて、できるかぎり満足できるように努力しよう。

そう考えれば、気を取り直せるはず——たいがいのことはこの考え方で乗り越えられてきた。けれど今回は、よけいに切なくなるだけだった。しかも切なくなるにつれ、怒りが湧いてきた。

わたしは老女ではなく、まだ三十一歳なのよ！　健康で女らしさもあるし、目つきも眼差しが強いだけで悪くはない。メグの言うとおりだ。もっと男性を惹きつけられる魅力はある。どうしてダラムにこだわらなければいけないの？　さらに言うなら、いますぐに花婿候補を絞る必要がある？　自分を磨いてはいけない理由がどこにあるのだろう。ない。まったくない。ついでに、無慈悲な放蕩者の関心を惹いて高慢な鼻をへし折れたなら、痛快な気分になれるかもしれない。

「メグ、あなたの言うとおりだわ。わたしは何をすればいいのかしら？」こうして、ライザは人生のほかのあらゆることに取り組むときと同じように、メグの計略に全身全霊を傾けることとなった。

6

『ダラム卿については、じつのところ筆者も、田舎暮らしを好み、ロンドンではたいして長い時間を過ごしていないということ以外ほとんどわかっていない。そのほかに判明している事実は以下のとおり。

孝行息子である。

多くの牛を飼っている。

以上が良き夫の指標となるかどうかは、読者のみなさまのご判断にゆだねたい』

一八一四年二月二日付〈レディ・ホイッスルダウンの社交界新聞〉より

翌日、ロイスはメグの依頼どおり、午後三時にロンドンのシェルボーン邸に到着した。執事に外套と帽子をあずけ、居間へ案内された。

部屋のなかに踏みだすなり、足をとめた。

ライザが胸の前で腕を組んで、ひとりぽつんとどこか侘(わ)びしそうに背もたれ付きの長椅子に坐っている。ロイスに気づくとすぐさまぎこちなく腰を上げた。「ロイス！　あの――メグを探しているのよね。メグならバレンタイン舞踏会の花を仕入れてもらうミスター・クレイトンと会ってるのよ。この時季にピンクの薔薇を手に入れるのはむずかしそうだものね」

「そうか」ロイスはせっかくライザとふたりだけになれた時間を利用しない手はないと思った。メグの前ではダラムについてあれこれ話すことはできない。なにしろ妹は親友と鼻持ちならない野暮天との結婚を後押ししようと決めた裏切り者なのだ。だがいまはライザとふたりきり……ロイスはにやりとした。「今朝の気分はいかがかな？」

「憂うつだわ。メグから今度の舞踏会ではこれを着ろと言われたの」ライザは両腕を脇にだらんと垂らした。「どう思う？」

「なんだ、それは」ロイスはそのドレスの強烈な色彩に気圧（けお）された。柔らかそうな薄い絹地のピンク一色のドレス。それも愛らしい淡いピンク色ではない。もっとどぎついピンクだ。牛の乳房を連想させるような。「妹はそれをどこで見つけてきたんだ？」

ライザはリボン飾りがたくさん付いたスカートに手を撫でつけるようにして、不安げな表情を覗かせた。「メグはこのピンクが舞踏場を飾る掛け布とすばらしく調和すると思ったんですって」

「掛け布だかなんだか知らないが」ロイスは片眼鏡を持ち上げて、頭から爪先までまじまじと眺めおろした。「ばかげてる」

「でも、とても女性らしいわ」ライザはピンクのフリルだらけのスカートを両手でつまんで広げた。みずからよく見ようと下向きに首を伸ばしたので、容赦なく引っつめられた信じがたいほど豊かな巻き毛が逆さに垂れさがった。すぐに顔を起こして両腕を脇に戻し、ため息をつく。「やっぱり気持ち悪い？　わたしには似合わないのね。あの仕立て屋は口がお上手なんだわ」

「きみたちがひいきにしている仕立て屋は、間違いなく四、五年は取り残されていたドレスを売り払う機会を狙っていたんだろう。どこかの趣味の悪い田舎娘が注文したものの、着こなせないとわかって返品したのかもしれない」

「困ったわ。時代遅れなのよね？」ライザが襟ぐりからぶらさがったリボンをつまむ。「いっそ、もっとフリルを付けてはどうかしら？　そうしたら見栄えがよくなるかも」

「もっとリボンを付ければ、帽子にできるかもしれないな」

ライザがいたずらっぽく顔をくしゃりとさせて含み笑いを洩らした。淑女らしくない喉を鳴らすような声で、いかにも跳ねっ返り娘といったしぐさだ。でもそれが彼女らしく、ロイスは思わず笑い返していた。ああ、この女性を失うことなど考えられない。

いや、どこにも行かせないようにこれから手を打つのだから、失いはしない。「きょうはきみに優雅なダンスの踊り方を教えるために来た」

「お力添えに感謝するわ」

「いやいや、人助けは好きなんだ。実際、音をあげられるまでお手伝いするつもりでいる」

ライザが眉を上げた。「それではあまり楽しくできそうもないわね」

「大丈夫、間違いなく楽しめるさ」ライザを眺めまわす。「足を踏まれながらダンスを教える前に、まずは買い物に行くべきではないかな」

「買い物は嫌いなのかと思ってたわ」

「嫌いだ。でも、きみとの場合はべつなんだ」

「あなたはほんとうに助けてくれるためにいらしたの？」

なんとなく不服そうな口調ではないだろうか？　「ぼくはきみのためを思って言ってるんだ。ダラムの好みはわからないが……一般的に見て、どうだろう？　ともかく、そのドレスは似合っていない。それに、その髪も……」眉をひそめた。「切ったのか？」

「ええ、まあ。鏝が熱くてたまらないんだもの」ライザは左の耳にかかっている、早くもカールが崩れかけた髪をいじった。「ほかの女性たちがどうやってあんなばかげたものを我慢できているのか、わからないわ。いらいらしないのかしら」

「ほとんどのご婦人はただじっと我慢する。きみの場合は、どうしてこんなことをしなきゃならないのか理由を考えてしまう。とはいえ……」目をすがめて見つめる。「それもなかなか悪くない」

ライザが腕を組んで、じっと見据えた。

ロイスは笑みをこらえようとしたが、できなかった。「きみは自分を偽れないだろう？」

ライザは長椅子にどすんと腰をおろし、脚を前に投げだしたので、青い靴があらわになった。「偽るなんて時間の無駄だわ。わたしにはそんな暇はないし」

ロイスも長椅子に坐り、顔が見えるように向きなおった。「ライザ、何をそんなに急いでるんだ？　どうして花婿探しを焦る？」

ライザは一瞬のためらいのあと、ため息をついた。「ロイス、わたしは三十一になったのよ。そして、もう若くはないと気づいた」

ロイスは心底当惑して、肩をすくめた。「そうだろうか。だとしたら、ぼくも三十九なのだから、同じ状況と言えるはずだ。ぼくも慌てて結婚すべきなんだろうか？」

「いいえ。でもあなたは男性だわ。男性はたとえ六十になってもまだ……」ライザはうっすら頬を染め、とりすまして言った。「女性はそうはいかないもの」

「つまりきみは……」ロイスは姿勢を正した。「いや、つまり、ライザ、きみが結婚しようとしているのは……子供がほしいからなのか？」

ライザはそのような意図で言ったのではなかった。創造主が男性である証しなのか、不公平にも男性はだいぶ歳がいかなければ容色の衰えはさほど目立たないようにできていると言おうとしたのだ。けれどロイスにそう言われてみると、たしかに子供もほしいのかもしれないと思った。黒い巻き毛の青い瞳をした男の子が。

頬がかっと燃え立った。「いいえ、自分が何を望んでいるかわからないわ」いらだって言った。「女性はみんなそういうものを望むのでしょうけど。子供とか……」あとは何？　家？　家ならすでに持っている。それも、とても気に入っている家を。メグやロイスのような友人たちもいて、充実した幸せな日々を送っている。でも、どういうわけか、それだけでは足りないような気がする。このままではいけないのだと。

だからといって、こういうのは楽しめない——リボンやフリルがひらひら付いたドレスなんて。結婚目当てのばかげた男女の駆け引きや、愚かしい戯れに無理して加わらなくとも、お相手はきっと見つけられるはずだ。いつまでも安心して一緒にいられる人がいい。

「ライザ、ぼくはそういったことについて助言できる立場にないが、誰かに相談すべきなんじゃないかな。そうしないと……」ロイスはなにげなくピンクのドレスを身ぶりで示した。

「そうしないと？」

「愚かな間違いをしてしまう」

「わたしはやさしい夫を求めているだけだわ。ともに生きる人を。愚かな間違いなんかじゃない」ロイスにむっとした目を向けた。「あなたは、結婚しようとか、子供がほしいとは思わないの？」

ロイスは息を吐きだして、腕を組んだ。「想像してみたことは何度かあるかな」眉根を寄せる。「だが、うまいポートワインで解決できないことはない。この方法はきみにもお勧めする」

「ポートワインを飲むとお腹が張るのよ」

ロイスは唇をゆがめ、青い瞳をきらめかせた。「思ったことをなんでも口にするきみの癖はどうにかしなきゃいけないな。ポートワインが飲めないのなら、シェリー酒という手もあるぞ。これなら間違いなく、子供を求める焦りも消せる」

「消したくないもの。でも、お酒は飲みたいわ。シェリー酒は甘すぎるから、ブランデーがいいわね」ライザは立ちあがった。「あなたも何かいかが？」

「いま飲むのか？」

「まだ午後三時だけど、十時に起きて、ものすごく熱いお風呂に入って、左耳の上の髪を焦がしたうえに、フリルだらけのピンクのドレスまで着たのよ。あなたが飲まなくても、わたしはいただくわ」

「そんなことを言ってると、どこの男にも相手にされないぞ」

「ほかの男性にはこんなふうに話さないもの」ライザはさらりと返した。「あなただから言えるんじゃない」

ロイスが愉快そうな笑みを突如消したので、ライザは少しばかりたじろいだ。けれども、言葉を発する間もなく、ロイスが軽く肩をすくめた。「一杯くらい飲んでも害はないだろう。きみも少しはくつろいでダンスができるかもしれない」

ロイスとダンスをしたいのかどうかライザはよくわからなかった。ともに踊ることを思うと肌がぞくりと粟立(あわだ)ち、気を取り直して、銀の盆が置いてある部屋の片端のテーブルへ歩きだした。

「そうだ」ロイスは飲み物を注ぐ姿を見てひらめいたとでもいうように唐突に言った。「飲みながら、きみの得意なリスト作りをしよう」

「リスト？」

「きみがもっと洗練された女性になるために必要なことをリストにするんだ」

「そんなものはいらな――」

「ぼくの助けがいるんじゃないのかい？」

「いらないわ」ライザはブランデーグラスに勢いよくたっぷりとブランデーを注いだ。

ロイスは立ちあがり、ふたつの窓のあいだに優美に設えられた書き物机からペンを取りあげ、数枚の紙も探りだした。「まず何から取りかかるべきかな？」

ライザはグラスを手に椅子に腰をおろした。

その向かいにある椅子にロイスが坐った。「おお、そうだ。坐り方と……」ペンで紙に書きつける。

「失礼ね、ロイス。坐り方くらい知ってるわ」

ロイスは続けてペンを走らせた。「……適切な話し方……」

「適切な……あなたに言われる筋合いは――」

「振るまいはまとめてひとつにしないと書ききれないな。インクの節約にもなるし」

「なんですって！」ライザは脇机にグラスをがちゃんと置き、腕を組んだ。

ロイスが考え込むように目を向けて、眉間に皺を寄せた。

少し間をおいて、ライザはつっけんどんに訊いた。「何が言いたいの？」

「なんでもない」

「何かあるはずだわ。初めて会った相手のようにじろじろ見てるんだから」

「じろじろ見てたか？　それは失礼。ちょっと考えてただけだ」

ライザは膝に肘をついて身を乗りだし、目を見据えた。「何を？」

ロイスが青い瞳をいたずらっぽくいきいきときらめかせた。「鬘（かつら）をつけたらいいかもしれないな。その髪では……好ましくない」

ライザはさっと立ちあがった。考え方や行動を変えなければいけないことを受け入れるだけでもむずかしいのに、こんなふうにロイスからいちいち欠点を指摘されるのを黙って聞かなければならないのは我慢できない。「あなたの助けを借りることについては、気が変わったわ！」

「うむ、きみは意地っ張りだな。少なくともひとつは女性の特性がきみにも備わっているらしい」ロイスはリストを見直した。「ここか」大げさな筆づかいで、その項目を横線で消した。

「もう、いい加減にして！」ライザは言い放ち、つかつかと近づいていって、紙を取りあげようとぐいと腕を伸ばした。

ロイスがすかさず脇へ紙を引き、ライザはばかげたリストを取りあげたい一心で前のめりに身を投げだした。ロイスの膝に倒れ込みながら紙をつかみとった。「やったわ！」勝ちとったものをはためかす。

どういうわけか、ロイスは黙っている。ライザは顔を見ようと身をよじったが、ロイスに腕の重みで脚を椅子に押さえつけられ、お尻に彼の片手が触れていた。その手のぬくもりがスカートの布地を通して伝わり、妙に落ち着かない気分になってきた。抵抗しようにも、言葉が出てこない。

「おてんば娘め」ロイスが低いかすれ声で言う。

「起き上がらせて」

「まだだめだ」ゆっくりと脚の裏側を手で下へたどり、またお尻へのぼってくる。

ライザはその感触に心搔き乱されて目を閉じた。「ロイス……」放してとは言えなかった。放してほしくない。

ロイスは片手を腰のくびれにおき、もう片方の手をお尻の丸みに添わせたまま完全に動きをとめた。何かがおかしい。しだいにライザの胸のうちで緊張が高まってきた。「ロイス」ささやいた。

向きなおされ、膝の上にしっかりと抱きかかえられた。「ライザ?」ロイスが髪に唇を擦らせた。「ダラムにもこんなふうに感じられるか?」

ああ、なんてこと、ロイスがキスをしようとしている。ライザは目を閉じて、顎を上げた。彼の唇がおりてきて、最初はそっとくすぐるように、ためらいがちに唇が触れあった。熱いものが燃え立って、みぞおちから下のほうへぞくりとする刺激が伝わった。ライザはみずから身を寄せて彼につかまり、口を開いていた。ロイスが唸るような声を洩らし、熱っぽくむさぼるように深く口づけてきた。

考えていたことは何もかも情熱の渦に呑み込まれた。ところが、ロイスの下襟をつかんで引き寄せたちょうどそのとき、廊下からメグの声が聞こえた。

キスは打ち切られた。「まったく」毒づいたロイスの目はほとんど黒く見えるほど翳っていた。「撃ち殺したくなる妹だ」

ライザははっと、いまこの部屋にメグが入ってきたら、とんでもない姿を見せてしまうことになると気づいた。「まあ、どうしましょう、ロイス、わたしを立たせて！」

一瞬ロイスは応じるそぶりを見せなかったが、少しおいて小さくうなずき、手を放した。

ロイスの腕が離れると、ライザは身体と同じくらい顔をほてらせたまま、よろめきながら立ちあがった。まるでくるくるまわったあとのように方向感覚を失っている。握りしめていた紙を見おろした。夕食前にお酒など飲むからこんなことになったのだ。もうブランデーは口にしない。二度と。

ロイスも椅子から立ちあがったが、そばから離れようとはしなかった。微笑んで、無造作にライザの頬を撫でた。「ライザ、何か学んでくれたのなら嬉しいよ。情熱は幸福な結婚生活を送るために欠かせないものだ。ダラムにそういうものを感じてるのか？」

ライザは身を硬くした。ロイスはダラムより自分が優れているのを示したいばかりに誘惑しようとしたのだろう。怒りがこみあげた。「あなたに、幸せな結婚の条件を語る資格はないはずよ。婚約すらしたことがないくせに」

「脚を折ったこともないが、痛い思いをするのはわかっている」ロイスは切り返した。「ぼくが言いたかったのは――」

「あなたはもうお帰りになるとメグに言うわ」

ライザの冷ややかな声色に、ロイスはいったん口をつぐんだ。「ライザ、きみのためを思って言ってるんだ。ダラムとは合わない」

ライザは一見穏やかに視線を合わせたが、その目に灯った光や、喉に浮きでた脈筋から、穏やかとは程遠い気分であるのが見てとれた。「お帰りになって」

「わかった。あす、あらためて話そう」ロイスは答えて、ドアのほうへ歩きだした。ライザが生き方に口出しされて憤慨しているのはわかっている。それでも、言いたいことは伝わったと信じたい。「正午に訪問する」

「家にいないわ」

いつもこうやって生意気に言い返すのが、ぼくのライザだ。ロイスは肩越しに笑いかけた。「いてくれないと、探しまわらなければならない」

ちょっと挑発してやろうと、ウインクした。ほくそ笑み、廊下に出て、待つ。ほとんど間をおかず、何かがドアに投げつけられて壊れる音がした。ロイスは含み笑いを洩らした。あと数回、このような講義を行なえば、ライザはもうほかの男には見向きもしなくなるだろう。

ロイスは悦に入った気分で、執事から外套と帽子を受けとった。帰り道は陽気な曲を口笛で吹きつつ、ダラムと結婚してはならないありとあらゆる理由を今度はライザにどう説明しようかと愉快に想像をめぐらせた。

翌日、ロイスは正午に、ライザの瀟洒なロンドンの邸宅に到着した。明るい陽射しが降り注ぎ、澄んだ空気は爽やかで、どこからともなく活力が湧いてくる。ライザに野暮ったい農場主と結婚するのは間違っていることをわからせる計画はきわめて順調だ――あのキスがそれを物語っていた。なんの気なしに鼻歌を鳴らしながら軽やかに踏段をのぼった。それにしても、ふたりのあいだに熱い感情が燃え立ったのはいまでも信じがたいことだ。もう少し慎重に経過を見なくてはいけないが。

踏段をのぼりきったところで足をとめて、首巻（クラヴアット）を直し、装飾の凝った真鍮のノッカーに手を伸ばした。だがつかむ前に、玄関扉が開き、赤いビロードのフード付きの外套をまとったライザが現われた。その鮮やかな赤がほんのり色づいた肌を引き立て、褐色の髪の深みをきわだたせていて、驚くほど美しく見えた。

「サー・ロイス！」ダラムがライザの脇から姿を見せた。「嬉しい偶然ですね。しかしあいにく、ぼくたちはこれからモアランド子爵家のスケート・パーティへ出かけるところなんです」

ロイスはみぞおちにこぶしを食らわされたような衝撃を受けつつ、どうにか笑みをつくろった。「そうでしたか」

「ええ、そうなの！」ライザはダラムが隣に並べるよう横へずれて、その腕にしっかりと手をかけた。「スケートに行くには最適な日だわ」あたかもこの世で唯一の男であるかのごとくダラムに晴れやかに微笑みかけて、ロイスにさらなる打撃を与えた。

ロイスはダラムを殴り倒したい野蛮な衝動をぐっとこらえた。「たくさんの牛を飼っていらっしゃっては、田舎でスケートを楽しむ機会はあまりないでしょう」

「いえ、忙しく働いてはいますが、たまに気晴らしするのは悪いこととは思いません。スケートには自信があるんです」ダラムはライザの手を軽く握って、いわくありげに声を落として言った。「ライザもすぐにスケートがうまくなります。とても物覚えの早い生徒に違いない」

ロイスは吐き気を覚えたが、それがライザのわざとらしい愛想笑いのせいなのか、ずうずうしく戯れを期待しているダラムのせいなのかはわからなかった。「おふたりで、ぜひ楽しいひと時をお過ごしください」氷が割れて、ダラムが溺れでもすればいいのだ。

ダラムがにこやかに笑みを返した。「ぼくたちにとって忘れられない午後となるでしょう。サー・ロイス、あなたはどちらへ？　よろしければ、ご一緒に馬車で――」

「サー・ロイスの馬車はすぐそこに停まってますもの」ライザがすばやく言葉を挟んだ。「ですから、心配は無用ですわ」

ダラムとライザが目の前でいちゃついているのを見ながら馬車に揺られるなど不愉快きわまりなく、想像すらしたくない。「ぼくもひとりでスワン・レーン桟橋に行く予定です」

ライザが目をしばたたいた。「あなたも、モアランド子爵家のスケート・パーティに出席なさるの？」

「せっかくスケートができる機会を逃す手はない」ロイスは即座に答えた。

「あなたが、スケートができるとは知らなかったわ」

「もちろん、できるさ」少なくとも六歳のときはできた。

「これは楽しみだ！」ダラムがロイスに目配せして見せた。「では、会場でお会いしましょう！」うやうやしくライザを支えながら踏段をおりて、待機している馬車のところへ向かう。ロイスが見ている先で、ダラムは従僕を手であしらい、みずからライザを馬車に乗り込ませ、厚かましく膝に毛布を掛けてやっている。

そのうえ腹立たしくも、馬車が動きだすと同時にライザが窓から顔を出し、こちらに手を振った。いかにも、わたしだけ楽しんでしまってごめんなさいね、という態度にロイスは歯ぎしりした。

「いまいましい女だ！　もうどうなっても知らないからな。そのまぬけ男と結婚して、ふたりでみじめな人生を送るがいい」そうとも、それがお似合いだ。

だが残念ながら、そのような愚かしいことを見てみぬふりはすでにできなくなっていた。なにぶん妹との約束も果たさねばならない。ダラムのやや古めかしい馬車が見えなくなると、ロイスは足早に自分の馬車のほうへ歩きだした。御者にぶっきらぼうに行き先を指示して、馬車に飛び乗り、力まかせに扉を閉めた。

いったいライザはどういうわけで、ダラム卿の好意をもてあそぶような行動を取っているのだろう。ロイスはだんだんと農場主が気の毒に思えてきた。きのうのキスは、ライザがダラムになんの感情も抱いていないことを示していた。

少なくとも、自分にはそれがはっきりとわかった。ロイスは不安に胸を締めつけられた。あのキスがライザにべつの発想をもたらした可能性はないだろうか？　ダラムと相性が合わないことをわからせるつもりだったのだが、あの情熱的なキスがなんらかの理由でライザを怯えさせ、かえって情熱を掻き立てられない安全な冴えない農場主との結婚へ気持ちを動かしたということはないだろうか？

ロイスは額に手を当てた。なんてことだ、それではライザをダラムの腕のなかへ追い立てたも同然ではないか。馬車の窓から首を出し、無駄だとわかっていながら、御者に急げと指示した。それからすぐに、胸が悪くなるほどとろい荷馬車の後ろで足止めをくった。きしんだ音を立ててほとんど動かず、おかげで周囲にほかの荷馬車や馬車の長い列ができていた。

そこから二十分かかって、ようやく桟橋にたどり着いた。モアランド子爵夫妻がそのスケート・パーティに様々な工夫を凝らしているのがひと目でわかった。ふんだんに飾りつけがなされ、大勢の使用人たちが、スケート靴を差しだしたり、軽食を載せた荷台をでこぼこの氷上で押したりと、辺り一帯を動きまわっている。

ロイスはライザの赤い外套を探して人込みを掻きわけて進んだ。

「ロイスお兄様？　どうしてここに？」

振り返ると、すぐ脇に妹が立っていた。「ライザを見なかったか？」

「ダラム卿と数分前に着いたわ」メグはけげんそうに言った。「お兄様が来ているとは思わなかった」

「ぼくだって思わなかった」

「ええ、そうでしょうね。ほんの数日前にわたしが訊いたときには、出席するくらいなら親指だけで吊るされるほうがましだと言ってたんだから」メグは目をすがめた。「ここで何をしてるの？」

ロイスは妹の頭の向こうを見やって、ライザらしき姿を探しながら答えた。「スケートをしてるのか？」

「誰のこと？　ダラム卿とライザ？　まだよ。このパーティのために用意されたそりをダラム卿が見つけて、ライザを乗せて楽しもうということになったらしいわ」

ロイスは氷上を見渡した。いまは硬い板状に凍ったテムズ川の白い広がりに、喧しい色とりどりの人々が散らばっている。いや、岸辺の薄氷を見るかぎり、必ずしも硬いとは言いきれない。ロイスは眉をひそめた。「どんな形のそりだ？」

「あそこにもあるわ」メグが氷上を指差した。

そりの上に造花やリボンで飾られた大きなカートが設置された乗り物が氷面を滑っている。カートのなかに坐った若い婦人は両端につかまり、同伴の紳士にそりを押してもらいながら、笑い声をあげていた。

「メグ、ライザを探してくる」ロイスは踵を返し、手ぶらの招待客にスケート靴を差しだしている使用人のほうへ歩いていった。いちばん近くにあった靴を受けとって、ブーツの上から履く。あっという間に、テムズ川に滑りだしていた。

正確には、滑っているとは言えない。たまに滑ろうとしては、たいていよろめいて、あとはほとんど歩くように進んだ。スケートは昔試したときとはあきらかに違っていて、いまのほうがはるかにむずかしく感じる。そのうえ、氷上はくぼみや出っ張りがあってでこぼこしており、ごくたまにぬかるみもある。

十五分近くかかってやっとライザを発見した。桟橋からだいぶ離れたところで、そりの上のカートに乗っていた。ダラムは、スケートが得意だというのはほんとうだったらしく、これ見よがしな滑りでそのそりを押している。きれいな円を描くように方向転換されると、ライザの楽しげな笑い声が響きわたった。

あの男は何をやっているのかと、ロイスはいらだたしく思った。あのようなことをして、けがでもさせたらどうするんだ。氷の薄い部分に陥る恐れもある。そうしたら、そりはたちまち沈んでしまうだろう。ライザを見つめるうちに、行動に出なければという思いは強まっていった。どう声をかければいいのかわからないが、ライザが自分のもとから逃げようとしているわけではないことを、なによりダラムの腕に飛び込むつもりなのかどうかを確かめなくてはならない。

前進しようとしたが、氷の出っ張りに阻まれた。腹立たしくも、ちょうどそのとき、ダラムが前かがみになり、黒い髪の頭がライザの頬に近づいた。ひょっとして、ライザの頬にキスをしたのか？

頭のなかで陰気な怒声が轟いた。恥知らずめ！　この下劣者！　自分自身があまたの女性たちを誘惑してきただけに、あの農場主がもくろんでいることがまざまざと読みとれて、それを想像するだけで胃が焼けつくように感じた。

ライザにばかり意識が向いていたので、突如何かが、いや何者かが突進してきているのに気づいたときにはぎょっとした。それがレディ・アン・ビショップだとわかってとっさにどうにかよけようとして、後ろ向きにのけぞった。名を口にするや、バランスを崩し、体勢を戻せないまま腕を振りまわして岸のほうへよろけた。

その間にレディ・アンは驚くべき速さで通りすぎていった。そのままシェルボーン家の親類にあたるスザンナ・バリスターのほうへ突進していったのを見て、ロイスは顔をしかめた。スザンナは飛び抜けてなめらかに滑っていたにもかかわらず、よけるいとまもなく、気の毒にも雪溜まりのなかに転ばされてしまった。

ロイスはなんとか誰にもぶつからず、転びもせずに、よろよろと進みだした。やっとのことで桟橋の支柱につかまり、そこにしがみつくようにして体勢を立て直した。「なんなんだ、まったく」つぶやいた。スケートにも、甘ったるいちんけなそりにもほとほと嫌気がさした。

ダラムとライザの姿を探したが、またも見失ってしまった。ならば雪溜まりで転んでいるバリスター嬢を助け起こしに行くべきなのだろうが、ライザをダラムのような手の早い男とふたりきりにはさせておけない。氷上に目を凝らしていると、視界の端にぼんやりとレンミンスター伯爵がスザンナに駆け寄る姿をとらえた。ダラムとライザの姿はまだ見あたらない。

「サー・ロイス！」真後ろで、ダラムの深みのある声が響いた。

なんてことだ。支柱につかまったまま、用心深く振り返った。

「あなたの滑りを拝見しました。おみごとでした」

顎を引き攣らせ、笑みを顔に貼りつけた。このようにロンドンにとびきりの美女を奪いに乗り込んでくる冴えない田舎の男たちは、まったくたちが悪い。

「ロイス」ライザが安全な身の毛のよだつそりの上から、はしゃいだような声で言った。「あなたがあんなふうに回転できるなんて知らなかったわ」

ライザはまったく滑っていないのだから、この有様に同情してくれてもよさそうなものだ。ところが信じがたいことに、ダラム以上に面白がっているように見える。

「サー・ロイス、またお会いできてよかった！」ダラムはライザを乗せたカートの向きを変えた。「あなたもこの催しを存分に楽しまれてください。ぼくとライザは何か身体が温まる飲み物でも取りにいきますので」ふたりの憎らしい笑みを消す名文句をロイスが思いつく前に、そりは去っていった。

もうじゅうぶんだ。ダラムの唇がライザの頰に接近したのを見た瞬間に、ロイスのなかで何かがぷつりと切れた。これまでは紳士の態度を通してきた。ライザがこのようなつまらない手で自分を遠ざけられるとでも思っているとすれば、見くびられたものだ。かえって追いかける気持ちを煽ることになったとは思ってもいないに違いない。

ロイスは深呼吸をひとつして、桟橋の支柱から手を放し、土手へ向かった。スケート靴をはずし、すぐそばの雪溜まりに放り投げると、待たせている馬車に戻っていった。もはや友人を気どっている場合ではない。これは戦いだ。そして勝者が、ライザの愛らしいところも、生意気なところも、そのすべてを獲得する。

7

『〝幼少期以来スケートはほとんどご無沙汰〟という人物がここにもまたひとり。サー・ロイス・ペンバリーが、スワン・レーン桟橋の支柱の一本にしがみついて懸命に体勢を立て直そうとしていた姿が目撃された。

読者のみなさま、じつは支柱近くの氷が薄くなっていたことに、サー・ロイスが気づいていなかったのはさいわいだったのではなかろうか？　この紳士がそこでじたばたしていたら、どれだけ多くの人々が氷上に転ぶことになったかわからない』

一八一四年二月四日付〈レディ・ホイッスルダウンの社交界新聞〉より

「お嬢様、失礼いたします。サー・ロイス・ペンバリーがおみえです」

「サー・ロイスが？　ここに？」ライザはいくぶん驚いた。その日の午後にモアランド子爵家のスケート・パーティで会ったときに、他人行儀な態度でやんわりと遠ざけたい意思を伝えられたと思っていた。

執事のプールが真剣な面持ちでうなずいた。「お嬢様のダンスのレッスンをするためにいらしたとおっしゃっています。お通ししますか?」

ライザは唇を噛んだ。情熱的なキスの記憶がたちまちよみがえり、わずかにうろたえた声を発した。「だめ」

プールが頭をさげた。「外出されているとお伝えしてまいります」

そうすれば去ってくれるだろう。そう思うとどういうわけか、執事の提案は受け入れられなかった。「だめ」

執事が眉を上げた。「では、家にはおられますが、お会いできないとお伝えしますか?」

ライザはまた唇を噛んだ。プールが女主人は家にいるが客とは面会できないと伝えれば、ロイスは避けられていると思うだろう。それは違う。避けてはいない。少しとまどっているだけだ。といっても、ちょっと熱っぽい視線を向けられただけで分別を吹き飛ばされかねない男性と自宅でふたりきりになる危うさがわからなくなるほど動揺してはいない。

ロイスに面会を断われる正当な理由を見つけさえすればいい。あたりさわりのない口実を。そんなものがある? プールに、仕立て屋に出かける予定だと伝えてもらえばいいのかもしれない——メグが開く舞踏会に着る新しいドレスが必要なのは事実なのだから。

でも、そう言えば、ロイスは仕立て屋へ付き添うと言いだすかもしれない。

何か炎症性の病にかかっていることにするのはどうだろう。

いいえ、そんなことを言えば、赤い鼻をして見るに耐えない姿になっていると思われてしまう。

あとは事実を伝えるしかない。純潔を失うのが怖いので、お会いできないそうです、と。厳密に言うなら、〝怖い〟という表現は正しくない。ロイスや、ロイスに触れられるのを恐れているのではない。ダラムと結婚したら、ロイスの腕のなかで感じた背筋がぞくぞくするような経験は二度とできないと気づかされるのがいやなのだ。もう二度と味わえないのだと。それはロイスにキスをされた瞬間にはっきりとわかったし、きょう、スケート・パーティへダラムと出かけたときにもあらためて思い知らされた。楽しい時間を過ごしながらも、あのような気持ちはもう抱けないのだと痛切に感じていた。

問題は、このまま一生、穏やかな友人関係を維持していけるのかということだ。

「失礼ながら、お嬢様」プールのおずおずとした声に物思いを遮られた。「なんとお伝えいたしましょう？」

少しでも分別があるのなら、ロイス・ペンバリーがたとえダンスを教えに来ただけだと主張しても、面会をきっぱりと断わるべきなのだろう。そうすべきなのは間違いないし、これまでもたいがいいつも正しい道を選んできた。

なので、自分が思わず口に出した言葉を聞いて軽い衝撃を覚えた。「お通しして」プールが立ち去るとすぐに立ちあがり、慌てて炉辺の鏡の前へいった。さいわい今回は髪があちこちにはねてはいない。緑の縞のドレスもきちんと整っている。打楽器が乱暴に打ち鳴らされているかのように大きな音を立てている胸に手を当てた。

緊張などしていない。そんなものは必要ない。ダンスは誰もが遅かれ早かれ学ばなくてはいけないもので、自分は学ぶのが少し遅れただけのことだ。

「わたしはなんでも遅れがちなのよね」ライザはつぶやいた。

ドアが開き、ロイスが罪つくりなほど颯爽とした姿で部屋に入ってきた。濃い暗赤色のベストに紫がかった灰色の上着を重ね、黒い髪を額に垂らし、何かを探るようにじっとこちらを見ている。執事が静かにドアを閉じた。

もどかしくも、ライザの心臓はなおも妙な響きを立てていた。「なんなのよ、これ」独りごちた。

ロイスが眉を上げた。「どうしたんだ？」

「なんでもないわ。ただの独り言よ。プールから、ダンスを教えにいらしたと聞いたわ。約束はしていなかったと思うけど」

ロイスが目にいたずらっぽい光を灯し、ライザの身体は期待でふるえを帯びた。「ぼくはダンスが好きなんだ」低い声で、語尾をゆっくりと発して含みを持たせた。「ライザ、きみはダンスを学びたいんだろう？」

そうよ。胸のうちではっきりと答えた。心から学びたいと思っている。それもいますぐ。

「もちろんよ」

ロイスは視線をそらさず、笑いかけた。「七時に〈ホワイツ〉でウェクスフォードと会う約束をしている。だから二時間しかない」

二時間？　そんなに時間が必要だろうかとライザは思い、眉をひそめた。いいえ、ほんとうにダンスを学ぶつもりならそれくらいかかるのだろう。本物のダンスなら。

ライザは落胆を押し隠して、新しい薄紫色の靴に視線を落とした。「ロイス、これではダンスができるとは――」顔を上げると、目の前に真っ白な首巻（クラヴァット）があった。この人は、こんなに接近したら、わたしのかわいそうなくらい敏感になっている神経がどうなってしまうのかわからないの？

ライザは両手をスカートに撫でつけた。これはあのロイスなのよ。そう自分に言い聞かせた。これまで数えきれないほど何度も言葉を交わし、並んで坐り、ひそひそ話をして、笑いあってきた相手だ。ダンスをするくらい、たとえそれが本物のダンスであろうと気がまえるようなことではない。

それなのに、どうして子牛の肝臓（かんぞう）のゼリーみたいにぷるぷるふるえてしまうの？「ロイス、ダンスは踊れな――」

「ぼんくら農場主のダラムと一緒にスケートができたのなら、ぼくとダンスを踊れるだろう」ロイスはライザの腰に手をまわした。「さあ。何を怖がってるんだ？」

ライザは無言でその手を見おろした。自分の腰のくびれに大きくて温かな手が軽く添えられている。「ダラム？　どなただったかしら？」

ロイスは穏やかに笑い、もう片方の手でライザの手を取った。こちらの手も同じように大きくて温かい。

「これは……なんのダンス？」ライザが思いきって目を上げると、ロイスはおどけたふうに目をきらめかせて、微笑みかけた。

「ワルツだ」静かに言う。

「ああ、ワルツね」反射的に繰り返した。ふたりの近さにどぎまぎして、とっさにただおうむ返しに言葉を発することしかできなかった。

「やり方は知ってるよな？」

「もちろんだわ」と答えたものの、知っているはずのダンスを慌てて思い起こそうとした。最初にお辞儀をするのは方舞曲（カドリール）よね？　それとも、ブーランジェ（フランス語でパン屋の意）だった？

「そもそも、どうしてこんなくだらないことをいちいち憶えなくてはいけないのかしら？」

「きみはまず、これがくだらないことではないと学ぶところから始めるべきだな」

「ふふん」ライザは、風変わりな女性だという評判を立てられてもむしろ喜んでいられた理由がいまさらながらわかった気がした。頑固で率直な性格なので、くだらないと思うことにはいっさい関わらない。性分に合わないことをしようとすると脛（すね）が痛くなる。

でもいまは、このように魅力的な男性ならば――もう認めざるをえない――これほどそばに立たれても心地よく感じられるものなのだと思った。ロイスはただ魅力的なだけではない。男らしく、しかもやさしさも持ちあわせている。だからこそやっかいだった。これほど接近されたらどのような反応が引き起こされるかは目にみえている。

そのうえ、とても芳（かぐわ）しい匂いがする。ぴりっとした男らしい匂いは、これまで味わってきたどんなブランデーの香りよりも酔わされた。ライザは一歩あとずさった。「やっぱりダンスより、ピケットの練習をしたほうが役立つのではないかしら。ダラム卿はゲームが好きそうだし、手ほどきを受ければめきめき腕をあげるはずだわ」

ロイスはライザを自分のほうに引き戻し、その拍子にドレスのフリルがベストに擦れた。

「きみのピケットの腕前は旋盤職工並みに確かだ。それどころか、カードゲームはどれでもじゅうぶん強いじゃないか。なにせ昨年だけでも、ぼくはきみに百ポンド以上負けてるんだぞ」

事実とはいえ、それはロイスが切り札を出そうとするとき、あまりにはっきり顔に表れるからにすぎない。目を輝かせ、またしても憎めない、ちょっと得意げな笑みを浮かべ、負けたとたん、たちまち悔しそうな表情になる。ライザはいつものようにロイスの顔をちらりと窺って、またあの得意げな笑みになっているのに気づいた。「そういえば、プリニーはどうしてるかしら？」

「きみの馬なら元気だ。時どきは見に行ってやるといい」

元気でよかったとライザは自分に言い聞かせるように胸のうちで唱え、ロイスの長い指に手を握られているように感じるのは忘れて、ほかのことを考えようとした。そうよ、田舎にプリニーを訪ねるのは楽しみだわ。そこでロイスと乗馬に出かけてもいいし――と考えても、うまく気をまぎらわすことはできなかった。太りすぎで不恰好な馬のプリニーの姿を呼び起こしていれば安全だと思っていたら、今度はロイスとふたりで田園の干草のなかでふざけあっている危険な想像が浮かんできて――「ダンスはできないわ」ライザは先ほどより差し迫った調子で告げた。

「どうして？」

「音楽がないから」

「ぼくが鼻歌で拍子をとる」

「あのテーブルが邪魔だし」

「そこを避けて動けばいい」

「ダンスは好きじゃないのよ」

「ぼくもだ。だが、メグをおとなしくさせておきたいのなら、練習したほうがいい。ぼくはもう十回以上も、練習はしているのかと訊かれてるんだ」

「ちょっと威張りすぎよね」

「そうかな？　さてと、ここに手をおくんだ」ロイスがライザの手を自分の肩にかけさせ、指が羊毛の上着に擦れた。「ぼくはこうやって、きみのもう片方の手を持つ」

ふたりは向きあい、ライザの片手はロイスの肩に軽くのっていた。もう片方の手もそっと握られ、指を組みあわせた。外の凍える寒さとは対照的なぬくもりが心地よかった。

生まれたての仔馬のようなぎこちなさで、表情を見やる。「そしてどうするの？」

「そして動く。こうやって……」ロイスが静かに鼻歌を歌いだした。その低い声が朝食用の食堂に柔らかに反響した。そういえば、この前のクリスマスにロイスの歌を聴いて、辛らつな指摘をしたことをライザは思い返した。

「あとは」ロイスがつぶやくように言う。「ぼくのやるとおりにしてみてくれ。ワン、トゥー、スリー」ふたたび歌いだし、ライザの手を強く握りなおして、動きだした。

ライザは息を深く吸い込んで、胸のうちで数えはじめた。ワン、トゥー、スリー。ワン、トゥー、スリー。ダンスもそんなに悪くないじゃない。一歩さがって、ロイスを自分のほうに引き寄せた。

ロイスが足をとめ、愉快そうに叱るふりで言う。「ぼくについてきてくれよ。気を楽にして」

どうしてそんな失礼なことを言われなくちゃいけないの！　ライザは身を引いて手をふりほどこうとした。「ダンスは嫌いよ。わかってたことだわ」

ロイスは手を放さなかった。「だったら、ダンスをしていると思わなければいい」

ライザは抗うのをやめた。「何をしていると思えばいいの？」

「行動ではなくて、気持ちに意識を向けるんだ」

「気持ち？　恐れのような？」

「ぼくはもう少し友好的な気持ちが湧いていると思っていたんだが。たとえば、情熱のような」

情熱を感じているふりで動けというのだろうか。実際にすぐにでも情熱が燃え立ちやすくなっているときに、ふりをしなければならないなんて。「いやよ」

ロイスは眉をひそめて見おろした。「きみにワルツを教えるとメグに約束したんだ。ぼくに約束を破れというのか？」

ライザはその目にほんとうに残念そうな影が見えたように思えた。ロイスは自分とダンスを踊りたがっている。その理由をどのように考えればいいのかはわからない。束の間ためらい、どうにか聞こえる程度の声で言った。「せめてもやる気を見せないと、メグを悲しませるものね」

「とても悲しむだろうな」

「メグはわたしの親友だわ」

「妹も、きみを誰より大切に思っている」

ライザは鼓動が尋常ではなく速まっているのに気づいて目を閉じた。よりにもよってほかの男性ではなく、どうしてロイスにこんなふうに反応してしまうのだろう？　このように残酷な定めは予期していなかった。

ロイスが身を乗りだし、顎を髪に擦らせた。「目を閉じるんだ、ライザ。もう少しだけ、ぼくに教えさせてくれ」またもロイスが鼻歌を鳴らしはじめ、ライザは力を抜こうと努めた。

「ワン、トゥー、スリー」小声で唱えた。簡単にはいかず、足を二度踏んでしまったが、ロイスは気にかけていないようだった。鼻歌を奏で、その調べに合わせて動き、温かく静かに響く声でライザを導いた。

ライザはわずかながらも肩の力を抜いて踊れるようになってきた。まだ昼食をとっていなかったからなのか、目を閉じているせいなのか、理由はわからないものの、何かがもっと欲しいと感じた。何か魔法のようなものが。ロイスとひとつになれるような瞬間が。

厚い絨毯に足が擦れるし、靴音も立たず、音楽に乗ってなめらかにとは動けない。でも、そんなことは気にならなかった。ロイスに触れられているあらゆるところ――大きな温かい手で握られている手、手のひらを添えられている腰、乳房に擦れる逞しい胸――が、温かく活気づいてきて、まるで身体のなかに入り込んでくる音楽に衝き動かされているように思えた。

鼻歌が低くくぐもってきた。その響きがロイスの胸から腕へ、そして指先からライザの手に伝わった。音楽の流れに身をゆだね、導かれるまま動きを合わせた。ワン、トゥー、スリー。ワン、トゥー、スリー。考えるのはやめて、心で感じた。愛情のぬくもりと、慈しまれている幸せを。ロイスはいかに不安定な状態であるかを承知しているかのように、なおもゆっくりとした動きで、ようやくまわりはじめた。まわるたび、ライザはロイスの腕のなかにさらに少し引き寄せられた。乳房に擦れていただけだった胸板が、ほとんど離れることなく密着している。ライザは徐々に心浮き立ってきて、いまこの瞬間のこと以外何も考えられなくなっていた。

ふいに、ふたりはダンスをやめた。唇が重なり、ロイスが味わうように口づけて、互いの舌を絡ませた。ライザはきつく目を閉じたまま、この瞬間がいつまでも続きますようにと願った。これは現実ではなく、ロイスとダンスをする心地よさがもたらした想像の産物。ライザはそのキスに呑まれ、とろけて、意味も理由も考えられずに受け入れていた。そのうちに希望の翼が大きくはばたいたかのように、心が舞い上がった。

「ロイス、お願い……」かすれ声で言った。

その言葉はロイスの身体にすっと染み入り、内側で燃えついていた熱情を焚きつけた。ライザがなんらかの感情でくすんだ目で自分を見つめている。ロイスはその瞬間、ライザも自分が彼女を求めているのと同じくらい、猛烈に自分を求めているのを感じとった。

静寂に満たされたなかで、緊張と、じれったさと、息苦しさが強まっていく。ロイスは目をそらせなかった。ライザのなかに取り込まれてしまったかのごとく、抗う力を失っていた。名を呼びかけて、彼女を大切に思っていること、ダラムと結婚してほしくないことを伝えたかった。だが言葉が出てこない。代わりに、肌のなめらかさや、髪の艶やかさや、唇のふくらみを褒める言葉が意図せずして口からこぼれ出た。

言い古され、耳慣れている言葉を連ねる自分の声が聞こえる。様々な女性たちをベッドへ誘うときに口にしていた決まり文句だ。けれど今回は、ただの言葉ではなく、自分の考えそのものだった――それがあまりに激しい感情と絡みあい、とうとう押しだされてしまったかのように。

ライザはそうした言葉のすべてを呑み込んだ。頬が赤らみ、目はきらめいて、みるみる光り輝いた。ロイスは指先でその頬に触れ、顎から首へたどった。肌は柔らかく、ほんのかすかに汗ばんでいる。緊迫が強まり、ロイスの身体が反応した。かつて感じたことがないくらい熱情を掻き立てられ、狂おしいほど彼女を求めている。ライザは友人で、心から信頼できる相談相手だ。それでも、どういうわけか、これでいいのだと確信していた。ふたりはいまこの瞬間に、こうして交わる運命にあったのだと。

ライザが首に両腕をまわし、身を押しつけてきた。「ロイス、お願い」

ライザは気を昂らせている――きらめく瞳と、柔らかな唇と、熱い肌が、触れてくれと懇願している。ロイスも彼女を切望し、下腹部は硬くなっていた。たいした効果はないと知りつつ、自分を抑えるためにゆっくりと穏やかな呼吸を保とうとした。いったい、おれは何をしているんだ？　ライザは、ろくでもない相談を持ちかけたときでさえ、自分を信頼し、真剣に話を聞いてくれた女性だ。

だからこそ、思いのままに生きる自由を奪い、独特な魅力を封じ込めようとしているダラムから守らなければならない。そのためにも本物の情熱を味わわせれば、それ以外のものは受け入れられなくなるに違いない。

ライザが柔らかな吐息をつき、ロイスは頬にその息づかいを感じた。「ロイス、お願い」ライザがさらに切迫した口ぶりで繰り返した。

ロイスは気を変える間を与えずに頭を垂れて唇を奪い、ライザを引き寄せると、片手を背中にまわしてスカートの布地の上から尻をつかんだ。悦びのひと時を期待させる、しなやかでしっかりとした身体だ。しかも、ライザにはこれが初めての経験になる。そう思うと、迷いが生じたが、そこでとめることはライザが許してくれそうになかった。今度は両腕を腰にまわしてきて、みずから腰を押しつけて擦らせようとしている。ロイスはライザを抱き上げ、部屋の隅に優雅に設えられた背もたれ付きの小さな長椅子に運んだ。

唇をくすぐって味わい、いたぶる悦(よろこ)びはこのうえなく息苦しくなるばかりで、急がずにはいられなかった。襟ぐりのリボンを緩め、布地をずりさげて、乳房をあらわにした。美しい丸みを帯び、先端に苺(いちご)色のきつくすぼまった乳首がある。ロイスは唸り声を洩らし、片方の乳首を味わい、それからもう片方を口に含んだ。

ライザは息を呑み、ロイスの髪に手をくぐらせて背をそらせた。ロイスは彼女のふるえを感じて嬉しくなり、指で脚を下から上へたどり、たっぷりとしたスカートを押しやって太腿の内側を撫でた。ライザが意図を汲んだようにもぞもぞと動いて脚を開いた。しごく自然に、何もかもが順調に進んでいる。

ロイスはキスをして、触れて、言葉では表現できないほど美しいことを伝えようとした。欲情にふるえる手でなめらかな白い肌を撫で、最も親密なところで指先が締めつけられるのを感じた。ライザの唇と、ほっそりとした喉を愛でつつ、ズボンの腰周りを緩めた。それからすぐに、夢みていたところに、彼女の太腿のあいだに身をおいて、互いの肌を触れあわせた。

頭にあるのは、自分の下に横たわっている清らかな温かい肢体のことだけだった。これでライザは自分のものになる。それをこれからあきらかにしてみせる。

全身の血はどくどくと脈打ち、われを忘れるほど激しく渇望しながらも、ゆっくり慎重に入口に腰の位置を合わせた。

ライザが身をふるわせ、本能的に腰を上げた。ロイスは入る寸前で突如、この行動の意味に思い至った。ライザは純潔だ。それを奪うのは、妻に娶る定めを受け入れるということだ。だが自分でも呆れるほど、そう考えても欲望は少しも衰えなかった。「ライザ、ぼくたちは――」

ライザが脚をしっかりと絡みつけて腰を上げ、擦りつけてきた。ロイスはとっさに反応して腰を押しだし、彼女のなかに深く沈めた。ライザが見開いた緑色の目に痛そうな表情をよぎらせ、小さな声をあげた。

ロイスはその叫びをキスで呑み込み、身体を撫でてなだめた。「力を抜いて」ささやきかけ、やさしくさする。「ぼくにキスしてくれ」

ライザは自分がされたのと同じくらい熱烈なキスを返してきた。しだいに表情から緊張が消え、喉の奥から低い悶え声を洩らして腰を上げた。ロイスはやさしいキスをしながら、もう一度突いた。熱情はたちまち昂り、ライザが突かれるのにぴたりと調子を合わせて腰を突き上げはじめた。ライザは親友で、相談相手で、心が結ばれた同志なのだから、波長が合うのも当然なのだろう。動きのひとつひとつが絶妙で、切なくなるほどに調和していた。ライザが腰をそらし、ロイスは心地よさに呻き声をあげた。

「ライザ」息を切らして呼んだ。「動くのをやめてくれ。少し待ってもらわないと……」

ライザが脚を絡ませて腰をしっかり押しつけたまま、動きをとめた。ロイスは突くのをやめて、腰をさらに強く擦りつけるようにして、優美な首を唇でたどった。

ライザが突如苦しげな声をあげた。「ロイス！」快感の波にとらわれて身を跳ね上げた。その反動にロイスも煽られてたちまちわれを忘れ、ひたすら猛然と昇りつめた。

だんだんと呼吸がふだんの状態に戻ってきた。ふたりはすでに長椅子の上ではなく、床におりていた。ロイスは自分の肩に頭をもたせかけて抱きついているライザをしっかりとかかえた。この完璧なときがふいに壊れてしまうような気がして、動けなかった。このように温かく、安心できる、満ち足りた幸せを感じたのは生まれて初めてだった。

ぎゅっと抱きしめると、ライザが胸もとに顔を埋めた。温かい息を心地よく肌に受けながら抱いているうちに、彼女のふるえがおさまってきた。時計がカチカチと秒を刻み、時は刻一刻と過ぎていく。

しばらく経って、ライザが吐息をつき、身を引き離した。ためらいがちにこちらの表情を窺うような笑みに、ロイスはふたたび心を奪われた。「あなたがこういうことに惹かれる理由がわかった気がするわ」かすれがかった声で言う。

ロイスは片腕をついて上体を起こし、ライザの顔を見おろしているうちに、きつく抱きしめて二度と放したくないという、不可思議な感情が湧きあがった。「きみはまだすばらしさをようやくわかりはじめたところだ」

廊下から物音が聞こえて、ライザは起き上がった。「どうしましょう！　プールだわ」

ロイスは気にもならなかったが、ライザの手を引いて立たせた。いったん、ぎこちなく向かいあってから、すぐにライザがこわばった笑みを浮かべて身なりを直しはじめた。ロイスは何か言わなければと思いつつ、胸がいっぱいで考えを声に出すことができず、黙ってドレスを直すのを手伝った。ライザがもとの姿に戻ると、今度は自分の身なりを整えにかかった。ライザが手を伸ばして首巻(クラヴァット)を直してくれたときには少しどきりとした。

これまで身を重ねたあとで、身繕いを手伝ってくれた女性はいなかった。ライザをじっと見つめたが、襟を直してくれているので頭頂部しか見えない。

「これでいいわ」ライザは明るく言って、あとずさった。視線こそ合わせないものの、はにかんだ表情で髪を肩に垂らしたままそこに立っている。

ロイスは絨毯に落ちていたピンをいくつか拾って手渡した。「きみがそんなふうに表情豊かに顔を染めるとは知らなかった」

ライザがますます顔を赤らめ、ロイスは思わず身をかがめて唇にキスをした。「髪を留めるんだ。まだやらなければいけないことがある」

「そうよね、ダンスの練習を――」

「どうしてまだダンスの踊り方を学ばなくちゃいけないんだ？　なるべく早く、ダラムに書付を届けるべきだ」

ライザは最後のピンを髪に留めた。「何を書き送るの？」

「あなたとは結婚できませんと」

ライザが明るい瞳を翳らせた。「それで、わたしは誰と結婚すればいいの？」

ロイスは束の間呆然として、思考がとまった。けれどすぐに心の奥底から答えが浮かびあがった。ぼくとだ。きみをほかの誰とも結婚させたくない。その言葉が頭のなかで響き、どんどん大きくなっていった。ところがどういうわけか、声に出して言うことはできなかった。ここにいるのはライザで、ほかの誰より大切でいとしい……愛する女性だ。

ちょっと待て、と愕然として自分自身に問いかけた。ライザのことを大切に思っているのは当たり前だが、愛していたのか？　これが本物の愛なのか？

まさか自分がライザを愛していたとは。そう気づいたとたんめまいを覚え、頼るものを求めるように長椅子にへたり込んだ。なぜか膝に力が入らず、もはや身体を支えていられるとは思えなかった。自分はライザを心の底から愛している。だが、愛することと……結婚は、またまったくべつの問題だ。

ほんとうにそうだろうか？　ロイスはやっとのことで口を動かした。「ライザ、ぼくは——きみと……きみはダラムと結婚してはだめだ」

ライザの目のなかで何かが揺らめいた。「ロイス、わたしはやさしい人と結婚したいの。それに、思いやりがあって、堅実な性格の人と。つねにわたしのことを想い、一緒にいてくれる人と。ともに生きていく人を求めているのよ」

ロイスはその言葉を咀嚼（そしゃく）しようとした。自分にはいろいろな長所があるが……やさしいだろうか？　思いやりがあるか？　これまでのライザへの接し方——不快にさせる話も気を許してずいぶんと聞かせてきた——を考えると、自分自身をやさしいとか、思いやりがある男とはとうてい呼べはしない。まして堅実な性格かといえば……嫌気で胸が悪くなり、はたと、知りあってから長いあいだ一度もライザの気を惹こうとは考えなかった理由が呑み込めた――自分は彼女の相手に値しない人間だからだ。

これまでずっとそうだった。

ライザが顔をそむけて目を伏せた。「あなたは……何も答えてくれないのね」なじみのないあまたの感情があふれてきて、ロイスは唾を飲みくだした。「ぼくは――ぼくではだめなんだ……」喉がつかえて首を振った。自分にはライザとともに生きる男の資格などない。

張りつめた沈黙は、ライザの静かな痛々しい笑い声に破られた。「沈黙がその答えなのね」

ロイスは片手で髪を搔きあげた。ライザを愛している。心から愛している。しかし……それだけで彼女を幸せにできるのか？　もし、しくじったら？　やはりライザは失望するだろうか？　そんなことになればとても耐えられない。

「ロイス、もう――」言葉が途切れ、ライザは唇を嚙んで、きつく目を閉じた。遠ざかりつつ、いらだたしそうに手の甲で目をぬぐった。「もう、わたしに会いに来ないで」

「ライザ、ぼくは――」

「ダラムから正式に求婚されたら、お受けするわ。どうか、わたしの幸せを祈ってて」おぼつかない足どりでドアのほうへ歩いていく。ドアノブに手をかけていったん足をとめ、涙で潤んだ目で振り返った。「これから何があろうと……どこに行こうと、あなたの幸せを祈ってるわ」

ライザはわずかに首をすくめ、廊下に出て、ドアはほとんど音を立てずに閉まった。

ロイスはぼんやりと前を見ていた。いろいろな考えが押し寄せ、何がなんだかわからなくなっていた。自分はいつからライザを愛していたのだろう？　数日前か？　数カ月前か？　それとも、何年も前からなのだろうか。知らぬ間に、知りあった女性たちをライザと比べていたのだろうか。ライザはいつもこの胸のうちに、安全な奥底にいて、ほんとうの美しさを見せる適切な時期を待っていたような気がする。

ところがようやくそのときがきたというのに、自分は彼女にふさわしいのだろうかという思いに押しとめられた。何年ものあいだ、すっかりライザを守っているつもりになっていたが、まさしく自分のような男に気をつけなければならないとつねに警告してきたことに、いまさらながら気づかされた。だからといって胸を波立たせている葛藤は少しも晴れなかった。確実にわかっているのは、ライザを愛していて、彼女なしでは生きていけないということだ。

ロイスは髪を掻きあげ、いったいこれからどうすればいいのかと、みじめな気分で思いめぐらせた。

8

『レディ・シェルボーンが開いたバレンタインデー舞踏会についてはご報告したいことがあまたあり、何からお伝えすべきか迷うところだ。だが、出席しなかった方々（あるいは招待されなかった方々）も心配ご無用。筆者の鮮やかな描写をお読みいただければ、情報に乗り遅れることはない。

さて、読者のみなさま、まずは……』

一八一四年二月十六日付〈レディ・ホイッスルダウンの社交界新聞〉より

シェルボーン家で催されたバレンタインデー舞踏会は、メグの並はずれた期待すら上まわる盛況ぶりだった。午後十時をまわる頃には、屋敷の前の通りに待機する馬車の列が一マイル近くにも伸びていた。ライザはメグとともに玄関広間にしばらくとどまり、使用人に指示を出すなど、できるかぎりの手伝いをした。もちろんメグは、週初めにシェルボーン家の親類のスザンナがレンミンスター伯爵と信じがたい速さで結婚して人々を驚かせたこともあって、なおさら興奮していた。

「ああ、ライザ」メグはその言葉を幾度となく口にした。「シェルボーン家の名は歴史に刻まれるわ！　舞踏場にぎゅう詰めの招待客を集めたばかりか、このわたしが、幸運にもレンミンスター伯爵と花嫁を初めてお披露目する舞踏会の招待主を務めるのよ！」

「すてきなことだわ」ライザはうわの空で答えつつ、ロイスがまだ現われていないのはせめてもの慰めだと思った。ダラム卿が足繁く通いつづけてくれているおかげで、最後の〝レッスン〟以来、ロイスとはさいわいにも顔を合わせずにすんでいる。といっても、ロイスのほうからは会おうとしていたが、ライザは安全な距離をおくのが得策だと考えていた。もう気持ちを掻き乱されたくない。いままでの〝恋人たち〟もみな忘れられてしまうのはわかっていた。それに、時間が経てば、ロイスが自分のことなど忘れてしまったのだから。

そう思うとあまりに切なくなって、瞬きで涙をこらえた。

「見て、またダラム卿がいらしたわ」メグが、うろうろしている姿を肩越しに見つけて言った。「あなたを独り占めしたくてしょうがないのね」

ダラムはメグの視線に気づくとすぐに近づいてきた。黒い上着に焦げ茶のベストという、退屈な紳士を絵に描いたようないでたちで、メグの手を取って頭をさげる。「レディ・シェルボーン、今夜はひときわお美しい！」

メグは愛想笑いを浮かべた。「その言葉はもう二度もお聞きしてますわ。誘惑なさっているのかと勘違いしてしまいそう」

「そのようなことはいたしません」ダラムが真剣な面持ちで言う。「既婚のご婦人には、なおさらのこと」

メグは笑みを消した。「でしたら、ダラム卿、ライザと舞踏場へ入って、ケーキでもお召しあがりになってはいかがかしら？　プリュドム家の舞踏会で出たケーキはぱさついていたとお聞きしたけれど、こちらでご用意したのは間違いなくそんなことはありませんから」

ダラム卿が問いかけるような目を向けた。ライザはいますぐ家に帰って暖炉の前でお茶を飲みながら、ジョージに苦しい胸のうちを吐きだせたらどんなにいいかと考えていた。そうしたら、気がすむまで泣いてすっきりできるだろう。とはいえ、そんなことが許されないのはわかっている。

「行ってらっしゃいったら！」メグはふたりを追い払うように手を振った。

ライザは坐りたくもなければ、ケーキを食べたいとも思わなかった。でも、ほんとうにしたいことはすぐに叶うはずもなく、気がつけば、ケーキをひとつ手にして、軽食のテーブルのそばの椅子に腰を落ち着けていた。

ダラム卿は隣に坐ってあれこれ話していたが、そのうちに言葉が消え入り、押し黙った。何か重要な問題を逡巡しているかのように遠い目をしている。

ライザは戦慄のようなものを覚えて、その横顔を見つめた。求婚しようとしているとしか思えない。恐怖が肩にのしかかり、決定的な場面を先延ばしにするための言葉も考えつけなかった。

沈黙が長引き、ダラム自身も気になってきたらしかった。落ち着きなく身じろぎをして、ついに口を開いた。「あの、いや、今夜はとりわけ魅力的だと言おうとしたんです」

「魅力的？　こんなドレスを着ているのに？」ふさいでいて注文しなおす気力も出なかったライザは、仕方なくメグが最初に選んでくれた悪趣味なピンクのドレスを身につけていた。そこまで落ち込んでいた理由がおのずと呼び起こされ、目をしばたたいて涙を呑み込んだ。

ダラムがわずかに身を引いた。「ほんとうにすてきなドレスだ」力を込めて言う。「きみの美しさを引き立たせている」

それは違う。ロイスが言っていたことが正しい。フリルだらけで、贔屓目にみても好ましい色ではない。「髪形はどう？　気に入ってくださった？」メグのフランス人女中がこの日のためにと手をかけて結ってくれたものだった。両目のあいだが数センチは広がったのではないかと思うほどきつくねじ上げて留められている。

「完璧だ」ダラムはたいして見もせずに言った。「ライザ、きみに話したいことが――」

「まだこれから雪は降るのかしら？」口早に言葉を継いだ。恐れている言葉が出るのをどうにかして阻止したかった。「ようやくジョージの風邪が治ったばかりなの。ぶり返しでもしたら、命にかかわるのではないかと心配だわ」

ダラムがズボンの膝に手を擦りつけた。「きみはジョージをとても可愛がっているんだね？」

「犬や猫を自分の子供のように世話をしている方々もいるわ。わたしにとってはジョージがそのような存在なのかもしれない。とても愛らしい、やんちゃな子供ね」

ダラムがゆっくりと瞬きをした。一度。二度。それからいきなり立ちあがったので、ライザもびくりと腰を浮かせた。「ここはひどく暑い。オルジェー（アーモンド・シロップ入りの飲み物）でも取ってこよう」

おそらくは意図的に答える間を与えずに、ダラムは行ってしまった。

ライザは気が抜けて、空いた隣の椅子にケーキを置き、舞踏場を眺めた。メグはこの舞踏会に最善の手を尽くしていた。至るところに飾られた赤とピンクの絹のリボン。二、三千個は用意したと思われる赤い蠟燭が、白いレースで覆われたいくつものテーブルの上で赤々と燃え、魅惑的な雰囲気を醸しだしている。

何もかもが完璧だ。それに比べて、この心だけが打ちのめされている。ライザはみずから招いたことなのだと自分に言い聞かせようとした。ロイスとの情事が苦しみをもたらすだけなのは初めからわかっていた。でも、憎らしいほど颯爽としたロイスにそばに寄られるなり、それほど明白なことすら呼び起こせなくなってしまった。

後悔してはいない。ほんの少しも。ただ、ロイスの腕に抱かれたせいで、ダラム卿の腕に身をゆだねるのはきわめてむずかしいことを思い知らされた。そのうえ、気がつけばほとんど一日じゅうロイスの腕を恋しく感じている。

いつまでもロイスを避けていられないのは承知している。どんなにつらくとも、顔を合わせなければならない。そのときにはなんとしても、何ごともなかったかのように振るまおう。どんなに苦しい思いをしようとも。

そのとき、ダラムが戻ってきて、上唇にうっすら汗を滲ませて隣に腰をおろした。「さあ、これを！」小さなグラスを差しだした。

ライザはオルジェーが苦手だった。嫌いな飲み物を持ってくるところがいかにもダラムらしい。それでも、お礼は言わなくてはいけない。「ダラム卿、ありが――」ダラムの尻の下からわずかにはみ出しているナプキンの先端に目が留まった。思いがけず喉の奥から笑いがこみあげた。ダラム卿はケーキの上に坐っている。

気持ちが滅入っていたにもかかわらず、可笑しさに喉が締めつけられた。ケーキは筆記用紙よりぺしゃんこになっているに違いない。ダラムの顔に目を戻し、唇を噛みしめた。なぜかいままで気づかなかったけれど、この人はどことなくぽっちゃりしていて、理想的な体つきのロイスとはあきらかに違う。「ダラム卿、あなたの――」

「ライザ、きみに言わなくてはいけないことがある」

よりにもよって、こんな状態で求婚しなくてもいいのに。ライザはかぶりを振った。「ダラム卿、お願い。その前にまずは、その――」

「いや、まずは話をさせてほしい」ダラムはそわそわと手で額をぬぐった。「ぼくが花嫁を探しにロンドンに来たことはまぎれもない事実です。自分で言うのもなんだが、一般的な田舎の地主より多少は垢抜けているし、それなりに教養の高い妻がふさわしいと考えていた。そこで熟慮した結果――」

「どうか、ダラム卿、それ以上は――」

「――きみに求婚することはできない」

ライザは固まった。「できない？」

ダラムがうなずく。

ライザはほっと救われた思いで、胸に手を当てた。やはり、神は存在した。

「動揺させて申し訳ない」ダラムが重々しい口調で言う。「きみに気に食わない点があるということではないんだ。それどころか、とても魅力的な女性だと思う」

「ありがとう」ライザは気もそぞろに答えて、いまここを抜けだしたらメグに咎められるだろうかと考えていた。すぐに家に帰って、この気色悪いドレスを暖炉に投げ入れ、ベッドにもぐり込みたい。願いはただひとつ、上掛けを頭までかぶって、ロイス・ペンバリーという名の男性と出会ったことすら忘れてしまいたかった。自分のものにはならないとわかっているのに、あの人がそばにいない人生は考えられなくなっているのだから。

ダラムがライザの力の抜けた片手を取って、両手でつかんだ。「きみを傷つけるつもりはなかったんだ、ライザ。しかし、きみと過ごしてみて、きみがなんというか……猿と近しい女性だと知った」

ライザは聞き違えたのだろうかと目をぱちくりさせた。「なんておっしゃったの。いま、わたしが……猿と近しい女性だと言わなかった？」

ダラムの頬がぱっと赤らんだ。「きみがあの動物を溺愛（できあい）しているのを見ていて、ぼくにはとても我慢ができないと気づいたんだ」

ライザは手を引き戻した。もともと気が滅入っていたところに、押し込めていた不満がいっきに噴きだし、とげとげしい口調になった。「わたしのお猿さんはとってもお行儀がいいのよ。言わせてもらえば、あなたの牛なんかよりずっといい子だわ！」

ダラムは身をこわばらせ、首が赤いまだら模様に染まった。「ぼくの牛たちは嚙みつきはしない！　それに都会でどんなに行儀がよくても、田舎でおとなしくしていられなければ意味がない。それはまったくべつの問題なんだ」

「どうして、ジョージが田舎ではおとなしくできないと言いきれるの？」

「猿は牛が嫌いだからだ。それでもし、牛が嚙みつかれでもしたら――」

「ジョージが牛に嚙みつくですって？　いったい誰がそんな呆れた大嘘をついたの？」

「誰がって……たしか劇場でサー・ロイスから聞いたんだ。でも、様々な人々から聞いたところによれば、猿に攻撃的な性質があるというのは周知の事実らしい。キャスターランド卿も親指を一本失いかけたというじゃないか」

「それはあの人がその指を突き立てて、かわいそうに猿をひどく怯えさせたからだわ」

「そうだとしても、うちの家畜を危険な目に遭わせることはできない」ダラムは顔をしかめた。「ライザ、ほんとうは猿のことだけじゃないんだ。きみといるのは楽しかったが、なんとなく……きみの心をつかめてはいないような気がしていた」

実際にライザはまったく心惹かれてはいなかった。いずれにしろ、ダラムには。いらだちが鎮まり、胸に残ったのは安堵だけだった。

それが態度にありありと表れていたらしく、ダラムが弱々しい笑みをこしらえた。ライザは自分の隣で堅苦しい夜会服を着て汗ばみ、幅の広い顔に申し訳なさそうな笑みを浮かべ、ケーキをお尻でつぶして坐っているダラムをひとしきり見つめた。するとどういうわけか、どこを取ってもさまにならないこの男性が微笑ましく思えてきた。「ダラム卿、あなたの言うとおりよ。わたしたちはまるで相性が合わない。でも、友人でいられることを願ってるわ」

「もちろんだ。ライザ、とても楽しいひと時だったが、そろそろロンドンを去る頃合だと思う。あす、発つつもりです」

「あなたがお帰りになったら、お母様がお喜びになるでしょうね」

ダラムが笑みを広げた。「ああ、喜ぶだろうな」最後にライザの手を軽く叩いて、立ちあがった。

ライザはとっさにダラムが坐っていた座面に目を落とした。みごとにナプキンだけがぽつんと残されていた。わずかに身を片側に傾けて椅子の後ろを覗き、ダラムのややきつめのズボン以外のところにケーキが付いた痕跡を探した。床もまったく汚れていない。「ダラム卿、念のために――」

「ここにいたのね！」メグが満面に笑みを湛えて、ふたりの前に現われた。「夫にお出迎えの列をまかせてきちゃった。ここまでで、どれくらいの方々がいらしてくださったと思う？すべてがこのうえなく順調よ！　デヴォンシャー公爵からは管弦楽団についてわざわざお褒めの言葉をいただいたし、レディ・バーリントンは、いままで食べたなかで最高においしいケーキだとおっしゃってたわ」

「ぼくもケーキのおいしさは保証します」ダラムはあらたまった口調で言葉を差し入れた。

「とても軽くてふんわりしていた」

「ふんわりしているかどうかはわからないけれど」ライザは座面のナプキンを疑わしげにちらりと見やった。「ダラム卿、行かれる前にお伝えしておきたいことが――」

「ライザ、いいんだ」ダラムはライザの手を取って言った。「ぼくたちはもうじゅうぶん話した。これ以上引き延ばしては互いにつらくなるだけだ」意味ありげな眼差しで見つめたあと、メグに向きなおった。「今夜は招いてくださってありがとうございます、レディ・シェルボーン。残念ながら、このすばらしいパーティを中座して、できるだけ急いで帰らなくてはならないのです」

「まあ、残念だわ。こんなにすぐに？」

「申し訳ありません」

メグがちらりと目を向け、ライザは安心させるように笑みを返した。「仕方ありませんわね」

ダラムは深くお辞儀をして、ライザの手を取り、気持ちを込めるようにぎゅっと握ってから、人込みのなかへ歩き去っていった。

メグは憂い顔でその後ろ姿を見ていた。「何があったの？　それに、あのズボンはどうなさったの？　あれではまるで――あら！　ロイスお兄様だわ！」

ライザは衝動的に立ちあがり、深みのある青い目をこちらに据えて歩いてくるロイスを見つめた。夜会服をまとった姿はうっとりするほど麗しい。目鼻立ちの整った顔には強い意志が見てとれる。

呼吸が浅くなってきた。いまはロイスと話したくない。揺れ動く気持ちを支えている軟弱な堤防を補強する時間がほしい。せめてブランデーのボトルをひと瓶飲んで、ケーキを丸ごとひとつ、いいえふたつ食べなければ持ちこたえられそうにない。

「ライザ、どうかした？」メグが心配そうに訊いた。「顔色がなんだか――」

「ぜひ、ご紹介くださいませんか？」なめらかな男性の声がした。

一瞬、ライザはロイスが来たのだと思った。けれどすぐにちらりと目を上げて、心臓に悪い聞き違いだったとわかった。

「もちろんですわ、侯爵様」メグはすばやく眉間の皺を消して答えた。「ライザ、こちらはハルファースト卿よ。侯爵様、こちらが――」

「ミス・エリザベス・プリチャードです」ライザはみずから名乗った。手を差しだす。フリルだらけのピンクのドレスに似合うようになんて、やはり振るまえない。落ち着かないし、全身がむずむずしてくる。「ライザですわ。お目にかかれて光栄です」

ハルファーストは握手をして、口もとに苦笑いを浮かべた。とても端整な顔立ちの男性だ。大柄で逞しいが、ロイスのような洒脱さはない。自分にとってロイスに匹敵する男性はいないのだろう。

ハルファーストは気さくな笑みを返した。「こちらこそ、お目にかかれて光栄です。よろしければワルツをご一緒しませんか、プリチャード嬢？　もちろん、まだ次の予約が入っていなければですが」

メグがすぐそこまでやって来ている兄に代わって引きとめようとするかのように口を開きかけたが、ライザが鋭い眼差しでそれを押しとどめた。このままハルファーストと踊りだせば、ロイスはふたりが戻ってくるのを待たざるをえない。時間稼ぎにすぎないのは知りつつ、せめて気持ちを落ち着けて、ダラムが消えた理由をうまく説明する方法を考える時間がほしかった。自分の知るロイスなら、真っ先にそのことを尋ねるに決まっている。

ライザはハルファーストに晴れやかに微笑んだ。「お恥ずかしいのですが、まだ予約はありませんわ、侯爵様」

あとはワルツの踊り方を思いだせることを祈った。たった一度ダンスの練習をしたときの成果を思い起こすと脚がふるえ、ハルファーストの足をまともに踏んづけた。「ほんとうに、ごめんなさい」はっと息を呑み、頬がほてった。

「謝る必要はありません」ハルファーストは励ますように親しみやすい笑みを浮かべて穏やかに答えたが、目はあきらかに少し潤んでいる。

すてき。ダラム卿よりよほど親切な方だわ。気を楽にして音楽に動きを合わせようと思いなおしたとき、三メートルと離れていない舞踏場の端から睨みつけているロイスの姿が目に入った。

と同時に、ハルファースト侯爵のもう片方の足を踏んだ。「まあ、どうしましょう！」

「どうか、ご心配なく」すぐにハルファーストがいくぶん力のない笑みで言った。

「先にお伝えしておくべきでした。ダンスは得意ではなくて。ステップを声に出して数えてもよろしいかしら？」

ハルファーストはわずかに唇をふるわせて笑みをこしらえた。「危険な冒険にこそ、やりがいが湧くものです」

ライザは目の端に人込みを掻きわけて進んでくるロイスをとらえつつ、侯爵に苦笑いを返した。明るく朗らかにやり過ごそうと心を決めて、足もとに視線を据えた。「ワン、トゥー、スリー。ワン、トゥー、スリー——ああ、もう」スカートの裾のフリルに踵が引っかかって、つまずいた。

ハルファーストがかろうじて飛びすさって、つと足をとめた。

といっても、ライザがつまずいたからではなかった。ふたりの進路にロイスが立ちふさがっていたからだ。「お邪魔してもよろしいですか？」きびきびとした口調で言う。

ハルファーストが眉を上げ、ライザは一瞬この若い侯爵がダンスの途中で身を引きはしないだろうと思った。ところがそこで何かが起こった——ロイスと少し年若い紳士のあいだで瞬間的に何か光らしきものが通じあったように見えた。ハルファーストがうなずいてあとずさり、ライザはあっという間にロイスに抱き寄せられていた。

たちまち、ロイスの腕と香りと熱っぽい視線にくるまれた。自然に気分は舞い上がり、驚くことに、いつしか数えなくてもステップを踏めるようになっていた。こんなことは信じられない。踊る相手への惹かれ具合によってダンスの技量が変わるなんて。

くるりとまわりながらロイスはライザをぐいと引き寄せ、耳もとにささやきかけた。「ライザ、きみが話したくない気持ちはわかるが、話さなくちゃいけないんだ」

「どうして？」こらえていた感情がいっきにあふれだし、ライザはそれを懸命に言葉に置き換えようとした。「どうして、もとのふたりに戻るだけではだめなの？　ロイス、わたしはいままでどおり、あなたと友人でいたいのよ。どうして、それではいけな――」

「戻れないからだ。それはきみもよくわかっているはずだ」

たしかにわかっている。でもそれを考えるとあまりに寂しくて、咽び泣きそうだった。これまでずっと親友でいられたのに、今度はもしこの情熱が醒めれば、ふたりを繋ぐものは何もなくなる。ロイスとほかの女性たちとのそうした関係を何度も目にしてきたので、それ以上の関係を望めるはずもなかった。どうして、すべてを台無しにするとわかっている情熱を抱いてしまったの？

ロイスが互いの指をきつく絡ませた。「ライザ、ぼくはきみのことをずっと考えていたんだ。毎日、毎晩」

「そうなの？」けっして期待してはいけないと自分に言い聞かせても、頬はほてり、肋骨に響くほど鼓動は高鳴り、膝はいまにもくずおれそうになっていた。「わたしはあなたのことをまったく考えていなかったわ」

　ロイスはわずかにたじろぎ、暗い目をもの問いたげに向けた。「一度も？」

「たったの一度も」食べて、飲んで、寝て、歩いて、話して、息をしているとき以外は。つまり、日中も、長く孤独な夜も、四六時中、あなたはわたしのなかに入り込んでいたのよ。なんて人なの。「ほんとうは、あなたもわたしのことを考えてはいなかったのではないかしら。第一、どうして考えなくてはいけないの？　ロイス、もっと気楽に受けとめましょうよ。わたしたちは……あなたがいつも戯れと呼んでいたものを楽しんだだけだわ。でも、あのときかぎりのことよ。それでいいじゃない。わたしはもう大人の女性──」声が消え入った。

「ライザ、やめろ。あのときは動揺していたんだ。ぼくは結婚に向く男じゃないから」

「それを言うなら、わたしは戯れに向く女じゃない」ライザはふるえがちな笑みを浮かべた。

「だから、もとのふたりに戻るべきなのよ」

　曲が終わり、ライザはロイスから離れた。「踊ってくださってありがとう。悪いけど、おいしそうなケーキがあるから行くわね」そう言うと、傷ついて打ちのめされた気持ちを無理やり奮い起こし、毅然とした態度で歩きだした。

　ロイスは様々な感情が絡みあって言葉にならず、ライザの後ろ姿を見ていることしかできなかった。例の滑稽なピンクのドレスを着て、髪はすでに留めたピンからぱらぱらほつれている。あれはライザで、自分のものだ。全身に熱情がめぐり、考えなしにあとを追って歩きだした。すでに軽食のテーブルの脇にメグとともに立っているライザに追いついたとたん、心から転がり出てきたかのように自分の気持ちが突如はっきりと見えた。「ライザ、きみに言いたいことがある。つべこべ言わずに、聞くんだ！」

「いいえ、いやよ。あなたが言いたいことなんて聞きたくないわ。もう、わたしにはかまわないで！」

メグはふたりを交互に見やった。「待って！ ともかくふたりで図書室へ――」

「いやよ」ライザは苦しそうな声で遮った。「わたしはここにいるわ。ケーキのところに」

ひょっとしてライザはまたふたりきりになるのを恐れているのか？ ロイスはライザの表情をまじまじと観察し、頬が紅潮し、唇が切なげにゆがんでいるのに気づいた。この一週間で初めて、かすかな希望の光を見つけて胸がはずんだ。「きみがどこであれ、ふたりきりになりたくないというのなら、ここで、人々の前で話そうじゃないか」

脇でケーキを取りわけていた年配の既婚婦人が顔を上げ、老いた目を興味津々に輝かせた。

ライザは頬をさらに濃い色に染めながらも動じなかった。「もう話すことなんてないわ」

「そんなことはない」ロイスは舞踏場を見渡した。「ダラムはどこだ？」

「知らないわ。あの人の飼い主じゃあるまいし」

「帰られたわ」メグが代わって答えた。ロイスのほうへ身を寄せて言う。「あの方もちょっと様子がおかしかったのよ」

ロイスの胸に芽生えた希望の光は活気づき、さらに強力なべつのものとなって燃えあがった。ライザの手を取った。「どうして、ダラムは帰ったんだ？」

ライザは手を引き戻して一歩さがり、軽食のテーブルの端に背をぶつけた。「たいしたことじゃないわ。ダラム卿とわたしは相性が合わないことがわかっただけのことよ。あの人は牛とのほうが気が合うし、わたしは猿とのほうが気が合うの。あなたにはなんの関わりもないことだわ」

「それは違う。きみに関することならば、ぼくの最大の関心事だ」

くだんの既婚婦人がメグのほうへ身を乗りだして、ささやきにしては大きな声で言った。「レディ・シェルボーン、なんだか面白いことになりそうね！」

メグも大きくうなずいている。

ライザはいらだたしそうにため息をつくと、軽食のテーブルのほうへ身をひるがえし、ロイスに背を向けた。優美に結い上げられていた髪型は早くも崩れかけている。褐色の巻き毛があらぬ方向へふた房飛びだしているし、耳の後ろにも巻き毛の太い房がまとわりついている。「ライザ」ロイスはあと少し前にかがめば首の柔らかな肌に唇が触れるのを意識しつつ、静かに呼びかけた。「ライザ、すまなかった。心の底から許してほしいと願っている」

メグは既婚婦人の腕をつかんで、目を見開いた。「兄は人に謝ったことがないんです。これまで一度も」

ライザは両手で顔を覆い、黙っている。

ロイスはその肘をつかんだ。「あの日は……言葉が出なくて答えられなかった。あの瞬間まで、自分がきみのことをどんなに大切に思っているのか気づいていなかったんだ。ぼくたちはただの友人なんだと自分自身に言い聞かせてた。だから、きみを過ちから救おうとしているんだと。だが、いまは真実がわかっている。ぼくはきみをダラムから救いたかったんじゃない。自分のために、結婚させたくなかったんだ。きみを愛している」

「あなたは……いつもそう言ってきたわ。たくさんの女性たちに」その声は両手に遮られてくぐもっていた。

「ライザ、こんなふうに、これほど強い気持ちを込めて言ったことはない」身を乗りだして、ライザの耳に唇を擦らせた。「それに、この言葉はまだ誰にも言ったことはない。ライザ、きみを愛しているから、結婚してほしい。きみと永遠に一緒にいたいんだ」とうとう言った。肝心な言葉を口にした。その言葉が金色の砂塵のごとくふわりと舞い上がり、舞踏場を満たしていくように思えた。ロイスは息を詰めて待った。

その光景を見ていたメグと既婚婦人は手を取りあって大きく吐息をつき、涙で潤んだ目をしばたたいている。

ライザは全身をふるわせながら、顔を覆っていた両手を脇に戻し、悪趣味なピンクのドレスの裾の下から覗いている新しい靴と、その脇の床に垂れさがっている破れた裾のフリルを見おろした。ロイスの両手にしっかりと支えられ、頬に温かな息を感じた。

この人はわたしを愛している。大勢の人々の前でそう言えるくらいに。妹のいる前で、しかも、結婚してほしいと、永遠に一緒にいたいと口にしたのだ。

心の深いところで何かがこじあけられ、すなおな喜びがほとばしるように湧きあがった。

ライザは胸がいっぱいになって、ただじっと涙を溜めた目でやたらに目立つ靴を眺めていることしかできなかった。

「ライザ？　どうか――」ロイスはさらに感情のこもった声で言い、腕を握る力を強めた。「きみもぼくを愛していると言ってくれ。それさえ聞けたら、ほかのことはすべて後回しでいい」

「ロイスお兄様」メグがじれったそうに言った。「なんとかしなさいよ！　ライザが胸が詰まって喋れなくなっているのがわからないの？」

ライザはロイスにそっと向きなおされて、まごついた。涙がこぼれるのが怖くて顎を上げられなかった。涙を流すだけにとどまらず、愛と胸の苦しさと嬉しさで笑いだしてしまいそうだ。

ロイスは一本の指をライザの顎の下にあてがって、顔を上向かせた。それから、前のめりにそっと頬にキスをして、やさしい、畏敬の念さえ感じさせる表情でじっと見つめた。「ライザ・プリチャード、結婚してくださいませんか？」

年配の既婚婦人が感極まって唾を飲み込み、ナプキンで目頭を押さえた。「この紳士はあなたのことを愛しているのよ、プリチャード嬢。あなたが結婚しないのなら、わたしがするわ！」

ライザは涙で声を詰まらせながら笑いだした。そうせずにはいられなかった。ロイスは様々な女性たちを相手に口説いたり、戯れたり、甘い言葉をささやいてはつきあいを楽しんでいたが、これまで誰にも妻になってほしいと口にしたことはない。このわたし以外には。

ライザはその目を見つめ返し、ようやく言葉を発した。「ああ、ロイス。断われると思う？ わたしもあなたを愛してるわ。ほんとうに、心の底から」

ロイスはライザをぐいと引き寄せ、温かな腕のなかで無造作にくるみ込み、頭をのけぞらせて笑いだした。高らかに笑いつづける声に、周囲の人々が次々に振り返った。「ああ、まったく、きみを愛してる！」

そうしてロイスは、かけがえのない親友で、足が少し大きすぎることも、ダンスが苦手なことも、弱点や短所をすべて知りながら愛しているライザを抱き上げ、くるりとひと回転したあと、シェルボーン家の舞踏会の真っ最中にしっかりと唇を重ねた。

十二（一ダース）回のキス

ミア・ライアン

カレン・ホーキンスがいなければ、この仕事をやり遂げられなかったでしょう。まさにあなたを必要としているときに電話をかけてくれて、的確な助言を与え、わたしにとってなくてはならない親友でいてくれてありがとう。

1

『いささか異例の〝冬季の社交シーズン〟となっているロンドンに、兵役に就いて以来五年以上も姿を見せなかったダーリントン侯爵が訪れている。噂によれば、戦闘中に負傷し、長きにわたりサリー州のアイヴィー・パークで療養していたというが、そこは二世代遡る四従兄弟にあたる先代のダーリントン侯爵が夫人と娘キャロライン・スターリングを遺して逝去したのに伴い、爵位とともに引き継いだ領地である。

ダーリントン侯爵のけがや快復具合の詳細は不明（秘密を探りだすことを得意とする筆者ですらじつは事実関係をまったくつかめていない）。しかし、侯爵が大陸から帰国後すぐに、レディ・ダーリントンとその令嬢がほとんど時間を与えられずに、数十年間住まいとしてきたアイヴィー・パークを立ち退かされたことは広く知られている。

これが事実とすれば笑止千万、じつに嘆かわしい話である』

一八一四年一月二十八日付〈レディ・ホイッスルダウンの社交界新聞〉より

ペレリング伯爵、アーネスト・ウェアリング。という名の男性と、わたしは結婚しようとしている。よりにもよって、どうしてこんなふうに韻を踏んだ名前なのだろう。

レディ・キャロライン・スターリングは、笑うべきか泣くべきかわからなかった。

隅に隠れているとはいえ、公共の場にいるのだから、どちらにしても好ましくない行為だ。

ところが、このひと月のうちに感情を抑える箍がすっかり緩んで、ドルリー・レーン王立劇場の円形広間の片隅で啜り泣きだしてしまった。

淑女がそのように礼儀を失した振るまいを見せてはならないのは当然だが、めったに泣かないレディ・キャロライン・スターリングにとってはなおさら考えられないことだった。

とはいうものの、この一週間で、生まれてから二十五年のあいだに流した涙より多くの涙を流したといっても過言ではない。

なにより問題なのは、人生が急転したこの数年を経てようやく幸せをつかもうとしているときに、泣かずにはいられないということだった。

本来なら、ボックス席のペレリング伯爵の隣に機嫌よく坐って、エドマンド・キーン演じるシャイロックを見るのを楽しみに待っているべきではないだろうか。

そうすべきなのはわかっている。胸をわくわくさせて喜びに浮かれていてもいいはずなのに。そう考えると、リニーことキャロラインはよけいに涙があふれだしてきた。

「大丈夫かい？」

突如ほかの人間の、それもはっきりと男性とわかる声を聞いて、心臓がとまりそうなほど驚いた。なにしろ厚いカーテンと、いまでは鼻水受けと化している鉢植えの陰にひっそりと身を隠していたのだから。

「これを」

リニーはだし抜けに鼻先に突きだされた真っ白な麻のハンカチに目をしばたたいた。そのハンカチを持つ手も同じように真っ白な手袋に包まれていて、手のひらの大きさも指の長さもちょうどよく均整が取れているように見える。

正体不明の男性の手袋をした手にすっかり目を奪われ、涙がとまった。

それからふと、手袋のなかが見えているわけでもないのに、どうして均整が取れた手だとわかるのだろうかとふしぎに思った。それに、たしかにごくふつうの人生を送ってきたとは言えないにしても、実際には見えていない手にこれまで感じたことのない胸のざわつきを覚えたことに、いくぶんとまどった。

思いがけず声をかけられて驚いたときには、こういうふうになるものなのかもしれない。でも、少し違うような気もする。

どちらかと言えば、まずいソーセージをうっかり口にしてしまったときの感覚に似ている。

リニーはかぶりを振り、高級仕立ての濃い青色の絹地に包まれた腕を目で上へたどり、逞しい肩から男らしくも優美な首をのぼると、そこにはこれまで出会った誰より胸をときめかせる男性の顔があった。

しゃっくりが出た。

「ドレスを台無しにする前にこれを使ってくれ」男性が言い、もう一度リニーの鼻先で麻の布を振った。

たしかに見目麗しい男性だけれど、まるで野蛮人のような態度だ。実際に野蛮人に会ったことはない。それでも、美しい容姿と育ちのよさと繊細さを併せ持つ男性なら、このように乱暴なそぶりをしないのは火を見るよりもあきらかだとすぐに気づいた。

ああもう、また泣きたくなってきた。

差しだされたハンカチをつかんで鼻に押しあてると、ふたたび涙があふれだした。青くきらめく絹地をまとって助けに現われた騎士は、舞台上の女が服を脱ぐのを待っているかのようにただぼんやりとこちらを見ている。

リニーは音を立てて鼻をかんでからハンカチを折りたたみ、きれいな面で顔をぬぐった。

「ありがとう」美形の紳士を見上げ、水気をたっぷり含んだハンカチを突き返した。

男性が黙ってじっと布を見ているので、リニーはたじろいで手もとに引き戻した。

考えてみれば、このような状態になったハンカチを返すのは間違っている。なんてぶしつけなことをしてしまったのだろう。「わたし……」言いよどみ、わずかでも淑女の品位を保てるよう、紳士のほうからハンカチを返さなくてもいいと申し出て、気まずくて仕方のないこの状況から救いだしてもらえることを願った。

男性は相変わらず、ただじっとこちらを見ている。

美形のまぬけだ。ハンカチを差しだす礼儀は知っていても、どうみてもそれ以上の気遣いは働かず、かえって横柄な態度になりかわっている。

「でしたら、ここにお返しするわ」リニーは汚れたハンカチを目の前の男性のポケットに押し込んだ。

男性が自分の胸ポケットを見て、それからリニーに目を戻した。

リニーはたちまち中国の最果てへでも逃げたい衝動に駆られた。いったいどうして、こんな不作法なことをしてしまったのだろう？　だからこそいつもはなるべく、壁に背中を貼りつけて目立たないようにしている。ひとりで誰かと向きあうと決まって礼儀に反する行動を取ってしまうからだ。

ところが、美形の男性はほとんどの紳士たちのように睨みつけもせず、笑みを返した。それも、満面に笑みを湛えている。

リニーも唇を噛みつつ、笑みを返さずにはいられなかった。

「あなたは片えくぼができるのね」つい口走り、片手で口を覆った。話すのも控えたほうがいい。

なおも右の頬にだけえくぼをこしらえて、いたずらっぽく笑っている男性の顔を見て、リニーは膝がふるえた。

「きみには情熱がある」男性が答えた。

リニーは目をしばたたいた。

「もう泣いてはいけない」男性が穏やかに言う。「その顔がいい。だから……」いったん視線をそらしてから目を戻した。リニーの手を取って、そっと口づけた。

リニーは今度こそ卒倒してしまいそうだった。

さいわい、信じがたい失態を見せる前に、男性は立ち去った。すでに目が腫(は)れるほど泣きじゃくり、男性から差しだされたハンカチで思いきり鼻をかみ、そうして汚した布を男性の胸ポケットに押し込んだのだから、この五分のあいだに卒倒するどころではない失態をさらしていたのだけれど。

リニーはため息をついた。人前に出るのは自粛(じしゅく)すべきなのだろう。大きく息を吸い込んで髪を直し、背筋を伸ばした。でもいまはすでに多くの人々のいる場所にいて、それもおそらくは今夜自分に求婚しようとしている男性と劇場に来ている。

ああもう、またも泣きたくなってきた。

泣いてはだめ！　リニーは目を閉じた。ペレリング伯爵(アール・オブ・ペレリング)、アーネスト・ウェアリングと結婚するのは喜ばしい。自分が心から望んでいることだ。求婚されて、すぐにも結婚することを願っている。

間違いなく望んでいる。

リニーはそれ以外のことは考えまいと胸に言い聞かせ、意を決して隠れ場所から出て、ペレリング伯爵が自分と母と、母の婚約者のミスター・エヴァンストンのために確保してくれた特別席へ向かって歩きだした。

じつを言えば、ミスター・エヴァンストンのことを考えると、このところの不安定な気分に劣らない憂うつを覚えた。悲鳴をあげて逃げだしたくなる気持ちにさせる人種なのだ。

おまけに、ペレリング伯爵の頭の後ろが目に入って、もうひとつ気の滅入る考えがよぎった。褐色の髪に縁どられるようにわずかに空いた頭頂部はだいぶ見慣れてきたものの、心惹かれるはずもなく、胸に響くような感情は何も覚えない。

といっても、そういった感情はどうしても必要なものだろうか？

そんなことはない。自分は愛情や、やさしさで人生が決まると思っているような頭の軽い娘ではない。後頭部を見て胸がときめかなくともなんの問題もない。

ふいに先ほど出会った美形の紳士の後頭部が思い浮かんだ。胸がときめきはしなかったが、少しどきりとしたのは事実だ。

どう考えても疲れているし、お腹もすいている。そのうえどことなく気が弱っている。リニーは小さく首を振り、姿勢を正して、ペレリング伯爵の前の席に身をかがめて滑り込んだ。母が非難めいた視線を向けた。ふだんは不機嫌にさせないよう顔を合わせるのを避けているから、そのような表情はめったに目にすることはない。でも今夜はあまりに突然泣きたくなったので、とっさに家族のいるボックス席から人目につかない場所へ逃れるしかなかった。

リニーは膝の上で慎ましく手を組みあわせて舞台上へ視線を据えたが、遠くに見える俳優たちの顔はどれもぼやけていた。しかも右手にある円柱のせいで舞台の右半分が暗く翳っていて、たとえエドマンド・キーンが舞台に現われようと、今夜の気分が回復しそうにはなかった。この道化芝居はいったいいつまで続くのだろう。

ぼんやりしているうちに、またも美形の紳士のあきらかに形のいい頭が思い浮かんで、はっとした。思わず見惚れてしまう濃く黒っぽいウェーブのかかった髪のすてきな頭の持ち主なのは認めるとしても、ほかに怯えなければならないようなことを感じているはずもない。

それに、ひとりの男性の手袋をはずした手をつい想像したからといって、おかしなことは何もない。

何ひとつ。

「あれはまさか」母が言い、リニーはようやく演者たちが舞台からさがったことに気づいた。上演前の道化芝居が終わった。「ダーリントン侯爵が来ているなんて」

その名が非情な現実を呼び起こし、大きな手の美形の紳士や、ぐっしょり湿った白いハンカチのことはいっさい頭から消え去って、リニーの意識は完全にいまに引き戻された。

母がボックス席から身を乗りだして、こともあろうに一階席を覗き込んだ。「信じられないわ。なんて厚かましい！」

母の後ろにミスター・エヴァンストンが立った。「血気盛んな若者は、粗野な人々とともに一階席に坐りたがるものらしい。そのほうがよく見えると言うんだ」

リニーは円柱の陰からじっと、すぐにも幕があがりそうな舞台に目を配りながら、血気盛んな若者たちの考えには一理あると思わずにはいられなかった。

「それにしても、女性連れなのよ！　それも、お育ちのいいアミリア・レルトン嬢のようだわ。どういうつもりなのかしら」

リニーは誰がどこに坐ろうが、誰がお育ちのいい――どうしてそんな説明をいちいち付け加える慣習があるのだろう——令嬢を連れて一階席に坐ろうがかまわなかったが、自分がいる建物のなかにダーリントン侯爵がいるという事実を知っただけで、たちまちひどい吐き気をもよおした。この侯爵は挨拶(あいさつ)にすら来ようとはしなかった。それどころか、リニーと母に二日で家を立ち退くよう迫る手紙を送りつけてきたのだ。

ダーリントン侯爵、テランス・グレイソンは、リニーが会うのはおろか、見たくもない人物だった。一生アイヴィー・パークに引きこもっていてほしいとさえ願っていたのに。痛風を患い、しじゅう歯痛に苦しめられでもしていれば、よけいに嬉しい。結婚するとしたら、とがった靴で脛(すね)を蹴りつけるような恐ろしく意地悪な妻を娶(めと)ればいい。なのでもちろん、どんな顔であれ知りたくもないと思いつつ、身体はいつしかじりじりと前のめりになり、ボックス席の低い仕切り壁の向こうを覗いていた。

「ほんとうにとんでもない人だわ。おとといの晩に開かれたワース家の舞踏会でも、わたしは無視されたのも同然だったのよ」

「ジョージー、きみは無視されたわけじゃない」ミスター・エヴァンストンが母の肩を軽く叩いてなだめた。

その舞踏会に出席していなかったリニーは、呆然(ぼうぜん)となって母を見つめた。母は娘と同じ家の空気を吸っていることすら忘れているのかもしれないが、ダーリントン侯爵がロンドンに来ているのならば伝えるのが当然ではないだろうか。

「でも、紹介を受けたとき、あの人は卑劣にも海底から浮き上がってきた生物でも見るようにわたしをじろじろ眺めたあげく、そっぽを向いて行ってしまったのよ」

「急ぐ理由があったんだろう」エヴァンストンが言う。

「とんでもない礼儀知らずだわ！」母に睨みつけられ、エヴァンストンも口を慎むべきことを悟ったらしかった。

「ダーリントンはまるで面白みのない、しかも尊大な愚か者になってしまったと聞いている。ずいぶんと自信過剰で、目上の人々と社交的な会話が成り立たないそうだ」

老獪なミスター・エヴァンストン。母の機嫌をなだめる方法を確実に心得ている。もっとも、さほどむずかしいことでもない。調子を合わせて、母に主役を演じさせておけばいいのだから。

「キルテン－ホワイト夫人との会話は聞いていたかい？」

「聞いてなかったわ」母は芝居がかったしぐさで声をひそめた。

「そうか」エヴァンストンは身を乗りだし、きょろきょろと辺りを見まわした。ボックス席には家族しかいないというのに。

「あの舞踏会では、キルテン－ホワイト夫人が頭から爪先までおぞましい紫色で統一していたのを憶えているだろう。紫のターバンに紫の羽根飾りまで付けていた」エヴァンストンは白粉をはたいた眉を吊り上げた――とうに流行らなくなった風習だが、この紳士はいまだに粉をはたくのが好きで、リニーはおかげでやっかいなくしゃみに悩まされている。「ダーリントン侯爵は、夫人に面と向かって、挨拶も抜きに、紫は嫌いだと言い放ったんだ」

「嘘よ！」

「ほんとうだとも！」

リニーも紫一色で揃えた当の夫人の姿を褒める自信はなかった。キルテン - ホワイト夫人が大きめの身にその色をまとい、あの巨大な頭に同じ色の羽根飾りが付いたターバンを巻いている姿を想像すると、観賞に耐えられる図でないのは間違いない。

もちろん、その場に居合わせても何も言いはしなかっただろうが。

たとえどう思っていたとしても、口に出しはしない。

「あれを見て！」母が慌てた声でささやいた。「あの人に手を振っている女性がいるわ！」

数席離れたボックス席を指差した。

「あれは、エリザベス・プリチャード嬢だ」エヴァンストンは言い、いつもの笑みを浮かべた。正直なところ、このいやらしい目つきを笑みと表現するのは美化しすぎだけれど。

リニーは思わず顔をしかめた。

「それにしても、あのおかしな緑のドレスにルビーは合わないことを、誰かがエリザベス・プリチャード嬢に教えてやったほうがいい」

リニーはそのうち義理の父となる男性の脂ぎった顔から目をそむけてエリザベス・プリチャード嬢を見やり、柔らかな吐息をついた。自分の思うとおりに堂々と発言し、行動し、着飾っているライザをいつもうらやましく思っている。

「あれほど恥知らずな振るまいは見たことがないわ」母はライザから眼下のひしめく人々へ

視線を落とした。「ダーリントン侯爵も変わり者のプリチャード嬢にお辞儀を返してるわ」

リニーはライザのにっこり笑った顔から一階席へ視線を戻し、わずかに腰を浮かせて、ついに初めてダーリントン侯爵の顔を見ようと身を乗りだした。人込みを見おろし、ひとりふたりとたどって、目を留めた。

そんなはずがない。

先ほどの男性だと確信した。でも、天に神がいるならば、絶対に彼だということはありえない。

「あれがダーリントン侯爵？」小声で問いかけた。

もちろん、母は聞いていなかった。

「まったくもう！　信じられないわ！」ジョージアナ・スターリングはなおも手を振ったライザとそれにお辞儀で応えたダーリントン侯爵に憤慨している。「わたしを無視しておいて、令嬢たちには放蕩(ほうとう)者気どりで振るまうなんて、言語道断よ！」

アミリア・レルトン嬢の隣に立っている濃い青色の上着を身につけた長身の男性が、たしかにライザに笑いかけている。だいぶ離れていても、えくぼが見てとれた。リニーの鼓動はこれまでの二倍もの速さで打ち鳴らされ、血が全身を駆けめぐるのを感じた。

ダーリントン侯爵がわずかに右へ視線をずらし、まっすぐこちらを見上げた。

そして、ウインクした。

リニーは息がとまりそうになった。

「なんてこと！」母が驚きに息を呑んで声をあげた。

リニーは母にかまわず、ダーリントン侯爵をじっと見返した。わたしが誰なのかわかってるの？　もしや自分がアイヴィー・パークから追いだした女性だと知りながら、椰子の鉢植えの後ろでさめざめと泣いている姿を見ていたのだろうか？

愛想よくハンカチを差しだしながら、心のなかでは笑っていたの？

そのうちにダーリントン侯爵は顔をほころばせ、リニーは笑われているのだと悟った。

人でなし！

リニーは唾を飲みくだし、その男性が炎に包まれて、間違いなく本来の居場所である悪魔のもとへ戻ることを渾身の力を込めて祈った。

ダーリントン侯爵はこちらに頭頂部を向けて、アミリア・レルトン嬢のほうに顔を戻した。

「気分が悪いわ」リニーはくるりと背を返し、ペレリング伯爵の脇をすり抜けた。「家へ送って」リニーはこれまで自分からほとんど話しかけず、何かを頼んだことは一度もなかったので、ボックス席のなかにいた全員がその声の調子に見るからに面食らっていたが、かまいはしなかった。

すたすたと通路に出て、円形広間のほうへ歩きだした。ダーリントン侯爵と同じ建物のなかにいるのは耐えられないし、あんな男性に二度と笑われたくない。

ただでさえ、あのように突然強引に家を取り上げられる仕打ちを受けたのだ。自尊心を傷つけられた相手に、一秒たりとも笑みを見せるつもりはない。

今回ばかりは、母とミスター・エヴァンストンの言うとおりだった。ダーリントン侯爵は高飛車で、自分が爵位をゆずり受けた男性の未亡人にも礼儀を示せない鼻持ちならない卑劣漢だ。二世代遡る四従兄弟から爵位を引き継いだ身でありながら。

そのうえ、こちらを見て笑っていた。

いまとなってみれば、あの男のハンカチでもっとたくさん鼻をかんでやればよかったと、リニーは思った。

そして、やはり自分でそのまま持っていればよかった。返す必要はなかった。

鼻水で濡れた白いハンカチをずたずたに引き裂いて、あの男の鼻の穴に押し込めたなら、もっと痛快だったろうけれど。

2

『ダーリントン侯爵が、先代の侯爵未亡人とその娘を代々受け継がれてきた家から追いだしたという話が出たついでに、遅まきながら、この令嬢、レディ・キャロライン・スターリングについても触れておこう。

レディ・キャロラインの名は本紙面ではあまり取りあげてこなかったが、目下このおとなしい令嬢が、ほかならぬペレリング伯爵（アール・オブ・ペレリング）、アーネスト・ウェアリングとの結婚話を進めていることをお伝えしておかねばならない（余談だが、この伯爵の名を口にするときにはつい、わらべ歌を口ずさみたくなるのは筆者だけだろうか？）。

ペレリング伯爵が犬たちをなにより可愛がっているのはよく知られているので、レディ・キャロラインが田舎暮らしを、とりわけ猟犬との狩りを楽しめることを祈っている』

一八一四年一月二十八日付〈レディ・ホイッスルダウンの社交界新聞〉より

ベッドを離れなければならない五分前には必ずそこが最も快適な場所に思えるのは、ほんとうに腹立たしい自然の摂理だ。

しかも、そのベッドはとても暖かく、この一週間、凍りついたような部屋で過ごしているのだからなおさらだった。

鼻に感覚がないことから考えて、部屋が凍っているという表現は的を射ていると、リニーは思った。ベッドが暖かいことについても、枕の硬さはちょうどよく、身体はいたって心地よいぬくもりにくるまれていて、何もかもが完璧に揃っているのだから事実に間違いない。ああ、ここから出たくない。

そのとき、誰かがドアを叩いた。やさしい穏やかなノックではなく、断続的にせわしげに叩いている。

「リニー！」母だ。

もういや。

返事をするまでもなく、ジョージアナは紙が丸まったような起きがけの髪型のまま、大好きな厚塗りの化粧もしていない顔で、つかつかと部屋に入ってきた。

あまり好ましい起こされ方ではない。

いつもリニーのそばにいて、きょうもベッドの端で頭をドアのほうへ向けて身を丸めていた公爵夫人（ダッチェス）も同じ気持ちと見えて、優雅に起きあがったかと思うと、お尻をレディ・ダーリントンのほうへ返してまた寝そべった。

「もう、ほんとうに、猫は同じベッドに寝させるべきではないと思うわ」

当の猫が尻尾（しっぽ）をぴくりと動かして憤慨（ふんがい）を示した。

リニーは何も答えなかった。もともとめったに言葉を返しはしないが、母のほうはまるで気にしているそぶりはない。

「ところで、あなたも信じられないと思うけれど」ジョージアナは化粧着の胸もとをきつく引き寄せて続けた。「あの人がたったいま、わたしたちの客間に来てるのよ！」

娘がひと言も返さないからなのか、母はどことなくあてつけがましく〝わたしたちの〟という言葉を口にしたように聞こえた。

「ほんとうなんだから！」母は歩きまわりはじめた。「まだ正午にもなっていないのよ。お昼前に訪問する方なんて誰もいないことを知らないのかしら？」

訪れた人物が誰であれ、知らないから来たのだろう。

「しかも、あの人は……」母は言葉が見つからないらしく言いよどんだ。これは驚くべきことだった。レディ・ダーリントン、ジョージアナ・スターリングがけっしてしないことがあるとすれば、それは言葉に窮することなのだから。「だいたい、ワース家の舞踏会でわたしを無視しておきながら、お昼になる二時間近くも前にわたしの客間に現われて、親しい友人みたいに話せると思っているのなら、思い違いもはなはだしいわ」

リニーの心臓は、実際に音を立てて高鳴りだした。わたしの愚かで繊細な、どうしようもない心臓はどうしてこんなふうに大げさに反応するのだろう。ニールソン医師を呼んで診察してもらったほうがいいかもしれない。

でも、鼓動が激しくなったのは、ダーリントンが不愉快きわまりない人物だからに決まっている。心臓がどきどきするのも、なんとなくめまいがするのも、それが原因だ。

「ダーリントン侯爵が来てるの？」リニーは思わず問いかけていた。「いま？」

母は娘を見つめて目をぱちくりさせた。ジョージアナは話好きだが、会話となるとまた事情が違う。

「あの人に応対してちょうだい」母は手首をさっと振り動かして言った。「わたしははっきり言って、会うつもりはないわ。こんな常識はずれの時間にお会いできるはずがないでしょう。まだお茶すら飲んでいないのよ」

それはリニーも同じだが、母にとってはどうでもいいことなのだろう。

「そもそも、ダーリントン侯爵とお会いしなければならない理由があるとは思えないわ。今後も」ジョージアナは大胆にも自分に疑問を投げかける架空の人物に向かって話しているかのようだった。「会うなんてとんでもない！　あんな人を認めてたまるものですか。あなたも見たでしょう！」架空の人物は消し去られ、母の注意の矛先は一転してまた娘へ戻った。「土曜の晩に、あの人は気の毒にも若いお嬢さんを劇場に連れてきて、騒々しい人々のなかに坐らせるような礼儀知らずぶりをさらしたのよ。自分がゆずった爵位があんなふうに汚されているのを知ったら、あなたのお父様がどんなにがっかりなさるか」レディ・ダーリントンは手の甲を噛んで啜り泣きをこらえた。「もう我慢ならないわ」母は部屋から飛びだしていった。

リニーは母が出ていったドアを見つめて、しばし考え込んだ。昔から、自分が道端にいても両親に気づいてもらえないのではないかと思うことがよくあった。母はたしかに美しい。正確には若い頃は美しかったと言うべきなのだろう。いまは少々の手間が欠かせない。

父もまた、鏡の外へ目を移す必要が見いだせないくらい容姿端麗な男性だった。

そのふたりのあいだに生まれたのが、青白く見栄えのぱっとしないリニーだった。とりたてて背が高くも低くもなく、細すぎるわけでなく、太ってはいないし、格別に美しくも醜くもない。これといった形容詞を自分の名に付けられたことはなかった。

現に大勢のなかにいったんまぎれ込んでしまったら、誰にも見つけられないだろう。

父が生きていた頃、両親は絶えず互いの関心を惹きたがっていて、真夜中の嵐並みに言い争っていたが、その関心がいくらかでも子供に向けられることはなかった。

同じ部屋のなかに坐っていたときでさえ、両親はリニーの存在をほとんど忘れているかのようだった。

三歳児同士の両親と暮らしているような気分だった。いまとなっては、その片方しか残っていないけれど。

ダッチェスがひょいと頭を起こして、リニーに目を向けた。

「ええ、わかってるわ、行くわよ」リニーはつぶやいた。冷たい床の向こうにある洗面台を見つめた。水は凍(い)てつくように冷たいはずで、それはけっして誇張ではなかった。先週、リニーは実際に顔を洗う水を得るために氷を砕かなければならなかった。

もちろん、母は毎朝アニーに暖炉の火を熾(おこ)してもらい、水を温めさせている。女中(メイド)が女主人の娘の世話をしなくても叱る者はいないので、アニーはリニーを気にかけてもいない。

ダッチェスがぴんと尻尾を立てた。

「ええ、もう起きるわ」リニーは上掛けをさっとめくり、勇気を奮い起こして、朝の身支度に取りかかった。


あの女性だ。

あのとき泣いていた森の精が、レディ・ダーリントンだったのか？　いや、レディ・ダーリントンとはワース家の舞踏会で顔を合わせている。ということは、こちらがレディ・キャロライン・スターリングに違いない。

思考がとどこおり、第四代ダーリントン侯爵、テランス・グレイソンはじっと見つめることしかできなかった。

「ダーリントン侯爵」女性は呼びかけ、小さな客間に入ってきてお辞儀をした。その目は涙を流してはいないし、劇場にいたときのように明るいエメラルド色でもなく、くすんでいた。なにぶんあの晩は寝返りを繰り返してろくに眠れなかったのだから、記憶が定かであるとは言いきれないが。

それに、くすんでいるというより、落ち着いていると言うほうが正しい。

だが、肌はあのときと同じようにこの世のものとは思えない淡いピンク色をしている。

先ほどから撫(な)でていた猫が手に頭を擦りつけてきたので、そのまま自然に耳の後ろを掻いてやった。目の前の女性は、自分の存在が目に入らないのかと言わんばかりの表情でじっとこちらを見ている。

おお、そうか、立つのを忘れていたのだから無理もない。

テランスはすっくと立って、猫をぞんざいに足もとに落とした。猫はぎょっとさせる鳴き声をあげ、砲弾さながら部屋を飛びだしていった。

幸先がいいとは言えない。会話をするときには乗り越えなければならないことがいくつもあり、舌がもつれずになめらかに切りだすのはきわめてむずかしい。

感情が働かないわけではなく、テランス・グレイソンはフランスのぬかるんだ戦場で頭蓋骨に弾丸がめり込んで以来、脳がきちんと機能していることを示す言葉を見つけるのに難儀するようになってしまったのだ。

「ぶつぶつ嬢と先に会ってらしたのね」女性は歯切れよく言った。「ふだんはあまり人になつかないの。だからもちろん、すぐに誰の膝にでも乗る子じゃないわ」

レディ・キャロライン・スターリングはくっきりとした眉をひそめ、すべらかな額に皺を寄せた。「つまり……」慌てて言葉を継いだかと思うと押し黙り、消えてしまいたいといった表情になった。

テランスにもその気持ちは身に沁みてわかった。「レディ・キャロライン」呼びかけて、どうにかして沈黙を埋めようと、容易には見つからない言葉を探した。「ぼくは……」言葉が、言葉さえ出てくれれば楽になる。頼む。言葉はどこにある？　英語でもフランス語でもかまわない。〝やあ、レディ・キャロライン、キスするのにちょうどいい首をしているね〟いや、会話の取っ掛かりとしてふさわしい言葉じゃない。

レディ・キャロラインは深呼吸をひとつして、凛とした姿勢で待っている。

「くそっ」言葉を耳にして初めて、自分が実際に声に出して言ったのだと気づいた。

その調子だ、テランス。

「どうなさったの？」キャロライン・スターリングが目を丸くしている。

土曜の晩に泣いていた森の精が、かつてアイヴィー・パークに住んでいた三世代遡る四従兄妹にあたる、レディ・キャロライン・スターリングであったことにこれほど驚いていなかったなら、はるかに喋りやすかっただろう。

もともと話をするのに苦労する人間にとって、声も出ないほど驚かされていてはよけいに不利だ。

テランスは苦しまぎれの含み笑いを洩らさずにはいられなかった。

レディ・キャロラインが身をこわばらせ、咳払いをした。「ダーリントン侯爵、あなたがどうしてここにいらしたのか見当もつかないわ。それも、こんなに早い時間に。もし、劇場でのことで、わたしをからかいにいらしたのなら……」

「そんなつもりはない！」

「それならいいけれど」

ふたりは見つめあった。

テランスは話すことをひと通り考え、練習してきていた。先日の舞踏会で、紹介を受けたときにレディ・ダーリントンを怒らせてしまったのはむろん承知していた。だが、先代の侯爵の未亡人といきなり引き合わされては、言葉などとても見つけられなかった。

特別な親戚関係にある相手なのだから、適切な言葉を口にしなければいけないという気負いもあった。そこで、帰宅してから、レディ・ダーリントンへ伝えたいことを手短にまとめて書き留め、それを暗記した。

ところが、その娘のほうとこうして向きあわされ、考えてきたことの半分近くは使えなくなり、残りも修正せざるをえない。

このままではまずい。

しかも、この令嬢を見ているとますます言葉を探すことに集中するのがむずかしくなった。なにしろ見たこともないような、きめの細かい肌をしている。そのうえ鎖骨（さこつ）のくぼみには、さらに詳しく探りたい気持ちをそそられる。できれば舌を使って。

テランスはしばし目を閉じて、ぼんやりしている頭から言葉を引きだそうとした。レディ・ダーリントン。そうだ、レディ・ダーリントン。話を始めるのにふさわしい言葉だ。

「レディ・ダーリントン」口に出し、困惑した目を向けられて黙り込んだ。

目の前に立っているのはレディ・ダーリントンではなくキャロラインなのだから、当然だ。どうしてそんなことにすぐに気づかなかったんだ。いっそ自分の舌を引き抜いて話させたい心境だった。ただ言葉を口に出せばいいだけのことじゃないか。

よし、ミス――いや、レディ・キャロライン・スターリングだ。「レディ・キャロライン」言いなおし、嬉しくてつい口もとがぴくりと動いた。いいぞ、テランス、名をちゃんと呼びかけられたじゃないか。「領民たちからよろしくお伝えくださいと伝言をことづかってきました」これでいい、順調だ。だが、このあとについてはレディ・ダーリントンに向けた言葉しか用意していない。

おお、そういえば、レディ・キャロライン宛ての手紙も何通かあずかってきている。アイヴィー・パークの使用人たちや所領の多くの住民たちからほんとうに慕われていたようだ。

「あなた宛ての手紙もあずかっています」

よくやった。本来想定していなかった相手にでも、ここまでうまく話せたことに自信が湧き、得意な気分になりかけていた。そのうえ、レディ・キャロラインが窓のひとつから斜めに降り注ぐ金色の陽光を浴びて毅然と立っている姿がなんとも美しく、心がことさら浮き立った。

「それと」テランスは続けた。「アイヴィー・パークの人々が幸せに暮らしていることをぜひともお伝えしたかった。エリザベス・ビルネス嬢は先月、南方からやって来た青年と結婚しました。ロウリー家の子供たちはみな学校に上がり、母親は屋敷で料理人として働いていることをあなたに伝えてほしいと言ってました。それにロウリー夫人は、レディ・キャロライン……いえ」おっと、つい調子に乗って、よけいなことまで口を滑らせるところだった。

「つまり……薔薇がみごとに咲いていることもお知らせしておきたかったのです。あなたが去ってから、ミスター・リンチがとてもよく世話をしてくれています」

ふたたび沈黙が落ちた。

キャロラインは頭が三つの蛇の曲芸でも見ているような表情だ。それほど驚かせるようなことを言っただろうか？　少しばかり大げさな物言いだったかもしれないが、伝えたいことはすべて言えたし、唐突な切りだし方だったとはいえ、終わり方は上出来ではないだろうか？

泣いていた森の精が――椰子の葉の狭間にその姿を初めて目にしたときに思いついた呼び名だ――こうして客間に軽やかに現われるとは期待していなかったが、この二日、眠れぬ夜に思い返していた女性の名がわかったのはやはり嬉しい。

じつのところ、さほど目立つ顔ではない。レルトン嬢のように才知が低めながらも飛びぬけた美貌を備えた女性とも違う。出会ったのが、底知れぬ森の沼のように目を潤ませてさめざめと泣いているさなかでなかったなら、うっかり見すごしてしまいかねない顔だ。

いつの間にこんな詩人もどきの言いまわしを思い浮かべられるようになったのだろう？　どうあれ、キャロラインの顔を頭から振り払えないのは、汚れたハンカチを胸ポケットに押し戻してきたときの目の輝きのせいであるのは間違いない。思わず笑わずにはいられなかった。

そのときのことがよみがえり、またも笑みが浮かんだ。

「まあ！」

レディ・キャロラインの憤慨した声に、テランスは目をしばたたいた。

「卑劣な人！」

この世に生まれてある程度の年月になるが、卑劣と非難されるようなことをした憶えは断じてない。

「わたしを笑うなんて！」

いや、それは違う。「誤解だ」

「ダーリントン侯爵、あなたはなんて方なの！　どういうおつもりで、ご自分の大切な時間をわたしのように取るに足りない娘をからかうことに費やしているのか知らないけれど、これ以上何もお聞きするつもりはないわ！　劇場でわたしのあんな有様を見ておきながら、メモでも読みあげるみたいに所領のことを報告して、わたしを笑うなんて、わたしを苦しめるために来たとしか思えない。もうたくさんよ！　スピット嬢があなたの膝に乗ったからといって、わたしにはなんの意味もない。なんの関係もないのよ！」

キャロラインは足を踏み鳴らした。「それと、あなたの後頭部に髪があろうと、わたしの心臓が大きな音を立てていようと関係ないわ。あなたが嫌いだから、胸がどきどきするのよ！」くるりと背を向け、つかつかと客間を出て、廊下を踏みつけるようにして歩き去っていった。

それから、あきらかにドアが閉まったとわかる音をテランスは耳にした。自分が屋敷に入るときに通った玄関扉が閉まった音にまず間違いない。

つまり、レディ・キャロラインは自分にわめき散らして、屋敷の外へ出ていった。住んでいる家の外へ。自分が彼女を家から追いだしたということになる。

言語障害をかかえる身とはいえ、精神はたしかに健全に機能している。しかしこの数分間は完全に動揺していた。

いったい後頭部の髪がどう関係しているというのだろう？

テランスはほかに誰もいない部屋を見まわし、しんと静まり返ったなかで数分を過ごしてから、廊下に出た。

「どなたかいませんか？」呼びかけて、さらに少し待った。

誰も現われない。呼び鈴の紐も見あたらない。玄関広間の端の外套掛けに自分の帽子と外套が掛かっているのを見つけた。

「すみませんが」もう一度呼びかけてみた。客間へ案内してくれた小柄なメイドも出てこない。ならば仕方がない。テランスは帽子と外套を手に取った。

どこかでへまをしたのだろうか。

それでも、言わなければいけないことは伝えられたはずだと納得して、都会の小ぶりの屋敷をあとにした。今後は、レディ・キャロライン・スターリングとは距離をおいたほうがいいだろう。

会えば気持ちを乱されるし、動揺するのはできるかぎり避けたい。

とはいうものの、キャロラインは自分との対面にどことなく心を動かされているようにも見えた。

　それに、あの女性と離れてはならないという妙な感情を覚えているのはなぜだろう？

　心を動かされているのは、こちらのほうなのかもしれない。


　こんな朝早くに自分の行動を呪うことになるとは思わなかった。そのうえ凍え死にそうで腰をかがめずにはいられない。リニーは悔しさから勢いあまって玄関扉を飛びだしたので、帽子も外套も取ってきていなかった。おまけに、そこが自分の家であるのも忘れていた。まぬけだわ。ひとりで騒ぎ立てて、自分の家を飛びだしてきたのだから。

　いまにも凍ってしまいそう。

　それでも絶対に、ダーリントン侯爵が出ていくまでは帰るわけにはいかない。

　自尊心がそれを許さない。金輪際、口を利いてはならない。せめても不可思議な感情を胸のうちにとどめておけたことだけはさいわいだった。

　階段をおりて、人気のない道に立つと、猫の道楽卿がこちらへのんびりとやって来るのが見えた。もの憂げにちらりと目をくれ、悠然と尻尾を立てて歩いてくる。見るからに夜遊びの帰りといった風情だ。

　いまいましい雄猫。男はみんな、猫ですら、癪にさわる生き物だ。

　レイク卿はさらに数メートル進んで手摺りをまわり込み、しなやかに踏段をおりて、正面玄関の下に引っ込んだ使用人用の出入口へ向かった。

ともかくこれで、こっそり家に戻れる方法が見つかった。リニーは猫についていき、厨房の扉をそっと叩いた。

雄猫と並んで、料理人が扉をあけてくれるのをおとなしく待った。レイク卿は、彼のアイヴィー・パーク育ちの祖母でリニーの親友でもあった猫、ミスター・ウィンキーとはまるで似ていない。

リニーは母の上質な繻子(しゅす)のドレスでこしらえた寝床のなかでミスター・ウィンキーがひっそりと六匹の子猫たちに囲まれているのを発見したときに初めて、じつは雌猫であるのを知ったのだった。

そのとき生まれた子猫たちの一匹がダッチェスで、今度はこの雌猫がレイク卿とスピット嬢を出産した。レイク卿はめったにすり寄ってこないし、スピット嬢はたいがいいつも不機嫌そうだが、リニーは二匹をとても可愛がっていた。じつを言えば、ペレリング伯爵との結婚を決意したのも、この二匹が大きな理由だった。

いとおしい納屋(なや)育ちの猫たちが納屋をひどく恋しがっている。

頭上で玄関扉が開く音がして、リニーは奥まった壁に背を貼りつけた。厨房の外でふるえているところをダーリントン侯爵に見つかることだけは避けたい。みっともなく取り乱した姿をさらしながらも威勢よく飛びだしてきたことが、まったくの無駄になってしまう。

最低限の自尊心は守りたい。周りからはそんなものはかけらもない女性だと思われているかもしれないが、それはたしかにこの胸のなかにある。

ダーリントン侯爵がこつこつとブーツの踵を響かせて階段をおりてくる。リニーは息を凝らして待ったが、そのときいきなり厨房の扉が開いて、縮みあがった。

「こんなところで何をなさってるんです、キャロラインお嬢様?」料理人は大きな声で問いかけた。「風邪をひいてしまいますよ!」

レイク卿は料理人の脚のあいだをするりと抜けて、姿を消した。

「レディ・キャロライン?」今度はもちろんダーリントン侯爵の声だった。料理人の声が彼に聞こえていたのは確かめるまでもない。

リニーは猫と同じようにするりと姿を消してしまいたかった。それができたならどんなによかっただろう。けれど実際は、いまや手摺りから身を乗りだして信じがたいほど整った顔で、もの問いたげな目を向けているダーリントン侯爵を見上げた。

どうせなら、その心根そのままに怪物のような容姿をしていてくれたらよかったのに。

「傷つけるつもりはなかったんだ」頭上から、ダーリントン侯爵が真剣な気持ちがこもっているように聞こえる声で言った。

料理人の婦人は面食らった様子で立ちつくしている。リニーはほんの三十分前に時間を戻して、母に、客間にいるダーリントン侯爵とは会えないし、会うつもりもないと言えたならと切実に思った。

これまでもまともなことを言い、まともな行動を取れたためしがない。だからもう何も言いたくないし何もしたくない。今回の恐ろしい出来事が、できるかぎり早く結婚して永遠に田舎に引きこもるべきだということをはっきり示している。

「ダーリントン侯爵、わたしは傷つけられたとは思ってないわ」リニーは早口で言った。

「しかし……」

料理人もいたたまれない気持ちになったらしく、リニーをその場に残して厨房に引っ込み、扉を閉めてしまった。

神よ、お救いください。リニーは身をふるわせた。

ダーリントン侯爵が外套を脱ぎながら階段を駆けおりてきた。「これを」とても上等な生地の外套を突きだした。

リニーは受けとるつもりはなかったので、ふたりは凍える寒さのなかでしばらくその外套を見つめた。

侯爵が外套を振って広げ、着せかけようとした。

ああ、もう寒さに耐えられない。リニーは片腕を袖に通し、もう片方の腕も入れようと腕を曲げて、ダーリントン侯爵の息を首に感じて動きをとめた。

温かな息にうなじから腕の肌が粟立った。心地よい。

「大丈夫かい？」侯爵はさらに身をかがめて尋ねた。

ああ、神様、どうかどうかお救いください。リニーはまたぶるっと身をふるわせた。けれど今度はいまにも凍え死にそうな寒さのせいではなかった。

リニーは外套を身につけると、すぐに向きなおった。ふたりはいま奥まった狭い場所にいて、離れて立てるほどの空間はない。ダーリントン侯爵の顎(あご)の下の黒い髭(ひげ)が見てとれた。自分のつむじの辺りに温かな息がふわりとかかっているのを感じ、香辛料と、葉巻煙草と、コーヒーと、男性特有の香りが混じりあった匂いに包まれていた。

ああ、どうしたらいいの。

ダーリントン侯爵がじっと見おろし、眉をひそめた。気詰まりそうに見えるものの、これまでの態度を見るかぎり、気詰まりになるような性格には思えなかった。

リニーはため息をついた。「ほんとうに、ダーリントン侯爵、わたしにはどうして……」

「一緒にモアランド子爵家のスケート・パーティへ行きませんか？」

これもまた思いも寄らない言葉だった。リニーは辺りを見まわし、誰にも聞かれていないのを確かめた。おそらくは冗談や、からかいや、男性の悪ふざけといった類(たぐ)いのものなのだろう。

「わたしは婚約していますわ、ダーリントン侯爵」まだ正式にはしていない。「ともかく、もうすぐ結婚する予定なんです」そうであってほしい。せめて自分がそう望んでいると思いたい。

するとまたもぞっとする感情がこみあげて目の奥が熱くなり、胸に鉄床(かなとこ)を打ちつけられているかのように感じた。

どうしよう、また泣いてしまう。

もうすぐペレリング伯爵から求婚されるはずであることを頭から消し去らなければ、人前であろうと必ず泣きたくてたまらなくなるのだから。

ハンカチをびっしょり濡らすのは自分の部屋のなかだけでじゅうぶんだ。新たに知った自分の弱さをところかまわずさらけだしても、何もいいことはない。

リニーは下唇を嚙みしめて、顎を上げた。ダーリントン侯爵の前で泣きはしない。といってもすでに涙がいまにもあふれだしそうになっているので、もちろん目が少し潤んでいるのはわかっていた。

結婚のことはいったん忘れて分別を取り戻せれば、だいぶ気が楽になるだろう。せめて家に入ってなるべくならひとりになるまでこらえられれば、これほど苦しい思いをせずに泣ける。

だいたい、ダーリントン侯爵がこんなふうに目の前に立ってじっとこちらを見て、またも……泣き崩れるのを待っていなければ、どんなにか気が楽だったろう。

いいえ、何があっても、泣き崩れるようなことはしない。

大きく息を吸い込み、両脇に垂らした手をきつく握って、ふたたびぶるっと身をふるわせたとき、侯爵が何か言葉を口にした。

リニーにはその言葉は聞きとれなかったが、侯爵はすばやく首を振り、腕をまわしてきて、広い胸に引き寄せた。

リニーは束の間呆気に取られ、厚かましい男を押しのけなければという理性の声を聞いた。また笑われるか、もっと何か恐ろしい目に遭うのはまず間違いない。

ところがふいに、肝心の脳の機能がほとんどと言っていいほど停止した。記憶にあるかぎり、生まれてからこれほどしっかりと抱きしめられたことは一度もなかった。頭がふやけたようになったとたん、あきらかに心地よく感じていることに気づいた。

凍える冬に封じ込められてしまったような寒さのなかで、こんなにも暖かく感じられることがあると誰に想像できただろう？

しかも、驚くほど力強い腕で安らげる逞しい胸に抱かれ、誰かの柔らかな鼓動を聞きながら稀有(けう)なひと時を過ごせるとは、まったく考えてもみなかった。

リニーはいつの間にか泣くのをこらえようとしていたのも忘れていた。そもそもどうして泣きたかったのだろう？　それを言うなら、ダーリントン侯爵の腕のなかで、わたしはいったい何をしているの？

とっさに身を引いた。

「大丈夫かい？」ダーリントン侯爵が耳にとても心地よい低い声で言った。

いいえ、心地よい声のはずがない。自分の頭がどうかしているとしか思えない。「もう行かなくちゃ。いますぐ」リニーは厨房の扉に向きなおり、力一杯叩いた。

間髪おかず扉が開いたので、料理人はずっとそこに立っていたに違いなかった。まあ、嬉しい。一時間もしないうちにこの出来事はロンドンの使用人たちのあいだではもう誰もが知る話となるのだろう。リニーはあきらめのため息をついて、先ほどのレイク卿のようにするりと料理人の脇を抜けて、姿を消した。

3

『ダーリントン侯爵は、常識的な行動や礼儀作法を取りつくろうつもりはさらさらないと見える。先週、ピカディリー通りでフェザリントン夫人に出くわしたときには、頭に死んだ鳥をのっけているようだと指摘した（フェザリントン夫人の痛ましい帽子の趣味については筆者といえども批評するのは憚（はばか）られる）。さらには先週、ワース家の舞踏会でバリスター嬢にダンスを申し込んだ際には、顔を見るなり、ただぶっきらぼうに「ダンスがしたい」と言ったとのこと。

このような率直さは、風変わりと言うべきなのだろうが新鮮にも感じられる。

ついでにお知らせするならば、この前の日曜日には、ダーリントン侯爵が外套を身につけずにメイフェアの通りを歩く姿が目撃されている。

気の毒に、まだ誰もこの紳士にテムズ川が凍結したことを知らせていないのだろうか？』

一八一四年二月二日付〈レディ・ホイッスルダウンの社交界新聞〉より

「いいか、デア。まずひとつ目に、きのう訪問した時刻は早すぎる」

テランスはため息をついて椅子に沈み込んだ。「ああ、考えていなかった」

ロナルド・スチュアートは首を振った。「ロンドンに来て一週間では、まだ田舎の生活時間が染みついてるんだろう。今夜は遅くまでつきあわせてやる。そうすれば少なくとも昼までは起きられないからな」

テランスは笑って、トニック・ウォーターのグラスに口をつけた。

「安心してブランデーを飲んでいいんだぞ。そばにいるのはおれだけだ。気を遣わなければならない相手はいない」

テランスは紳士のクラブ〈ホワイツ〉のなかを見まわした。「ありがたい。だが、気を遣うのは嫌いじゃない」こうしてスチューと〈ホワイツ〉で向きあって飲むのはほんとうに久しぶりだった。前回が前世紀のことのようにすら思える。

「ふたつ目に、レディ・キャロラインはきみにとって、時間を費やすに値しない相手だ。上等な外套をなくせば少しは懲りただろうが」

「あとから家に届けてくれた。なくしてはいない」

「それなら、なおよかったじゃないか」スチューはベストのポケットから一枚の羊皮紙を取りだした。「レルトン嬢とはだめそうか?」テーブルの脇に置いてあるインク壺(つぼ)に羽根ペンの先を浸(つ)けて、紙の上にかまえた。

「ああ」

「では、次の候補に移ろう」友人は線を引いてレルトン嬢の名を消した。

テランスは眉をひそめた。スチューは少々の気性の荒さと慎みをほどよく兼ね備えた好人物で、最も信頼している旧友だ。だが、こと親友の花嫁探しの計画となると厚顔無恥となるきらいがある。

それに、レディ・キャロラインを見限るのは時期尚早に思える。「レディ・キャロラインをスケート・パーティに誘ったんだ」

「なんて言ったんだ？」

「スケート・パーティに――」

「何考えてるんだ？　デア、まさにきみが妻にしたくないと言っていたような女性じゃないか。それに、おれの記憶が正しければ、早々に話を決めたがっていたはずだよな」スチューは羽根ペンをインク壺に差した。「こう言ってたんだぞ。『結婚しなければならないんだ、スチュー、妻探しを手伝ってくれ。ひとりではとても社交シーズンを乗り切れない』憶えてるだろう？　ぜんぶ、きみの希望で進めていることなんだ」

そのとおりだが、スチューの口からあらためて聞かされると、恐ろしいことを言ったものだと思う。

「いいか、ともかく、レディ・キャロラインはきみが花嫁に求める条件にはまるでそぐわない」スチューは続けた。「自分に代わってうまく人づきあいのできる女性を探してくれと言ってたじゃないか。正確にはなんて言ってたんだっけな――華やかさのある女性だったか？　自分がうまく話せないことを忘れさせてくれるような会話上手がいいと。つまり、はっきり言わせてもらうが、デア、レディ・キャロラインにはそういった役割はとても務まらない。言うなれば――」スチューは顔をしかめた。「――ごく平凡な女性なんだ」

平凡？　テランスはキャロラインの涙に濡れた大きな目を思い浮かべ、意表を突く物言いや、見るからに感情をあらわにした態度を呼び起こした。

どう考えても、レディ・キャロライン・スターリングが平凡ではないことだけは、間違いない。

「断わられた」つい口走ったが、この情報で友人をなだめられるはずもなかった。

「断わられただと？　断わられたのか？」スチューは立ちあがった。「あの女はいったいどういうつもりなんだ！　そんな対応の仕方があるか！」

「スチュー」テランスは静かに言った。「坐ってくれ」

スチューは腰をおろした。「まったく、あの女は自分を何様だと思ってるんだ？」

「違うんだ」テランスはいったん間をおいて、言葉を探した。「つまりは、ぼくを好きではないらしい」

「好きじゃないだと？」

「ああ、そう言ったろ」

「たしかにそうだが、きみは言いたいことをつねに口に出せるわけじゃない。少なくとも、おれに完璧に理解させる言葉を使えるとはかぎらない。でも、この件についてはどうしても完璧に理解したいんだ。レディ・キャロラインはきみを好きではないのか？」スチューは敵に降伏するかのように両手を上げた。「だいたい、きみを好きかどうかなんて言ってられるのか？　レディ・キャロラインは老嬢になる典型的なご婦人だ。求婚してくれそうな相手には誰にでもできるかぎり愛想よく対応しなければならないはずで、選り好みしていられる立場じゃない」

「それは違うな。レディ・キャロラインには選択肢がいくらでもある。美しい女性だ」

スチューが眉間に皺を寄せた。「まあいい、美しい女性だとしよう。だが、名に爵位の付く裕福な独身紳士からの誘いをむげに断わる女性に、わずかなりとも知性があるとは思えない。というのたった女性ならばなおさらだ」ひらりと手を振った。「美貌なんて関係ない。好みなど気にしている場合じゃないだろ」

「でも実際、レディ・キャロラインはぼくを好きではないんだ」

スチューは肩をすくめた。「理解に苦しむような女たちも多い。どのみち、きみには合わない相手なのだから、気にする必要はないさ」金髪の頭を振りふり、手もとのリストに視線を戻す。「シェルトン－ハート嬢ならぴったりだ」顔を上げ、濃い色の目を得意そうに輝かせた。

条件に合っているだけで喜ぶとは、テランスには早計としか思えなかった。いずれにしても、リストの次の花嫁候補について考える気にはなれない。キャロライン・スターリングのことを考えていたいからだ。

彼女と離れている時間がもどかしい。

「さっそくシェルトン‐ハート嬢を訪ねて、きみがスケート・パーティへ連れていくことを伝えて来よう」親友は告げた。

スチューがシェルトン‐ハート嬢の客間にずかずか入っていって、ダーリントン侯爵とスケート・パーティへ行くよう迫る姿が、テランスには目に浮かぶようだった。「申し込むべきだろう、スチュー?」

スチューは目をしばたたいた。「そうだ、いまそう言わなかったかな」ぬっと身を乗りだしてきてささやく。「くれぐれも、どうかしているのではないかと思われるような物言いはするなよ。お互い、きみが正常なのはじゅうぶんわかっているが、例の問題に気づかれたら、いやな思いをさせられる。リストの花嫁候補者がたちまち減ってしまいかねない」

テランスは唇をゆがめたが、慎重に笑みはこらえた。「ともかく、シェルトン‐ハート嬢とは合いそうにない」

「どうしてわかるんだ? 会ったことがあるのか? 姿を見たのか?」スチューは返事を待たずに続けた。「ないよな」駄々をこねる子供を相手にしているかのようにぴしりと言った。「だったら、これから、シェルトン‐ハート嬢のところへ行って、光栄にもダーリントン侯爵自身がモアランド子爵家のスケート・パーティにお連れしたいと望まれているので、三日後の十一時半に出かける用意をしておくように申し込んでくる」意気揚々と椅子から立ちあがった。「ここにひとりで残していって大丈夫だな?」

愛すべき親友だ。「もちろん」

「よし。では、行ってくる」スチューは軽く頭をさげて、花嫁候補のリストを胸ポケットにしまい、軽やかな足どりで出口へ向かった。

テランスは親友が出ていくのを見届けてから、〈ホワイツ〉の応接室で話したり煙草を吸ったりしているほかの紳士たちを見まわした。頭に負傷してからというもの、会話はほとんどせずに眺めてばかりになった。以前はまったく見すごしていたことに気づけるようになったのは、じつのところ愉快な発見だった。

若い紳士がスタンウィック伯爵に何か頼みごとをしているのか、先ほどからずっと緊張した面持ちで、つかえがちに話している。声が聞こえるほどの距離ではないが、若者が何かを必死に頼んでいて、老齢の伯爵がそれに応じるつもりがないのはあきらかだった。

哀れな若者だ。

テランスは席を立った。〈ホワイツ〉に来た時刻を思い返せば、飲み物を口にして、煙草を吸い、話をするだけで何時間も過ごしてしまった。無性に退屈に思えてきた。

いまはレディ・キャロラインの関心を引く方法を考えることのほうが、ずっと気持ちをそそられる。スチューがなんと言おうと、自分がこれまで口にしていた条件はもはや関係ない。レディ・キャロラインに会って以来、かつて望んでいたことはもうどうでもよくなっていた。

もっとキャロラインのことが知りたい。なにより、あの首の付け根を舌で探りたくてたまらない。それこそが重要なことだ。

テランスはスタンウィック伯爵に軽く頭をさげて挨拶すると、レディ・キャロライン・スターリングを探すため紳士のクラブをあとにした。

リニーが結婚したあとの田舎暮らしでなにより楽しみにしているのは、付添人（シャペロン）なしでどこへでも出かけられる自由が得られることだった。使用人たちのほとんどがたいてい母の遣いで出払っている家ではことさら、淑女がひとりでは出かけられない慣習が腹立たしく感じられる。

そこでたいがいは、エミリー・パーソンズへ書付を届けさせることになる。エミリーは、父親がごまんとかかえる従僕たちのひとりを連れて快（こころよ）く一緒に出かけてくれる唯一無二の友人だ。けれど残念ながら、エミリーの一家は凍結したテムズ川にはロンドンまで冬の旅をするほどの魅力はないと判断し、田舎の本邸にとどまることを選んだ。

というわけで、リニーに残された道は、執事と従僕とそのほかあらゆる務めを兼ねるテディに付き添いを頼み込む以外になかった。母は、テディがいつでも訪問者を出迎えられるよう執事用の帽子をかぶって待機していないことに気づけば、かんしゃくを起こすかもしれないが、客の出迎えならアニーにもできる。それに、リニーはどうしても外出しなければいられなかった。

またいつものように理解しがたい口実で客間に坐ることを求められ、母のまくしたてるようなお喋りを聞きつつ、婦人の来客をいやらしい目つきで見るミスター・エヴァンストンにむかむかしながら過ごすのは、もう一秒たりとも耐えられない。

ああ、やはりここにいるほうがはるかに気分がいい。リニーは、ブルームズベリーのモンタギュー館内の大英博物館でがらんとした大理石の広間に立って、ロゼッタ石を眺めていた。テディはリニーの許可を得て、ほかの部屋で守衛と雑談を楽しんでいる。

リニーは石に触れ、ふしぎなしるしを指でたどった。その石がもともとあった世界について世に伝えられている物語に思いを馳せた。ロゼッタ石にまつわる謎は胸をわくわくさせる。同時に哀しい気持ちにもなった。かつてこれが置かれていた場所にいまは何もない。この石は何千年ものあいだ置かれていた場所からいわば略奪する形で取り除かれ、はるか遠くの世界へ運ばれてきたのだ。

どう表現すればいいのかわからないものの、正しいことではないように思えた。これもおそらくは自分の変わった考え方のひとつなので、けっして口には出せないけれど。

「興味があるのかい？」

背後から聞こえた低い声に物思いを遮られ、リニーは博物館じゅうどころか、ほかの三大陸にも聞こえそうな悲鳴を響かせた。

「すまない」同じ声が言った。

振り返ると、なんとあのダーリントン侯爵がそこに立っていた。遠縁とはいえ親戚であるにもかかわらず、これまで一度も会わなかった人物に、この三日で三回も会うことになるとは少し妙な気がする。

それに、ひどく気分がざわついた。

「お嬢様？」慌てて角の向こう側から駆けつけたテディの顔は、凍結したテムズ川と同じように青白かった。

「ごめんなさい、テディ、なんでもないの」なんでもなくはないと思い、眉根を寄せた。

「ちょっと驚いただけよ」

テディはふうと息をついてうなずいたものの、立ち去ろうとはしなかった。聡明な青年だ。

「驚かすつもりはなかったんだ」

ええ、驚かすつもりも、傷つけるつもりもなかったのよね。でもそれなら、あなたはいったい何をしに来たの？

ふたりはしばし見つめあった。わずかな気まずさを感じながらも、相手がいままで出会った誰より美しい男性であるのは救いなのだろうと思った。しかも、芳しい匂いがする。それが必ずしもほとんどの男性にあてはまらないことは認めざるをえない。

ミスター・エヴァンストンの場合には、つねに履き古した靴のなかのような匂いがする。気候が暖かくなると、悪臭としか言いようがない。

「エジプト学に関心が？」ダーリントン侯爵は髪の濃い頭をロゼッタ石のほうへ傾けた。その髪に自分が指をくぐらせる驚くべき光景が唐突に頭に浮かんでリニーは束の間たじろぎ、小さく音を立てて唾を飲みくだしてから、口を開いた。

「あの、いいえ、ないわ」石を見つめた。「それほどは。だけど、石が好きなの。とりわけ静かな博物館で、石を眺めて想像をめぐらすのが」眉をひそめた。これで意味が通じるかしら？「つまり……」

「いや、わかるよ」

リニーは目をすがめて侯爵を見やった。自分がおとぎ話のお姫様でもないかぎり、わかってもらえるはずがない。

リニーが先ほど触れていたのと同じ石の同じ部分に、侯爵が触れた。「この石に向かって身をかがめていた人間が見えるような気がする」いったん口を閉じて、大きく息を吸い込んだ。「これらの文字を刻む姿が。どんな人物だったんだろう？　そんな想像が浮かぶんじゃないか？」

そのとおりよ。

ダーリントン侯爵は夏空のような色の瞳でじっとこちらを見ていた。「哀しいことだ」静かに言う。「この石は家からずいぶん遠くへ来てしまった」

ああ、ほんとうに、わたしを見守ってくれている妖精がいまにも姿を現わすのではないかと思ってしまう。リニーはダーリントン侯爵を見つめて目をまたたいた。

侯爵が腕を差しだした。「一緒に歩こう」

問いかける言い方をしてくれたならはるかに気分がよかったのにと思いながら、リニーは反射的にその肘に手をかけていた。

なんて温かいのだろう。

その瞬間、彼の胸に身を埋めて芳しい香りを吸い込んで温まりたいという、不可思議な衝動に駆られた。ずいぶん長いあいだ、本物のぬくもりを感じていない。

「きみは平凡じゃない」

リニーはつと足をとめて、侯爵を見つめた。「あら、とても嬉しいお言葉ね」

侯爵の顔が恥ずかしそうに赤らんだ。一見自然な反応のようにも思えたが、リニーはいくぶん疑念を覚えた。もしかしたら皮肉っぽい口調で返したのが、少し気にさわったのかもしれない。

そうだとすれば、こちらもすでに平凡ではないと言われたことに少し引っかかりを感じているので、よけいに話しにくくなる。「ダーリントン侯爵、わたしを褒めてくださろうとしたの？　それとも身の程を知れとおっしゃりたいのかしら？」

侯爵は深呼吸をひとつした。「褒めたんだ」

「ほんとうに？」

「じつは……」ダーリントン侯爵は立ちどまり、ふたりの少し後方でひびの入った陶器に見入っているふりをしているテディをちらりと見やった。

「理由は定かじゃないが」侯爵はリニーに目を戻して言った。「きみをほんとうに気に入っている」

「あら、とても光栄で、気絶してしまいそうだわ」

ダーリントン侯爵は眉をひそめ、下顎の小さな筋肉をぴくりと引き攣らせた。どういうわけか、その動きを見たとたん、リニーは危うくほんとうに気絶しかけた。

この人は卑劣で高慢な男性で、失礼このうえない言葉を口にする。それでも文句のつけようがないくらいの美男子で、これほどそばにいると頭がくらくらしてきて……すばらしく……魅力的に見えてしまう。

しかもその男性がいまこの瞬間に、生まれてから一度も見たことのないような熱っぽい眼差しで自分の唇を見つめているのだから、ますます問題だった。なにより自分が誰かにこのような目で見られていることが信じられない。

リニーは舌で前歯をなぞってから、鼠を狙う猫のような彼の視線を感じながら、それとなく唇を舐めるという至難の業に挑もうとした。

そのとき、ダーリントン侯爵が互いの唇を触れあわせた。

聖母様、ダーリントン侯爵がわたしにキスをしています！

リニーは温かい弾力のある唇を自分の唇に重ねられ、呆然と立ちつくした。もちろん、いままで一度もキスの経験はない。さほど不快なものではないのだろうと想像していた程度だった。

不快さはみじんもない。

それどころか、キスされているのはとても心地よい。

ダーリントン侯爵はわずかに身を引いたが、すぐにまた頭をわずかに斜めに傾けて、今度は少し上からリニーの上唇をやさしく包み込むように唇を重ねた。

甘くておいしい。

ああ、あきらかに自分はこのキスを楽しんでいる。卑劣なダーリントン侯爵とのキスをこれだけ楽しめるとしたら、婚約を控えたペレリング伯爵（アール・オブ・ペレリング）、アーネスト・ウェアリングとのキスはすばらしいものになるはずよね？

言うまでもなく、ときめきはまったく感じない相手とはいえ、少なくとも卑劣な男性ではないのだから。

ダーリントン侯爵がわずかに口をあけて、リニーの上唇に吸いついた。リニーの両手が自然に持ち上がり、侯爵の上腕をつかんでいた。

硬く逞しい腕。リニーの頭にふと、その手を初めて目にしたときのことがよみがえった。あのときのしなやかな手がいま、そっと自分の両脇を支えている。

淑女の作法はすべて放りだしてしまった気分になり、わがままになろうと――わがままなのはいまに始まったことではないけれど――心を決めて、両手を徐々にのぼらせ、侯爵の首の後ろの髪のなかへくぐらせた。

見た目どおり、柔らかで濃い髪だった。好みの髪だわ。それに、この匂いも手も、逞しい腕も……。

やはり、ペレリング伯爵とのキスはこんなに心地よいものではないだろう。リニーはそれをはっきりと悟った。

自分がダーリントン侯爵ともっと何度もキスをしたいと望んでいることも。

これほど心地よいことを、たった一回で終わりにはできない。「少なくとも十二回（一ダース）はあなたとキスしたいわ」リニーはつぶやいた。

ダーリントン侯爵が顔を離し、リニーの頬に指で触れた。「十二回（ダース）？」

リニーは自分の顔がほてるのを感じた。脚がふるえだし、頭がくらくらする。

いまにもくずおれてしまいそうなことを侯爵はちゃんとわかっているとでもいうように、両腕でしっかりと抱きとめてくれた。

「少なくとも十二回（ダース）は」無意識にかすれ声でつぶやいていた。ああ、みずから甘い誘いをかけるつもり？

「きみが好きだ、レディ・キャロライン」

もうこのままでは絶対に気絶してしまう。「あなたとご一緒するわ」口が、頭のなかの考えをまったく無視して動いている。「スケート・パーティへ」

侯爵がリニーの両脇を支えたまま、目をしばたたいた。

わたしったら、なんてことを言ってしまったの？

「シェルトン－ハート嬢と行くことになりそうなんだ」ダーリントン侯爵はゆっくりと言った。

「なりそうなんだ？」呆気に取られて訊き返した。そしてすぐさま、侯爵から身を引いた。

リニーは自分の愚かさが腹立たしくなり、くるりと背を返すと、ほとんど走るようにして離れた。

テディは即座に顔をそむけたものの、しっかりと見ていたのは間違いない。

どうしようもない。テディがすぐそこでふたりを見ているのを、リニーはすっかり忘れていた。それどころか何もかも忘れていた。考えてみれば、大英博物館の真ん中に立っているのだから、誰に見られていたとしてもふしぎではない。

愚かな自分の姿を見られていたとしても。

リニーはぴたりと足をとめて、キスをしたばかりの男性を振り返った。「もうわたしにかまわないでくだされば、とてもありがたいわ。あなたがどういうおつもりなのかはわからないけど、とても紳士の振るまいとは思えないもの」リニーは踵を返し、できるかぎり毅然とした態度でダーリントン侯爵から遠ざかっていった。

人でなし。

4

『最も信頼できる筋から、月曜日の午後、大英博物館の神聖な展示室内で上流の身なりの男女がキスをしていたという目撃情報を入手した。

残念ながら、このふたりの身元はいまのところ特定できていない。読者のみなさまもご存じのとおり、筆者は噂好きといえども、良心のある噂好きとして、百パーセント確信の持てる情報のみをお伝えしている。

ゆえに、いまのところふたりの名を明かすことはできない。

されど、ある程度の知性を備える者ばかりが訪れる大英博物館の周辺に、目にするとは想像しがたい貴族の男女がいたという点は特筆に値する。

それとも、くだんの恋仲の男女は貴族に遭遇しにくいところだという理由で、わざわざこのそびえ立つ建築物を逢引(あいびき)の場に選んだのであろうか』

一八一四年二月二日付〈レディ・ホイッスルダウンの社交界新聞〉より

レディ・キャロライン・スターリングはテムズ川の雪の積もった岸辺で、ドナルド・スペンスにつかまっていた。それもほとんど強引に、もう十分近くも会話につきあわされている。それでテランスは、レディ・キャロラインからどうみても嫌われているのは承知のうえで、まぬけ面のドナルドの相手をするくらいなら喜んでこちらに目を向けてくれるだろうという確信を抱いた。

それにしても、キャロラインをモアランド子爵家のスケート・パーティに連れてきたペレリング伯爵には彼女を助けようとするそぶりがまるで見えないことに、少々腹が立った。ペレリング伯爵は、鈍さでは息子のドナルドに劣らないモアランド子爵と猟犬の話に夢中になっているらしい。

キャロライン・スターリングより猟犬の話題に惹かれる男など、いかれた頭を治す病院へ入れるべきだ。

「あそこまで滑っていけば勇敢な騎士の称号が得られるんじゃないのか、デア？」

テランスはマディラ・ワインのグラスの縁越しに目をすがめてスチューを見やった。

親友は目玉をまわして見せた。「言わせてもらえば、昔がなつかしいよ。きみも結婚には及び腰で、〝道徳観念〟という言葉の定義も知らなかったよな？」スチューは借りたスケート靴を履いてふらつきがちに隣に立ち、どこを取っても仰々しいスケート・パーティを楽しんでいるらしい人々をテランスとともに眺めて愚痴をこぼしていた。

「それに、三つ以上の単語を使って話せていたしな」スチューが言い添えた。

テランスは友人に片方の眉を上げた。

「だって不公平だろう。友人のきみがいまでは、おれをまぬけだとか、おれと口を利けば自分を貶めることになるとでも思っている高慢ちきに見えてしまう」

「どっちも事実だとしたら不公平じゃない」

スチューは陽気さのない笑い声をあげて、まるで熱烈に祈りを捧げるかのように両手を掲げた。「やっと喋ったぞ」いつもとはまるで違う大げさなしぐさで言う。

テランスは含み笑いをして受け流した。「では騎士らしく務めを果たしてくる」空にしたグラスをスチューが差しだした手にあずけ、麗しきキャロラインの救出に向かった。

シェルトン－ハート嬢は、モアランド子爵家がスケート・パーティの会場に選んだスワン・レーン桟橋までの道のりを半分も行かないうちに、馬車を引き返させてほしいと要求し、帰ってしまった。この令嬢は自宅を出たときから寒さと疲れと、ほかにもあらゆる取るに足りない不満を並べ立てていたが、テランスはほとんど初めから聞き流していた。

帰られてしまったのはたしかに情けないが、一緒にいてもとうてい楽しめなかっただろう。ともかくあつかいにくい娘で、この女性がスチューの花嫁候補リストの二番目に位置づけられていたとすれば、そのリストは小銭を払う価値もない代物であるとしか考えようがない。

テランスは、氷上で給仕用の荷台を懸命に押している使用人を巧みによけて、キャロラインのそばへなめらかに滑り着いた。

「キャロライン」ほっそりとくびれた腰に手をおいて声をかけた。「一緒に滑ろう」

ドナルドはやや高すぎる鼻に皺を寄せた。「ダーリントン侯爵」せせら笑うような口ぶりだった。この坊やがせせら笑うような真似をしても、少しも見栄えがよくなりはしない。

「田舎の洞穴を出て社会復帰したという話はお聞きしてましたよ」

「そのとおりだとも」テランスは気どったそぶりのドナルドをそこに残して、キャロラインをそばに引き寄せると滑りだした。

キャロラインはスケートがうまく、ふたりは黙って滑りつづけた。そうしてふたり並んでいるのがきわめて自然であるようにテランスには思えた。向きあっていたときと同じように。結論。ふたりの相性は合っている。

「ありがとう」キャロラインがようやく口を開いた。

テランスはその顔を見おろしてはっとした。美しい。顔は毛皮に縁どられたマント式の外套のフードにふんわりと包まれ、頰は赤らみ、目が輝いている。「きれいだ。ピンクがよく似合う」

キャロラインはますます頰を赤くして、桟橋に陣取った十人編成の管弦楽団にでも興味があるかのように顔をそむけた。「あなたはとんでもない嘘つきなんだわ。ダーリントン侯爵」無理に笑おうとしているような柔らかな声だったが、笑ってはいなかった。完全には。「いままで、きれいだなんて言われたことはないもの」

「いま言ったんだが」

キャロラインは瞬きをして見上げ、今度はあきらかに笑った。「ええ、そう聞こえたわ」

テランスは尋ねたいことを伝える言葉を探した。「自分を醜いとは思わないだろう」結局口から出たのはこれだった。正しいとは言えないが、じゅうぶん伝わるだろう。

「ええ、そうは思わないわ」キャロラインはすぐに答えた。「つまり、なんていうか……醜くないと言いきれるわけではないとしても……」首を振る。「何を言おうとしたのかわからなくなってしまったけど、ダーリントン侯爵、ともかく、わたしは自分を醜いとも、きれいだとも思ってないわ。ちょうどその中間くらいで、どちらの特徴もないということなのよ」

「つまり、きみは完璧だということだ」

キャロラインはスケート靴を履いた足をもつれさせて転びかけたが、テランスがしっかりと支えた。腰に手をまわして、ほんとうに完璧だという思いを新たにした。細すぎもせず、太くもなく、ちょうどいい細さだ。

さらにはキスをしたときの唇の柔らかさや、自分の息と混じりあった甘い吐息を思い起こし、レディ・キャロライン・スターリングは完璧どころではないとテランスは気づいた。それはたったいまこの氷上に彼女を押し倒してのしかかり、エメラルド色にきらめく瞳を見たくてたまらないからだけではない。

そういうこととはまったく関係がない。

いや、少しは関わっているかもしれないが。

いずれにしろ、いちばん大きな理由は、泣いたときに、その瞳がどきりとさせる羊歯のような緑色に変わるからだ。キスをしたときにも、声を張りあげて文句を言ったときにも。レディ・キャロライン・スターリングは人を幸せにする情熱を秘めている。

その事実に気づきもしない男もいるが。テランスはペレリング伯爵のほうへちらりと暗い目をくれた。

あの男では生涯、その情熱に気づくことはできない。月に向かって吼える猟犬に狐を追わせる人々以外は情熱を持っているとは考えもしないのだろう。

かたや自分なら、その情熱を引きだして、たまにではなくもっと頻繁に搔き立たせてやれる男になれるのではないかと、テランスはこの数日考えるようになっていた。

いや、そういう男になれる自信はある。

だが、レディ・キャロラインを納得させるのは相当にむずかしい。むずかしいが、挑む価値はある。

それまで軽く握っていたキャロラインの手にしっかりと指を絡ませた。

キャロラインがぶるっと身をふるわせ、その振動が胸に伝わった。

「寒いのかい？」

キャロラインは言葉では答えず、黙ってうなずいた。

「どうして劇場で泣いていたのかな？」

キャロラインは身をこわばらせたが、それからすぐにこちらの力強さに屈したかのように見えた。首を振り、さらにため息をついた。「わからない」低い声で答えた。

「そうか」

またも身をこわばらせ、今度はそのままの状態が続いた。テランスは、またも自分ではわからないうちに気にさわることを口にしてしまったのだと気づいた。どうやら同じことを何度も繰り返しているようだ。

キャロラインが離れようとするそぶりを見せたが、テランスは雪の積もった岸辺へ導きながらも手を放さなかった。

「やっぱり、ダーリントン侯爵、あなたはレイク卿以上に高慢ではないかしら」

レイク卿。テランスは頭を悩ませた。レイク卿などという人物がいただろうか？ 高慢？ 笑わずにはいられなかった。自分が？ 高慢だって？ 考えたとおりのことをほとんど言葉にできず、しかも二年前に言語機能に障害があると宣告されたばかりの男を高慢だと呼ぶのは酷ではないだろうか。

だがふと、スチューにも同じようなことを言われたのだと思い返した。沈黙している自分はそのように見えているに違いない。

スチューは事情を理解しているが、キャロラインは知らない。

現に、アイヴィー・パークの使用人や住人たちも、自分とのやりとりに慣れるまでには、だいぶ時間がかかったようだった。

「じつは……」キャロラインに説明する言葉を思いめぐらせた。だが結局、言えたのはひとつだった。「きみを泣かせはしない」

上出来ではないか。短いが、ほんとうに言えたのだとすれば、甘く、なかなかに男らしい台詞だ。どういうわけか突如、雪溜まりのほうへ滑りだしながらも、ひそかに自分を褒め称えた。

それから冷たい雪溜まりにすっぽり埋もれてからようやく、レディ・キャロライン・スターリングにそこへ押しだされたことに気づいた。

ううむ。ということは自分で思ったほど甘くも男らしくもない言葉だったのだろうか？　間違いない。ほんとうにいとしく想い、結婚を考えている女性より、気軽に戯れる相手を口説くほうがはるかに簡単だったといまさらながら思い知らされた。

つまりはなんと自分は完全に恋に落ちてしまったということだ。テランスはそれをはっきりと悟った。というのも、頭を振って雪を払い、膝をついて起きあがったとき、こちらを睨みつけているレディ・キャロラインの首を絞めたいとは思わなかったからだ。

いや、ほんの少しだけ思ったかもしれない。

だがなにより、どうにかして自分の気持ちを伝えたかった。

ふしぎな感覚だった。

「泣かせはしないですって？」キャロラインはまぎれもなく緑色の瞳を涙で潤ませて訊き返した。

「泣いてしまうのは、そもそもあなたのせいじゃないの」その不可解なひと言を残し、キャロラインは氷を蹴って、テランスからもパーティからも離れていき、たちまち川の曲がりくねった先へ姿を消した。

「なあ、デア、ご婦人たちとの触れあい方を忘れてしまったようだな」

スチューが友人を助け起こしに近づいてきた。

「ああ」テランスは友人の手をつかんで、氷上に立ちあがった。「むずかしいもんだな。ようやくたったひとりの女性を理解しようという気になれたのに、よけいにわからなくなってきた」

スチューが軽く肩をすくめた。「とはいえ、デア、あのお嬢さんについては、きみの見方が正しかったことは認めよう」友人はレディ・キャロラインが消えた川の先へ目をすがめた。「平凡な女性なんかじゃない。たしかにきょうはすこぶる魅力的だ」

テランスはスチューを睨みつけた。親友は降伏を宣言するかのように両手を掲げた。「気づかなかっただけじゃないか」

ふたりはまた川の湾曲部の向こうへ目をやった。

「彼女と結婚する」テランスは言った。

「そうか」スチューはうなずいた。「そう言うと思ったよ。きみたちがスケートをしている姿を見ていてわかった」

「しかし、彼女はぼくにたいそう腹を立てている」テランスが目を戻すと、友人は人差し指で下唇を打っていた。「どうしてなのか、まったくわからない」首をかしげた。「ひょっとして、きみにはわかってるんじゃないか?」

スチュがまたとんとんと指で唇を打った。「そうかもな」

「そう思ったんだ。そうやって指で唇を打ちはじめたから」

スチューは右手をこぶしに丸め、胸の前で腕を組んだ。「ゲームのテーブルについているときも、このしぐさのおかげで追い込まれてしまう」

「ああ、知ってる」テランスはうなずいた。「だから、きみにはわりあい勝てるんだ」

「ああ、そうだよな」

「そうだ」

「きょうは寒いな。こんなに寒い冬を経験するのは初めての気がする」

テランスはもう言葉を返さなかった。

「あのふたりにはひどいことをしてしまったのかもしれない……いや、たしかにひどいことをしてしまった。レディ・キャロラインとその母親に。きみが死んでしまうんじゃないかと心配でならなかったときのことだ」

テランスは友人の言葉にただ片方の眉を上げた。

「そんな顔するなよ」

テランスは身じろぎもしなかった。

「わかった、正直に言おう。きみが死なないことは、もちろんわかっていた。フランスの病院でだいぶ快復していたからな。でも、頭に包帯を巻いた姿はほんとうに痛々しかった。それに、医者はみんな口を揃えて、きみは二度と話せない、たとえ話せるようになったとしても、知能に障害が残ると言ったんだ」

スチューは微笑(ほほえ)んだが、テランスはにこりともしなかった。

「ああ、わかってるさ、知能にはまるで問題ないんだよな」親友は不機嫌に言った。

「そう言ったはずだ」

「それでもともかく、きみを家に連れ帰らなければならなかったし、ロンドンには連れていきたくなかった。だから、レディ・ダーリントン宛てに、アイヴィー・パークを明け渡してほしいと手紙を書いた」

テランスはここでどうしても口にすべき言葉を思い起こそうと、しばしの間を要した。

「明け渡す？　どれくらいで？」口のなかに苦味を感じつつ、どうにか尋ねた。

スチューがまた唇を指で打ちはじめた。「おいおい、もう三年近く前のことだぞ。はっきりとは憶えて……」

「スチュー？」

「ああ、たしか二日だった。二日と書いたんだ」スチューは摺り足で近づいてきた。「だが、デア、そうするしか考えつかなかったんだ。きみの状態を誰にも知られたくなかった。きみが何を望んでいるかもわからなかった。また何かを望んでくれるようになるかどうかも。自分なりにあの状況でできるかぎりのことをしたんだよ」

テランスは深々とため息をついて、目を閉じた。「もう言うな」間をおいて言った。

スチューはぎこちなく立ちどまった。

「きみは誠実な友人だ、スチュー」

友人は頭を垂れて、スケート靴の爪先で足もとの氷を突き、その拍子に転んだ。すぐによろよろと立ちあがる。

「きみはぼくに……」頭に言葉が浮かびはしても、それを口に出すのがむずかしい。「当然のことをしてくれたんだ」ようやく言えた。スケート・パーティを見渡して、頭を振りつつ、ため息をつく。「そうでなければ、ぼくはあの人々にずたずたに傷つけられていただろう」

「ああ、いまはみんなきみを高慢野郎だと思い込んでるものな」

テランスは眉を険しくひそめた。

「それでいいじゃないか！」

友人の言うとおりだと気づき、表情をやわらげた。そしてつい含み笑いを洩らした。「ああ。少なくとも……」言葉が出てこない。

「頭がおかしくなったとは思われていない、だろ？」スチューが代わりに言葉を継いだ。

「そうだ」

スチューはにやりと笑って、テランスの背中を叩き、またも転んだ。

テランスは親友を引っぱり上げた。「それでもどうにか求婚しなければいけない。うまく話せなくても」人差し指で額を押した。「そのことを考えると、ひどい頭痛がしてくるんだ」

「はっ！　言っておくが、それは頭に残ってる銃弾とはなんの関係もないぞ。女性を相手にしなければならないんだから仕方ないんだ。男には理解不能な言語を話すんだからな。女性と意思の疎通をはかるのは、おれたちみたいに世慣れた男でも簡単じゃない」

テランスは親友をちろりと見やった。「きみはそんなに世慣れてるのか？」

スチューが渋面をこしらえた。「いや……それはつまり……」

「話せないのはどっちだ？」おどけて訊いた。

「ならば、ここから桟橋まで競争してみないか。それでけりをつけよう」

「桟橋のそばの氷は薄くなっていて危険だ」

スチューが大げさに驚いた口ぶりで言った。「ずいぶんと口がまわるようになったじゃないか」

まったく、スチューは減らず口の達人だ。皮肉を言うのもすこぶるうまい。テランスは親友のそんなところが好きだった。自分にとってはどうしても欠かせないものだ。「レディ・ウィザースプーンをくるりとまわって戻ってくるとしよう。きみが秒読みしてくれ」

「行くぞ」スチューは数えずにいきなり言い、ふたりは滑りだした。

5

『レディ・ウィザースプーンが、ダーリントン侯爵とスケートで競争していたミスター・ロナルド・スチュワートに衝突され、ぶざまにうつぶせに転んだうえ、スカートが破廉恥なほどめくれて、不愉快な思いをさせられた顚末は、その場にいた人々全員がたしかに見ていた。

ミスター・スチュワートとダーリントン侯爵は詫びようと懸命だったが、けんもほろろにはねつけられていたとのこと』

一八一四年二月四日付〈レディ・ホイッスルダウンの社交界新聞〉より

「ああ、ダッチェス」リニーは哀れっぽい声で話しかけた。「もう死んでしまいそう」

ダッチェスは上掛けの内側にもぐってすり寄ってきた。

リニーはとてつもなく体調が悪かった。熱は高いし、身体のふしぶしが痛む。もちろん、完全に自分のせいであるのはわかっている。外套を着ないで玄関扉から外へ飛びだし、スケート・パーティからは行くあてもなく逃げだして、付添人もなしに家まで帰ってきた。それだけ長く寒空の下で過ごせば風邪をひくのも当然だ。

「ねえ、リニー！」

リニーは母の甲高い声を聞いて、きつく目をつむった。

「もう、放っておいてよ」つぶやいて、上掛けの内側に身を丸めた。

ドアが開いた。「リニー、ペレリング伯爵がいらっしゃってるわ。起きなければだめよ」

「お母様、具合が悪いの」

「ペレリング伯爵がいらしてるんだから、そんなことは言ってられないでしょう！」

ペレリング伯爵からどうかわたしをお救いください。ふいにそんな文句が頭に浮かび、にわかにほんとうに逃げだしたくなってきた。これほど気を滅入らせる相手と結婚などできるだろうか？

といっても、こちらが勝手に気が滅入っているのだから、ペレリング伯爵に非はない。それどころか好感の持てる男性であるのは間違いない。ただ少し髪が足りない。

それに、猟犬にうつつを抜かしている。これはあまり好ましくない。

ああ、そんなふうに意地悪く考えてしまうなんて、ダーリントン侯爵と同じように高慢な鼻持ちならない人間になってしまったのかしら。

ダーリントン侯爵。雑多な感情が胸に押し寄せ、暑さと寒さを同時に感じた。でも暑さと寒さを同時に感じたとしても不自然ではない。なにしろ風邪をひいてるんだもの。

ともかくいまは逃げだしたい。

母がつかつかと部屋に入ってきて、ベッドの脇に立って見おろした。「リニー、あの方は結婚を申し込みに来られたのよ。わたしまで胸がわくわくしてしまうわ。あなたが結婚できるなんて思いもしなかったのだから」

「恐れ入ります、お母様」

「なんといっても、あなたはもう二十六になるのよ、リニー。わたしがあなたの歳の頃にはすでに結婚して子供もいたわ」

リニーは大きなため息をついて、上掛けの内側からちらりと目を覗かせた。「ほんとうに具合が悪いのよ、お母様。ペレリング伯爵に、またあらためてお目にかかりたいとお伝えして」

「そんなことは言えないわ」ジョージアナはリニーのお気に入りの羽毛が詰まった上掛けをめくった。

うわ、寒い。

「リニー、ペレリング伯爵はあなたにはもったいない方なのよ。さっさとベッドから出て求婚をお受けするの」

「いやよ」

「わかったわ。それなら、わたしが代わりに受けておくから」

「やめて！」リニーは声をあげた。

ドアのほうへ歩きだしていたジョージアナがけげんそうに振り返った。「どうして？　あなたがそんなに具合が悪いのなら、わたしが代わりに求婚にお答えするしか仕方がないでしょう。いいこと、リニー、いまのうちに正式に婚約しておかなければ、ペレリング伯爵を逃してしまうかもしれないのよ。そんなことになったら、どうするつもり？」

わずかに動いただけで、リニーの身体のあちこちに激しい痛みが走った。それにものすごく寒い。

ダーリントン侯爵に抱きしめられたときのぬくもりが呼び起こされ、よけいに痛みが増した。

母のことはよくわかっている。ジョージアナ・スターリングは娘がいき遅れてしまうことを心配しているのではない。ペレリング伯爵が大切な花嫁の母に小遣いを恵んでくれるのを期待しているだけのことにすぎない。せめてミスター・エヴァンストンのおじが亡くなるまでのあいだだけでも。あいにく、ミスター・エヴァンストンは一文無しも同然だった。とはいえ病気療養中のおじが息絶えれば、相当な財産が転がり込んでくることになっている。

そのおじはもう十年近くも療養中のようなのだが。

「お母様がペレリング伯爵と結婚すればいいじゃない」リニーは冗談半分に言った。

「なんてこと言うの、リニー！」母は衣装簞笥のほうへ歩いていき、ドレスを引きだした。

「最近、あなたに何があったのか知らないけれど、いやみな子になったわね」

「あら、わたしは真剣に言ってるのよ、お母様。どうして、ミスター・エヴァンストンと結婚なさりたいの？　お母様なら選び放題じゃないかしら。どうして、いますぐに欲しいものをくださる方と結婚しないの？」

母は見るからに面食らっていた。

「あのね、リニー」しばらくして口を開いた。「ミスター・エヴァンストンは、わたしが欲しいものを与えてくれているわ。わたしを大切にしてくれるし、もうすぐお金も与えてくれる。ペレリング伯爵や、社交界のほとんどの殿方が関心を向けているのは愛人や、馬車や、猟犬で、何にもまして自分自身が大事なのよ」母はここでさらに背を伸ばした。

最後の部分は、いまはどこにあるにしろ父の魂に向けた言葉なのは間違いなかった。

ダッチェスがミャオと鳴いて、リニーにすり寄ってきて、ぬくもりを与えてくれた。力をふりしぼって片肘をついて上体を起こし、上掛けの端をつかんで引き寄せると、またその内側にもぐった。目を閉じて、枕に頭を沈ませた。「わたしも大切にされたいのよ、お母様。ペレリング伯爵とは結婚できないわ」

ダッチェスが鳴き声をあげたので、愛猫を抱き寄せた。かわいそうに猫たちにはすぐに納屋を確保できそうにない。それどころかもしかしたら生涯独身で、派手好きな母と、脂ぎった継父と同じ家で、存在していないかのようにひっそり暮らすことになるのかもしれない。

でも、いつなんどきこの頭痛でこと切れるかもしれないのだから、いまはそんなことを気にしてはいられない。

「リニー」

「もうやめて、お母様。頭が痛くて考えられないのよ」

ありがたい沈黙がしばらく続き、やがて母の絹のスカートが擦れる音がした。「ペレリング伯爵には、数日後にあなたの具合がよくなってからおいでくださるよう伝えておくわ」

母はドアを開いた。神よ、感謝します。

「リニー、ほんとうにどうなっても知らないわよ。こんなに意固地な態度を取るのは二歳のとき以来だわ」

二歳のときはいまより関心を向けてくれていたということなのだろう。

「これもあなたにはいい教訓になるわ。きのうも、スケート・パーティから逃げだすべきではなかったのよ。風邪をひいたのは自業自得ね」

母親というのは病気になったわが子にキスをするものではないの？

「それと、ダーリントン侯爵には今後いっさい近づいてはだめよ。逆立ちしても手の届かない相手を慕っても無駄でしょう、リニー？」

得体（えたい）の知れない怒りが胸に燃え立った。手の届かない相手ですって？　ばかばかしい。単に理解不能な人間というだけだわ！

母は娘が何か言い返すのを期待しているかのようにそこにとどまっていた。が、リニーには言い返す体力も気力もなかった。しばらくしてドアが閉まり、母は歩き去った。

静寂。穏やかで心地よい喜ばしい静けさ。

自分より猟犬を大切にする夫と田舎暮らしをすれば、こうした静かな時間を頻繁に、もしかしたらほとんどずっと過ごせるのだろう。

そんなことを考えているうちにふと、一週間前に劇場で自分が泣いていた理由にようやくはたと思いあたった。

ダーリントン侯爵のような人間に心を動かされたのも、おそらく同じ理由なのだろう。

つまり、母がきょうも、そしてこれまでほとんど毎日言っていたことは事実ではなかったからだ。ペレリング伯爵は自分にとって、もったいない相手ではない。もったいない相手などいない。

わたしにも幸せと満足を得る資格がある。

ペレリング伯爵がそのふたつを与えてくれるとはとうてい思えない。伯爵にも互いにふさわしいと思いあえる女性はいるだろう。でも、その女性は自分ではありえない。

その証拠にダーリントン侯爵とのときのように、ペレリング伯爵とはキスをしたいとはみじんも思わなかった。

またもうっとりとする心地がよみがえり、リニーはその事実に気づけてほんとうによかったと思った。

とはいうものの、よくよく考えてみれば、熱に浮かされて幻想をみているだけで、長身で浅黒い、ウェーブのかかった濃い髪の、気だるい夏空のような色の瞳をした美男な侯爵とは、なんの関わりもないことなのかもしれない。

あの人とはなんの関係もない。

リニーは穏やかな笑みを浮かべ、ぼんやりとまどろみつつ甘美な夢のなかに落ちていった。奇遇にも、その夢のなかで主役を務めているのはダーリントン侯爵で、それはこのうえなくすてきな物語だった。

6

『信じがたいことだが、レディ・キャロライン・スターリングが、ペレリング伯爵の求婚を断わっていた！　親愛なるリニーよ、貴女はもはや二十代も半ばだというのに！　いったい何を考えているのだろう？

もしや猟犬の群れより自分をはるかに大事にしてもらえる結婚をしたいとでも思い立ったのではあるまいか？

それならば頷（うなず）ける。この推察が当たっていることを筆者は願っている』

一八一四年二月九日付〈レディ・ホイッスルダウンの社交界新聞〉より

リニーはラムパンチのグラスを矢継ぎ早に空けていた。なにしろ外は凍えるほど寒かったので、ラムパンチを飲むと爪の先まで温まった。そのうえ、このシェルボーン家のバレンタインデー舞踏会の会場では、すっかり取り残されている自分をよそに独身男女の誰もが目当ての相手を探してさまよっているように見える。そして、なにより大きな問題は、不作法に雪溜まりに押しやって以来初めて、ダーリントン侯爵とふたたび顔を合わせる機会に神経が昂（たかぶ）っていることだった。あれから瞼（まぶた）を閉じるたび、その姿が夢に現われている。

しかもその夢は、とうのたった独身女性には想像しがたいものばかりだ。

というわけで、ラムパンチを飲む理由はじゅうぶんにある。いずれにしても沈黙を守るのが肝心なので、口が緩むおそれのあるところには近寄らないようにしていた。

ところが、無性に喋りたくなってきた。

好ましい兆しとは思えない。

リニーは人込みに落ち着きなく視線を走らせた。少なくとも、ペレリング伯爵はいないはずだ。スケート・パーティの二日後にようやく体調が快復して伯爵に会い、求婚を断わっていた。

ペレリング伯爵は、アニーのみならず屋敷じゅうの人々に聞こえる剣幕で時間を無駄にしたと不満をぶちまけ、有能な猟犬の価値がわかるどこかの地主の娘と結婚するためにストラトフォードシャーへ帰っていった。ビーバー毛皮の帽子を手早くかぶって、そもそもその娘と結婚していたはずで、ロンドンに来るつもりなどなかったのだと吐き捨てた。

それがペレリング伯爵の姿を見た最後となった。

正直なところ、申し訳ないとは思っていない。むしろ、ことあるたびに泣きたくなる症状が消えてなくなり、ここ数日で自分らしさを取り戻せてきたように感じている。

もちろん、ダーリントン侯爵についての問題はまだ残っている。

こちらも、風邪で寝込んでいたときに訪ねてきていた。ただし、母がその事実を娘にはけっして伝えないようアニーに口止めしていた。けれどこの侍女は母の目を盗んでリニーに伝言と、侯爵が持ってきた一本の素朴なピンクの薔薇も届けた。

伝言はいたって簡潔なものだった。〝お大事に〟

当然ながら、リニーはとまどった。これまでのことを考えてみても、ダーリントン侯爵はどうも世間から見られている印象とは正反対の人物のように思えてならない。

ほんとうは、この頭のなかに浮かぶ妙な考えをなんでも話せる相手なのではないだろうか。しかも、そういった話を理解してくれるような気がする。

そんなことがありうるとしたら、奇跡だ。

自分を気に入ってくれていて、そのうえ通じあえる類いまれな感性を授けられた男性がいるとしたら、これこそ完璧と呼べるのではないだろうか。

いっぽうで、とんでもなく礼儀知らずであるのを考えると、すべてが自分の勘違いにすぎないようにも思えてくる。

ともかく、リニーは何がなんだかわからなくなっていた。

いまや見慣れた肩幅の広い長身のその姿が視界に入って、胸が高鳴りだしたのをはっきりと感じた。

シェルボーン家の舞踏場で声高に歌ったりダンスを踊ったりしないようにラムパンチのグラスの半分をいっきに呷(あお)ったので、当然ながらよけいに頭もくらくらしてきた。

ほんとうなら今夜の目的を果たすのはべつの機会に延ばして、踵を返して家に帰るべきなのだろう。

ところがどうやらリニーの思考はまともに働かなくなっていた。背筋を伸ばし、見失わないように広い背中を目で追い、レースで覆われたテーブルのあいだを縫って、クリスタルガラスのシャンデリアから垂れさがってたなびいているピンクや赤のたくさんの布飾りをくぐり抜けて進み、ダーリントン侯爵の肩をぽんと叩いた。

侯爵が振り返ってじろりと見おろし、リニーは思わず息を呑んだ。白いベストに黒い上着を身につけた姿はこの世のものとは思えないくらい颯爽（さっそう）としていて、リニーの鼓動は卒倒しそうなほど速まった。

いいえ、見惚れてはいられない。今夜の目的を果たさなくては。

「ダーリントン侯爵」呼びかけてから、声が少し甲高くなってしまったことに気づいた。

侯爵が眉をひそめた。

ああ、どうしてこの人はこうもぶしつけな態度が取れるのだろう。自分の作法は天下一だとでも思っているのかしら。たいしたものね。

「ごめんなさい」さっさと事をすませたくて早口で言った。ダーリントン侯爵が自分に惹かれているという考えが、いじめっ子のごとく頭のなかで飛びまわっている。このようなばかげた考えがいったいどこから湧いてくるの？

そんなことはどうでもいい。ダーリントン侯爵に、雪溜まりのなかへ押したことを謝りたかった。たとえこの世で最も失礼きわまりない男性だとしても、自分も同じように不作法なことをしてはいけない。

「スケート・パーティで押したりして悪かったわ」

ダーリントン侯爵は目をしばたたいたが、何も言葉を返さなかった。

「それだけよ」リニーは言った。もう二度と不作法なことはしたくないと思いつつ、侯爵の顔にラムパンチの残りを引っかけてやりたくてたまらない。

実際、グラスに残ってさえいたら、やっていただろう。ふしぎなことに、いつのまにか飲み干していた。手にした空のグラスを念力で満たそうとでもするように睨んだ。

「踊ろう」ダーリントン侯爵が言った。

この人は尋ねるということができないの？　命令すれば自分の周りの人間を誰でも従わせられると思ってるの？

侯爵はグラスを取りあげて、隣に立っていた細身で背の高い金髪の男性に手渡した。それから、リニーの腕を取り、舞踏場の中央へ導いていく。

リニーはためらった。やめておいたほうがいい。あきらかに酔いはまわっていて、たとえダンスのステップや動きを思いだせたとしても、足どりのふらつきは隠せない。

「だけど……」

ダーリントン侯爵が向きなおって言った。「始めよう」

神様、ダーリントン侯爵ほど高慢な人間がこの世にいるでしょうか？　困ったことに、ラムパンチの酔いに怒りが加わって、胃がむかむかしはじめた。

この侯爵とともにいて品位を保つのはとてつもなくむずかしい。どうしても頭をぴしりと叩きたくなってしまう。と同時にもちろん、その腕のなかに飛び込んで、ロゼッタ石が故郷から遠く離れた地で展示されている事実に、ほんとうに切なさを感じているのかどうかを確かめたい。

「気分がよくないのよ、ダーリントン侯爵」リニーは言った。「踊りたくないわ」

侯爵は足をとめ、虚をつかれたふうに眉根を寄せた。「ダンスを踊ろう」

リニーはかぶりを振った。「いやよ！」またも品位を汚す行動だと知りつつ、侯爵の手をふりほどいた。この人といると必ず失態を演じるはめになる。「ダーリントン侯爵、あなたってほんとうに最低だわ！」

そばで踊っていた何組かの男女が足をとめて凝視し、ふたりの後方に立っていたすらりとした長身の紳士はくっくっと笑いだした。

リニーはただもう恥ずかしくてたまらなかった。なんてひどいことをしてしまったのだろう。「ごめんなさい」すぐに詫びた。

「これ。受けとって」ダーリントンは言い、折りたたんだ紙を突きだした。

リニーは眉をひそめてその紙を見つめるうち、舞踏場全体がゆっくりと回転しているように思えてきて、ダーリントン侯爵の磨きあげられたブーツにこの晩食べたものをすべて吐きだしたくなった。

「受けとってくれ、頼む」

頼む。侯爵がそう言った。リニーはその紙をつかんで深い襟ぐりの胸もとに押し込み、ふらつきながらもひとりになれる場所へ進みだした。

いまのところはまだお腹のなかで波打っているラムパンチをもう一度目にすることになるのは間違いない。リニーはただひたすら、その場面を誰にも見られないところへ逃れることだけを考えていた。

ダンスはやめよう。ほんとうはそう言いたかったのだ。テランスは、キャロラインが談笑する招待客たちのあいだを縫うようにして急ぎ足で部屋から出ていく姿を見ていた。ここへ来る前に現在の困難な立場についてさんざん考えた末、レディ・キャロラインに求婚もできないようなら、アイヴィー・パークへ帰って、もう少し話す練習をしてから社会に戻るしかないという結論に至った。

それでも、ひょっとしてレディ・キャロラインが一緒に来てくれるかもしれないという希望を抱いていた。少々風変わりな彼女のいない人生はいまや思い描けなくなっている。その姿を見ているだけで楽しい。あの目を通して、頭のなかの考えがすべて読みとれるような気さえする。

キャロラインが自分のおそらくは野蛮にすら見えるしぐさに反発を覚えているのはわかっている。だからこそ、これまでにないほど言葉で気持ちを伝えたいと思った。

違うんだ、ぼくは命令したり、きみを怒らせたりするつもりはないんだと、テランスは叫びたかった。なにをおいても、きみを幸せにしたい。きみとダンスを踊りたい。いや、ダンスでなくたっていい。一緒に歩いてもいいし、立っていても、坐っているだけでも。なにより、きみのそばに立って、柔らかな肌に触れ、唇を味わい、きみの声を聴いていたい。

そしてなんとしても、きみを暗がりから連れだして、いままで見過ごされてきたものをみんなに認めさせたいんだ。

テランスはこの気持ちをキャロラインにわかってもらいたくてここへ来たのだが、自信があったわけではなかった。正直なところ、自分にそこまで話せる能力があるとは思えなかった。そこで、この数日を費やして気持ちを紙に綴(つづ)った。

いまはただキャロラインが歩き去っていったほうを見つめ、自分が紙に綴った言葉から真意を汲(く)み取ってくれることを願うしかなかった。

7

『レディ・キャロライン・スターリングがペレリング伯爵の求婚を断わったのは、ダーリントン侯爵を好きになったからだということが、ありうるのだろうか？　それにしても、ダーリントン？？？　この人物こそ、三年前、わずか二日ですべての荷物をまとめろと迫り、レディ・キャロラインを家から追いだした張本人だったのでは？

　レディ・キャロラインの心境は知るよしもないが、シェルボーン家のバレンタインデー舞踏会では、ダーリントン侯爵に罵(ののし)り言葉を投げつけていたという（非常に多くの招待客がそれを聞いていたことを付記しておく）。

　筆者の経験からすると、本物の愛であればこそ、淑女の慎み深い言語能力すらも狂わせるものである』

一八一四年二月十六日付〈レディ・ホイッスルダウンの社交界新聞〉より

リニーが目覚めると、ベッドの足もとに三匹の猫が勢ぞろいしてじっとこちらを見ていた。こんなことはこれまで一度もなかったので、前夜の自分の有様が猫たちの話題にのぼっていたのをすぐに悟った。

「もう、放っておいてよ」

ダッチェスがミャオと鳴いた。

「ええ、たしかにゆうべは醜態をさらしてしまったわ。レイク卿の尻尾に胃の中身を吐きだしてしまったんだものね。でも、気持ち悪かったんだもの、仕方がないでしょう」

レイク卿が横柄に片側に首を傾け、リニーはそのしぐさがダーリントン侯爵そっくりに見えて、はっとした。「そうね、ラムパンチを飲みすぎたことは認めるわ。でも、それはともかく、ほんの数日前まで風邪で寝込んでいたという事情を考慮してくれてもいいはずよ」

ぶつぶつ嬢(スピット)はつぶやきのようなものを発した。

リニーは首を振って、不満の声を洩らした。上掛けをめくり、床に足をおろす。いまもまだ、シェルボーン家の舞踏会で身につけたピンクのドレスの下に着ていた絹地のペティコート姿だった。

ピンクのドレスを選んだのは、以前ダーリントン侯爵からピンクがよく似合うと言われたからだ。こんなみじめなことがある？

考えて選んだドレスがすっかり汚れて床にくしゃくしゃに丸まり、悪臭を放っている。あれは燃やしてしまおう。

そして、今後二度とラムパンチは飲まない。

ドレスの脇に、折りたたまれた紙が落ちていた。リニーはしばしそこに目を凝らし、その紙がなんであったのかを思いだそうとした。

片手で頭を押さえつつ、慎重に身を乗りだして紙を拾い上げた。広げた瞬間、ダーリントン侯爵がその紙を突きだして受けとれと迫ったときの記憶が、朦朧(もうろう)とした頭によみがえった。

「あの人、わたしに何かを突きだして命令するのが好きなのかしら？」

猫たちは身じろぎもせず、紙を読むのを待っているかのように見える。「わかったわ、読むわよ」リニーは紙に綴られた文字に目を落とした。

〝いとしいキャロライン〟。書きだしは悪くない。

〝うまく言葉を口にできないので、ぼくのことを手紙で伝えたい。この問題は克服して妻を娶れるものと思っていたんだが、考えていた以上に話す能力は取り戻せていなかったらしい〟

リニーは眉をひそめた。

〝まず、きみたちをアイヴィー・パークから追いだす形になってしまったことをお詫びしなければいけない。言いわけするつもりはないが、当時指示を出したのはぼくではなく、何が起きていたのかも知らなかったんだ。この件について説明しよう。たとえぼくの求婚を受けるつもりがなくとも、この内容はどうかきみの胸にとどめておいてほしい〟

求婚を受けるですって？　リニーは紙を落とし、すぐに這いつくばるようにしてふたたび拾い上げた。

〝ぼくは戦争で負傷した。そのせいで、言いたいことをうまく言葉にできない障害をかかえている。奇妙な話に聞こえるかもしれない。世間に理解してもらいにくいことであるのも承知している。この事実を知れば、ベツレヘム精神病院にぼくを閉じ込めようとする者もいるだろう。だが、きみは理解してくれると心から信じている。誓って、ぼくの精神は健全だ。心と舌を繋ぐ経路のどこかに損傷があるのだろう〟

もちろん、リニーにはちゃんと理解できた。

〝いまきみに愛していると言いたい。きみの目も、喉も、口も、唇も好きだ。きみが言うまいと必死にこらえながら口に出してしまう言葉も好きだ。ぼくの汚れたハンカチを胸ポケットに押し込んだきみも愛らしかった。いままでほかの誰にも感じたことのないものをきみに感じていて、この感情を永遠に抱きつづけていたいと心から思う。ぼくがたいした価値のない男であるのはわかっているが、どうか結婚してくれないか？　これからの人生をきみを愛することに捧げ、きみが話してくれることをすべて聞きたいんだ。きみはぼくのぶっきらぼうな物言いにつきあわなければならないのだから、負担をかけてしまうだろう。でも、それができる人間がこの世にいるとすれば、きみしかいないと信じている。きみに拒まれたなら、まだロンドンで暮らせる状態とは思えないので、アイヴィー・パークに戻ることにする。明朝発つつもりだが、いまはまだ帰路につくのをきみが遅らせてくれることを願っている〟

「なんてこと！」リニーは声をあげた。頭の痛みはたちまち忘れてベッドから跳ね起きた。「いま何時？」猫たちが、気がふれたのかとでもいうように見ている。

化粧着をつかんで羽織りながら部屋を飛びだした。「いま何時？」声を張りあげて、階段をどたどたとおりていく。

テディが客間から出てきたが、目を丸く見開いて、さっとあとずさった。

「テディ！」リニーは哀れな若い執事に詰め寄った。「いま何時？」

テディは目を伏せてそらした。「あの、ええと、正午ではないでしょうか、キャロラインお嬢様。少なくともその前後だと思います」

「まあ、大変！　ダーリントン侯爵は早起きなのよ」

「何ごとなの？」母が食堂からすっと出てきて、ぴたりと足をとめた。「リニー！　何をそんなに騒いでるの？　それにどうしてダーリントン侯爵が早起きだなんて知ってるの？　だいたい、ちゃんと着替えなければだめでしょう」

「お母様、わたし、ダーリントン侯爵と結婚するつもりなんだけど、あの方を不快になど少しも思っていないことを、きちんとお伝えしなくてはいけないのよ」

「どういうこと？」

リニーはラックから婦人帽(ボンネット)を取って、玄関扉をぐいと開いた。「あとで説明するわ」そう答えて踏段を駆けおり、ダーリントン侯爵のロンドンの屋敷がある方角へ向かった。

駆けながら婦人帽をかぶろうとして、ダーリントン侯爵の帽子を持ってきてしまったことに気づいた。フリル飾りが多めのうえ大きすぎて、間違えて母の帽子を持ってきてしまったことに気づいた。母のいる家から二ブロック離れ、ダーリントン侯爵の家まであと一ブロックというところで、テディが追いついてきた。

「キャロライン お嬢様！」唾を飛ばして叫び、リニーの腕をつかんだ。「何をなさっているのです？」

テディは喘(あえ)ぐように息を切らしている。

いっぽうリニーは風のごとく疾走している気分になっていて、どうしてもとまりたくなかったので、その気持ちを伝えた。「とまれないのよ、テディ」執事の手を振り払い、ずんずん進んでいく。

テディも必死に追ってきた。「キャロ……ラ……お嬢様」とうとう立ちどまり、ぜいぜいと息をついた。「いけません……靴を履かなければ！」

リニーは靴を履いていない自分の足をちらりと見おろした。どうりで寒いはずだ。それでも立ちどまらず、速度をあげて角を曲がると、長身の堂々とした男性が旅行鞄(かばん)を持った従僕に指示している場面に出くわした。

「ダー……」リニーはそれがダーリントン侯爵ではなく友人のほうだと気づいて、声が消え入った。スケート・パーティでもシェルボーン家の舞踏会でも侯爵と話していた男性だ。

男性は口をぽっかりあけて、瞬きを繰り返した。「レディ・キャロライン？」信じられないといった面持ちで言う。

「キャロラインお嬢様！」テディが息せき切って呼びかけ、背後に駆けつけた。

「あら、レディ・キャロライン」見ると声をかけてきたのは、幌なしの二頭立て四輪馬車の高い御者台で手綱を持ったライザ・プリチャードだった。その隣には美男なサー・ロイス・ペンバリーが坐っている。リニーが反射的に手を振り返すと、ライザは何もかもいつもどおりといったふうに微笑んで、速やかに通りすぎていった。

「キャロライン」状況を完璧に察したダーリントン侯爵の低い声がした。

リニーは踏段の上を見あげ、いっきに駆けのぼって、ダーリントン侯爵の腕のなかへ飛び込んだ。この二週間のうちで何度こうしたいと思ったことだろう。

あの美しい手で引き寄せられ、力強い腕で抱きしめられている。

ふたりに言葉は何ひとついらなかった。リニーはようやくすべての事情を理解し、侯爵にもそれが伝わっていることがはっきりとわかった。リニーはとうとう帰る場所を見つけた。

「ここでは……」侯爵が言いよどんだ。

リニーは後ろを振り返った。「みんなに見られてしまうわね」

「ああ」

通りには使用人たち、物売りの人々、馬車や、通りすがりの男女が詰めかけ、踏段の下には三匹の猫が並んでいた。

「いますぐ花嫁にしてもらわなくちゃ困るわ」リニーは言った。「完全に評判に傷がついてしまったもの」

「お望みなら」ダーリントン侯爵はリニーを抱きかかえて屋敷に入った。ダッチェス、レイク卿、スピット嬢もすぐに玄関先の踏段をあがってきて、自分たちにとっても新たな住まいであるのを知っているかのように、ドアが閉まる前にするりとなかへ入った。

侯爵は立ちどまらずに進んだ。リニーもいまではあられもない身なりを否応なしに自覚させられていたので、これは心からありがたかった。どの部屋の前にも口をあけた使用人たちが立っているように見える。

侯爵は長い廊下を悠然と進み、螺旋状の階段をのぼっていく。

ぞんざいな態度もこういうときにはかえって好都合なのかもしれない。

暗い部屋に入って、ダーリントン侯爵が足でドアを蹴って閉めると、スピット嬢の不満げな鳴き声が聞こえた。

「愛してる」侯爵が言い、リニーをベッドにおろした。「だからきみと愛しあいたい」

リニーは眉をひそめた。「手紙ではちゃんと頼めたのに――」そこで口をキスでふさがれ、上掛けの上に押し倒されて、何を言おうとしていたのか忘れてしまった。

「では、これではどうだろう？　十二回のキスから始めてもらえませんか？」侯爵は唇を寄せて問いかけた。

「そのほうがずっといいわ――絶対に」リニーは応じた。

侯爵はしばらくじっくりとキスをしてから、少し身を引いて、かすれ声で訊いた。「数えきれるかな？」

「百回くらいは」

「数百万回はしたいんだが」

リニーはしばし考えた。「そんなには――」

テランスはいたずらっぽく含み笑いしてリニーを抱き寄せ、首に軽く噛みついた。

リニーはふるえた。全身の神経が肌の表面に浮きあがりそうなほど待ち遠しくてぞくぞくする。

「きょうだけでそれくらいはいく。あすはまた一から数えよう」

「まあ、楽しみだわ」息をはずませて言うと、大きな逞しい手が両脇をのぼってきて乳房を包んだ。

目を閉じて、愛する男性の美しい髪に手をくぐらせ、その唇を自分の唇に引き寄せた。

「あなたとキスをするのは、十二回でも、百万回でもかまわない。とにかく、いつまでもずっとキスしていたいの。この世でいちばんすばらしいことだから」

「もっとすばらしいことを教えてあげよう」テランスは言うと、唇をリニーの顎へ移し、鎖骨へ滑らせ、さらに下へ、寝間着の薄い布地を舌で湿らせて進んだ。

リニーは乳首を舐められ、テランスの肩をつかんだ。肌がさざ波立っているように感じられる。彼の身体の下で身悶え、もどかしげな声を洩らした。

「それもすばらしいわ」どうにか言葉を発した。

テランスは笑った。「教えてあげようと言ったのは、この程度のことじゃない」

「それなら教えて。いますぐ」

「尋ねてもくれないのかい？」片手をリニーの腹部にあてる。

リニーは目を開いた。自分をこんなふうに真剣に見つめてくれた人はいままでいなかった。高揚と安心と幸せを同時に感じた。

「愛してるわ」

「ぼくもきみを愛してる」

目の表情から、それが本心だということがはっきりと見てとれた。

「だけど」リニーは言った。「あなたはあまり話さないはずの人なのに、そのほうがかえってありがたいときには長々とお喋りを始めるのね。ほんとに癪にさわるわ」

テランスはにっこり笑い、片方の頬にくっきりとえくぼをこしらえた。それから、憎らしくもウインクしてみせた。

「ごめん」そう言って、またもキスをする。

「これで四回目ね」そのあとはもう数えることをいっさい忘れてしまった。

三十六通のバレンタインカード

ジュリア・クイン

カレン、スージー、ミアに――なんて豪華な顔ぶれ！

それと、ポールにも。わたしのラップトップをバルコニーから放り投げかけたけれど（コンピュータに罪はないのよ、ハニー）。

プロローグ

五月、スザンナ・バリスターは夢にみていたような男性と出会った……。

『ハムステッドでレディ・トロープリッジが開いた舞踏会については、ご報告したいことがあまたあり、ひとつの記事に収められるかどうか自信がない。とはいえ、その晩おそらくは最も人々を驚かせ、ロマンチックであったと評されている出来事は、いまだ謎の多いレンミンスター伯爵のご令弟、クライヴ・マン‐フォームズビーが、スザンナ・バリスター嬢にダンスを申し込んだ瞬間であった。

濃い色の髪に黒みがかった瞳のバリスター嬢は社交界でも独特な美貌の持ち主として知られるものの、この日ミスター・マン‐フォームズビーと円舞曲（ワルツ）を踊るまでは飛び抜けて目立つ部類の令嬢ではなかったのだが、この晩はそれ以降もダンスを申し込む紳士は途切れなかった。

バリスター嬢に求愛する者はこれまでにもいたが、そのなかにミスター・マン‐フォームズビーのように見目麗しく、大勢のご婦人がたを魅了し、ため息をつかせ、失神させ、傷心を抱かせている男性はいなかった』

一八一三年五月十七日付〈レディ・ホイッスルダウンの社交界新聞〉より

六月、スザンナはこれ以上にない幸せをつかもうとしていた。

『先週末のシェルボーン家の舞踏会でも、ミスター・マン-フォームズビーとバリスター嬢は社交界で最も注目されるカップルとして黄金の輝きを放っていた――バリスター嬢の髪はきわめて濃い褐色なので、黄金というのはあくまで喩えだが。されどミスター・マン-フォームズビーはそれを補って余りある金色の髪をしており、筆者はもともと感傷的に綴る性分ではないのだが、まさしくふたりの周りはどことなく活気づいているように見えた。照明は輝きを増し、音楽は陽気に響き、空気はたしかにきらめいていた。

というわけで、今回はこの辺で筆をとめることとしよう。このように乙女心が盛りあがってしまっては、外の雨にでもあたって、いつもの気難し屋な婦人に戻してもらわなくてはば』

一八一三年六月十六日付〈レディ・ホイッスルダウンの社交界新聞〉より

七月、スザンナは指輪をはめられる光景を思い描きはじめた……。

『先週の木曜日、ミスター・マン-フォームズビーがメイフェアで最も高級な宝石店に入る姿が目撃された。結婚式の鐘が鳴らされる日も遠くないだろう。花嫁となるのは、やはり誰もが想像するあのご婦人だろうか？』

一八一三年七月二十六日付〈レディ・ホイッスルダウンの社交界新聞〉より

そして、八月となった。

『社交界の色恋沙汰は、うんざりするほど容易に予想のつくことがほとんどだが、筆者ですら面食らい、驚かされることも時どき起こる。

ミスター・クライヴ・マン-フォームズビーが結婚を申し込んだ。

が、そのお相手は、スザンナ・バリスター嬢ではない。

ミスター・マン-フォームズビーはこの数カ月、人目も憚らずバリスター嬢に言い寄っておきながら、ハリエット・スノウ嬢を花嫁に選んだのだ。そして、先日の〈ロンドン・タイムズ〉紙に掲載された告知記事を読むかぎり、スノウ嬢もこれを承諾した。

この件に関するバリスター嬢の反応は不明』

一八一三年八月十八日付〈レディ・ホイッスルダウンの社交界新聞〉より

よって、さらに切ない九月を迎えた。

『スザンナ・バリスター嬢がロンドンを去り、年内はサセックスの本邸で過ごすとの知らせが届いた。

その心情は察するに余りある』

一八一三年九月三日付〈レディ・ホイッスルダウンの社交界新聞〉より

1

『先月、レンミンスター伯爵のご令弟、クライヴ・マン－フォームズビーが、伯爵家の先祖伝来の本邸で、ハリエット・スノウ嬢と挙式したことは筆者の耳にも届いていた。

この新婚夫妻が冬の社交行事を楽しもうとロンドンに戻ってきたのだが、先の社交シーズンにロンドンに足を踏み入れていた者なら誰もが知ってのとおり、ミスター・マン－フォームズビーがスノウ嬢へ求婚する直前まで熱心に口説いていたスザンナ・バリスター嬢もまたこの街に戻ってきている。

ロンドンで夜会を催すご婦人がたはみな今頃、招待客名簿の調整にあたっているに違いない。マン－フォームズビー夫妻とバリスター嬢を同じ催しに招くのは避けたいところだ。ただでさえ外は凍える寒さだというのに、クライヴとハリエットとスザンナの鉢(はち)合わせがその場の空気を凍りつかせることは目にみえている』

一八一四年一月二十一日付〈レディ・ホイッスルダウンの社交界新聞〉より

ちょうど懐中時計を確かめたミドルソープ公爵によれば、いまは午後十一時六分きっかりで、この日が一八一四年一月二十七日の木曜日であるのも、スザンナ・バリスターはもちろん知っていた。

したがって、一八一四年一月二十七日、木曜日の午後十一時六分ちょうどに、スザンナは願い事を三つ胸のうちで唱えたが、そのどれひとつとして叶わなかった。

ひとつ目の願いは実現しようのないものだった。何か神秘的な情け深い魔法のようなものが働いて、いま立っている舞踏場から消え、メイフェアの北に位置するポートマン・スクウェアにある家の暖かな自分のベッドで目覚められればいいのにと願ったのだ。できることなら、ロンドンからはるか遠い、つまりはロンドンの住人たちからも遠く離れたサセックスの本邸のベッドで目覚められたならもっと嬉しい。

目をあけたらどこかべつの場所にいますようにと、はかない希望を抱いて目をつむりさえしたけれど、当然ながら、いまもまだレディ・ワースの舞踏場の薄暗い片隅に立ち、まるで飲む気のしない冷めたお茶のカップを手にしている。

人智を超越した力にしろ、ごくふつうの帰り方にしろ（両親とでなければ舞踏会を去る方法はなく、その両親の様子を見るかぎり、少なくともあと二時間は帰る気になりそうもない）どこへも逃れられないとわかるとすぐに今度は、チョコレートケーキのテーブルのそばで人々にちやほやされているクライヴ・マン－フォームズビーと新妻のハリエットが消えてしまいますようにと願った。

こちらのほうがまだ見込みはありそうだった。ふたりともいたって健康で、足を動かしてくれさえしたら、歩き去ることができる。そうすれば、公然と自分を辱めた男性の顔を見ずにすむのだから今夜を楽しもうという意欲も湧き、はるかに有意義な時を過ごせる。

おまけに、チョコレートケーキも食べられる。

ところが、クライヴとハリエットはこのひと時をとても楽しんでいるらしかった。それも両親と同じくらい楽しそうなのだから、つまりはあと数時間は帰りそうもない。

つらい。たとえようがないくらいに。

でも、願い事は三つすべきものでしょう？　おとぎ話の主人公は必ず願い事を三つしていたもの。薄暗い片隅でひっそり愚かな願い事をするよりほかにすることがないとしたら、割りあてられた運は最大限に生かしたい。

「どうか」スザンナは歯を噛みしめて言葉を継いだ。「もうそんなに寒くなりませんように」

「アーメン」と、高齢のミドルソープ公爵が唱えた。スザンナは隣に人がいることすらすっかり忘れていた。笑いかけてみたが、公爵は未婚の淑女にはご法度とされている酒類を飲むのに忙しそうなので、またさりげなく互いに見えていないふりに戻った。

スザンナは手にしたお茶のカップを見つめた。この中身がいまにも氷の塊りとなってしまってもふしぎではない。今夜の舞踏会を開いたレディ・ワースは凍えるほど寒い天候を考慮して、一般的なレモネードやシャンパンの代わりに温かい茶を用意したのだが、温かさは長持ちせず、スザンナのように片隅に身をひそめている人々のところまでは不要になったグラスやカップを取りに来る従僕もいなかった。

スザンナは寒気を覚えた。これほど寒い冬はかつて記憶にない。誰もがそうなのだろう。皮肉なもので、そのせいでいつもより早くロンドンに帰って来ることになった。例年なら閑散としている一月に、スケートや、そり遊びや、もうすぐ開かれる凍結したテムズ川での氷上市(フロスト・フェア)を目当てに貴族たちがこぞってロンドンに戻ってきている。スザンナからすれば、身を切られるような寒さや、冷たい風や、降り積もった雪が催しを開く理由になるとは、ばかげているように思えた。だからといって自分でどうにかできるものでもなく、こうしてひっそりと立って、昨年の夏に公然と男性にふられた自分を面白がって見ていた人々と顔を合わせなければならないはめとなった。ロンドンに戻りたくはなかったけれど、両親から、妹のレティシアともども思いがけない冬の社交シーズンの到来を見逃す手はないと説得された。

早くとも春まではここにいる人々と顔を合わせずにすむと思っていた。だから毅然(きぜん)と顎を上げて、「あら、ミスター・マン-フォームズビーもわたしも、おつきあいしていたという認識はありませんわ」と言う練習をする時間も与えられなかった。

クライヴがハリエット・スノウの裕福な親類たちに目をつけられてすぐに、手に負えない熱いジャガイモよろしくスザンナを捨てたことは誰もが知っているだけに、へたな言いわけをするには相当な演技力が必要となる。

といってもクライヴはお金を必要としていたわけではない。なにしろ古代の小国の王にも匹敵するほど裕福なことで知られるレンミンスター伯爵の弟なのだ。

それでも、クライヴはハリエットを選び、スザンナは公然と辱められ、それから半年近くが過ぎたいまでも、そのときの顚末は人々の話題にのぼっている。レディ・ホイッスルダウンですら記事のなかでわざわざ言及している。

スザンナはため息をついて壁に背をもたれ、こんなみじめな姿を誰にも気づかれないことを祈った。レディ・ホイッスルダウンを責めることはできない。正体不明のゴシップ紙の記者は、ほかの人々の話を記事に起こしただけのこと。この一週間だけで、午後に十四人の訪問を受けたが、そのうちの誰ひとりとして、クライヴとハリエットの話を控える礼儀を持ちあわせていた者はいなかった。

あの人たちは本心から、クライヴとハリエットがスマイス－スミス家の演奏会に出席した話を、わたしが聞きたがっているとでも思っているのだろうか？　ハリエットが身につけていたものとか、クライヴが演奏会のあいだじゅう妻の耳に何かささやいていたなどという話を聞いてどうしろというのだろう。

聞いてもなんの意味もない。クライヴは音楽会のときにはいつもとうてい褒(ほ)められない態度を取っていた。演奏中にきちんと口を閉じていられたことは、スザンナの記憶では一度もなかった。

とはいうものの、そうした噂話をする訪問者はまだいいほうだった。最も始末が悪いのは、スザンナを気の毒としか思いようがないと言わんばかりの善意から訪れる人々だ。それはたいていたい共通して、シュロップシャーやサマセットといった遠方の田舎に男やもめの甥をもつ婦人たちで、ぜひ引きあわせたいが、その甥があいにく今週は八人いる息子のうち六人をイートン校へ送り届けなければいけないので都合がつかないのよ、などと言う。

スザンナは思いがけずこみあげてきた涙をぐっとこらえた。わたしはまだ二十一よ。それも、なったばかり。追いつめられてはいない。

憐れみはいらない。

とたんに、この舞踏場を出なければという思いに駆られた。ここにはいたくない。覗き見趣味の寂しい人のようにクライヴとハリエットを見ていたくはない。家族に帰る気がなくても、少しのあいだ休める静かな部屋を見つけられるかもしれない。身をひそめているくらいなら、そちらに移るほうがまだ気が安まる。片隅に立っているのはもう耐えられない。すでに三人がこちらのほうをそれとなく示し、手で口を覆ってひそひそと話す姿を目にしていた。

スザンナは自分を臆病者だと思ったことはないし、まして愚か者だとも考えていなかった。でも、このようにみじめな姿をさらして平気でいられるとしたら愚か者としか呼びようがない。

お茶のカップを窓敷居に置き、四十五分近く肩を並べて立っていながら二、三回しか言葉を交わしていないミドルソープ公爵に、その場を離れる挨拶をした。廊下に出られる両開きの格子ガラスの扉を探して、端に沿って進んだ。以前にも、クライヴとの交際のおかげできわめて人気の高い令嬢だった頃にこの屋敷には来ていて、廊下の突きあたりに婦人用の化粧部屋があったことを憶えていた。

ところが、目当ての出口に行き着くと、べつの女性と顔を突きあわせる格好となって、慌てて足をとめた――ええと、この方の名はなんといったかしら？　褐色の髪に、ちょっぴり太めで……ああ、そうだわ。ペネロペ。ペネロペなんとかさん。これまで数回しか言葉を交わしたことはない。同じ年に社交界に登場したはずだが、互いにべつの世界に住んでいるようなもので、まともに顔を合わせるということはほとんどなかった。こちらはクライヴに選ばれた女性としてロンドンの人々から注目される立場にあり、かたやペネロペのほうは……どのように過ごしていたのか、スザンナにはよくわからなかった。壁の花と呼ばれる女性たちのひとりなのだろう。

「そちらには行かないほうがいいわ」ペネロペはとりわけ内気な人々の特徴で目を合わせずに穏やかな声で言った。

スザンナは虚をつかれて唇をわずかに開いた。目に疑念がありありと表れていたのだろう。

「化粧部屋には令嬢たちがたくさん集まってる」と、ペネロペが言い添えた。

それだけでじゅうぶんだった。スザンナにとって舞踏場以上に避けたい場所があるとすれば、噂話に花を咲かせている婦人たちであふれた部屋にほかならない。そこに入れば、婦人たちの全員から、クライヴとハリエットを見ていたくないばかりに逃げてきたのだろうと思われるに決まっている。

事実であれ、わざわざ知らせる必要はない。

「ありがとう」スザンナはペネロペの細やかな気遣いにとまどいつつ、つぶやいた。昨年の夏はペネロペをほとんど気に留めてはいなかったが、この年下の女性の配慮で、間違いなく気詰まりなつらい思いをしなければならない状況を免れたのだ。衝動的にペネロペの手を取って、一度ぎゅっと握りしめた。「ありがとう」

そしてふと、社交界の華のように見られていたときから、ペネロペのような女性たちにもっと気を配るべきだったのだと後悔の念を抱いた。いまなら舞踏場の端に立っている気持ちが身に沁みてわかる。けっして楽しいものではない。

ところが、さらに言葉をかける前に、ペネロペが先に別れの挨拶の言葉をはにかみがちにつぶやいて、スザンナをそこに残して行ってしまった。

そこは人の出入りの激しい場所だったので、立ちどまってもいられずに歩きだした。行き先の心当たりがあるわけではないものの、そのうちにどこか思いつきそうな気がして歩きつづけた。

スザンナは、やるべきことがわからないときでも、わかっているように振るまうべきだという考え方に共感していた。じつはそれを教えてくれたのはクライヴだった。ふたりの交際期間から学んだ教訓のひとつだ。

輝かしい未来を信じていた日々にいつしか思いを馳せ、周りをあまりよく見ていなかったので、聞き覚えのある声を耳にして怯んでしまったのもそのせいに違いなかった。

「バリスター嬢」

でも、クライヴの声ではなかった。もっと顔を合わせたくない相手。クライヴの兄、レンミンスター伯爵だった。黒っぽい髪に緑色の瞳をした、とても見栄えのする紳士だ。

この紳士にはけっして好かれてはいない。いつでも礼儀正しい態度で接してくれてはいたが、それは誰に対しても同じだった。そうでありながら、どこか自分を見下していて、弟にはけっしてふさわしい女性ではないと見られているのをスザンナはつねに感じていた。

いまはほっとしているのだろう。クライヴは無事ハリエットを娶り、由緒あるマンフォームズビー家の系譜をスザンナ・バリスターに汚(けが)される心配はせずともよくなったのだから。

「伯爵」相手と同じように努めて平静な礼儀正しい声で答えた。この紳士が自分といったい何を話そうというのか見当もつかない。気づかないふりで通りすぎるのはたやすいことなのだから、名を呼びかけなければならない理由がわからない。声をかけずとも伯爵の立場からすれば不作法になるとも思えない。しかもこちらは、いかにも目指す場所があるかのように、混雑した舞踏場のなかをできるだけ足早に進んでいたのに。

レンミンスター伯爵が微笑みかけた――目は無表情のままなので、ほんとうに微笑みと呼んでいいのかどうかわからないけれど。「バリスター嬢。お元気でしたか?」

スザンナはすぐには答えられず、ただじっと見返した。知りたくないことをわざわざ尋ねるような人物ではないし、といって自分の近況にわずかなりとも興味を持っているとも思えない。

「バリスター嬢?」伯爵はどことなくおどけたふうに、低い声で繰り返した。

ようやく言葉が口をついた。「おかげさまで、とても元気にしております」そうであるはずがないことは、どちらもじゅうぶん承知している。

それからしばらく、伯爵は表情を観察しようとでもいうのか、スザンナにはまるで想像もつかない何かを探すように黙って見つめていた。

「伯爵？」どうにかして沈黙を破らなければいけないように感じて問いかけた。

レンミンスター伯爵はその声でしばしの物思いから引き戻されたかのように、びくんと反応した。「失礼」さらりと詫びた。「ダンスを踊りませんか？」

スザンナは束の間言葉を失った。「ダンス？」ついおうむ返しに訊き、もっと明快な返し言葉を思いつけなかった自分にいらだった。

「そうです」伯爵が低い声で言う。

スザンナは差しだされた手を取り――このように大勢の人々が見ている前ではほかにどうしようもない――舞踏場の中央へ導かれていった。伯爵は、自分よりゆうに頭ひとつぶんは背の高かったクライヴよりも長身で、不自然なほど遠慮がちなそぶりだった――ありえるとするならば、かしこまりすぎているかのように。人込みのなかを先に立って進んでいく伯爵の姿を見ながら、スザンナはふと、この人の名高い冷静沈着ぶりがぷつりと途切れる日がくるのではないかという妙な予感を抱いた。

そのときに初めて、レンミンスター伯爵のほんとうの姿があきらかになるのだろう。

デイヴィッド・マン－フォームズビーは、この数カ月、スザンナ・バリスターのことは忘れていた。つまり弟が、いま自分と円舞曲(ワルツ)を踊っている髪も瞳も濃い色の美女ではなく、ハリエット・スノウを花嫁に選んだときからということになる。だが、いかにも目指す場所があるかのように舞踏場のなかを歩いていくその姿に目が留まり、誰にでもすぐにわかる張りつめた表情と、つらさをこらえた目を見たとたん、クライヴがハリエットを花嫁に選んだあと貴族たちから手のひらを返したようにスザンナが冷遇されはじめたときのことがよみがえった。

実際、スザンナに落ち度は何ひとつなかった。

スザンナの家族は立派な良家であるものの、爵位はなく、とりたてて裕福なわけでもない。そのため、クライヴが名門の出で花嫁持参金も多額なハリエットに乗り換えると、社交界の人々は陰で――おそらくは面と向かって言った者もいただろう――スザンナのことを貪欲(どんよく)で、身の程知らずな娘が野望を抱いた報いだとささやきだした。何人もの既婚婦人たちが――スザンナ・バリスターには美貌も魅力も遠く及ばない娘をもつ女性たちばかりだ――結局は少しつけあがっていただけなのだと非難の言葉を口にした。伯爵の弟から求婚されると考えていたのだとしたら、なんて厚かましいのかしらと。

デイヴィッドは一連の騒動に苦々しい思いを抱いていたが、何ができたというのだろう？　クライヴはすでに決断をくだし、兄の自分から見ても、その決断は正しかった。ハリエットのほうが弟の妻としては、はるかにふさわしい。

いっぽうでスザンナは何も知らされないまま醜聞に呑み込まれた。クライヴがハリエットの父親から娘との結婚を持ちかけられたことも、クライヴがその小柄な青い瞳の娘のほうがすばらしい妻になると判断したことも知らなかった。弟は新聞に告知記事を掲載する前にスザンナにひと言伝えておくべきだった。たとえ面と向かって伝える勇気のない腰抜けだとしても、〈タイムズ〉紙に告知記事が出るより先に、無神経にもモットラム家の舞踏会で派手に発表するようなことをしでかすとは思わなかった。クライヴはその舞踏会で小規模の管弦楽団を背にしてシャンパングラスを持ち、誰もが予想だにしなかったハリエットを隣に立たせて喜びの報告を行なった。

当初人々の視線を集めていたスザンナは呆然と口をあけ、打ちひしがれた目をしていた。懸命に毅然とした態度で品位を保とうとしていたが、とうとうその場から姿を消した。

そのときの苦悩に満ちた表情は何週間、何カ月とデイヴィッドの頭から離れなかったが、しだいに日々の出来事や雑事にまぎれて忘れ去っていた。

つい先ほどまでは。

スザンナが、取り巻きに囲まれているクライヴとハリエットを気にもかけていないふりで片隅に立っている姿を見つけるまでは。誇り高い女性には違いないが、その自尊心を保ちつづけるにはどうしてもそこから逃げてひとりにならざるをえない。

スザンナがついに出口のほうへ歩きだしたのを見ても、驚きはしなかった。

デイヴィッドは初め、そのまま行かせて、退出を見ていたとは気づかれないようさりげなく遠ざかろうとさえ思っていた。ところが、ふいに抑えがたい不可思議な衝動に駆られて前進していた。スザンナが壁の花と化していたことを気に病んでいたわけではない。社交界にはつねに壁の花となる女性たちはいるもので、たったひとりの男にそうした状況を改善できる力はない。

しかし自分はれっきとしたマン－フォームズビー家の人間で、どうしても我慢ならないことがあるとすれば、わが伯爵家が人を不当に辱めたと人々に思われていることだった。しかも、弟がこの若いご婦人を辱めたのはたしかに事実だ。人生を台無しにしたとまで言うつもりはないが、彼女があまたの不当な中傷を浴びていることに変わりはない。

レンミンスター伯爵として——いや、マン－フォームズビー家のひとりとして——その償いをするのは自分の務めだ。

そこでダンスを申し込むことにした。ダンスは人目を引く。人々の話題にものぼる。口はばったいことを言うようだが、自分のような立場の男がダンスに誘うだけで、スザンナの評判を驚くほど回復できることはわかっていた。

スザンナはダンスを申し込まれてずいぶんと驚いたらしい顔をしたが、承諾した。といっても、これほど大勢の人々の面前で、ほかにどうすることができたというのだろう。

デイヴィッドはその顔から目を離さず、舞踏場の中央へ導いていった。前々からクライヴがこの女性に惹かれたのもまったくふしぎではないと思っていた。スザンナには控えめながらも独特な美しさがあり、目下の社交界で人気の高いブロンドの髪に青い瞳の典型的な令嬢たちよりはるかに惹きつけられる。磁器のような白い肌に、美しい翼形の眉とラズベリーのように濃いピンク色の唇をしている。聞いたところによれば、ウェールズ人の血が混じった家系だそうで、その特徴が容易に見てとれる。

「ワルツ」弦楽五重奏団が音楽を奏ではじめたとき、スザンナが淡々とした声で言った。「なんて奇遇な選曲なのかしら」

デイヴィッドはスザンナの皮肉の利いたひと言に含み笑いを洩らした。けっしてしゃしゃり出るたちの女性ではないが、つねに率直にものを言う。そういった気質は知性も兼ね備えている場合にはいっそう好ましい。踊りだして少し経ち、デイヴィッドがあたりさわりのない天候の話でもしようと思ったとき――なにはともあれほかの招待客たちに分別のある大人同士の会話をしているように見せたい――スザンナに先手を打って疑問を投げかけられた。

「なぜ、わたしをダンスに誘ってくださったの？」

一瞬、デイヴィッドは言葉に詰まった。じつに率直だ。「紳士がご婦人をダンスに誘うのに理由などいるだろうか？」と、切り返した。

スザンナの口角がわずかに引き攣った。「あなたは理由もなく何かをするような紳士とはとても思えないわ」

デイヴィッドは肩をすくめた。「片隅でひとりぼっちでいるように見えたんだ」

「ミドルソープ公爵様とご一緒していたけれど」スザンナが憤然と言い返した。

デイヴィッドは何も言わず眉を上げた。常識的に考えて、老齢のミドルソープ公爵が淑女にとって最も優先すべき話し相手であるはずがない。

「憐れみはいらないわ」スザンナがつぶやくように言った。

「その気持ちはよくわかる」デイヴィッドは答えた。

スザンナがさっと目を合わせた。「だとしたら、情けをかけているおつもりかしら」

「そんなつもりはない」しごく正直に否定した。

「でしたら、どうしてこんなことを？」

「こんなこと？」デイヴィッドはもの問いたげに首をかしげて訊き返した。

「わたしとダンスをするなんて」

その言葉につい笑みをこぼしかけたが、彼女を笑ったのだと誤解されたくないので、どうにか口角をさげたまま答えた。「ワルツを踊っている最中の女性にしては勘ぐりがすぎる」

スザンナが言い返した。「ワルツを踊っているときこそ、女性は勘を働かせるべきなのよ」

「じつは」デイヴィッドは切りだしてから、自分が口にしようとしている言葉に驚いた。

「謝りたいんだ」咳払いをする。「昨年の夏に起きたことについて」

「いったい」スザンナは慎重に言葉を選んで尋ねた。「なんのことかしら？」

やさしい感じに見えるよう願いつつ見返した。ふだんからやり慣れている表情ではないので、うまくできているのかわからない。それでも、思いやりを示そうとして言った。「わかっているはずだ」

踊りながらでもスザンナの身がこわばるのがわかった。まるで背筋が鋼（はがね）に取って代わられたかのようにはっきりと感じとれた。「そうかもしれないわね」スザンナが硬い口調で言う。「でも、あなたにご心配いただく必要のないことだわ」

「そうなのかもしれない」と認めたうえで続けた。「だとしても、クライヴが婚約したあとの、社交界の人々のきみへの態度の変わりようには納得がいかなかった」

「陰口」スザンナはまったく無表情で訊いた。「それとも見向きもされなくなったこと？でたらめな噂を流されたこと？」

デイヴィッドは唾を飲み込んだ。そこまで不愉快な目に遭っていたとは知らなかった。

「すべてだ」静かに答えた。「私はけっしてそんなつもりで――」

「そんなつもりで？」スザンナが怒りを発しかけているかのような鋭い目つきで遮った。「そんなつもりですって？　クライヴは自分で決断したのだとばかり思ってたわ。ということは、ハリエットを選んだのはクライヴではなくて、あなただったということ？」

「弟が選んだんだ」きっぱりと言った。

「あなたはどうだったの？」スザンナは問いただす調子で訊いた。

嘘をついても意味がないし、侮辱することにもなる。「同意見だった」

スザンナはいくぶん得意げな表情で歯を食いしばりつつ、同時に、何カ月も待ち望んでいた瞬間がようやく訪れてみたら期待していたほど痛快なものではなかったというふうに、やや拍子抜けしているようにも見えた。

「だが、弟がきみと結婚すると言えば」穏やかに言葉を継いだ。「私は反対しなかった」

スザンナはさっと目を上げた。「嘘は言わないでほしいわ」かすれ声で言う。

「嘘じゃない」ため息をついた。「バリスター嬢、きみはすばらしい妻になれる女性だ。それは間違いない」

スザンナは押し黙ったが、目が潤み、一瞬、たしかに唇がふるえた。

デイヴィッドは自分のなかで何かが動いたのがわかった。それが何なのかわからず、胸の辺りで感じるものであるとは考えたくなかったが、ともかく、いまにも泣きそうなスザンナの顔を見ているのはとても耐えられないと思った。どうにか言いつくろうだけで精一杯だったが。「クライヴは大勢に公表する前に、きみに伝えるべきだったんだ」

「ええ」皮肉っぽい笑いのせいで声がかすれていた。「そうすべきだったのよ」

デイヴィッドは彼女の腰を支えている手に反射的に力を込めた。スザンナは態度をやわらげなかったが、考えてみれば、自分はそんなことを望める立場にはない。心の底からその気高さに感心し、他人に自分をあれこれ判断される筋合いはないとばかりに凛とした態度を保っている姿に敬意を抱いた。

稀有な女性なのだと気づいて胸にふるえを覚えた。

「そうすべきだった」無意識にスザンナの言葉を繰り返していた。「だが、それを怠った。だから謝らなければいけない」

スザンナが小首をかしげ、おどけたような目で言った。「謝ってもらえるとしたら、クライヴからのほうが嬉しいはずだとは思わない？」

デイヴィッドは陽気さのない笑みを浮かべた。「たしかにそうだが、弟にそれができない事情もわからなくはない。だからせめて、マン-フォームズビー家の人間として――」

スザンナにふっと鼻で笑われて、いい気はしなかった。

「マン-フォームズビー家の人間として」あらためて高らかに言い、そばで踊っていた数人からけげんな目を向けられて声を落とした。「マン-フォームズビー家の当主として」と言いなおした。「無礼を働いた家族の代わりに詫びるのは当然の務めだ」

間髪おかずに言い返されると思っていた。案の定、スザンナは暗く燃えるような目ですぐさま口を開いたが、どきりとするほど唐突に気を変えたのがわかった。しばし間をおいて、言う。「お気遣いに感謝しますわ。クライヴのための謝罪はたしかにお聞きしました」

静かな威厳を感じさせる声に、デイヴィッドは思わずスザンナを引き寄せて、軽くつかんでいただけの手を握りしめたくなった。

だが、どうしてそうしたいのかをより慎重に考えようとしているうちに――本気で考えようとしていたのかも定かでないが――管弦楽団が演奏するワルツの曲が終わり、気がつけば舞踏場の真ん中で膝を曲げてお辞儀をするスザンナに礼儀正しくお辞儀を返していた。

スザンナが「踊ってくださってありがとうございました、伯爵様」と慎ましやかに言い、ふたりの会話はあきらかに締めくくられた。

舞踏場を出ていくスザンナを見ているあいだも――おそらくは自分が引きとめたときに行こうとしていた場所へ向かったのだろう――妙な感情を振り払うことはできなかった。

物足りない。

もっと、スザンナの言葉を聞き、会話を続けたかった。

もっと、スザンナのことが知りたい。


じつはその晩遅く、奇妙な出来事がふたつ起こっていた。

ひとつ目の舞台は、スザンナ・バリスターの寝室だった。

スザンナは寝つけなかった。

多くの人々にとっては奇妙なことではないのかもしれないが、スザンナの場合、いつもなら枕に頭をのせればすぐに眠りに落ちる。その習慣が、姉妹でまだ同じ部屋に寝ていた頃には妹をいらだたせていた。レティシアは夜遅くまでお喋りしたがっていたのに、スザンナは聞き手になるどころか低い寝息を返すのがせいぜいだった。

クライヴの心変わりを知ったあとでさえ、ぐっすり熟睡していた。睡眠は、社交界に登場したばかりで恋人にふられてしまった娘が、つらい不安だらけの日々から逃れられる唯一のひと時だった。

ところが、この晩はいつもとは違っていた。スザンナは仰向けに横たわり（横向きに寝るほうがくつろげるので、このこと自体が不自然だったのだが）天井を見つめて、漆喰にいつから兎にそっくりな形のひびが入っていたのだろうと考えていた。

というより、レンミンスター伯爵のことを頭から振り払おうとするたび、その疑問を自分に投げかけていた。じつを言えば、眠れないのは、伯爵との会話を思い起こして相手の言葉の意味をいちいち思案するのをやめられず、あのやや皮肉っぽい笑みを思い浮かべては感じる胸のふるえを打ち消そうと懸命になっていたせいだった。

スザンナはいまだにあの伯爵と向きあって会話したことが信じられなかった。クライヴはいつも兄のことを歳がいっているという言い方をして、ことあるごとに、堅苦しく、偉ぶっていて、横柄で、傲慢で、口うるさい人物だと話していた。クライヴの話を聞くかぎり、打ち解けやすい相手とはとても思えなかったので、スザンナは伯爵を恐れてすらいた。

でも、今夜はその伯爵を前にしても自尊心を失わずにしっかりと立っていられた。だから、伯爵のことが思い浮かんで眠れなくても気にする必要はないのだと自分に言い聞かせた――たとえ、めまいのようなものを感じていたとしても。

自分自身を誇らしく思えたのはほんとうにしばらくぶりだった。こんなにも心地よいことであるのを忘れていた。

もうひとつの奇妙な出来事は、街の反対側、ホルボーン地区でひっそりと暮らすアン・ミニヴァーの家の前で起きていた。法曹学院に近く、周辺には法律家や弁護士が多く住んでいるが、この女性の職業をあえて言うなら、情婦だ。より正確に言うなら、レンミンスター伯爵の情婦。

だが、ミス・ミニヴァーは奇妙な出来事が起きているとは気づいていなかった。実際、気づけた人間は、舞踏会が開かれていたワース家からまっすぐミス・ミニヴァーの優雅な邸宅へ向かうよう御者に指示した伯爵自身だけだっただろう。玄関扉への踏段をのぼり、真鍮のノッカーをつかもうと手を上げたとき、ふと情婦に会う意欲が失せていることに気づいた。率直に言って、欲求が消えていた。

伯爵にとって、これはじつに不可解なことだった。

2

『昨夜、ワース家の舞踏会で、レンミンスター伯爵がスザンナ・バリスター嬢とダンスを踊っていたのはご存じだろうか？　ご存じないとしたら、僭越ながら、それはあなただけかもしれない。昨夜はふたりのワルツの話で持ちきりとなっていたからだ。

ただし、ふたりの会話が友好的に見えたとは言いがたい。筆者の目からしても、鋭い視線と、憤然とした物言いが見受けられた。

ワルツを踊ったあと、伯爵はすぐに舞踏会をあとにしたが、バリスター嬢はその後数時間とどまり、さらに十人の紳士たちとダンスをしてから、両親と妹とともに帰っていった。

十人の紳士。むろん、筆者は数えていた。念のため、伯爵に誘われるまでは誰からもダンスを申し込まれていなかったことも指摘しておかねばなるまい』

一八一四年一月二十八日付〈レディ・ホイッスルダウンの社交界新聞〉より

バリスター家はけっしてお金に困ってはいないが、裕福とも呼べない。何か欲しいものがあるわけでなし、ふだんスザンナがこの点について考えることはほとんどなかった。手持ちのどのドレスにも調和する真珠のイヤリングがあるので、何組も買わなければいけない理由も見いだせない。もちろん、もうひと組あるのに越したことはないものの、手に入らない宝石類を眺める時間を費やす気にはなれない。

でも、ひとつだけ、もっと裕福で名門の、爵位を継承する有力な家に生まれればよかったと思い知らされることがあった。

劇場だ。

スザンナは劇場が大好きで、ほかの誰かが考えた物語に夢中になれるひと時と、その空間の匂いと、照明と、拍手喝采をしたときの両手のわずかなしびれまでもがたまらなく好きだった。音楽会より引き込まれるし、週に三日は出席している夜会やダンスよりずっと楽しめる。

問題は、バリスター家がどこの劇場にも上流社会の人々にふさわしいとされているボックス席を持っておらず、といってボックス席以外の場所に坐るのも許されていないことだった。良家の令嬢が庶民と並んで坐ってはいけませんと母から言い渡されている。つまり、スザンナが芝居を観る方法は、然るべきボックス席を持つ誰かに招待される以外にない。

親類のシェルボーン家から、その晩エドマンド・キーンがシャイロックを演じる『ヴェニスの商人』を観に行かないかと誘う書付が届いたとき、スザンナは喜びのあまり泣きだしそうになった。キーンは四日前の晩にシャイロック役でドルリー・レーン王立劇場の初舞台を踏んだばかりで、すでにロンドンじゅうがその話題に沸いている。大胆で類をみないすばらしい演技との呼び声が高く、そうした賛辞の数々が、スザンナのような芝居好きたちの観たいという熱気を昂らせていた。

といっても、誰かに劇場のボックス席に誘われることはほとんど期待できなかった。クライヴとハリエット夫妻にどのような反応を示すのかと興味本位で大きなパーティに誘ってくれる者はいても、小規模の集まりへの招待状は届かなかった。

木曜日の晩にワース家の舞踏会に出席するまでは。

レンミンスター伯爵に感謝しなければいけないのだろう。伯爵からダンスに誘われたおかげで、スザンナはふたたび人気の花嫁候補と見られるようになった。伯爵が帰ったあと、少なくとも八人以上もの紳士たちからダンスを申し込まれた。いいえ、ほんとうは十人だ。ちゃんと数えていた。伯爵に声をかけられるまで三時間も誰とも踊らずに過ごしていたのだから、十倍もの成果が得られたことになる。

ひとりの男性が社交界にこれほどの影響力を持っていることに正直なところ驚嘆した。

親類が劇場に誘ってくれたのも、レンミンスター伯爵のおかげに違いない。シェルボーン家の人々がこれまで故意に自分を避けていたとは思わない。じつを言えば血縁の遠い親戚なので、よく知っている間柄でもなかった。でも、シェルボーン家の人々がその日向かうボックス席に空きが出てしまうことに気づいて、人数合わせのために婦人を誘おうと思い立ったとき、金曜日の〈ホイッスルダウン〉の記事に大きく取りあげられていた自分の名が出たのは容易に想像できた。〝ああ、そうだわ、親類のスザンナはどうかしら？〟

突然自分の存在を思いだしてくれた理由がなんであれかまわない――キーンが出る『ヴェニスの商人』が観られるんだもの！

「いつまでもうらやんでしまいそうだわ」シェルボーン家の人々の迎えを客間で待つあいだ、妹のレティシアが言った。スザンナは母から有力な親類を待たせないよう早めに支度をしておきなさいと言いつけられていた。花婿候補は待たせるのが肝心だが、誰もがうらやむ場所へ招待してくれる大切な親類を待たせてはいけないということなのだろう。

「あなたにもすぐに、このお芝居を観られる機会がくるわ」スザンナは妹を慰めつつ、いくぶん満足げな笑みをこらえきれなかった。

レティシアはため息をついた。「あの方たちが、もう一度観に行きたくなってくれればいいのよね」

「今度は、お母様とお父様にボックス席ごと貸してくださるかもしれないわ」スザンナは言った。

レティシアの顔が輝いた。「すばらしい思いつきだわ！　ぜひそうお願いして――」

「わたしからは無理よ」遮って言った。「そんな厚かましいことは――」

「でも、もしそういう話題が出たら……」

スザンナは目でちらりと天を仰いだ。「わかったわ。レディ・シェルボーンがもし『ねえ、バリスター嬢、あなたのご家族もひょっとしてこのボックス席をお使いになりたいのではないかしら？』と言ってくださったら、はっきりとそうだと答えておくわ」

レティシアは冷ややかにつまらなそうな視線を返した。

そのとき、執事が戸口に現われた。「スザンナお嬢様。シェルボーン家の馬車が表に到着なさいました」

スザンナは元気よく立ちあがった。「ありがとう。いま行くわ」

「お姉様が帰ってくるのを待ってるわ」レティシアは言い、あとについて廊下に出てきた。「そのときに何もかも聞かせてよね」

「お芝居を観る楽しみが台無しになるわよ」スザンナは冗談めかして言った。

「失礼ね。『ヴェニスの商人』ならもう十回は読んでるんだから。結末はちゃんと知ってるわ。わたしはただキーンのことを聞きたいのよ！」

「ケンブルほどの美男子ではないそうよ」スザンナは外套を着て、両側から手を入れるマフを手にした。

「ケンブルは見たもの」レティシアはもどかしげに言った。「キーンは見てないけど」

スザンナは身を乗りだして、妹の頬に愛情のこもったキスをした。「今夜のことは一部始終を話してあげる。約束するわ」

それから、凍える寒さにも怯まず、シェルボーン家の馬車へ向かって歩きだした。

一時間も経たないうちに、スザンナはドルリー・レーン王立劇場のシェルボーン家のボックス席にゆったりと腰かけて、改築されたばかりの劇場内を熱心に見まわしていた。ボックス席のいちばん端の座席は居心地がよかった。シェルボーン家の人々と招待されてやってきた人々は、ほかの観客たちと同様にシェイクスピア劇の前に舞台上で演じられている道化芝居には見向きもせずにお喋りしている。スザンナもいまはなにより新しくなった劇場内を眺めるのを楽しんでいた。

母がいつも言うように、皮肉にも庶民で埋め尽くされた一階席からが劇場内のどこより舞台が見えやすそうだ。ここは最も値の張るボックス席のひとつだというのに、大きな柱に舞台の一部が遮られている。芝居をもれなく観るためにはかなり身をよじって、前の手摺りに乗りださなければならない。

「落ちないように気をつけて」男性の低い声がした。

スザンナはどきりとして動きをとめた。「伯爵！」よりにもよってレンミンスター伯爵と顔を向かいあわせて、驚きの声をあげた。伯爵はシェルボーン家と隣りあうボックス席に坐っていて、ふたつの席は隙間越しに会話ができるくらい接近していた。

「嬉しい驚きだな」伯爵は嬉しそうに、けれど、どことなくいわくありげな笑みで言った。いつも少しいたずらっぽい笑みになる男性なのだろうか。

「親類に誘われて来たんです」スザンナは隣に並んだ人々を身ぶりで示した。「シェルボーン家の方々に」一目瞭然のことを付け加えた。

「こんばんは、レンミンスター伯爵」レディ・シェルボーンが嬉々として挨拶した。「わたしたちのお隣のボックス席をお持ちとは知りませんでしたわ」

伯爵は軽く頭をさげて挨拶を返した。「残念ながら最近は劇場から足が遠のいていたものですから」

レディ・シェルボーンが熱心にうなずいた。「お時間をつくるのは大変ですわよね。今年はほんとうに催しの予定も詰まっていますし。一月にこんなに大勢の方々がロンドンに帰ってくるなんて誰にも想像できないことでしたもの」

「ちょっと雪が降っただけなのに」スザンナはひと言挟まずにはいられなかった。

その小声の皮肉にレンミンスター伯爵が含み笑いをして、レディ・シェルボーンのほうへ身を乗りだした。「芝居が始まりそうですよ。あなたはいつもと変わらず魅力的です」

「お上手ですこと」レディ・シェルボーンは陽気な声を響かせた。「来月、わたしが開くバレンタインデーの舞踏会にはぜひ出席していただきたいわ」

「なにをおいても伺いますとも」伯爵は請けあった。

レディ・シェルボーンは満足し同時に安堵したような表情で椅子に深く坐りなおし、親友のライザ・プリチャードとのお喋りに戻った。このライザ・プリチャードは、同じボックス席に坐っているレディ・シェルボーンの兄サー・ロイス・ペンバリーに恋していると、スザンナはひそかに確信していた。

サー・ロイス・ペンバリーのほうも同じ気持ちに違いないのに、どちらも互いの想いを自覚できていないのか、現にプリチャード嬢は、今夜も同席しているややや退屈そうなべつの独身紳士ダラム卿と交際しているらしい。とはいえ、スザンナはふたりの関係に口出しできる立場にはなく、自分を除いた四人は何やら込み入った話をしているようだった。

そのためおのずと、ふたつのボックス席の隙間越しにいまだこちらを見ているレンミンスター伯爵と話さざるをえなかった。「シェイクスピアはお好きなの？」スザンナは気軽な調子で尋ねた。キーンがシャイロックを演じる芝居に誘われてから有頂天になっていて、この紳士にさえ陽気な笑みを向けられる。

「ああ」レンミンスター伯爵は答えた。「どちらかというと歴史物のほうが好みだが」

スザンナはうなずいて、相手がこのような態度を保っていてくれるのなら、礼儀正しい会話を続けようと思い定めた。「そんな気がしたのよ。もっとまじめなお話ですものね」

伯爵はあいまいな笑みを浮かべた。「褒められているのか、けなされているのかわからないな」

「そのようなときには」自分がとてもくつろいで話せていることに驚きつつ続けた。「いつでも褒め言葉と受けとるべきだわ。そのほうがよりわかりやすい、幸せな人生を送れますもの」

伯爵は声をあげて笑ってから、尋ねた。「ちなみに、きみはどうなんだい？　偉大な詩人の戯曲のなかでいちばん好きなのはどれだろう？」

スザンナはうっとりと吐息をついた。「どれも大好きだわ」

「ほんとうに？」本心から興味を覚えているらしい伯爵の声を聞いて、スザンナは意外に感じた。「きみがそんなに芝居を好きだとは知らなかったな」

スザンナは小首をかしげて、いぶかしげに見つめ返した。「どんなことであれ、あなたがわたしの好きなものをご存じとは思えないけれど」

「たしかにそうだ」レンミンスター伯爵は認めた。「だが、クライヴは戯曲に興味はない」

背筋がわずかにこわばった。「クライヴとは趣味が合っていたわけではないわ」

「そうだろうな」と、伯爵。スザンナの耳には喜んでさえいるような響きが聞きとれた。

それから、なぜよりにもよってクライヴの兄にこんなことを言ってしまったのかわからないが口走っていた。「あの人はひっきりなしに話してるんですもの」

伯爵は喉(のど)に何かがつかえたような顔をした。

「ご気分でも悪いの？」問いかけて、思いやる表情で身を乗りだした。

「なんでもない」伯爵が胸を軽く叩きながら息苦しそうに言葉を継いだ。「ただ……ちょっと……驚いただけだ」

「まあ。ごめんなさい」

「謝る必要はない。私もなるべくクライヴとは劇場に来ないようにしている」と伯爵は打ち明けた。

「一緒だと、お芝居の台詞になかなか耳を傾けられないんですものね」スザンナは目をまわしたいのをこらえてうなずいた。

伯爵はため息をついた。「おかげでいまだに、『ロミオとジュリエット』の結末を知らない」

スザンナはぷっと噴きだした。「もう――わたしをからかってらっしゃるのね」

「ふたりはいつまでも幸せに暮らしましたとさ、という結末なのかい？」伯爵は屈託のない目で訊いた。

「ええ、そうよ」スザンナはいたずらっぽく微笑んで答えた。「明るい気分にさせてくれる物語なの」

「すばらしい」伯爵は言うと、椅子に背をもたれて舞台へ目を据えた。「ようやく結末がわかってすっきりしたよ」

スザンナはすましていられなくなって、くすくす笑いだした。レンミンスター伯爵にこのようなユーモア感覚があるとは思いもしなかった。クライヴからはいつも兄はイングランド一〝くそまじめでつまらない〟男だと聞かされていた。弟からの評価なのだし、まして婦人の前で〝くそ〟などという言葉まで使われては、疑う理由は考えつけなかった。本心からそう思っていないかぎり、紳士はそんな言い方はしない。

そのとき、劇場内の照明が絞られ、観客たちは暗がりに包まれた。「まあ！」スザンナは息を呑んで、身を乗りだした。「ご覧になった？」興奮して伯爵に問いかけた。「すてき！舞台上の照明だけが残されてるわ」

「ワイアットの革新的な技術のひとつなんだ」伯爵は、最近ここを光り輝く劇場に改築した建築家の名を挙げて説明した。「おかげで舞台が見えやすくなったと思わないか？」

「きれいだわ」スザンナは言い、視界を遮っている柱の脇から見ようとさらに椅子の端へ腰をずらした。「きれい――」

幕が上がり、スザンナはぴたりと口を閉じた。

隣のボックス席から、デイヴィッドは芝居よりもついついスザンナのほうに目を向けていた。『ヴェニスの商人』はこれまでも何度か観ていて、なんとなく目をやるだけでもエドマンド・キーン演じるシャイロックがたしかにすばらしい出来であるのはわかったが、舞台上を見つめるスザンナ・バリスターの濃い色の瞳の輝きに比べればたいしてそそられなかった。芝居はまた来週にでも訪れて観なおすとしよう。今夜はスザンナを見ずにはいられないからだ。

それにしても、どうして自分はこの女性と弟との結婚に反対していたのだろう？　いや、それは正しい表現ではない。はっきりと反対していたわけではなかった。クライヴがハリエットではなくスザンナを選んでいたなら、その結婚に反対するつもりはなかったという言葉に嘘はない。

ただし、結婚に賛成してはいなかった。スザンナとともにいる弟を見ていて、どういうわけか、合っていないと感じていた。

スザンナはいきいきとしていて聡明で美しく、クライヴのほうは……。

いや、クライヴはクライヴだ。可愛い弟ではあるが、自分にはとうてい理解できない向こう見ずな衝動にまかせて行動する男だ。赤々と燃える蠟燭に似ている。いわば炎にたかる蛾のごとく、人々は弟に引き寄せられるが、必然的にその火に蹴散らされてしまう者もいる。

スザンナのように。

スザンナはクライヴにはふさわしくなかった。むしろ、クライヴがスザンナにふさわしい男ではなかったと言うべきなのだろう。スザンナにふさわしい相手はほかにいる。もっと成熟した男が。たとえば……。

その答えは、デイヴィッドの胸にささやきのごとく響いた。たとえば、自分のような男が、スザンナにはふさわしい。

その思いつきが頭のなかでしだいに形を成していった。もともと勢いで行動するたちではないが、すでにわかっている事実と、いま胸に感じているものを考えあわせて、たちまち心は決まった。

デイヴィッドは、ドルリー・レーン王立劇場で、舞台上の役者たちではなく隣りあうボックス席にいる婦人に目を向けて、きわめて重大な決断をくだした。

スザンナ・バリスターと結婚するのだと。

スザンナ・バリスターは、スザンナ・マン－フォームズビー、すなわちレンミンスター伯爵夫人になる。そうなるべきだという確信が全身にみなぎっていくように思えた。

スザンナならすばらしい伯爵夫人になるだろう。美しく、聡明で、はっきりとした意見を持っていて、気高い。どうしていままでこの事実に気づけなかったのかわからない――おそらく、クライヴの交際相手としか見ていなかったからなのだろう。弟のそばでは誰もがかすみがちになる。

デイヴィッドは数年前から妻にふさわしい女性がいればと目を配ることを心がけてきた。結婚を焦っていたわけではないが、いつかは妻を娶らなければならないのはわかっていたので、独身女性に出会うたびできるだけ胸に留め、人柄を見きわめていた。

しかし、その誰もに満足できない点があった。

慎みが足りなすぎたり、頭が鈍すぎたり、おとなしすぎたり、賑やかすぎたり。あるいは、何かひどすぎる点はなくとも、今度はどこかがじゅうぶんではなかった。

何かが腑に落ちなかった。これから何年も朝食のテーブルを挟んで見つめあっていけると想像できる女性はいなかった。

自分は好みのうるさい男なのだろう。それでも、どうやら待ちつづけた甲斐は間違いなくあったのだと思い、暗がりのなかでデイヴィッドはほくそ笑んだ。

ふたたびスザンナの横顔をそっと見やった。舞台上の芝居に心奪われていて、隣にいる紳士に見つめられていることにさえ気づいていないようだ。時おり、その唇が開いて、無意識に「まあ」と低い声を洩らしている。妄想にすぎないのはわかっているが、そのたびスザンナの吐息が空気に乗って自分の顔にふわりと当たっているように感じられてならなかった。

身体が張りつめた。妻にふさわしく、そのうえ幸運にも欲望をそそられる女性に出会えるとは考えてもいなかった。なんというめぐり合わせだろう。

スザンナが舌先で唇を舐めた。

このうえなく気をそそられる。

デイヴィッドは椅子の背にもたれ、満足の笑みをこらえきれなくなって顔をほころばせた。

まずはともかく、策を立てなければと決意した。

第三幕が終わって幕間に入ったことを告げる照明が灯されると、スザンナはここまでの芝居の感想をどうしても伯爵に訊きたくて、隣のボックス席をすばやく振り返った。

いない。

「どうしたのかしら」独りごちた。席を立つ音には気づかなかったので、よほど静かに出ていったのだろう。伯爵が消えてしまったことにふしぎとがっかりして、うつむきがちに椅子に沈んだ。キーンの演技はこれまで観たどのシャイロック役とも大きく違っていただけに、伯爵の意見を訊くのが待ち遠しかった。あの方なら、きっと自分では気づけなかったような、興味深い点を指摘してくれるに違いないと思っていた。クライヴは幕間に入ると必ず中二階へ友人たちと話しに行ってしまうため、語りあった記憶は一度もない。

でも、考えようによっては伯爵が消えてくれてよかったのかもしれない。幕が上がる前は気さくに話せていたとはいえ、あの伯爵が自分に快く接しているとはいまだ信じがたかった。

それに、そばにいられると……とても妙な心地だった。落ち着かないし、なぜか呼吸も速まっていた。心が浮き立ったけれど、快適とは言えず、そう思うと胸がざわついた。

なのでレディ・シェルボーンから自分たちと一緒に気晴らしに出ないかと誘われても、礼を述べて丁寧に断わった。レンミンスター伯爵があきらかにいない場所にじっととどまっているほうが間違いなく安全だ。

シェルボーン家の人々が招待した人々と連れ立って出ていき、スザンナはひとり残されたが少しも寂しいとは感じなかった。舞台係たちがほんの少しだけカーテンを閉め残していたので、目を凝らせば、舞台上で動きまわっている人影が垣間見える。なんとも好奇心を掻き立てられる刺激的な光景で――

背後で物音がした。シェルボーン家の誰かが忘れ物でも取りに来たのだろう。スザンナは顔に笑みを貼(は)りつけて振り返った。「どうなさっ――」

伯爵。

「やあ」先に伯爵から挨拶され、スザンナはそれ以上言葉を継げなかった。

「伯爵様」驚きがはっきりと声に表れていた。

レンミンスター伯爵は愛想よくうなずいた。「バリスター嬢。そこにかけてもいいかな？」

「もちろんですわ」ほとんど反射的に答えていた。ああいったい、どうしてここに来るの？

「隣のボックス席から叫びあうよりこちらに来たほうが話しやすいと思ったんだ」

スザンナは信じられない思いで黙って見つめ返した。ふたつのボックス席の隙間はほんのわずかだ。もともと叫びあわなければならないほど離れてはいなかった。といっても、いま坐っている椅子と椅子ほど近くはなかったとふいに気づいて、いくぶんとまどった。伯爵の太腿(ふともも)が自分の太腿にほとんど密着している。

同じ場所にダラム卿が一時間以上も坐っていたのに、太腿にはまったく意識が向かなかったのだから、どうしていまになって気になりだしたのかわからない。

でも、レンミンスター伯爵が隣にいると気になってしまう。先ほどとは何もかも違うのだと、スザンナは気づいた。

「芝居は楽しめているかい？」伯爵が訊いた。

「ええ、とても。キーンの演技はすばらしいとしか言いようがないわ。そう思いません？」

伯爵はうなずいて、同意の言葉をつぶやいた。

「シャイロックがあんなふうに哀しげに演じられるとは想像もできなかったわ」スザンナは続けた。「これまでも何度か『ヴェニスの商人』を観てきて、もちろん、あなたもそうでしょうけど、いつもはもっと滑稽な人物として演じられていたでしょう？」

「たしかに面白い解釈だ」

スザンナは熱っぽくうなずいた。「あの黒い髪の鬘に天賦の才が表れていると思うの。これまでわたしが観てきたシャイロックはみな赤い髪の鬘で演じられていたわ。でもきっとキーンは、赤い鬘では悲哀の漂う人物を演じられないと考えたのよね？　赤い髪では深刻そうには見えないもの」

伯爵がごほごほと咳き込んだ。

スザンナは気分を害したのではないことを祈って、前のめりに表情を窺った。黒っぽい髪をしている男性を怒らせる発言ではないはずなのだけれど。

「失礼」伯爵は息を整えて言った。

「何か気にさわったかしら？」

「違う」伯爵はきっぱりと否定した。「ただ、きみの鋭い見解に意表を突かれた」

「赤い髪の男性たちがほかの方々より劣っていると言うつもりはないのよ」

「ぼくらのようにとりわけ黒っぽい髪の人間はまた特別だが」伯爵は低い声で言い、いたずらっぽい微笑みを浮かべた。

スザンナはつい微笑み返しそうになって唇をすぼめた。この人と秘密めいた時間を――ふたりだけに通じる冗談のようなものを分かちあうのは、あまりに不自然だ。「わたしが言いたかったのは」もとの話に戻そうとして続けた。「小説に出てくる赤い髪の男性ではそういう人はいないということなの。そうでしょう？」

「私が読んだ小説にはいなかったな」伯爵も同意した。

スザンナはややいらだたしげな目を向けた。「赤い髪の男性は物語の主人公にはならない」

伯爵は身を乗りだして、緑色の瞳をいわくありげに輝かせた。「では、きみの物語の男性主人公(ヒーロー)は誰なのだろう、バリスター嬢？」

「いないわ」とりすまして言った。「もう決まってもいい頃なんだけれど」

伯爵は押し黙り、しばらく考え込むように見ていた。「そのとおり」低い声で言う。

その言葉が耳に柔らかに届いたとたん、スザンナは唇を開き、さらには息を呑(の)んだ。「どういうこと？」伯爵の言葉の意味が解(かい)せず、問いかけるしかなかった。

思い浮かぶ答えはあっても、そのとおりだとは信じられなかった。

伯爵はふっと笑った。「きみのような女性には、守ってくれる男性がいて当然だ。それも強く有能な男性が」

スザンナは眉を吊り上げて見つめ返した。「結婚すべきだと言ってるの？」またもあの笑みだ。とっておきの秘密を隠しているとでも言いたげな物知り顔でゆがめた唇。「きみはどう思う？」

「わたしは、この会話が個人的な問題にそれすぎていると思うわ」

伯爵はその言葉に笑ったが、温かい愉快そうな声で、貴族の男性の笑い声にたいがい含まれている毒気はまるで感じられなかった。「先ほどの発言は撤回しよう」にっこり笑って言う。「きみに強く有能な男性は必要ない。きみはたしかに自分でしっかりと身を守れる女性だ」

スザンナは目をすがめた。

「もちろん、褒め言葉だ」

「あなたには、いちいち確認しなければいけないのね」と言い返した。

「それはきつい物言いだな、バリスター嬢。傷つくじゃないか」

今度はスザンナが笑い声をあげる番だった。「あら」にっこり笑う。「わたしがどんな言葉を浴びせても、あなたの鎧にはね返されてしまうわ」

「それはどうかな」その声はあまりに静かで、正しく聞きとれているのかどうかスザンナには自信が持てなかった。

尋ねずにはいられなかった。「どうして、わたしに親切にしてくださるの？」

「私が？」

「ええ」その答えを訊くことにどのような意味があるのかわからないまま、続けた。「あなたが。弟さんとわたしの結婚を反対していたことを考えれば、ふしぎに思っても当然だわ」

「反対しては――」

「反対したわけではないという話は前にもお聞きしたわ」スザンナはほとんど表情を変えずに遮って話しつづけた。「でも、あなたが賛成していなかったのも、ハリエットとの結婚を後押ししたのも、お互いにわかっていることだもの」

デイヴィッドはしばらく間を取って、スザンナの言葉を思案した。たしかに間違いとは言えないが、昨年の夏に起きたことを彼女が正しく理解できていないのもまたあきらかだった。

そもそも、スザンナはクライヴのことをよくわかっていない。あのまま結婚してうまくやっていけたと思っているのだとしたら、ひょっとして自分自身のこともわかっていないのかもしれない。

「弟のことは愛している」デイヴィッドは穏やかに言った。「だが、弟には欠点もある。弟を必要としてくれて、頼ってくれる妻が必要なんだ。一人前の男にならざるをえない自覚を持たせてくれる女性が。もしクライヴがきみと結婚していたとしたら――」

スザンナを見つめた。率直な眼差しをこちらに向けて、考えを説明してくれるのを辛抱強く待っている。このあとの言葉が彼女にとって重要な意味を持っているのは確かなので、正しく伝えなければならないと肝に銘じた。

「クライヴがきみと結婚していたら」デイヴィッドは慎重に言葉を継いだ。「強くなる必要はなくなっていただろう。きみが同じくらいに強いからだ。クライヴには成長しなければならない理由が与えられない」

スザンナは意外な言葉に口があいた。

「簡単に言ってしまえば、バリスター嬢」伯爵はどきりとするほどやさしい口調で続けた。「弟はきみのような女性にはふさわしくない」

スザンナが、その言葉の裏にある意味を読み解きたいのはもちろん、呼吸の仕方を思いださなければと考えているうちに、伯爵が立ちあがった。

「楽しいひと時だったよ、バリスター嬢」レンミンスター伯爵は低い声で言い、スザンナの手を取って手袋の上からそっと口づけた。そのあいだもずっと視線は顔に据えたままで、緑色の瞳は魂をまっすぐ焦がすように熱を帯びていた。

背を起こし、スザンナの肌をぞくりとさせるかすかな笑みを浮かべ、静かに言った。「おやすみ、バリスター嬢」

それから、スザンナが別れの挨拶を返すのも待たずに伯爵は立ち去り、その後は隣のボックス席にも戻らなかった。

笑いかけられただけでスザンナの胸に引き起こされた息苦しくざわざわとした不可思議な感情は、身にまとわりついて離れなかった。

シェイクスピア劇に集中できなかったのは初めてのことだ。

目を開いていても、見えるのはレンミンスター伯爵の顔だけだった。

3

『またもや、スザンナ・バリスター嬢がこのロンドンで話題の的となっている。一八一三年の社交シーズンに、いちばん人気の令嬢から壁の花へと浮き沈みを経験したのち（すべては移り気なクライヴ・マン‐フォームズビーのせいなのだが）、少々埋もれがちな日々を送っていたが、今度はもうひとりのマン‐フォームズビーから――すなわちデイヴィッド、レンミンスター伯爵である――ドルリー・レーン劇場で土曜日の晩に『ヴェニスの商人』が上演された際、ただならぬ関心を向けられていたとのこと。

なにしろバリスター嬢は昨夏、マン‐フォームズビー家の一員になりかけていたのだから、伯爵の意図は憶測するよりほかにない。実現していれば呼称こそただのクライヴ夫人であったとしても、伯爵の義理の妹になるはずだった女性である。

芝居が上演されているあいだじゅうバリスター嬢を見つめていた伯爵を目にして、兄弟愛から関心を注いでいたなどと考える者がいなかったことだけは自信を持ってお伝えできる。

バリスター嬢については、伯爵の関心が真摯なものだとするならば、好ましいマン‐フォームズビーのほうをつかんだことに誰もが賛同するのは間違いない』

一八一四年一月三十一日付〈レディ・ホイッスルダウンの社交界新聞〉より

その晩もまた、スザンナは寝つけなかった。

それも当然だった――〝弟はきみのような女性にはふさわしくない〟ですって？　伯爵はいったいどういう意味で言ったのだろう。どうしてそんなことを言うの？　口説かれているのだろうか？　あの伯爵から？

愚かな考えは消し去らなければという本能のようなものが働いて、スザンナはかぶりを振った。ありえない。レンミンスター伯爵が真剣に特定の女性に惹かれているといった話は聞いた憶えがないし、自分に初めてそのような気持ちを抱いたとはとても考えられない。

だいたい、あの男性にはどうしても腹立たしさを感じずにはいられない理由がある。睡眠を妨げている張本人だからだ。スザンナは誰かのせいで眠れなくなったことはいままでなかった。クライヴのせいでさえ。

そのうえ、寝つけないのは土曜日の晩だけにとどまらず、日曜も同じで、月曜にはその朝の〈ホイッスルダウン〉の記事に自分のことが取りあげられていたためによけいに眠れなくなった。というわけで、火曜の朝にレティシアと食事をとっているところに執事が現われたときには、疲れて不機嫌になっていた。

「スザンナお嬢様」執事がほんのわずかにスザンナのほうへ頭を傾けて言った。「お手紙が届いております」

「わたしに？」そう訊いて、執事の手から封書を受けとった。紺碧色の封蠟がなされ、高価な紙質だ。すぐに紋章が目に入った。レンミンスター伯爵。

「どなたから？」レティシアが、ちょうど執事が入ってきたときに口に放り込んだマフィンを嚙み砕いてから訊いた。

「まだ開いてもいないのに」スザンナはつっけんどんに答えた。聡明な人なら、レティシアがいなくなってから手紙を開くのが当然だと言わんばかりに。

妹は頭がどうかしてしまったかとでも言いたげな顔で姉を見ている。「簡単に開けるじゃない」レティシアは指摘した。

スザンナは封書をテーブルの皿の脇に置いた。「あとで読むわ。いまはお腹がすいてるから」

「いますぐ知りたくてたまらないのよ」妹は食いさがった。「お姉様がすぐに開いてくれないのなら、わたしが開いてあげる」

「卵を食べてしまいたいの。そのあとで——レティシア！」スザンナは悲鳴のごとく名を呼んで、巧みに隙をついて手紙をさらった妹のほうへテーブル越しにぐいと身を乗りだした。睡眠不足で反射神経が鈍ってさえいなければ、これくらいは阻止できたはずなのに。

「レティシア」凄みを利かせた声で言った。「その手紙を未開封のまま、わたしに返さなければ、あなたを絶対許さないわ」効き目がなさそうだと見てとって、付け加えた。「一生」

レティシアは考えているらしかった。

「どこまででも追いかけるわよ」スザンナは続けた。「逃げられる場所なんてないんだから」

「お姉様から？」妹が疑わしげに訊く。

「その手紙を渡しなさい」

「開いてくれる？」

「ええ。よこしなさいってば」

「いま、開いてくれるのね？」妹は念を押した。

「レティシア、いますぐその手紙を返さないと、ある朝起きたら、髪がすっかり刈られていても知らないわよ」

レティシアは口をぽっかりあけた。「本気じゃないわよね？」

目をすがめて睨みつけた。「冗談で言っているように見える？」

レティシアは唾を飲み込んで、ふるえがちな手で手紙を差しだした。「本気みたいね」

スザンナはすばやく妹の手から封書を奪いとった。「少なくとも数センチは切るつもりだったわ」つぶやいた。

「開くわよね？」何につけ粘り強いレティシアが言う。

「わかったわよ」ため息まじりに答えた。どのみち、いつまでも隠しきれるとは思わない。できれば先延ばしにしたかっただけだ。バターナイフはまだ使っていなかったので、封書の折り返しの縁にあてて、封蠟を解いた。

「どなたから？」まだなかの手紙を引きだしもしないうちにレティシアが訊いた。

「レンミンスターよ」疲れたため息をついて答えた。

「それで、お姉様は怒ってるの？」妹が目を大きく見張って言う。

「怒ってないわよ」

「怒ってる口調だもの」

「だけど、怒ってないのよ」スザンナは一枚の紙を開いた。

でも、怒っていないのだとしたら、どういう気持ちだと言えるのだろう？ 疲れきっていて表情には出ていないかもしれないけれど、ほんの少しは胸がはずんでいるような気もする。伯爵は謎めいていて刺激的で、クライヴより知的であるのも間違いない。そうだとしても伯爵なのだから、自分との結婚を考えているはずもなく、つまりはふたりのマン－フォームズビーにふられた女性と呼ばれることになりかねない。

とても耐えられない。すでに一度公然と恥をかかされる苦しみを味わっている。それをふたたび、それもさらに注目されているなかで繰り返したくはない。

だから伯爵の書付を読み、外出を誘う文句を目にしたとき、即座に断わることしか考えられなかった。

バリスター嬢へ
木曜日にモアランド子爵夫妻がスワン・レーン桟橋（さんばし）で正午から開くスケート・パーティへ、ぜひご一緒していただきたい。

よろしければ、三十分前にお宅へお迎えに伺います。

レンミンスター

「なんて書いてあるの?」レティシアが息をはずませて訊いた。

スザンナは黙って手紙を妹に渡した。声に出して読み返すより、そのほうが手間が省ける。

妹は息を呑んで、片手で口を覆った。

「まったく、どういうつもりかしら」スザンナはつぶやいて、朝食に意識を戻そうとした。

「お姉様を口説こうとしてるんじゃないの!」

「違うわ」

「そうよ。そうでなければどうして、スケート・パーティに誘うの?」レティシアは息をついて眉をひそめた。「わたしにも誘ってくださる方がいればいいのに。スケートは、わたしにも取り得があるところを見せられる、数少ない活動的な趣味だもの」

スザンナは妹の謙遜した物言いに眉を上げげつつ、うなずいた。サセックスの本邸近くには毎年冬に凍結する池がある。バリスター家の姉妹はその氷の上で一日に何時間もスケートを楽しんでいた。独学で回転も練習した。スザンナが十四歳のときの冬は滑っているよりお尻をついているほうが長いくらいだったが、とうとう回転の仕方を憶えた。

レティシアもほとんど同じくらい上達している。それだけに、スケート・パーティに誘われていない妹を気の毒に思った。「わたしたちと一緒に来ればいいでしょう」

「あら、だめよ、そんなことはできないわ」と、レティシア。「伯爵がお姉様に求愛しようとしているのよ。せっかくの甘い雰囲気を台無しにする邪魔者はいらないでしょう」

「甘い雰囲気なんかじゃないわ」スザンナは強い調子で言った。「それに、どうせお誘いを受けるつもりはないし」

「一緒に来ればいいと言ったばかりなのに」

スザンナはつくづく自分に腹が立って、ソーセージにフォークを突き刺した。ころころと気を変える人々は好きではないのに、きょうだけはあきらかに自分もその人々と同類になっている。「言い間違えたのよ」ぼそりとつぶやいた。

レティシアはそれからしばらく話そうとしなかった。卵を齧(かじ)って、口のなかでもぐもぐ噛んで飲み込み、お茶を飲む。

妹がこれで話を終わらせるとはとうてい思えなかった。この沈黙は束の間の休息にほかならない。案の定、スザンナがようやく気を抜いてお茶に口をつけたとき、飲み込むより先に妹の声を聞いた。

「やっぱり、どうかしてるわよ」

スザンナはお茶を吐きださないようナプキンで口を押さえた。「おかげさまで、どうもしてないわ」

「レンミンスター伯爵からのお誘いなのよ」レティシアは信じられないといったふうに顔を紅潮させて言った。「レンミンスターでしょ？　お姉様、わかってるの？　お金持ちで、美男子で、伯爵なのよ。お誘いを断わる理由がどこにあるっていうの？」

「レティシア。あの人はクライヴのお兄様なのよ」

「知ってるわ」

「わたしがクライヴから好かれていたときには快く思っていなかったはずなのに、いまになって急に考えを変えるなんておかしいでしょう」

「だったら、どうしてお姉様の気を惹こうとしてるのかしら？」レティシアは訊き返した。

「気を惹こうとなんてしてないわよ」

「してるわよ」

「してないわよ――ああもう、いい加減にして」スザンナは堂々めぐりの会話に嫌気がさして言葉を切った。「だいたいどうして、あの人がわたしの気を惹こうとしてるなんて思うの？」

妹はマフィンを齧って、こともなげに答えた。「レディ・ホイッスルダウンがそう書いていたわ」

「レディ・ホイッスルダウンなんて絞首刑になればいいんだわ！」スザンナは声を張りあげた。

レティシアは姉が大罪を犯したとでもいうようにぎょっとして身を引き、声を絞りだした。

「そんなことを言うなんて信じられない」

「レディ・ホイッスルダウンがいままで、わたしが心から称賛したり支持したりできるようなことを何かしてくれた?」スザンナは本人に問いかけたかった。

「わたしはレディ・ホイッスルダウンを敬愛しているわ」レティシアは憤然と言い放った。

「彼女の悪口を聞くのは耐えられない」

スザンナは、ふだんは分別のある妹の身に邪悪な魂が乗り移ったとしか思えず、呆然と見つめた。

「レディ・ホイッスルダウンは」妹は熱っぽい目で続けた。「去年の夏、クライヴに大変な目に遭わされたときも、お姉様に好意的な記事を書いていたわ。そういう姿勢を取っていたのは、ロンドンじゅうであの方だけだったかもしれない。だからこそ、わたしは何があろうと、あのご婦人を非難するつもりはないの」

スザンナは自然に唇が開き、空気が穏やかに喉に入ってきた。「ありがとう、レティシア」やっとのことで妹の名をつかえがちに呼びかけた。

レティシアは感傷的な会話になるのを避けようと、さりげなく肩をすくめた。「どうってことないわ」軽やかな口調にそぐわず鼻声になっていた。「でもやっぱり、伯爵のお誘いは受けるべきだと思うわ。人気を取り戻すためだと思えばいいじゃない。ダンスを一度踊っただけで、またみなさんから声をかけられるようになったんだもの、スケート・パーティにご一緒する効果は計り知れないわ。わたしたち、紳士たちにもみくちゃにされてしまうかも」

スザンナはどうしようもなく複雑な思いで、ため息をついた。劇場では伯爵との会話を楽しめた。けれど昨年の夏にクライヴにふられて以来、人を信じるのが怖くなっている。それにもう二度と不愉快な噂話の種になるのはいやだ。伯爵がほかの若い令嬢に目を移せばたちまち、そのような噂が流れるのもわかっている。

「無理だわ」妹に言い、すばやく立ちあがって、椅子を倒しかけた。「とても無理」

誘いを断わる書付は一時間と経たずに伯爵のもとへ届けられた。

スザンナが伯爵の誘いを断わる書付を持たせた従僕を見送ってからきっかり六十分後、バリスター家の執事が寝室にやって来て、伯爵本人が階下で待っていると伝えた。

スザンナは驚いて、午前中に読もうと思っていた本を取り落とした。本は爪先の上に落下した。

「痛いっ！」思わず声をあげた。

「おけがはありませんか、スザンナお嬢様？」執事は礼儀正しく尋ねた。

スザンナは爪先にずきずきする痛みを感じつつ首を振った。腹立たしい本。この一時間で三段落しか読み進められなかった。本のページに目を落とすたび、文字が泳いでぼやけてきて、いつの間にか伯爵の顔を思い浮かべていた。

その伯爵がいまここに来ている。

誘いを断わられた腹いせにでも来たのだろうか？

そのような恐ろしいことの可能性も少なからずあると思った。

「すぐにお会いになるとお伝えしてよろしいですか？」執事が訊いた。

スザンナはうなずいた。レンミンスター伯爵の訪問を、それもすでに自宅に待たせていて断われる立場ではない。鏡をちらりと見やると、ベッドに一時間じっと腰かけていただけとあって髪もたいして乱れていないので、大きな鼓動の音を聞きながら、階段をおりていった。

客間に入っていくと、伯爵は変わらず堂々とした端麗な姿で窓辺に立っていた。「バリスター嬢」向きなおって言う。「相変わらずお美しい」

「あの、ありがとうございます」

「書付は受けとりました」

「ええ」ためらいがちに唾を飲み込み、椅子に腰をおろした。「届けさせましたので」

「非常に残念です」

スザンナはさっと目を合わせた。その落ち着いた真剣な口調には何かもっと深い感情が込められていた。「ごめんなさい」実際に声に出す前に慎重に言葉を選びながら、ゆっくりと続けた。「お気持ちを傷つけるつもりはなかったんです」

伯爵はこちらへ歩きだしたが、悠然と獲物を狙う動物のような足どりだった。「ほんとうに？」低い声で訊く。

「ええ」事実なので即座に答えた。「そんなつもりはまったく」

「それならばなぜ」伯爵は問いかけて、すぐそばの椅子に腰かけた。「断わるんです？」

ほんとうのことは言えない――ふたりのマン‐フォームズビーにふられた女にはなりたくないなんて。伯爵とともにスケート・パーティのような催しへ出かけ、またもふられたのかと噂を立てられないための方法は、その後実際に結婚する以外にない。だからといって、求婚の言葉を引きだそうとしていると伯爵に思われるのもいやだ。

ああもう、これ以上に歯がゆい状況がほかにある？

「はっきりとした理由はないということかな？」伯爵は顔を見つめたまま口の片端を上げた。

「スケートが得意ではないの」それがただひとつ、とっさに思いつけた嘘だった。

「そんなことか」伯爵は唇をゆがめただけで、スザンナの抵抗の言葉をあっさり退けた。

「心配いらない。私が支えていよう」

スザンナは唾を飲み込んだ。つまり、腰に手を添えられて氷上を滑らなければならないということ？　そうだとしたら、伯爵に付き添われてまっすぐ立っていられる自信はないので、先ほどの嘘が現実のものとなってしまうかもしれない。

「わたし……どう言えば……」

「よかった」伯爵はきっぱりと言って立ちあがった。「では話は決まった。スケート・パーティにはふたりで行こう。さあ立って、きみさえよければ、まずはここで滑り方を教えよう」

実際には返事をするいとまも与えず、手を取って引っぱりあげた。スザンナはドアのほうをちらりと見やって、部屋に入ったときに自分があけておいたはずの隙間がほとんどなくなっていることに気づいた。

レティシアだ。

恋の取り持ち役気どりの生意気な妹。伯爵が帰ったら即刻きつく叱っておかなければ。短い髪で目覚めることになるのを覚悟しておきなさい。

かたやレンミンスター伯爵にはどう対処すればいいのだろう？　スケートは得意なのだから、つねにスケート靴で暮らしているような人でもないかぎり、自分が、教えてもらわなければいけないことは何もない。半分は好奇心から、もう半分は引っぱりあげられたので仕方なく立ちあがった。

「スケートのコツは」伯爵はスザンナから見るといくぶん得意げに言った。「膝の使い方だ」

スザンナは睫毛をはためかせた。ふだんは睫毛をはためかせる女性は少し鈍そうに見えると感じていたが、何を言われているのか見当もつかないといったふりをするには効果的なしぐさだと思ったからだ。

「そうなんだ」伯爵が応じた。「膝の使い方？」と訊き返す。

「膝の曲げ方」おうむ返しに言った。「曲げ方だな」

伯爵は相手のそしらぬ表情に隠された皮肉を感じとっていたとしても、おくびにも出さなかった。「そうなんだ」繰り返したので、ひょっとして口癖なのだろうかとスザンナは思った。「膝をまっすぐにしていようとすると、バランスを保てなくなる」

「これでいいのかしら？」スザンナは膝を大げさに曲げて訊いた。

「いや、違うんだ、バリスター嬢」伯爵はお手本の姿勢を取って見せた。「こんな感じだ」

客間の真ん中でスケートを滑る姿勢を取っている伯爵の姿は並外れて滑稽に見えたが、スザンナはどうにかうまく笑みを隠した。考えてみれば、こんな愉快な機会を無駄にするのは惜しい。

「よくわからないわ」

デイヴィッドはじれったさから眉根を寄せた。「こっちへ来てくれ」家具のない側へ移動する。

スザンナがついてきた。

「こうするんだ」磨きあげられた板張りの床の上でスケートをしているように足を滑らせていく。

「なんだか……なめらかに見えないわ」スザンナがあっけらかんとした顔で言う。

デイヴィッドはいぶかしげに見つめ返した。そのように天使のごとく穏やかに眺められては、なんだか自分がとてもまぬけなことをしているような気分になる。もちろんすり減った靴を履いているわけではないので、床の上を滑れるはずもない。

「もう一度やってみてくださらない？」スザンナはまさしくモナリザの微笑みを湛えた。

「きみも試してみるといい」と切り返した。

「だって、できないんですもの」スザンナは、はにかんで頬を赤らめた。いや、正確には赤らんではいないとデイヴィッドは気づいて眉をひそめた。いまにも顔を赤らめそうに小首をかしげて、はにかんだしぐさをしただけにすぎない。

「実際にやってみないと身につかない」なんとしても滑る真似をさせてやると決意して言っ

た。「それしか方法がないんだ」教えるためにこちらがまぬけな格好をさらさなければならないのなら、相手にも同じようにやってもらわなければわりに合わない。

スザンナはどうしようかと決めかねているようにわずかに首をかしげて、にっこり笑って言った。「いいえ、やめておくわ」

デイヴィッドはそばに近づいた。「やってみるんだ」ささやいて、礼儀上保つべき距離を決然と踏み越えて、身を寄せた。

スザンナがふいを突かれたようにわずかに唇を開いた。これでいい。たとえいまはまだ何が起きているのか彼女には理解できていないとしても、自分を求める気持ちを抱かせたかった。

デイヴィッドはスザンナのすぐ後ろへ動いて、両手で腰を支えた。「こうするんだ」大胆に耳もとに唇を寄せ、やさしい声で言った。

「あの――伯爵」スザンナがかすれ声で言った。口調からすると高い声を出そうとしたようだが、気力なのか、あるいは意志が足りなかったのだろう。

破廉恥な振るまいであるのはわかっているが、相手は結婚を考えている女性なのだから、問題はないはずだ。

なにより、誘惑するのが楽しかった。たとえ――いや、だからこそなのだろうが――何が起きているのか相手にはわかっていないとしても。

「こうするんだ」ほとんどささやくように声を落として言った。ペアを組んでスケートを滑るかのようにスザンナを前へ進ませようと腰を支えた手でわずかに押した。だがむろん、彼女の靴も床を滑りはしないので、足もとがよろけた。と同時に自分もつんのめった。

まったくもって残念なことに、なぜかふたりはその場に踏みとどまり、もつれ合って床に倒れ込みはしなかった。当然ながら倒れるものともくろんでいたのだが。

スザンナが手のあいだからするりと逃れ、デイヴィッドはふと、クライヴとも同じような体勢から身をかわさなければならないことがあったのだろうかと考えてしまった。

するといつの間にか、指でこじあけなければ開きそうもないほど歯を食いしばっていた。

「どうかなさったの？」スザンナが訊いた。

「べつに」唸り声で言う。「どうしてそう思うんだ？」

「少し――」スザンナは表情を窺いながら何度か瞬きを繰り返した。「――怒っているように見えたから」

「そんなことはない」よどみなく答えて、クライヴとスザンナのことを、ふたりが並んだ姿を頭の外へ押しやった。「もう一度、練習してみよう」今度こそ、さりげなく転倒させてみせる。

機知の働くスザンナはすばやく離れた。「お茶を飲んで休憩してはどうかしら」明るい口調ながら断固とした意志を含んでいた。

これでもくろみが――すなわち、身体を後ろから密着させ、願わくは床に倒れ込む――完全に潰えたとはまだ言えないが、感嘆せずにはいられなかった。笑みを消さずに思いどおりに事を進められるのは才能と言える。

「お茶はいかが？」スザンナは問いかけた。

「もちろんいただく」しぶしぶ応じた。お茶は嫌いで、この胸の悪くなる飲み物を好むのが愛国者の務めと考えている母を長年悩ませてきた。それでもここでは飲むと答える以外、居坐る口実が思いつけない。

ところが、スザンナが眉間に皺を寄せ、まっすぐこちらを見て言った。「たしか、お茶はお嫌いだったわよね」

「よくご存じで」少し嬉しくなって認めた。

「つまり無理に応じたのね」スザンナが鋭い口調で言う。

「もう少しきみといたかったから、つい口が滑ってしまった」チョコレートの焼き菓子を眺めるように見つめた。

お茶は嫌いだが、チョコレートとなれば話はべつだ。

スザンナは脇にずれた。「どうして？」

「なるほど、どうして、か」低い声で繰り返した。「いい質問だ」

スザンナはさらに離れたが、そこでソファに進路を阻まれた。

伯爵は微笑んだ。

スザンナも微笑み返した。少なくとも自分では微笑んだつもりだった。「あなたには何かべつの飲み物を持ってきてもらいましょう」

伯爵はその提案について考えるようなしぐさを見せてから、答えた。「いや、そろそろ失礼したほうがいいだろう」

スザンナは落胆で胸をきゅっと締めつけられるように感じて声を呑み込んだ。ほんの少し前まで伯爵の横柄な態度にいらだっていたはずなのに、いつの間に、まだここにいてほしいという気持ちに取って代わられていたのだろう。それに、この人はいったい何をたくらんでいるの？　最初はばからしいスケートの練習にかこつけて身体に手を触れて、そのあとでまだここにいたいからだとでたらめな嘘をつき、今度は急に帰りたいですって？

からかわれているのだろう。なにより問題なのは、それを自分も心のどこかで楽しんでいることだ。

伯爵がドアのほうへ踏みだした。「では、木曜日にお会いできるかな？」

「木曜日？」そっくり訊き返した。

「スケート・パーティだ」伯爵はこともなげに答えた。「三十分前に迎えに来ると伝えたじゃないか」

「でも、わたしはお断わりしたわ」すかさず言い返した。

「そうだったかな？」伯爵が穏やかに微笑んだ。「たしかに行くと聞いたはずなんだが」

スザンナは突如打ち寄せた波に足もとをすくわれたような恐ろしさを覚えながら、あきらかにこの心を捉えている頑固で手に負えない紳士をとめる術を見つけられなかった。「いいえ、言ってないわ」

伯爵はあっという間にそばに戻ってきて、さらにぐっと身を近づけて立った。あまりの近さにスザンナは息を奪われ、代わりにもっと甘く危険な匂いのするものに満たされた。まさしく禁断の聖なる恵みのようなものに。

「きっと気が変わる」伯爵は静かに言って、スザンナの顎に触れた。

「伯爵」近さに驚いて、つぶやいた。

「デイヴィッドだ」と、伯爵。

「デイヴィッド」その目のなかに見える緑色の炎に魅入られて、ほかには何も言えなかった。けれどとても自然なことであるように感じた。これまで一度もその名を口にしたことはなく、頭のなかに彼が登場するときにも、クライヴの兄かレンミンスター、もしくはただの伯爵でしかなかった。でもいまはどういうわけか、デイヴィッドと呼ぶほうが胸になじむ。それにこうしてとてもそばでその目を見ているると、いままでとは違うものに思えた。見えているのはひとりの男性だった。爵位も、富も関係がない。

ただの男性。

デイヴィッドがスザンナの手を口もとに近づけた。「では、木曜日に」ささやいて、切なくなるほどやさしく手の皮膚に唇を擦らせた。

スザンナはほかにどうすることもできず、うなずいた。

その場に立ちつくし、デイヴィッドが離れ、ドアへ歩いていくのを黙って見ていた。

ところが、デイヴィッドはドアノブに手をかけようとして、触れる寸前に動きをとめた。

振り返り、なおもじっとその姿を見ていたスザンナにというより、自分自身に言い聞かせるようにつぶやいた。「いや、だめだ、このままでは」

大股のほんの三歩でそばに戻ってきた。驚くほどなめらかに官能的な動きでスザンナを抱き寄せた。唇を重ね、キスをする。

スザンナは気持ちが昂りすぎて卒倒してしまいそうだった。

このままでは窒息してしまうかもしれない。

もうこの男性のことしか考えられず、その顔しか頭に浮かばないし、このまま永遠に彼の唇の感触を味わっていたかった。

と、そばに戻ってきたのと同じくらい唐突にデイヴィッドが離れていった。

「では木曜日に?」穏やかな声で問いかけた。

スザンナは片手で自分の唇に触れながらうなずいた。

デイヴィッドは笑みを浮かべた。貪欲そうにゆっくりと。「楽しみにしている」低い声で言った。

「わたしも」スザンナがつぶやくように答えたときには、デイヴィッドはすでにいなくなっていた。「わたしも」

4

『呆れたことに、昨日の午後、モアランド子爵夫妻が催したスケート・パーティでは、数える気にもなれないほど多くの人々が雪や氷の上でぶざまに手脚を伸ばして転がっていた。貴族たちは自分で思っているほど、芸術的なスポーツであるアイス・スケートが得意ではないらしい』

一八一四年二月四日付〈レディ・ホイッスルダウンの社交界新聞〉より

デイヴィッドの懐中時計の針はきっかり十二時四十六分を指しており、その日はまぎれもなく、一八一四年二月三日の木曜日だった。

したがって、一八一四年二月三日の木曜日、十二時四十六分ちょうどに、デイヴィッド・マン - フォームズビー、レンミンスター伯爵は疑いようのない三つの事実に直面していた。

まずひとつ目は、正確に言うなら事実というより見解と呼ぶべきなのかもしれないが、このスケート・パーティは惨憺(さんたん)たるものだということだった。モアランド夫妻に命じられて使用人たちが気の毒にも身をふるわせながら、サンドイッチとマディラ・ワインを積んだ荷台を氷上で押していて、一見嬉しい心遣いかと思いきや、氷上を移動する術を知る使用人はいないらしく、ゆえに当然ながら荷台は滑らず、凍える気温のなか寒風に絶え間なく吹きつけられて不安定にぎしぎし揺れていた。

その結果、目ざとい鳩の群れが桟橋近くに集結し、ひっくり返った荷台からこぼれたサンドイッチをついばみ、荷台を押していた哀れな従僕はいま岸辺に腰かけ、鳩の襲撃から逃れる際に負傷した顔にハンカチをあてている。

ふたつ目は、自分自身が快適とは言いがたい気分に陥っていることだった。というのも、モアランド夫妻がこのパーティを催した目的はあきらかにぼんくら息子のドナルドに妻を見つけるためであり、スザンナもその標的のひとりとなっていたからだ。そのせいで、スザンナは自分のそばから引き離され、ドナルドとのお喋りにつきあわされてどうにか逃れてくるまでにまる十分を要した。モアランド一家はその後レディ・キャロライン・スターリングのところへ移動した。キャロラインも逃れるのにはひと苦労するだろうが、そこまで気遣ってはいられない。

三つ目の事実については、歯が砕けるのではないかと思うほどデイヴィッドは顎を食いしばることとなった。スザンナ・バリスターがはにかんでスケートの滑り方を知らないと言っていたのは、しらじらしい嘘だったと判明したのだ。

スザンナが手提げ袋からスケート靴を取りだした時点で気づくべきだった。その靴はほかの人々が足に固定しているものとは違っていた。デイヴィッドのスケート靴は最新型と言われているもので、木製の靴底に長い刃(ブレード)が付いていて、ブーツの下に固定するようになっている。スザンナの靴はブレードが一般的なものより少し短く、なにより特徴的なのは、ブーツに直接付いていて、靴ごと履き替えられるようになっていることだ。

「そんなスケート靴は初めて見た」靴紐(ひも)を結んでいるスザンナをまじまじと見て言った。

「あら、サセックスではみんなこれを使ってるわ」スザンナの頬はピンク色に染まっているように見えたが、単に風が吹きつけているせいなのかもしれない。「初めから靴と一緒になっていれば、靴からはずれる心配はないでしょう」

「たしかに。スケートが得意ではない場合には特に重宝しそうだ」

「ええ、まあ」スザンナは口ごもった。それから、咳をした。目を上げて、にっこり笑いかけたが、よくよく見ると、どことなくこわばっているようにも思えた。

スザンナはもう片方の足もスケート靴に履き替え、手袋を付けたままにしてはてきぱきと紐を結んでいる。デイヴィッドは黙って見ていたが、やはり口を開かずにはいられなかった。

「それに、ブレードが短い」

「そう？」スザンナは顔を上げずに言った。

「ああ」スケート靴が並ぶよう隣へ動いた。「ほら。私の靴のブレードのほうが少なくとも三センチ程度は長い」

「だって、あなたのほうがずっと背が高いもの」スザンナはベンチに腰かけたまま微笑みかけた。

「面白い理論だが」デイヴィッドは続けた。「こちらが標準の長さのようだ」数えきれないほどの淑女や紳士が氷上を滑り……あるいは尻もちをついている川のほうを手ぶりで示した。「みんな、これとほぼ同じ長さのブレードの靴を履いている」

スザンナは肩をすくめ、デイヴィッドの手を借りて立ちあがった。「何をおっしゃりたいのかわからないわ。ともかく、こういうスケート靴がサセックスではごくふつうなんだもの」

デイヴィッドは、ちょうど母親のレディ・モアランドに背中を押されている、しょぼくれたドナルド・スペンスを見やった。たしか、モアランド子爵家の本邸はサセックスにあるはずだが、スザンナのようなスケート靴は履いていない。

デイヴィッドはスザンナとひょこひょこと川岸へ向かい——スケート靴で地面をすたすた歩ける人間などいるのか？——スザンナの手を取って氷上におりた。「バランスを心がけるんだ」頼るように彼女に腕をつかまれて少し愉快な気分で助言した。「この前も言ったように、膝の使い方が肝心だ」

「ありがとう」スザンナは低い声で答えた。「やってみるわ」

岸から離れて進みだし、デイヴィッドは無鉄砲に突っ込んでくる者を心配しなくてもいいように人の少ないほうへ導いていった。スザンナは安定した姿勢を保って完璧な足運びで平然と進んでいるように見える。

デイヴィッドはいぶかって目を狭めた。華奢(きゃしゃ)な女性ならなおさら、それほどすぐに氷上に慣れるとは考えがたい。「前にもスケートをしたことがあるな」

「何回か」スザンナは認めた。

試しにいきなり足をとめてみる。スザンナはよろめきもせず、自力でしっかりと立っている。「何回かどころではないだろう？」

スザンナは下唇を噛んだ。

「十数回は滑ってるんじゃないか？」訊いて、胸の前で腕を組んだ。

「まあ、そうかもしれないわね」

「どうして、スケートができないなんて言ったんだ？」

「だって」スザンナは負けじと腕を組んだ。「ほかに断わる理由が見つからなかったんだもの」

まずは率直な返答に驚いてたじろいだが、それから不本意ながら胸を打たれた。伯爵家の爵位を継いで、それに伴い富や権力や、有り余る特権を得た。だが周囲には率直にものを言ってくれる者がひとりもいない。自分をまっすぐ見つめて、本音を言ってくれる者がいたらと何度考えたかわからない。みなこちらが聞きたがっていると思うことを口にするきらいがあり、残念ながら、そのなかに真実はほとんど含まれていない。

いっぽうで、スザンナは恐れもせず自分の考えをそのまま口に出す。だから端的に言えば侮辱された状況であるにもかかわらず、思いのほか爽快な気分だった。

自然と笑みが浮かんだ。「だけど気が変わったんだろう？」

「スケート・パーティのこと？」

「私のことだ」穏やかに言った。

スザンナはふいを突かれたのかわずかに唇を開いた。「わたしは――」言いかけたが、どう答えていいものか迷っているのが見てとれた。デイヴィッドは自分がつくりだしてしまった気まずい沈黙から救おうと口をあけたが、驚いたことに、スザンナがすぐに目を上げて、思わず引き込まれそうになるほど毅然とした態度で簡潔に言った。「まだ考えているところよ」

デイヴィッドは含み笑いをした。「つまりは、私にどれだけ口説ける腕があるか試そうというわけか」

スザンナは顔を赤らめたので、キスのことを呼び起こしたに違いなかった。

この数日、自分もそのこと以外ほとんど何も考えられなかっただけに嬉しかった。彼女も同じ苦しみに耐えていたと知ったおかげで、耐える甲斐もあったと思えた。

だが誘惑をするには時も場所も適切ではないので、代わりにスザンナがスケートの腕前についてどの程度の嘘をついていたのか確かめることにした。「どれくらい滑れるんだい?」

手を放し、そっと押してみる。「できれば、正直に答えてくれ」

スザンナは一瞬のためらいもなく数メートル滑っていき、目を奪われるほどなめらかにとまった。「ほんとうは、得意なの」

「どれくらい?」

スザンナは微笑んだ。茶目っ気たっぷりに。「かなり滑れるわ」

デイヴィッドは腕を組んだ。「だから、どのくらいだろう?」

スザンナは氷上を見渡し、周囲の人々の位置を見定めてから、さっそうと滑りだし、こちらへまっすぐ進んできた。

このままでは衝突してふたりとも転んでしまうと思ったとき、スザンナはわずかにずれてデイヴィッドを時計回りにひとめぐりして、もとの場所へ戻っていった。

「みごとだ」ぼそりと言った。

スザンナがにっこり笑う。

「スケートができないとはよく言えたものだ」

スザンナは笑みを消しはしなかったが、ややばつの悪そうな目をした。

「ほかにはどんな技を？」と問いかけた。

決めかねているようなので、付け加えた。「さあ、披露してくれ。この私が許可を与える」

スザンナは笑った。「まあ。そういうことなら……」何度か氷上を蹴って進み、足をとめて、ちらりといたずらっぽい目を向けた。「あなたから許可を与えられなければ、こんなことをしようとは夢にも思わなかったわ」

「そうだろうとも」デイヴィッドは口もとをゆがめてつぶやいた。

スザンナはぐるりと見まわし、使える範囲を確かめているらしい。

「こちらに突っ込んでくる者は見あたらない」声をかけた。「そこの氷はきみだけのものだ」

スザンナは集中した顔つきではずみがつくまで数メートル滑り、なんと驚いたことに、回転した。

まわっている。デイヴィッドはそのような技を見たことがなかった。

足は氷上から離れていないのに、どういうわけかまわりつづけている。一回、二回、三回……。

信じられないことだが、スザンナはきれいに五回転してとまり、喜びを全身にあふれさせた。「やったわ！」笑いながら声をあげた。

「驚いたな」デイヴィッドは言って、そばへ滑っていった。「どうやって憶えたんだ？」

「わからない。五回転を決められたのは初めてなの。いつもは三回転で、調子がよければ四回転できるけれど、たいがい転んでしまうわ」スザンナは高揚感に呑まれて早口で答えた。

「次からはきみが何か出来ないと言っても信じないでおくとしよう」

その言葉に、スザンナはなぜか微笑んでいた。顔がほころんでいるだけでなく、ほんとうに心の底から嬉しくなって笑っていた。この数カ月、自分は人生の落伍者で、笑い物なのだと思いつづけ、何をするにもできないのではないかとか、すべきでないのかもしれないとみずからに問いかけずにはいられなかった。でも、いまここにいる容姿端麗で知的なすばらしい男性が、やりたいことをしていいのだと教えてくれた。

するとまるで魔法にかけられたかのように、その言葉を信じられる気がした。

夜になれば、きっと現実に引き戻され、デイヴィッドはやはり伯爵であるばかりかマンフォームズビー家の人間なのだと思い知らされ、ともに外出したことを後悔せざるをえなくなるのだろう。でもいまは、陽光が雪や氷をダイヤモンドのようにきらめかせ、ひんやりとした風が長く深い眠りからようやく目覚めさせてくれたように感じられているあいだは、思いきり楽しみたい。

　だから、笑った。どう見られるかしらとか、どんなふうに思われるだろうといったことは考えず、たとえ周りの人々に気がふれたのではないかという目で見られてもかまわない。笑いたいのだから、笑いつづけた。

「教えてくれ」デイヴィッドがそばに滑ってきて訊いた。「何がそんなに可笑しいんだ？」

「何も」スザンナはひと息ついて、答えた。「わからないわ。とにかく楽しいの、それだけだわ」

　そのとき、デイヴィッドの目の表情がどこか変わった。ずっと欲望すら感じさせる熱っぽい目ではあったけれど、さらに深い感情が表れていた。まるで突如誰かに出会って、目を離せなくなってしまったかのように。たぶん大勢の女性たちに見せてきた、使い慣れた目つきなのだろうけれど、スザンナはどうしてもそんなふうには考えたくなかった。

　自分が特別な存在だと思えたのは、ほんとうに久しぶりだもの。

「腕につかまって」デイヴィッドが言い、スザンナは言われたとおり腕につかまり、ふたりは黙って氷を蹴って、ほかの人々を巧みによけながらゆっくりと、けれども流れるように滑っていった。

　少し経って、デイヴィッドが思いもかけないことを問いかけた。その声は穏やかで、いかにもなにげない調子だったものの、腕を握る強さに真剣さが表れていた。「クライヴをどう思ってたんだ？」

ふしぎにもスザンナはふらつきもしなければつまずきもせず、穏やかな落ち着いた声で答えていた。「弟のことなんてまるで気にならないとでもいう口ぶりね」

「そんなことはない」デイヴィッドが言う。「クライヴのためなら命も投げだすだろう」

「ええ、そうよね」その点については疑いようがないのでそう応じた。「でも、弟さんを好き？」

しばしの沈黙があり、氷を八回蹴ってから、デイヴィッドがようやく答えた。「ああ。クライヴはみんなに好かれている」

スザンナはあいまいな返答だと指摘しようとさっと目を向けて、その表情から彼がさらに言葉を続けようとしていることに気づいた。

「弟のことは愛している」デイヴィッドは一語一語熟慮して納得してから口に出すといったふうに、ゆっくりと言葉を継いだ。「だが、短所も知らないわけじゃない。だからなおさら、ハリエットとの結婚でもっと責任感のある大人の男に成長してほしいと心から願っている」

一週間前なら、スザンナはこれを自分への侮辱と受けとったかもしれないが、いまは本心を率直に話しているのが感じとれた。こちらも同じように正直に答えるのが人として最低限の礼儀だと思った。

「クライヴを好きだったわ」記憶のなかに滑り落ちていくように感じる。「なぜなら——ほんとうはよくわからないの。でもたぶん、いつもとても幸せそうで自由に見えたからだと思う。こちらまでそんなふうになれる気がしたわ」力なく肩をすくめた。ふたりは桟橋の角をまわり、ほかの招待客たちのほうへ近づくにつれ自然と速度を落とした。「そんなふうに感じていたのはわたしだけではなかったのよね」話を再開した。「誰もがクライヴに近づきたがっていたわ。どういうわけか……」苦笑いをして、それから切なげに微笑んだ。クライヴとの思い出はほろ苦い。

「どういうわけか」穏やかな声で言いなおした。「あの人のそばにいると誰もが笑顔になるように思えたの。とりわけわたしは」スザンナはまるで詫びるようなしぐさで肩をすくめた。「あの人の傍ら（かたわ）にいると胸がわくわくしたのよ」

じっと張りつめた表情で自分を見ているデイヴィッドを見つめ返した。怒りや非難は感じられない。好奇心と、理解しようとする気持ちが目に見えるように伝わってくる。

スザンナは吐息をついた――ため息ではなく、どうにか息を整えるために。いままであえて分析しようとしてこなかったことを言葉にするのはむずかしい。「クライヴといると」ようやく言葉を継いだ。「すべてが……」

適切な表現を見つけるまでにわずかな間があいたが、デイヴィッドはせかさなかった。

「明るくなったように見えたの」結局、そう表現した。「そんなことがありうるのかしら。まるであの人が輝きのようなものを放っていて、その輝きに触れたものはすべてが実物よりよくなるような気がした。人はもっと美しくなるし、食べ物はおいしくなって、花はもっといい香りになる」真剣な表情でデイヴィッドに向きなおった。「わたしが言いたいことがわかってもらえるかしら？」

デイヴィッドはうなずいた。

「でも同時に」スザンナは続けた。「あの人があまりに明るく輝いているから――それで何もかもが輝いているから――見逃してしまうものもあることに気づいたの」感じていることを表現できる言葉を探すうち口角が引き攣り、考え込んで眉間に皺を寄せていた。「知っていて当然のことに気づいていなかった」

「どういうことだろう？」問いかけられ、スザンナは目を見つめ、デイヴィッドが単に調子を合わせているわけではないのを知った。本心から問いの答えを聞きたがっている。

「たとえば、先日のワース家の舞踏会でも、ペネロペ・フェザリントンのおかげで、いやな思いをしなければならなかったところを助けられたわ」

デイヴィッドが眉根を寄せた。「どんな女性だったか思いだせない」

「まさにそういうことなのよ。昨年の夏は、あの女性のことを知ろうともしていなかった。誤解しないでね」すぐに言い添えた。「冷たくあしらっていたわけではないわ。ただ……気づかなかっただけなのよ。自分の狭い知りあいの輪の外にいる人々には目が向かなかった。正確には、わたしのではなく、クライヴの知りあいの輪だったのだけれど」

デイヴィッドはうなずいて理解を示した。

「でも、ペネロペがほんとうはとても親切な女性だとわかった」スザンナは熱意のこもった眼差しを向けた。「先週、レティシアとペネロペのもとを訪ねたの。親切なだけではなくて、とても聡明な女性だと知ったわ。だけど、これまでは気づけなかった。わたし……」言葉が途切れ、下唇を噛んだ。「自分はもう少しましな人間だと思ってた」

「きみは善良な女性だとも」デイヴィッドが穏やかな声で言った。

スザンナはうなずいて、必要な答えは地平線にあるとでも思っているかのように遠くを眺めた。「そうよね。昨年の夏の自分の行動を悔やんでも仕方がないわ。クライヴはやさしくて、一緒にいるのが刺激的で、楽しかった」哀しげに微笑んだ。「否定するのはむずかしいわ。つねに注目を浴び、愛され、慕われていると感じていられたんですもの」

「クライヴから？」デイヴィッドが静かに訊いた。

「みんなからよ」

スケート靴のブレードが氷を一回、二回と蹴り、デイヴィッドがまた口を開いた。「だとしたら、きみが愛していたのはその男自身ではなく、むしろ、彼と一緒にいたときの気分のほうではないのかな」

「そのふたつは違うの？」スザンナは訊いた。

デイヴィッドはしばし考え込んでから答えた。「ああ。違うと思う」

スザンナはそれを聞いて、これまでになくクライヴについて冷静に深く考えさせられ、ふいに会得して唇がわずかにあいた。そうなのだと思い、向きなおり、話そうと口を開きかけたとき――

ドスン！

何かが身体に当たって息が吐きだされたかと思うと、氷上をふらつき、雪溜まりのなかへどさりとしたたかに倒れ込んだ。

「スザンナ!」デイヴィッドが慌てた声をあげて、すばやくそばに滑ってきた。「大丈夫か?」

スザンナは息を切らして目をしばたたき、顔や、睫毛や、髪や……あらゆるところから雪を払いのけようとした。背中から倒れ込み、雪のなかに埋もれかかっていた。

とっさに何か訊こうとして、もごもごつぶやいたが、そもそも誰に何をどのように訊けばいいのかわからず、どうにか目の周りの雪をぬぐうと、緑色のビロードの外套を着た女性が凄(すさ)まじい速さで滑っていくのが見えた。

スザンナは目を凝らした。なんとそれは前年の社交シーズンから親しくしているアン・ビショップだった。アンが自分を倒して逃げ去るとは信じられなかった。

「どうしてこんなことに……」

「けがはないか?」脇にしゃがんだデイヴィッドにそう尋ねられ、さいわいにも悪態をつかずにすんだ。

「ないわ」スザンナは唸るように答えた。「友人がわたしを心配もしないで滑っていってしまったのは信じられないけれど」

デイヴィッドは肩越しに振り返った。「あいにく、もうどこにも姿がない」

「まったく、友人にもっともな言いわけがあると思いたいわ」スザンナはつぶやいた。「身の危険を感じるような事情でもなかったら、許さないんだから」

デイヴィッドはあきらかに笑みをこらえていた。「どうやらけがはないようだな。それに頭のほうもきわめて正常に働いている。ということで、立ちあがるのに助けはいるかい？」

「お願いするわ」スザンナは言い、ありがたく手をつかんだ。

ところが、デイヴィッドの頭のほうが正常には働いていなかったらしく、しゃがんだまま、スザンナを引っぱりあげるには無理な体勢で手を差しだしたので、ふたりとも中腰で不安定に引っぱりあう格好となり、スザンナのスケート靴が脱げたとたん、今度はともに転がって雪溜まりに埋もれた。

スザンナは笑い声を立てた。笑わずにはいられなかった。高慢なレンミンスター伯爵が雪に埋もれている姿はおよそ似つかわしくないし、睫毛を雪片に縁どられた顔はむしろ愛らしくすら見える。

「私を笑ってるのか？」デイヴィッドは口のなかから雪を吐きだして、怒ったふりで言った。

「あら、とんでもない」スザンナは唇を引き結んで笑いをこらえた。「あなたを笑うはずがないでしょう、雪だるま（スノウマン）さん」

デイヴィッドはむっとした顔を装おうとしても笑みを隠しきれないといったふうに唇をすぼめた。「その呼び方はやめろ」と釘を刺した。

「雪だるま（スノウマン）さんのこと？」スザンナは思いがけない反応に、訊き返した。

デイヴィッドが押し黙り、意外そうな表情でまじまじと見返した。「ということは、聞いてないのか？」

スザンナは雪に埋もれながらできるかぎり大きく首を振った。「何を?」

「ハリエットの親族は家名が消えるのを危惧していた。つまり、ハリエットはスノウ家の名を継ぐ最後の子孫なんだ」

「ということは……」スザンナは愉快な驚きに口をあけた。「やだ、もしかして……」

「そうだ」デイヴィッドは笑ってはいけないのだと自分に言い聞かせているような顔で答えた。「弟のいまの正式名は、クライヴ・スノウ-マン-フォームズビーになっているはずだ」

「ああ、いけないわよね」スザンナは雪溜まりが揺れるほどくっくっと笑いだした。「わたしってほんとうに意地悪な、いけない人間だわ。でもやっぱり……笑わずには……だって……」

「かまわない、笑ってくれ」デイヴィッドが言った。「じつを言うと、私も笑ってしまったんだ」

「クライヴは怒ったでしょうね!」

「怒ったと言ってしまうと少し大げさかな」デイヴィッドが言う。「だが、たしかにかなり困惑していた」

「ハイフンがふたつ付くだけでもまどろこしいのに」スザンナは言った。「わたしも妙な名だったら名乗るのが憂うつになるもの。たとえば、スザンナ・バリスター-ベイツ――」うまくへんてこに繋がる名はないかと考えをめぐらせた。「ビスマーク!」得意げに例を挙げた。

「いや」デイヴィッドが淡々と言う。「きみはそんな名にはならない」

「でも、こういうことは――」伯爵の静かな声にかぶせて言いかけ、いったん口を閉じた。

「こういうことは……どうにもならないもの。どんな名になってしまうかわからないわ。仕方がないのよ」

「弟はスノウ－フォームズビーに変えたいと望んでいた」デイヴィッドが言う。「だが、それではマン家の祖先を怒らせてしまうと諭したんだ」

「失礼にあたったらごめんなさい。でも、マン家の祖先は亡くなられているのよね。怒られようがないと思うんだけど」

「マン家の名を途絶えさせた者に遺産相続を禁じる遺言書が残されていなければな」

「そんなものがあるなんて！」スザンナは息を呑んで言った。

デイヴィッドはただ笑っている。

「そんなものがあるなんて」繰り返したが先ほどとはまるで違う口調だった。「そんなものはないんでしょう。あなたはかわいそうなクライヴをからかってそう言っただけなのね」

「たしかにいまとなっては、かわいそうなクライヴだな」デイヴィッドがおどけて言う。

「雪だるま(スノウマン)と呼ばれて返事をしなければいけないとしたら、かわいそうとしか言いようがないでしょう！」

「細かくて悪いが正確には、スノウ－マン－フォームズビーだ」デイヴィッドはふてぶてしくにやりと笑った。「わがフォームズビー家の祖先が気を悪くするじゃないか」

「フォームズビー家も名を途絶えさせた者への相続を禁じてるってわけ？」スザンナは皮肉っぽく尋ねた。

「じつのところ、そうなんだ」デイヴィッドが言う。「どうして、でっちあげだとわかったんだ？」

「呆れた人ね」と返したものの、その言葉にふさわしいうんざりした口調にはならなかった。内心では、デイヴィッドのいたずら心に感じ入ってさえいた。クライヴについた滑稽な嘘はケーキに糖衣をかけた程度のことにすぎない。

「皮肉屋（フレーク）のあなたのことは、粉雪（スノウ・フレーク）さんとでも呼ぶべきかしら」

「あまり威厳の感じられない呼び名だな」

「りりしさもないわよね」スザンナは認めた。「なにしろ、こんなふうに雪溜まりに埋まってしまっているんだもの」

「たしかに」

「でも、あなたには白が似合ってるわ」

デイヴィッドがじろりと目を向けた。

「もっと白を着るべきよ」

「雪溜まりに埋まっているご婦人にしては威勢がいいじゃないか」

スザンナはにっこり笑った。「あなたも一緒に雪溜まりに埋まっていてくださるおかげで、勇気も湧くのよ」

デイヴィッドは顔をしかめてから、自嘲ぎみにうなずいた。「じつを言うと、さほど居心地は悪くない」

「威厳は台無しだけど」スザンナも同意した。

「それに寒い」

「寒いわね。もう感覚がなくなってるもの、特に……」

「お尻が？」デイヴィッドが言葉を補った。

スザンナは顔の赤みを払いのけようとでもするように空咳をした。「そうよ」

デイヴィッドは気恥ずかしそうなしぐさを目にして緑色の瞳をきらめかせ、真剣な表情になって——とまではいかないかもしれないが、少なくともこれまでよりは真剣そうに見える——言った。「だとしたら、そろそろきみを救いださなければいけないな。せっかくすてきなきみの——心配無用、言いはしない」スザンナが啞然として息を吞んだのを見て、こうひと言差し挟んでから「とはいえ、そこが汚れてしまったところを見るのは忍びない」

「デイヴィッド」スザンナは歯嚙みして言った。

「その呼びかけにはどんな意図があるんだい？」デイヴィッドはとぼけた調子で訊いた。

「不適切な表現も少々あったかもしれないが、きみを思いやっての発言なのに」

「ご自分が何者かご存じ？」スザンナは唐突に訊いた。「伯爵のお顔はどこにいってしまったの？」

「レンミンスターのことかい？」デイヴィッドは訊き返して、互いの鼻先が触れそうなほど顔を近づけた。

　スザンナは予想外の切り返しに答えられず、小さくうなずくことしかできなかった。

「たぶん、きみはその男のことをまるでわかっていないんだな。わかっていると思っているのかもしれないが、表面的な部分しか見えていない」

「そうだったのかもしれないわね」スザンナはか細い声で答えた。

　デイヴィッドは微笑んで、スザンナの両手を取った。「さあ、行動を起こすとしよう。私が立ちあがり、きみも引っぱりあげる。用意はいいかい？」

「そう簡単には――」

「行くぞ」デイヴィッドはつぶやいて、雪溜まりから出ようとしたが、スケート靴を履いていて、しかも氷を踏みしめようというのだから容易なことではなかった。

「デイヴィッド、このままでは――」

　無駄だった。本人は男らしく行動しているつもりで、つまりは腕力をここぞと見せつけられる機会を妨げる言葉に耳を傾けようとはしなかった。けれど抜けだそうとしている方向が間違っていて、このままではスケート靴がはずれて、ふたりとも横倒しになってしまうとスザンナは言いたくて、実際に言おうとしたのだが……。

　予想どおりの結果になった。

　こういったときの典型的な男らしい行動といえば、憤慨し、悪態をつくものなのだろうが、デイヴィッドの場合はそうではなかった。黙ってスザンナの目をまっすぐ見つめ、いきなり笑いだした。

スザンナもともかく純粋に可笑しくて、身をふるわせて笑いだした。クライヴとはこのようなことはなかった。クライヴとは笑っているときですら、つねにそれを演じているような気がしていた。いったいどこが面白いのか理解できなくても、内輪の冗談がわからなければとりわけ華やかな人々の輪の一員とは見なしてもらえないと思っていたので、人目を気にして笑っていた。

クライヴとは、内輪の冗談の意味がわかる仲間に加われたとしても、ほんとうに面白いと思えたことはなかった。

それでも、誰にもその気持ちを気づかれないように、一緒に笑っていた。

いまは違う。驚くべき出来事だった。これは……。

そんなはずがないと、スザンナは胸のうちで必死に否定した。愛のはずがない。でも、もしかしたらその始まりなのだろうか。こうして育っていくものなのかもしれない。そうだとしたら――

「ここで何をしてるんだ？」

スザンナは目を上げる前から、その声の主を知っていた。

みぞおちが恐れに満たされた。

クライヴ。

5

『マン-フォームズビー兄弟がともにモアランド子爵家のスケート・パーティに出席したが、ふたりのやりとりは友好的とは言いがたいものだった。現に筆者のもとには、伯爵と弟が殴りあう寸前だったとの情報が寄せられている。

読者のみなさま、これはなかなかの見物であったろう。スケート靴を履いての殴りあいとは！　次はどんなものが見られるだろう？　水中でのフェンシング？　あるいは馬に乗りながらのテニスだろうか』

一八一四年二月四日付〈レディ・ホイッスルダウンの社交界新聞〉より

クライヴの手に自分の手をあずけたとき、スザンナはまるで過去に引き戻されてしまいそうな気がした。いつもすぐそばに立っていたこの男性に心を――控えめに言っても自尊心を――引き裂かれてから半年、もう何も感じないようになりたいと思っていたのに……。

感じていた。

心臓がどきりとして、胸がざわつき、呼吸はふるえ、ああ、そんなふうになっている自分が恨めしい。

この人に何かを感じる意味はない。何も。できることなら存在すら忘れたい。

「クライヴ」努めて平静な声で言い、手を引き戻した。

「スザンナ」クライヴは温かな声で呼び、あの自信にあふれた笑みで見おろした。「どうしてたんだ？」

「元気よ」そう答えてから、いったいどうしていたと彼は思っていたのだろうかと腹立たしくなった。

クライヴは向きを変えて兄にも手を差しだしたが、デイヴィッドはすでに自力で立ちあがりかけていた。「兄さん」にこやかに言う。「ここに、スザンナといるとは思わなかったよ」

「ここで、おまえと会うとは想像もしなかった」デイヴィッドが言葉を返した。

クライヴは肩をすくめた。帽子はかぶっておらず、金色の髪の房が額にかかっている。

「今朝になって出席しようと決めたんだ」

「ハリエットはどこだ？」デイヴィッドは訊いた。

「母親と火のそばにいる。寒いのが苦手なんだ」

それからしばし三人は気まずい沈黙を保って立っていた。スザンナは奇妙に思い、マンーフォームズビー兄弟をゆっくりと交互に眺めた。クライヴのそばにいた頃は、黙っている姿も、穏やかな笑みを浮かべていない顔も見た憶えがない。クライヴはカメレオンのごとくどこにでも難なくみごとに溶け込んでしまう。ところがいまは、敵意に見えなくもない表情で兄をじっと黙って見つめている。

友好的な態度でないのは間違いない。

デイヴィッドのほうもいつもとはどこか違っていた。ふだんから背筋が伸びた正しい姿勢を保ち、弟よりも堅苦しい印象だが、むしろクライヴのようにいつもくつろいでいて流れるような身ごなしの男性のほうがまれだ。いまはいつも以上に身を硬くして、顎をこわばらせていた。つい先ほど、雪溜まりのなかでふたりで大笑いしたときには、とても伯爵の身分にある男性には見えなかった。

ところがいまは……。

すっかり伯爵にしか見えない風体に戻っている。

「一緒に滑らないか？」唐突にクライヴが訊いた。

スザンナは自分が話しかけられているのに気づいて、はっと顎を上げた。兄と手を取りあって滑る気になれないのは当然としても、自分と滑るのも適切とは思えない。それも、ハリエットがすぐそばにいるというのに。

スザンナは眉をひそめた。そのうえ、ハリエットのそばには母親もいる。妻のみならず、義理の母にまで気詰まりな思いをさせることになるのがわからないのだろうか。

「いい考えとは思えないわ」あいまいに答えた。

「誤解を解くいい機会だ」クライヴは淡々と続けた。「みんなに、ぼくらのあいだにはわだかまりがないことを示せる」

わだかまりがない？　スザンナは奥歯を噛みしめた。いったいどんな話をしようというのだろう？　こちらにはわだかまりは残っている。はっきりと。昨年の夏以来、クライヴへの感情は鉄のように硬く凝り固まっている。

「ふたりのことはすてきな思い出だ」クライヴはなだめるように言い、少年っぽい笑みで顔を輝かせた。

顔だけ？　正直に言うなら、桟橋全体がたしかに輝いた。クライヴの笑みにはいつもそれくらいの威力がある。

けれども、スザンナは以前のような気持ちの高揚を感じなかった。逆に、少しばかりいらだちを覚えた。「わたしはレンミンスター伯爵と来ているのよ」硬い声で言った。「身勝手に離れるのは不作法だわ」

クライヴが可笑しそうに笑い声を立てた。「デイヴィッド兄さんのことかい？　心配いらない」兄のほうを振り向く。「兄上、気にするわけないよな？」

デイヴィッドは大いに気にしている顔をしつつも、むろんさらりと返した。「まったく」

その言葉に、スザンナはクライヴ以上にデイヴィッドのほうにいらだちが湧いた。気にしているのなら、どうしてそれを示す態度を取らないのだろう。わたしがクライヴとスケートをしたがっているとでも思ってるの？

「よかったわ。それなら、行きましょう。スケートをするのなら、爪先が凍って黒ずんでしまう前に滑りだしたほうがいいわ」

皮肉にしか聞こえようがない口ぶりだったので、マン－フォームズビー兄弟は揃ってきょとんとした顔で見やった。

「私はチョコレートの樽にでも浸かってくるとしよう」デイヴィッドが礼儀正しく頭をさげると、クライヴがスザンナの手を自分の腕にかけさせた。

「それでも温まらなかったら、ブランデーの樽に浸かればいい」クライヴがおどけて言った。デイヴィッドが弟にぎこちない笑みを返し、滑り去っていった。

「スザンナ」クライヴが呼びかけて、温かな目を向けた。「兄が消えてくれて、ほっとしただろ？　久しぶりだ」

「そうだった？」

クライヴが含み笑いを洩らした。「そうじゃないか」

「結婚生活はどう？」とげを含んだ声で訊いた。

クライヴが顔をゆがめた。「時間の無駄になる話はよそうじゃないか」

「それはあなたにも言えることね」スザンナはつぶやくように言い、クライヴが滑りだしたのでほっとした。早くひとめぐり滑れば、それだけ早くこの時間が終わる。

「もしや、きみはまだ怒ってるのかい？」クライヴが訊いた。「過去を乗り越えてくれることを願っていたんだ」

「あなたのことなら乗り越えられたわ。怒っているのはまったくべつの問題よ」

「スザンナ」その声は実際に泣き声のような響きすら帯びていた。ため息が聞こえ、スザンナはその顔を見やった。憂いに満ちた目をして、気に病んでいるらしき表情が浮かんでいる。

おそらくほんとうにクライヴは気に病んでいるのだろう。もともと傷つけるつもりなどなく、何ごともなかったかのように不愉快な出来事を水に流してほしいと本心で願っているのだろう。

でも、それはできない。結局、自分はよい人間ではないのかもしれない。世の中には生来善良な人間と、そうなりたいと努力しなければいけない人間がいるのだと、スザンナは思うようになっていた。クライヴを許せるだけの慈悲深い寛容さを持てないのだから、自分は後者の部類に違いない。いずれにせよ、いまはまだ。

「愉快な数カ月ではなかったわ」きつい口調で早口に言った。

クライヴが腕を握っている手の力を強めた。「すまない。でも、ぼくに選択肢がなかったのはわかるだろう？」

スザンナは信じられない思いで見つめ返した。「クライヴ、あなたほど選択肢と機会に恵まれている人は知らないわ」

「それは違う」クライヴはきっぱりと言い、強い眼差しを向けた。「ぼくはハリエットと結婚しなければならなかった。選択の余地はなかったんだ。ぼくは――」

「やめて」スザンナは低い声で遮った。「自分の選んだ道を踏みにじるようなことは言わないで。わたしにも、もちろんハリエットにも失礼だわ」

「きみの言うとおりだ」クライヴは少し恥じるふうに言った。「でも――」

「それに、あなたがハリエットと結婚した理由がなんであれ、わたしにはどうでもいいの。たとえ、彼女のお父様から背中に拳銃を突きつけられて祭壇へ進んだのだとしても！」

「スザンナ！」

「どんな事情で結婚してもかまわないけれど」スザンナは熱くなって言葉をほとばしらせた。「四百人も集まったモットラム家の舞踏会で発表する前に、わたしに言うことはできたはずでしょう」

「悪かった。それはぼくが腰抜けだったからだ」

「そうね」胸のうちにふつふつと煮え返らせていた思いをクライヴに直接ぶつけられて、少しだけ気が晴れた。けれど同時に、言葉が尽きて、これ以上ともに滑りつづけなければならない理由はないと気づいた。「そろそろデイヴィッドのところへ戻してもらえないかしら」

クライヴが眉を上げた。「いま、デイヴィッドと言ったのか？」

「クライヴ」スザンナはいらだった声で言った。

「きみがぼくの兄を名で呼ぶとは信じられない」

「そうしろと言われたんだもの。どう呼ぼうと、あなたには関わりのないことでしょう」

「とんでもない。ぼくたちは何カ月も交際していたんだぞ」

「それで、あなたはほかの女性と結婚した」スザンナは念を押すように言った。まさかいまさら、焼きもちをやいてるの？

「それにしても……デイヴィッド兄さんだなんて」クライヴは苦々しく唾を飛ばして言った。

「よりにもよってどうしてなんだ、スザンナ」

「デイヴィッドではどうしていけないの？　クライヴ、あなたのお兄様でしょう」

「そのとおり。兄のことは誰よりぼくが知っている」スザンナの腰をしっかりと支えて桟橋の端で折り返した。「きみにふさわしい相手じゃない」

「あなたはわたしに助言できる立場とは思えないけど」

「スザンナ……」

「クライヴ、わたしが好きになったのがたまたまあなたのお兄さんだっただけだわ。面白くて、頭の回転が速くて——」

クライヴが突如よろめいた。この男性にはめったに見られない動作だ。「面白いと言わなかったかい？」

「ええ、言ったかしら。それで——」

「デイヴィッド兄さんが？　面白い？」

スザンナはふたりで雪溜まりに埋もれたときの、デイヴィッドの笑い声や魅力的な笑顔を呼び起こした。「そうよ」静かに思い返して続けた。「わたしを笑わせてくれるの」

「どうなっているのかわからないが」クライヴが低い声で言う。「兄にユーモア感覚はない」

「そんなことはないわ」

「スザンナ、ぼくは二十六年間、兄を見てきたんだ。それに比べて、きみは兄と知りあって、たかがまだ一週間程度じゃないのか？」

スザンナはむっとして歯を食いしばっていた。クライヴにはなおさら見下した態度を取られるのは我慢できない。「岸へ戻りたいの」歯の隙間から吐きだすように言った。「います
ぐ」

「スザンナ――」

「あなたが願いを聞いてくれないのなら、ひとりで滑っていくわ」冷ややかに告げた。

「もう一周だけしよう、スザンナ」甘えるような声で言う。「昔のよしみで」

顔を向けたのが大きな間違いだった。クライヴは、かつては目にしただけで何度も脚がくずおれそうになったあの表情でこちらをじっと見ていた。どうしてそんなふうに温かみを湛えられるのかわからないが、青い瞳がほんとうにいまにも溶けてしまいそうに見える。クライヴは、この世でただひとりの女性であるかのように、あるいは食料の尽きた世界で唯一残された食べ物みたいに、こちらを見ていて……。

スザンナはもはやその程度のことでは揺るがない強さが備わっていた。自分がクライヴにとってこの世にただひとりの女性ではないのは知っている。でもその口調は真剣で、子供じみたやり方とはいえ、本質的に冷酷な男性ではないのもわかっていた。感情がほだされ、ため息をついた。「わかったわ」あきらめた口ぶりで言う。「あと一周よ。でも、それで終わり。わたしはデイヴィッドとここに来たんだもの。あの人をひとりにしておくのは失礼だわ」

そして、モアランド夫妻が招待客のために設えた急ごしらえのスケート場をさらに一周滑りはじめながら、スザンナはデイヴィッドのもとへ戻りたいと心から思った。クライヴは

美しく魅力的な男性かもしれないが、もうその姿を見ても胸が高鳴りはしない。

デイヴィッドといるときとは違う。

こんなことが起ころうとは夢にも思わなかった。


モアランド子爵家の使用人たちがチョコレートの樽を焚き火で温めていたので、甘みは足りないものの、ほどよい熱さの飲み物ができあがっていた。デイヴィッドは苦すぎるチョコレートを三杯飲んでからようやく、手の指先や足の爪先まで温まってきたのは左脇で燃えている炎のおかげではないと気がついた。スザンナとともに埋まっていた雪溜まりで、滑ってやってきたクライヴに見おろされたときから、この胸にくすぶっていた怒りのせいにほかならない。

まったくもって腹立たしいのは、そのことだけにとどまらなかった。クライヴはずっとスザンナを見ていた。なんたることか兄のデイヴィッドのほうにはほとんど目もくれず、妻以外の女性を見るには不適切な眼差しをスザンナに向けていた。

デイヴィッドはマグカップを握りしめた。ああ、たしかに考えすぎなのだろう。自分もまさしく同じような目つきをしていたので、クライヴがスザンナに好色な目を向けていたわけではないのは認めざるをえない。だが、弟の顔にはあきらかに独占欲が表れていたし、目には嫉妬の炎が揺らめいていた。

嫉妬だと？　クライヴがもしいまさら嫉妬する権利を主張するのなら、そもそもハリエットではなくスザンナと結婚すればよかったのだ。

デイヴィッドはぐっと歯を食いしばり、スザンナを導いて氷上を滑る弟の姿を見つめた。クライヴはいまだに惹かれているのだろうか？　そうだとしても、さほど危惧する必要はないだろう。スザンナは既婚の紳士と親密になってみずからの評判を汚すような女性ではない。

しかし、ひょっとして彼女のほうもまだ弟に未練があるとしたら？　それどころか、まだ愛しているとしたら？　先ほどの話からすればもう惹かれている感情はないようだったが、ほんとうに自分自身の気持ちをわかっているのだろうか？　恋愛のこととなると男も女も自分の気持ちを見誤りがちだ。

そしてもし自分と結婚したとして——こちらはすっかりその気でいるのだが——それでもスザンナはクライヴを愛しつづけるのだろうか？　妻が弟のほうを好きだと知りながら、はたして自分は耐えられるのだろうか？

ぞっとする想像だ。

デイヴィッドはそばのテーブルにマグカップを置き、どしんという音とカップの縁の外へはねたチョコレートに人々が驚いて目を向けても意に介さなかった。

「手袋が」誰かに指摘された。

醒めた目で自分の革の手袋を見おろすと、チョコレートが付着して暗褐色の染みができていた。もう使い物にならないかもしれないが、気にしてはいられなかった。

「どうかしましたか？」名も知らない人物がふたたび問いかけた。

その若い紳士はそそくさと立ち去ったので、無意識に威嚇するような顔を向けていたのだろう。

このように寒さが身に沁みる日は、よほどいたたまれない理由でもなければ誰しも火のそばから離れたがらない。

それから少しして、クライヴとスザンナが足どりの揃ったなめらかな滑りで戻ってくるのが見えた。クライヴは四歳のときにはすでに完成されていた驚くほど温かな表情でスザンナを見つめていて（弟は何をしても叱られたためしがない。あの大きな青い瞳で申し訳なさそうに見返すことで、どんな窮地からも逃れられてしまう）スザンナのほうはといえば……。

ううむ、じつのところ、何を意味する表情なのか正確には読みとれないが、自分が見たかった憎しみに満ちた顔ではなかった。

あるいはできれば怒りが見えればほっとしていただろう。まったく無関心な顔というのもいい。そうだ、まったく無関心な顔が最も好ましい。

実際のスザンナはもの憂い愛想笑いのようなものを浮かべていて、デイヴィッドにはそれをどう解釈していいものかわからなかった。

「さあ、着いた」そばに来るとクライヴが言った。「お返ししよう。約束どおり無事に」

ややいやみな言いぐさに聞こえたが、これ以上弟をここにとどまらせたくはないので、あっさり答えた。「ありがとう」

「楽しいひと時を過ごせたんじゃないか、スザンナ？」クライヴが言う。

「えっ？　ええ、もちろんだわ」スザンナが応じた。「近況が伺えてよかったわ」

「ハリエットのところへ戻らなくていいのか？」デイヴィッドはあてつけがましく訊いた。

クライヴは涼しい笑みを返した。挑発しているかのような笑顔だ。「ハリエットなら少しくらいひとりにしても大丈夫だ。それにさっきも、母親と一緒にいると言ったじゃないか」

「そうは言っても」いらだちを抑えきれなくなって続けた。「スザンナは私とここに来ているんだぞ」

「それがハリエットとどういう関係があるのかな？」クライヴは負けじと言い返した。

デイヴィッドは顎を突きだした。「ない。おまえの結婚相手だというだけだ」

クライヴが腰に手をあてる。「誰とも結婚していない兄さんとは違うということか」

スザンナは兄と弟に交互に視線を移した。

「それはどういう意味だ？」デイヴィッドがとげとげしい口調で訊く。

「べつに。ぼくらのことに口出しする前に、自分の結婚を心配したほうがいいと思うだけさ」

「ぼくらだと？」デイヴィッドは我慢の限界に達していた。「スザンナがいつからおまえの干渉を受けなければならない立場になったんだ？」

スザンナはあんぐり口をあけた。

「それを言うなら、いつから兄さんのものになったんだ？」クライヴが反撃した。

「おまえに説明しなければならない理由などない」

「いや、当然ぼくに説明すべき――」

「あなたたち！」スザンナは目の前で繰り広げられていることが信じられず、とうとう割って入った。デイヴィッドとクライヴはお気に入りのおもちゃを取りあう六歳児のような口喧嘩をしている。

しかも、あまり嬉しくない喩えだが、そのおもちゃはどうやら自分なのだ。

ところが、兄弟は聞こえていないのか、聞こえていたとしてもそしらぬふりで口論を続けているので、スザンナは今度はふたりのあいだに身を差し入れて言った。「デイヴィッド！クライヴ！　いい加減にして」

「どいててくれ、スザンナ」デイヴィッドが呻くように言う。「きみには関係のないことだ」

「関係ない？」スザンナは訊き返した。

「ああ」デイヴィッドが険しい声で答えた。「関係ない。クライヴの問題だ。問題はいつもクライヴなんだ」

「どういうことだよ」クライヴが怒気を含んだ声で言い、兄の胸を突いた。

スザンナは息を呑んだ。ふたりは殴りあいを始めようとしている！　見まわすと、ありがたいことにいまにも暴力沙汰が起ころうとしている状況に誰も気づいてはいないようだった。ハリエットも少し離れた場所に坐って母親とお喋りを続けている。

「おまえはべつの女性と結婚したんだ」デイヴィッドはいまや怒鳴り声になっていた。「その時点で、スザンナに干渉する権利は失っ――」

「わたしはもう行くわ」スザンナは宣言した。

「――たんだ。ハリエットと結婚したんだからな。そもそも、もっとよく考えて――」

「行くって言ったら行くわよ！」スザンナは繰り返してから、ふたりにその言葉を聞かせる意味があるのだろうかと思い至った。デイヴィッドからも、きみには関係のないことだとはっきり言われたのに。

そのとおりだということが、目にみえてわかってきた。自分はなんの力もない戦利品にすぎない。クライヴは兄に取られたものを取り返そうとしているだけで、デイヴィッドもほとんど同じ理由で自分のものにしようとしているだけ。どちらも、ほんとうに自分に心を惹かれてくれているわけではない。どちらも、生涯にわたる愚かしい意地の張りあいにどうにかして勝とうとしか考えていない。

どちらのほうが好かれるのか。どちらのほうが強いのか。どちらのほうが多くおもちゃを手にできるのか。

ばかばかしさに、スザンナは嫌気がさした。

と同時に、傷ついた。心の奥深くまで切りつけられた。少し前までデイヴィッドと笑いあい、冗談を交わして、魔法にかけられたような時を過ごし、ふたりのあいだに何か特別なものが芽生えはじめているのかもしれないという夢すらふくらんだ。デイヴィッドはいままで出会った男性たちの誰ともあきらかに違っていた。自分の話に真剣に耳を傾けてもらえたのは新鮮な体験だった。耳に届く笑い声は温かで深みがあり、心からのものだった。笑い声を聞けば人柄がわかると思っていたけれど、それも幻想にすぎなかったのだろう。

「もう行くわ」スザンナは三度同じ言葉を繰り返し、いまだにどうしてそんなことをしているのか自分でもよくわからなかった。おそらく目下の状況に、ある種の病的な関心を掻き立てられていて、自分が歩きだしたときにふたりがどのような反応をするのか知りたいだけなのかもしれない。

「行ってはだめだ」デイヴィッドが歩きだそうとしたスザンナの手首をつかんだ。

スザンナは驚いて目をしばたたいた。伯爵には聞こえていたらしい。

「私が付き添う」こわばった口調で言う。

「あなたは弟さんとお忙しそうだもの」スザンナはクライヴに皮肉っぽい目を向けた。「家へ送ってくれる友人くらい見つけられるわ」

「きみは私と来たんだ。帰りも私が送る」

「その必――」

「その必要はある」デイヴィッドは断言した。スザンナはふいにこの伯爵が社交界で恐れられていることに納得がいった。テムズ川も凍りそうなほど迫力のある物言いだ。

といっても、とうに凍っていたのだと川へ目がいき、ぷっと噴きだしそうになった。

「おい、話はあとだ」デイヴィッドがクライヴに言い捨てた。

「ぷぷっ」スザンナは手で口を押さえた。

デイヴィッドとクライヴが同時にいらだった表情を向けた。またもスザンナはあまりに間の悪い笑いがこみあげて必死にこらえた。ふたりがこれほど似ているとはいままで考えもしなかった。不機嫌そうな顔はまさに瓜二つだ。

「何が可笑しいんだ？」クライヴが強い調子で訊いた。

スザンナは歯を噛みしめて笑みを隠した。「何も」

「どうみても、何もではない」と、デイヴィッド。

「あなたには関係のないことだわ」スザンナは笑いをこらえきれず、ふるえ声で言った。先ほど投げつけられた言葉をそっくり返せたのは愉快だった。

「笑ってるじゃないか」デイヴィッドが非難がましく言う。

「笑ってないわ」

「笑ってるな」クライヴが兄に言い、その瞬間、兄弟喧嘩は終結した。言い争いをやめたばかりか、ふたりは同じ女性を敵にまわして結託した。

スザンナはデイヴィッドを見て、クライヴに視線を移した。それからまたデイヴィッドを見ると、その目力だけで特製のスケート靴など脱ぎ捨てさせてやるとばかりに睨みつけていたが、スザンナはとうとう笑いだしてしまった。

「なんだ？」デイヴィッドとクライヴがとげとげしく声を揃えた。

スザンナは首を振り、なんでもないと答えようとしたが、気を違えたかのように笑うだけでまともに言葉を継げなかった。

「私が家に送る」デイヴィッドが弟に言った。

「ご自由に」クライヴが応じた。「どのみち、この状態ではここにおいておけないだろう」〝上流社会の人々のなかには〟という言葉が暗に省略されていた。

デイヴィッドがスザンナの肘を取った。「用意はいいか？」その答えはすでに少なくとも三回は表明されていたにもかかわらず、そう尋ねた。

スザンナはうなずき、クライヴに別れの挨拶をしてから、デイヴィッドに導かれてその場をあとにした。

「あれはいったいなんだったんだ？」馬車のなかに腰を落ち着けるとすぐにデイヴィッドが訊いた。

スザンナは返答に困って肩をすくめた。「あなたはクライヴとそっくりだったわ」

「クライヴと？」訊き返した声には疑念が滲んでいた。「自分が弟と似ているとは思わない」

「ええ、顔立ちは似ていないのかもしれない」スザンナは膝に掛けた毛布のけばを手持ち無沙汰につまみながら言った。「でも、表情はそっくり。それに、しぐさもたしかに似ているわ」

デイヴィッドの表情が冷然となった。「クライヴのようなしぐさをした憶えはない」苦々しげに言う。

スザンナは答える代わりに肩をすくめた。

「スザンナ！」

今度は黙って眉を吊り上げた。

「クライヴのようなしぐさはしない」デイヴィッドは繰り返した。

「ふだんはしないわね」

「きょうもしなかった」歯噛みして言う。

「いいえ、残念だけど、きょうは違ったわ。そういうしぐさだったのよ」

「そんなことは――」デイヴィッドは最後まで言わなかった。いったんぴたりと口を閉じてから、ひと言つぶやいた。「もうすぐきみのうちに着く」

それも少し違っていた。ポートマン・スクウェアまではそこから四十分以上かかった。その間どちらも口を開かず、スザンナは耐えがたい思いで刻一刻と時が過ぎるのを待った。沈黙が耳をつんざかんばかりにしんと響いていた。

6

『きわめて興味深いことに、レディ・ユージニア・スノウが、娘と結婚したばかりの義理の息子の耳を引っぱって氷上を歩く姿が目撃された。

おそらくこのご婦人は、義理の息子が愛らしいスザンナ・バリスターと連れ立って滑る様子を見ていたのだろう。

マンーフォームズビー家の次男坊は今頃、帽子をかぶっていればよかったと悔やんでいるのではなかろうか』

一八一四年二月四日付〈レディ・ホイッスルダウンの社交界新聞〉より

クライヴに似ているだと⁉

デイヴィッドは目を通そうとしていた新聞をつかみ、憎々しげに握りつぶした。さらにはそれをぶんと放り投げた。が、新聞はほとんど重みがなく、緩やかな弧を描いて静かに絨毯に着地したので、鬱憤の解消にはまるでもの足りなかった。

何か物を投げつけられれば、はるかに大きな満足を味わえるだろう。どうせなら、炉棚の上に掛かっている家族の肖像画の、絶えず笑っているクライヴの顔を金槌で打ちたいところだ。

クライヴ？　いったいどうしてスザンナは、クライヴと似ているなどと思いついたのだろう？

デイヴィッドはこれまでの人生を、窮地や災難や危機から弟を救いだすことに費やしてきた。この〝危機〟という部分がなにより肝心で、必ずクライヴが悲惨な事態に陥る前にどうにか切り抜けさせてきた。

デイヴィッドは唸り声を洩らし、床に落ちていたくしゃくしゃの新聞を拾い上げ、燃え盛る炎のなかに投げ入れた。長いあいだ、弟を甘やかしすぎたのかもしれない。兄が問題をなんでも解決してくれる環境で、責任感や良心が養われるはずがあるだろうか？　今度もし弟が煮え立った湯のなかに踏み込んでしまったのを目にしても、しばらくは放っておいて、耐えねばならないつらさを思い知らせるべきなのかもしれない。そうするとしても……。

スザンナはどうしてふたりが似ているなどと言ったんだ？

スザンナの名を呻くようにつぶやき、暖炉のそばの椅子にどさりと腰をおろした。思い浮かぶスザンナの顔は――六時間前に家へ送って別れてから一分につき三回は同じことを繰り返している――いつも寒さで頬が赤らみ、睫毛にふわりと雪片がまとわりついていて、嬉しそうに大きく口をあけて笑っていた。

雪溜まりに埋もれたスザンナを見ていたあの瞬間、呼吸を忘れるほどの衝撃的な事実に気づいたのだった。もともと優れた伯爵夫人になるだろうと予想して求愛することを決め、その予想はあらためて確信できた。だがあのとき、愛らしいスザンナの顔を見つめるうち、デイヴィッドは大勢の貴族たちの前でキスをこらえるのに全力をふりしぼらなければならなくなって、彼女が優れた伯爵夫人になるだけではないことを悟った。

すばらしい妻になるだろうと。

喜びで胸が躍った。同時に怖くなった。

いまもスザンナへの自分の気持ちが判然としているわけではないが、心とその周辺に断固として根づいている感情であるのはだんだんとわかってきた。

もしスザンナがまだクライヴを愛していて、あの弟を焦がれているのだとすれば、自分のものにはならない。求婚を受けてもらえたとしても同じだ。いまも彼女がクライヴを求めているのなら、自分は、デイヴィッドはその女性をほんとうの意味で手に入れることはできない。

そうだとすれば、大きな問題が横たわっている――自分はその状況に耐えられるのだろうか？　ほかの男を愛していて、一生自分のものにはならないとわかっている女性の夫になるというのはどれほどつらいものだろう？

わからない。

デイヴィッド・マン-フォームズビー、レンミンスター伯爵は生まれて初めて、自分自身の気持ちがわからなくなった。どうしたらいいのかまるでわからない。

胸が疼き、落ち着かない、いやな感覚だ。

炉辺のテーブルの手の届かないところに置いてあるウイスキーのグラスをじっと見つめた。いっそ、酔っ払えたら楽になるだろう。しかし疲れから気力は失せ、さらには自分に嫌気がさしていて、椅子から腰を上げるのさえ億劫だった。

それにしても、ウイスキーは魅力的に見える。いまにも香りが漂ってきそうだ。

立ちあがるにはどの程度の気力がいるのだろうかと考えた。ウイスキーのところまで何歩で行けるだろう？　二歩か、三歩か。さほど多くはないだろう。とはいえ、とてつもなく遠く思えて――

「グレイヴズからここにいると聞いたんだ」

デイヴィッドはドアのほうを見もせずに唸り声を洩らした。クライヴ。

いまは顔を見たくない相手だ。

執事に、弟には不在だと伝えるよう言いつけておくべきだった。これまで一度も弟に〝居留守〟を使ったことはなかったとしても今回はべつだ。デイヴィッドはつねになにより家族のことを優先させてきた。クライヴはたったひとりの兄弟だが、いとこたち、おばたち、おじたちもいて、一族全員の幸せな暮らしが自分の肩にかかっている。

それについては選択肢があったわけではなかった。父が死去して十八歳でマン‐フォームズビー家の当主となったときから、一日たりとも自分のことだけを考えられる余裕は持てずに生きてきた。

スザンナに出会うまでは。

彼女が欲しい。スザンナが。一族に加えるにふさわしい人物だからではなく、自分とともにいてほしい女性だからだ。

自分自身のためにそばにいてほしい。一族のためではなく。

「飲んでるのか？」クライヴが訊いた。

デイヴィッドはもの欲しそうにグラスを見やった。「残念ながら」

クライヴがテーブルの上のグラスを取り、兄に手渡した。

デイヴィッドは礼を言う代わりにうなずいて、大きくひと口含んだ。「どうしてここに？」ぶっきらぼうでそっけない口調に聞こえようとかまわなかった。

クライヴはしばらく黙っていた。「わからない」と、ようやく答えた。

どういうわけか、この返答を意外には感じなかった。

「兄さんのスザンナへの接し方が気に入らない」クライヴがだし抜けに言った。

デイヴィッドは啞然として見つめ返した。弟は目の前で、怒りで身をこわばらせ、両脇に垂らした手を握りしめて立っている。「スザンナへの接し方が気に入らないだと？　だからどうだと言うんだ？　なんの権利があって、私に意見しようというのか教えてくれ。いつから、おまえの話に耳を傾けなければならなくなったんだ？」

「彼女をもてあそぶのはやめてくれ」クライヴが歯嚙みして言う。

「おまえなら許されるのか？」

「ぼくは誰も、もてあそんじゃいない」クライヴは不服そうに怒りをあらわにした。「結婚してるんだぞ」

デイヴィッドは空になったグラスをテーブルに叩きつけるように置いた。「それを思いだせただけでもよかった」

「スザンナが心配なんだ」

「心配できる立場ではないだろう」デイヴィッドは言い捨てた。

「兄さんにそんなことを言われる筋合いは――」

デイヴィッドはさっと立ちあがった。「何が言いたいんだ、クライヴ？　スザンナの幸せを願っていると言いに来たわけじゃないだろう」

クライヴは押し黙ってじっと兄を睨みつけ、憤然とした顔がまだら模様に赤らんできた。

「おいおい、勘弁してくれ」さげすみをたっぷり含んだ口ぶりで言った。「嫉妬しているのか？　おまえが？　昨年の夏にスザンナを晒し者にしたおまえに、嫉妬する権利などないだろう」

クライヴがみるみる顔色を失った。「彼女を辱めるつもりはなかった」

「そうだろうとも」デイヴィッドは冷ややかに同意した。「おまえはいつも何かをしようと思ってしてるわけじゃない」

クライヴはきつく歯を食いしばり、小刻みにふるえるこぶしが殴りたくてたまらない気持ちを示していた。「ここでこんな話をしていても無駄だ」憤怒に満ちた低い声だった。「だったら、帰れ。ご自由に。呼んでもいないのに、おまえが勝手に連絡もしないで来たんだろう」

だが、クライヴは動かず、怒りに身をわななかせて立っている。

デイヴィッドはもうたくさんだと思った。寛大になれる気分ではないし、できた兄を演じたいとも思わない。いまはともかくひとりになりたい。「行けよ！」声を荒らげた。「帰るんじゃなかったのか？」ドアのほうへ腕を振る。「ほら！」

クライヴが恨めしそうに狭めた目には……痛みが表れていた。「それでも兄弟なのか？」かすれ声で言う。

「なんだと――どういう意味だ？」デイヴィッドは虚をつかれて口をあけていた。「兄として愛情がないとでも言いたいのか？　これまでずっと、おまえの尻拭いばかりさせられてきたんだぞ。言わせてもらえば、スザンナ・バリスターのこともそうだった。昨年の夏、おまえは彼女の評判を台無しにして――」

「台無しになんてしていない」クライヴが即座に言葉を差し挟んだ。

「ああ、たしかに、生涯結婚できなくなるほどのことではなかったかもしれないが、笑い物にした。それがどういうことなのかわかってるのか？」

「そんなつもりは――」

「ああ、考えてもいなかったんだよな」デイヴィッドはぴしゃりと遮った。「おまえは自分以外の人間の気持ちは少しも考えていなかった」

「ぼくが言いたいのはそういうことじゃない！」

デイヴィッドはうんざりして顔をそむけ、窓のほうへ歩いていって、もの憂げに窓敷居に寄りかかった。「どうしてここに来たんだ、クライヴ？」疲れた声で訊く。「今夜はもう兄弟喧嘩をする気力はない」

長い沈黙のあと、クライヴが問いかけた。「スザンナのことをそんなふうに考えてるのか？」

振り返るべきだとわかっていても、弟の顔を見る気にはなれなかった。説明が付け加えられるのを待ったが、口を開く気配がないので訊き返した。「どんなふうに考えているというんだ？」

「尻拭いしなければならないことのひとつだと」

デイヴィッドはしばし押し黙った。「いや」ようやく低い声で答えた。

「それなら、どう考えてるんだ？」クライヴが粘り強く訊く。

デイヴィッドの額に汗が滲んだ。「それは――」

「どう考えてるか訊いてるんだ」

「クライヴ……」弟をいさめるように言った。

クライヴは食いさがった。「どうなんだよ？」声が大きくなり、弟らしくないきつい口調だった。

「愛している！」怒鳴り返すように言い、くるりと振り向いて、煮え滾るような目で弟を見つめ返した。「愛してるんだ。そういうことだ。これで満足か？　スザンナを愛している。だから、神に誓って、彼女におかしな真似をしたら、おまえを殺す」

「なんてことだ」クライヴはささやくようにつぶやいた。驚きに目を見開き、口を小さくぽっかりあけている。

デイヴィッドは弟の襟首をつかんで、壁に押しやった。「もしもおまえが彼女に近づいてそそのかすようなそぶりでもすれば、間違いなくその身を引き裂いてやる」

「やめてくれ」クライヴが言う。「信じるって」

デイヴィッドは弟の襟をつかんでいる手の指関節が白ばんでいるのに気づいて、自分の挙動にぞっとした。すぐに手を放し、離れた。「悪かった」ぼそりと詫びた。

「ほんとうに愛してるのか？」クライヴが訊く。

デイビッドはいかめしくうなずいた。

「信じられない」

「信じると言ったじゃないか」

「違う、兄さんがぼくの身を引き裂くのは信じると言ったんだ」クライヴが続ける。「その言葉はたしかに信じられる。でも、兄さんが……愛しているとは……」肩をすくめた。

「どうして愛してちゃいけないんだ？」

クライヴは困惑の体で首を振った。「だって……兄さんは……兄さんだから」

「どういうことだ？」デイヴィッドはいらだたしげに訊いた。

クライヴはいったん言葉を呑み込んでから、ふたたび口を開いた。「兄さんが人を愛することができるとは思わなかった」

デイヴィッドは思ってもいなかった言葉によろめきかけた。「愛することができるとは思わなかっただと？」かすれ声で訊く。「成人してからというもの、ただひたすら――」

「一族のためにどれだけ尽くしてきたかという話はやめてくれよ」クライヴが遮った。「それが事実なのはよくわかってるさ。事あるごとに聞かされてきたんだからな」

「そんなことは――」

「してきたさ」クライヴはきっぱりと言いきった。

デイヴィッドはふたたび言い返そうと口を開きかけたが、結局黙り込んだ。クライヴの言うとおりだ。弟の欠点はうるさいくらいに指摘してきた。クライヴは、そのうちのひとつでも認めているのかどうかすらわからないが、まるでともかく兄の期待にはそむいて生きようとしているかのようだ。

「兄さんにとってはすべてが義務なんだ」クライヴは続けた。「一族への義務、マンフォームズビー家の名を継ぐ者としての義務」

「それだけじゃない」デイヴィッドは低い声で言った。

弟が口角を引き攣らせた。「そうだとしても、そういうふうにはまったく見えなかった」

「それについては謝る」デイヴィッドは肩を落として、疲れたように大きく息をついた。自分が人生をかけてきたことがうまくいかなかったのだと思い知らされるのは、やりきれなかった。どのような決断も行動も、つねに一族のためを思ってしてきたというのに、誰にもそのようには見なされていなかったのだろうか。自分の家族への愛が期待という重荷としか思われていなかったとは。

「ほんとうに彼女を愛しているのか？」クライヴが静かに訊いた。

デイヴィッドはうなずいた。いったいどういうわけで、それも再会してからまだわずかなあいだのいつからこのような気持ちになったのかはわからないが、愛している。スザンナ・バリスターを愛していて、クライヴがここに来たことによって、なぜかその気持ちは驚くほど明確に認識できるようになっていた。

「ぼくはそうじゃない」クライヴが言った。

「何がそうじゃないんだ？」デイヴィッドの声にはもの憂いもどかしさが表れていた。

「スザンナを愛していない」

ふっと皮肉っぽい笑いが洩れた。「それはなによりだ」

「からかわないでくれ」クライヴが釘(くぎ)を刺して続けた。「こんなことを言うのは、きょうのぼくの行動が兄さんにそう見えてしまったんじゃないかと……いや、だから、あのときのことはぜんぶ忘れてくれ。つまり、ぼくが言いたいのは、兄さんのためを思うからこそちゃんと伝えようと……なにしろ、ぼくの兄さんだから」

デイヴィッドは思わず微笑んでいた。自分がこの場面でこのような表情ができる性格だとは考えもしなかったが、微笑まずにはいられなかった。

「ぼくは愛してはいない」クライヴは繰り返した。「きょうは嫉妬心から誘ってしまっただけだ」

「私に嫉妬したのか？」

「わからない」クライヴが言う。「そうなんだろうな。スザンナが兄さんに惹かれるとは思いもしなかった」

「そうじゃない。こちらから近づいたんだ」

「ああ、そうだとしても、ぼくは彼女がまだ心のどこかで自分を好いていてくれるかもしれないと思ってたんだ」弟は顔をゆがめた。「厚かましいよな」

「ああ」デイヴィッドはあっさり同意した。

「本気でそんなふうに考えてたわけじゃない」クライヴは弁明して、いらだたしそうに息をついた。「一生自分を想っていてほしいなんて考えてたわけじゃないが、心のどこかにそういう気持ちがあったんだろう。だから、兄さんと一緒にいるのを見たとき……」数分前に兄が空けた椅子に腰をおろし、両手で頭をかかえた。しばらくの沈黙のあと、顔を上げて、言葉を継いだ。「手放しちゃだめだ」

「どういうことだ？」

「スザンナを手放しちゃだめだ」

「それが望ましい行動だというくらいのことはわかっているつもりだが」

クライヴは皮肉を返した兄を睨みつけた。「スザンナはすてきな女性だよ、兄さん。兄さんが惹かれていると知らされなければ気づけなかったかもしれないが、ぼくのような男ではなく間違いなく兄さんにふさわしい女性だ」

「ずいぶんと感傷的な物言いだな」

「兄さんを恋愛小説の主人公にはとても見られないがね」クライヴはちらりと天を仰いだ。

「いまだに兄さんが誰かを愛しているなんて信じられない」

「心臓が石で出来ているとでも言いたいのか」デイヴィッドは辛らつにつぶやいた。

「ちゃかさないでくれ。真剣に話してるんだ」

「ああ、わかってるさ」

「きょうの午後」クライヴはゆっくりと続けた。「一緒にスケートをしているとき、スザンナが話してたことからすると……」

デイヴィッドはそのひと言に反応した。「何を話してたんだ？」

「いろいろだ」クライヴは口を挟まないでくれと言わんばかりにむっとした目を向けた。

「そのときの話からすると、兄さんの求愛に応えないわけではなさそうだという気がする」

「まともな英語で話してもらえないか？」デイヴィッドはさらりと返した。

「向こうも兄さんを愛しているのかもしれない」

デイヴィッドはとたんに力が抜けて、脇机に腰をおろした。「確かなのか？」

「わかるわけないだろ。かもしれないと言ったじゃないか」

「なんとも力強い励ましだな」

「彼女は自分の気持ちに気づいていないのかもしれない」クライヴは兄の皮肉を無視して続けた。「でも、あきらかに兄さんのことを気にかけている」

「どういう意味だ？」なんとしても弟の言葉を読み解く確かな手がかりをつかみたい。なにしろ、このままでは何時間話していても核心にたどり着けそうにない。

クライヴがぐるりと瞳をまわした。「ともかく、兄さんが迫れば、それも本気で迫れば、向こうは承諾すると思うんだ」

「思うのか」

「思う」クライヴはいらだたしげに言葉を吐きだした。「だいたい、未来を予言できるなんて言っちゃいないだろ？」

デイヴィッドは唇をすぼめて考え込んだ。「どういう意味なんだ？」ゆっくりと訊く。「本気で迫ればというのは」

クライヴは目をしばたたいた。「だから本気で迫るということさ」

「クライヴ」デイヴィッドは唸り声で呼んだ。

「大げさな意思表示が必要だ」弟が慌てて答える。「なんていうか派手に、甘い雰囲気で、いつもの兄さんからは想像できないようなやり方で」

「大げさな意思表示自体、いつもの私からは想像できないだろう」デイヴィッドはぼやくように言った。

していた。

「だからいいんじゃないか」クライヴが言う。デイヴィッドが目を上げると、弟はにやにや
「どうすればいいんだ？」助言を求める側になるのは気にくわないが、ともかく知らなければ行動できない。

クライヴが立ちあがり、咳払いをする。「ということは、ぼくが言うことを参考にしてくれるつもりがあるんだな？」

「大いに参考にさせてもらおう」デイヴィッドは歯を噛みしめて答えた。

「心がけなくてはいけないのは」その口ぶりからして役に立ちそうな話とはとても思えない。「大げさな意思表示だ。どんな男でも生涯に一度は大げさな意思表示で事を決めるべきときがある」

「クライヴ」デイヴィッドはため息まじりに言った。「大げさな意思表示は趣味に合わない」

弟はくっくっと笑った。「だとしたら、趣味に合うようにするしかないだろ。いまだけでも」眉根を寄せ、ほんのいっとき笑いをとめて早口で言った。「せめてバレンタインデーまでだけでも」と言い添えて、もはや可笑しさをこらえきれなくなった。「考えてみれば……あと……十一日しかないんだし」

デイヴィッドの腹部にずしりと重みがかかった。心臓がみぞおちに落ちたように思えた。バレンタインデー。忌まわしきバレンタインデー。思慮分別のある者にとっては頭痛の種だ。大げさな意思表示をするのにふさわしいときがあるとすれば、この日をおいてほかにない。

デイヴィッドはよろりと椅子に腰を移した。「バレンタインデー」呻くように言う。

「この日は逃せない」クライヴが嬉々として言う。

デイヴィッドは弟に殺気立った目を向けた。

「そろそろ失礼する頃合かな」クライヴがつぶやいた。

デイヴィッドは部屋を出ていく弟に送りだす言葉すらかけなかった。

バレンタインデー。絶好の機会だと考えるべきなのだろう。愛を告白するには誂え向きの日だ。

ふん。夢みがちで口のまわる詩人気どりの男には誂え向きかもしれないが、自分はどう考えてもそのような部類にはあてはまらない。

バレンタインデー。

だからといって、いったい何をすればいいんだ？


翌朝、スザンナはよく休めた気がせず、満足感も活力も食欲もなく、なにより気分がすっきりしないまま目覚めた。

眠れなかった。

といっても、いやがられるほど几帳面な人になりたいのなら、もちろん眠ったと言わざるをえない。ひと晩じゅう目をあけていられたわけではない。でも、たしかに時計の針が一時半を指したのを目にした。それから、二時半、四時半、五時十五分、六時を指したのをはっきりと憶えている。言うまでもなく、午前零時にはベッドに入っていた。

つまり、眠れていた時間があったとしても、細切れ（こまぎ）れだったということだ。

しかも、目覚めたときの気分は最悪だった。

なにより問題なのは、疲れがとれていないことでも、不機嫌なことでもない。

胸が痛むことだった。

胸が痛い。

いままでに感じた憶えのない、実際に胸にけがを負ったかのような痛みを感じた。きのう、デイヴィッドとのあいだで何かが起こった。おそらくはもっと前から、劇場で居合わせたときに始まり、だんだんと育っていたのかもしれないが、あの雪溜まりのなかで決定的な何かが起こった。

ふたりで笑いあい、スザンナはデイヴィッドの目に魅入られた。そのとき初めて、これがこの人のほんとうの姿なのだと気づいた。

そして、この人を愛しているのだと。

スザンナにとっては最も考えられないことだった。自分は失恋したわけではなかったのだという事実を、これ以上になく明快に突きつけられた。少なくとも、クライヴを愛してはいなかった。愛してると思い込んでいたけれど、実際は、あの夏のあいだはほとんど愛していると言いきれるのだろうかと自問していただけにすぎなかった。結局、クライヴにふられて打ちのめされたのは、恋心ではなく、自尊心だったのだ。

でも、デイヴィッドへの気持ちは違う。

どうすればいいのかわからない。

ゆうべはベッドに横たわって目をあけたまま、三つの筋書きのいずれかに進むのだろうと考えをめぐらせていた。ひとつ目は理想的な展開だ。デイヴィッドも自分を愛していて、同じ気持ちだと伝えさえすれば、いつまでもふたりで幸せに暮らしましたという結末が待っているというもの。

スザンナは眉をひそめた。この筋書きではまず相手から愛を告白されるのを待たなくてはいけない。愛してくれているのなら、きっと甘い雰囲気を用意して、礼儀正しく気持ちを告白してくれるはずだ。

悩ましさに目を閉じた。でも現実には、デイヴィッドがどう思っているかはわからないし、正直なところ、ふたつ目の筋書きのほうが可能性は高いのだろう。弟のクライヴをいらだたせるために、気を惹こうとしたのではないかということだ。もしこの推測が合っているとすれば、自分でどうにかする方法があるとは思えない。疫病のごとくデイヴィッドを避けて、傷ついた心がなるべく早く癒えるのを祈るしかない。

三つ目の筋書きが、スザンナからするといちばん現実的であるように思えた。デイヴィッドは自分をとても気に入ってくれているが愛してはいない。気晴らしでスケート・パーティに誘っただけ。これならじゅうぶん筋が通る。貴族の紳士たちはしじゅうこのような行動を取っている。

スザンナはベッドに仰向けに倒れて、やり場のない想いを大きな唸り声で吐きだした。三つの筋書きのどれが事実かは問題ではない——どれについても明確な解決策は見いだせないのだから。

「スザンナお姉様？」

首を起こすと、ドアがわずかに開いた隙間から妹が顔を覗かせていた。

「ドアがあいてたわ」レティシアが言う。

「そんなはずはないわ」

「ええ、ほんとうはあいてなかった」レティシアは答えて、部屋のなかに入った。「でも、ふしぎな声が聞こえたから、お姉様の無事を確かめたほうがいいと思ったのよ」

「それも違うわね」スザンナは天井に目を戻して言った。「ふしぎな声が聞こえたから、わたしが何をしているのか知りたかったんでしょう」

「ええ、また当たりだわ」レティシアはすなおに認めた。少し待って、姉が何も答えないので、付け加えた。「それで何をしてたの？」

スザンナは天井を眺めつつ、ふっと笑った。「ふしぎな声を出してたの」

「お姉様ったら！」

「わかったわよ」この妹からはまず秘密を隠しきれないのはわかっているので続けた。「傷ついた心を慰めてたの。もしこのことを誰かに洩らしたら——」

「わたしの髪を切るのよね？」

「脚を切るわ」

レティシアは笑ってドアを閉めた。「口は閉じておくわ」請けあって、ベッドへ歩いてきて腰をおろす。「伯爵のこと？」

スザンナはうなずいた。

「ああ、よかった」

好奇心に駆られ、起きあがった。「どうしてよかったの？」

「あの伯爵のことは好きなのよ」

「あなたはあの方をよく知らないでしょう」

レティシアは肩をすくめた。「お人柄のわかりやすい方だもの」

スザンナは妹の言葉を反芻した。そうだろうか。なにしろ一年近くも、デイヴィッドのことを高慢で冷たい無感情な男性だと思っていた。もちろん、そのほとんどがクライヴから聞いていた話をもとに形成された印象なのだけれど。

でもやはりレティシアの言うとおりなのかもしれない。なぜなら、クライヴと離れてデイヴィッドと話をするようになってから……恋に落ちるまでにさほど時間はかからなかった。

「どうすればいいのかしら？」スザンナは独りごちた。

妹はまるで助けにならない言葉を返した。「わからないわ」

スザンナは首を振った。「わたしもよ」

「あの方は、お姉様の気持ちをご存じなの？」

「いいえ、少なくともわたしは知られていないと思ってる」

「あの方のお気持ちは知ってるの？」

「さあ」

レティシアはじれったそうな声を出した。「あの方に好かれていると思う？」

スザンナは唇を引き伸ばし、自信なげに表情をゆがめた。「そうだと思うんだけど」

「だったら、自分の気持ちを伝えるべきよ」

「レティシア、まったくの独りよがりで恥ずかしい思いをするかもしれないのよ」

「もしくは、このうえない幸せが待っているわ」

「そうでなければ、恥をかくのよ」スザンナは念を押した。

レティシアが身を乗りだした。「とっても意地悪な言い方に聞こえるかもしれないけど、お姉様、じつのところ、もし恥ずかしい思いをしたとしてもそんなに大変なことなのかしら？　はっきり言って、昨年の夏よりひどい屈辱を味わわされるなんてことが考えられる？」

「今回のほうがきっとつらいわ」スザンナはか細い声で答えた。

「だけど、誰にも知られなくてすむのよ」

「デイヴィッドは知ってるわ」

「あの方だけでしょう、お姉様」

「気になるのはあの方だけだもの」

「まあ」レティシアがわずかな驚きと相当に興奮の混じった声を洩らした。「そんなふうに感じているのなら、絶対に本人に伝えるべきよ」姉が唸るような声しか発しないとわかると、続けた。「いったいどんな恐ろしいことが起こるというの？」

スザンナは気の重そうな目を向けた。「想像もしたくないわね」

「気持ちを伝えなきゃだめよ」

「恥ずかしい思いをしなければならないわたしの身にもなってよ」

「幸せになるためだわ」レティシアが諭すように言う。「あの方もお姉様を愛してくださるに決まってるわよ。たぶんもう愛しているんだわ」

「レティシア、そんな根拠もない推測を信じられるはずがないでしょう」

レティシアはまともに聞いてはいなかった。「今夜、行かないと」突拍子もなく言った。

「今夜？」スザンナは訊き返した。「どこに？　どこからも招待状は届いてなかったわよね。お母様はわたしたちが家で過ごす心積もりでいるはずよ」

「だからよ。今週お姉様がこっそり抜けだして、あの方を訪ねられるのは今夜しかない」

「訪ねる？」あやうく金切り声をあげかけた。

「気持ちを伝えるにはふたりきりになる必要がある。でも、ロンドンで催される舞踏会でふたりきりになる機会はつくれないもの」

「訪ねるなんて無理よ。評判が傷ついてしまう」

レティシアは肩をすくめた。「誰にも見られなければいいのよ」

スザンナは冷静に考えをめぐらせた。デイヴィッドは誰にも言わないだろうという確信があった。たとえこの気持ちを受けとめてはもらえなかったとしても、彼は淑女の評判を危険にさらすようなことをする男性ではない。きっと黙って毛布で身をくるみ、紋章の付いていない馬車に乗せてひっそりと家へ送り返してくれるだろう。

ということは、プライド以外に傷つくものは何もない。

いいえ、もちろん、心は傷つくわけだけれど。

「お姉様？」レティシアがささやくように言った。「行くわよね？」

スザンナは顎を上げ、まっすぐ妹の目を見据えて、うなずいた。

いずれにしても、心はすでに傷ついている。

7

『この寒さと雪と氷と凍える風と……つまり率直に言って、不愉快な悪天候のさなかに、読者のみなさま、あのバレンタインデーが迫っていることに気づいておられるだろうか？

いま向かうべきは、バレンタインカードが売られている文具店、さらには菓子店と花屋であろう。

貴族の殿方には日頃の罪と悪行を贖う、うってつけの機会だ。せめても、お試しあれ』

一八一四年二月四日付〈レディ・ホイッスルダウンの社交界新聞〉より

デイヴィッドの書斎はふだん塵ひとつなく、本はすべて書棚の所定の場所に収まり、新聞や書類はきちんと重ねられ、あるいはすでに書類挟みや抽斗にしまわれていて、床には絨毯と家具調度以外に何ひとつなかった。

ところが今夜は部屋じゅうに紙が散らばっていた。くしゃくしゃに丸めた紙が。正確に言うなら、くしゃくしゃに丸めたバレンタインデーのカードが。

洒落たことの似合う男ではない。少なくとも自分ではそう思っているが、バレンタインデーのカードはたいがい〈H・ドッブズ&カンパニー〉で買うものだということくらいは知っているので、その日の朝、街の向こう側のセント・ポール大聖堂近くのニューブリッジ・ストリートまではるばる馬車を飛ばし、その店で最上等のカードボックスを買ってきた。が、洒落た甘い文句やロマンチックな詩を綴ろうという試みはすべてあえなく失敗に終わり、正午にはまたひそやかに〈H・ドッブズ&カンパニー〉に舞い戻り、今度は朝に買った六枚入りではなく十二枚入りのカードボックスを手に入れた。

情けない思いで帰宅したものの、さらにその晩、無蓋の二頭立て二輪馬車を無鉄砲としか言いようがないほど（じつは無茶苦茶にという言葉も浮かんだが）疾走させて、閉店五分前ぎりぎりにふたたび同じ店に駆け込むはめとなった。店主はちらりとも笑みを見せずにさらに大きな（十八枚入り）バレンタインデー用のカードボックスを手渡したのだから、百戦錬磨の商売人に違いない。そのうえ、贈る相手別に文章の書き方を解説した『バレンタイン例文集』という薄い本の購入も勧めた。デイヴィッドは、オックスフォード大学の文学の科目では最優等の成績を修めた自分がバレンタインデーのカードごときを書くのに指南書を使わなければならないことに屈辱を感じつつ、何も言わず、無表情でその本を受けとったのだが、恥ずかしさは隠しきれなかった。

みっともなくも、顔が赤らんでいるのを感じた。顔を赤らめたのは、いったいいつ以来だろう？　これ以上は悪い日になりようがない。

そしていま午後十時となり、書斎には様々に書き損じて丸められた三十五枚のカードが散らばるなか、デイヴィッドは残り一枚となったカードを机に置いて坐っていた。

　残り一枚のバレンタインデーのカード。この苦行に挑戦できるのはあと一回だけだ。〈H・ドッブズ〉は土曜日に開いていないかもしれないし、日曜日が休みなのはわかっているので、残りの一枚で仕上げられなければ、月曜日までこのやっかいな仕事について悶々と悩まされることになる。

　デイヴィッドは頭をのけぞらせて唸り声を発した。たかがバレンタインデーのカードだ。聖バレンタインの祝日に贈る言葉。それほどむずかしいものであるはずがない。大げさな意思表示と呼べるほどのものでもないだろう。

　とはいえ、生涯の愛を捧げたい女性にいったいなんと書けばいいのだろう？　薄っぺらな『バレンタイン例文集』には、そのような場合の助言は記されていない。少なくとも、前日に子供じみた態度で弟と口喧嘩をして、相手の女性を怒らせたかもしれないと危惧している男に役立つことは何ひとつ見あたらない。

　まっさらなカードを見おろした。そのまま見つめた。じっと見入った。目が潤んできた。慌てて瞬きをする。

「旦那様？」

デイヴィッドは顔を上げた。執事に仕事を邪魔されてこれほど嬉しく思ったことはない。

「旦那様、ご婦人がおみえです」

デイヴィッドは疲れたため息を吐きだした。訪問者に心当たりはないが、アン・ミニヴァーかもしれない。情婦とのつきあいを断つことはまだ伝えていないので、本人はいまも情婦のつもりでいるはずだ。

「通してくれ」執事に言った。ホルボーン地区まで出向く手間を省かせてくれたのだから、アンに感謝すべきなのだろう。

ふっと自嘲ぎみに鼻で笑った。きょうは文具店への往復で六回も近くを通ったのだから、そのあいだに一度ホルボーンのアンの家に寄るのはたやすいことだったはずなのだが。

人生とは、かくも滑稽でささいな皮肉に満ちているものなのだろうか？

坐ったままアンを出迎えるのは不作法なので、立ちあがった。アンは婚外子として生まれ、たしかにまっとうとは言えない人生を送ってきたかもしれないが、彼女なりの信念を持った淑女であり、そのような境遇を考えればなおさら礼儀を失することのできない相手だった。

デイヴィッドは待つあいだ窓辺へ歩いていき、厚いカーテンを脇に引いて夜の暗闇を眺めた。

「旦那様」執事が言い、続いて「デイヴィッド？」と呼びかけられた。

くるりと振り返った。アンの声ではなかった。

「スザンナ！」信じられずに声をあげ、無造作に顎をしゃくって執事をさがらせた。「ここで何をしてるんだ？」

スザンナはぎこちない笑みを返して、書斎を見渡した。

デイヴィッドは胸のうちで唸った。くしゃくしゃに丸めたバレンタインデーのカードがそこらじゅうに転がっている。スザンナがさりげなく見過ごしてくれるのを祈った。「スザンナ？」不安になって、もう一度呼びかけた。彼女が自分のもとへ、未婚の男の家へ訪ねてくるとは想像もしていなかった。それも深夜に。

「あの――お邪魔してしまってごめんなさい」スザンナは言い、肩越しに執事が閉めていったドアを振り返った。

「まったく問題ない」デイヴィッドはそばに寄りたい気持ちを抑えて答えた。何かよくないことがあったに違いない。それ以外にスザンナがここへ来る理由は考えられない。としても、抱きしめずにいられる自信はないので近寄ることはとてもできなかった。

「誰にも見られてないわ」スザンナは力を込めて言い、下唇を噛んだ。「わたし――ちゃんと確かめたから――」

「スザンナ、何かあったのか？」しっかりと見据えて言うと、少なくとも三歩は離れていようという決意は砕けた。すばやくそばに寄り、返事がないので、手を取った。「どうしたんだ？　どうしてここへ？」

スザンナは聞こえていないように見えた。デイヴィッドの肩越しを見つめ、何度か口をあけ閉めして、ようやく言葉を発した。「わたしと結婚させるための罠ではないから、安心して」

彼女の手を握っていた手の力が抜けた。そんなことは心配していない。心配なのは、自分自身の凄まじい欲望のほうだ。

「わたしはただ――」スザンナは気詰まりそうに唾を飲み込み、やっと目を合わせた。その威力に、デイヴィッドは膝がくずおれそうだった。深みのある艶やかな瞳が、涙ではなく、何かべつのものできらめいている。こみあげる感情だろうか。それに唇は――ああ、どうしてその唇をいま舐めるんだ？　この状況でキスを我慢できる男がいたら、聖人と崇められるだろう。

「お話ししたいことがあったの」スザンナはほとんどささやくように声を落とした。

「今夜？」

スザンナはうなずいた。「今夜」

デイヴィッドは待ったが、スザンナは言葉を続けず目をそらし、気持ちを奮い立たせるかのようにふたたび唾を飲み込んだ。

「スザンナ」ささやいて、頬に触れた。「なんでも話してくれ」

きちんとこちらを見ないまま、話しだした。「あなたのことを考えていたの……それでわたし……わたしは……」目を上げる。「やっぱり、とても言いにくいわ」

デイヴィッドは穏やかに微笑みかけた。「約束する……何を聞いても、ふたりだけの秘密にする」

スザンナは小さく笑ったが、その声には悲壮感が滲んでいた。「ああ、デイヴィッド。何か秘密を明かそうとしているわけではないのよ。ただ……」目を閉じて、ゆっくりと首を振る。「あなたのことを考えていただけじゃないの」目をあけたが、視線を合わせるのを避けて自分の脇のほうを見ている。「あなたのことを考えるのをやめられなくなってしまったの。

それでわたし――わたしは――」

デイヴィッドは胸がどきりとした。いったい何を言おうとしてるんだ？

「考えずにはいられなかった」ひと息で言葉をほとばしらせて続けた。「知りたいのよ……」唾を飲み込み、今度はつらそうにさえ見える表情で目を閉じた。「あなたは、わたしのことを想ってくれているのかしら？　ほんの少しでも」

束の間、デイヴィッドはどう答えてよいものかわからなかった。それからすぐに、何も言わず、考えもせずに、両手でスザンナの顔を包んで、口づけた。

この数日抑え込んでいた全身を駆けめぐる感情を、そのキスにすべて注いだ。息苦しくなっていったん身を引かずにはいられなくなるまでキスを続けた。

「想っている」そう答えて、ふたたび口づけた。

スザンナはその情熱の激しさに圧倒され、彼の腕のなかに身をゆだねた。彼の唇が口から耳へ、欲望の熱い道筋をつけて肌をたどる。「想っている」デイヴィッドはささやいて、スザンナの外套のボタンをはずし、床に落とした。「想っている」

デイヴィッドの手が背中をおりて、お尻を包み込んだ。スザンナは親密すぎる触れあいに息を呑んだ。布地を通して硬く熱い身体が感じられ、鼓動の響きと荒い息遣いから情熱が伝わってくる。

それから、スザンナは夢にみていた言葉を耳にした。デイヴィッドは少しだけ身を離し、自分の目を深く見つめさせるようにして、言った。「きみを愛してる、スザンナ。きみの強さと、美しさを。やさしさも、いたずらな機転の利くところも愛してる。きみの勇敢さも――」声が途切れ、その目に涙が浮かんでいるのに気づいて、スザンナは呆然とした。「きみを愛してるんだ」デイヴィッドが低い声で言う。「このひと言に尽きる」

「ああ、デイヴィッド」スザンナはこみあげる感情をこらえた。「わたしもあなたを愛してるわ。あなたに出会うまで、愛するというのが、どういうことなのかわかっていなかったのよ」

スザンナはやさしく慈しむように顔に触れられ、どれほど愛しているのかをもっと伝えなければと口を開こうとして、奇妙なものを目にした。

「デイヴィッド、どうして部屋じゅうに紙が散らばっているの？」

デイヴィッドはさっと離れ、せかせかと歩きまわって紙を拾い集めはじめた。「なんでもない」つぶやいて、ごみ箱を引っつかみ、そのなかに紙を押し込んでいく。

「なんでもなくはないでしょう」スザンナは、その姿を見て微笑んだ。大柄でいつも堂々としている伯爵がせかせか動きまわる姿はこれまで想像できなかった。

「ただちょっと……つまり……いや……」デイヴィッドは腰を曲げて、またひとつ丸まった紙を拾い上げた。「なんでもない」

スザンナは机の下にひっそりと取り残されていた紙を見つけ、身をかがめて拾った。

「よこしてくれ」デイヴィッドがすかさず言い、取りあげようと手を伸ばした。

「だめ」身をよじってその手から逃れ、にっこり笑った。「興味があるの」

「面白いものじゃない」デイヴィッドはぼそりと言い、もう一度紙を取り戻そうとした。が、スザンナはすでにその紙を広げていた。〝言いたいことはたくさんある〟と書いてある。〝きみの目はまるで……〟

そこで終わっていた。

「これは何？」

「バレンタインデーのカードだ」デイヴィッドがくぐもった声で答えた。

「わたしに？」期待が声に表れないように気をつけて訊いた。

デイヴィッドがうなずいた。

「どうして最後まで書いてないの？」

「どうして一枚も書けないのかって？」デイヴィッドは開き直った口ぶりで訊き返して、まだ部屋に散らばっている十数枚の書き損じたカードを身ぶりで示した。「どういうふうに書けばいいのかわからなかったからだ。たとえ、書きたいことはわかっていたとしても、それをどう表現すればいいのかわからない」

「何を伝えたかったの？」静かな声で訊いた。

デイヴィッドは前に踏みだして、スザンナの両手を取った。「結婚してくれないか？」

スザンナは言葉を失った。感情のあふれた目に魅入られ、涙がこみあげた。少しおいてようやく、声を詰まらせて答えた。「ええ。ああ、デイヴィッド、もちろんよ」

デイヴィッドがつかんでいた片手を自分の口もとに引き寄せる。「家へ送ろう」低い声で言ったものの、本心からそうしようと思っているようには聞こえなかった。

スザンナは去りたくないので答えなかった。せめて、もう少しだけでも、この瞬間をまだ噛みしめていたい。

「それが正しい行動だ」そう言いつつ、デイヴィッドはもう片方の手をそっと腰にまわして、抱き寄せた。

「帰りたくない」小声で言った。

デイヴィッドの目がぱっと輝いた。「ここに残れば」穏やかな声で言う。「清らかなままではいられない。私は――」言葉を切って、気持ちを抑えようとするかのように唾を飲み込んだ。「ぼくはそんなに意思が強くないんだ、スザンナ。ただの男だ」

スザンナは彼の手を取って自分の胸に押しつけた。「帰れない。思いきってここに来て、ようやくあなたと会えたんだもの、帰りたくないわ。いまはまだ」

デイヴィッドは無言でドレスの背中のボタンを探り、あっという間にひとつ残らずはずした。ひんやりとした空気を肌に感じてすぐにはっとするほど温かな手に触れられ、スザンナは息を呑んだ。デイヴィッドの手が羽根のように柔らかに背中を撫でている。

「大丈夫か？」耳もとにかすれがかった声でささやいた。

スザンナはなおも気遣おうとしてくれていることに感じ入って目を閉じた。うなずいてから、気持ちが自然に口をついた。「あなたといたいの」声がかすれた。言わなければならなかった――デイヴィッドのためにも、自分のためにも。

ふたりのために。

デイヴィッドが唸り声を洩らしてスザンナを抱き上げ、部屋を横切っていき、ドアを蹴りあけて入ったのは……。

スザンナは首をめぐらせた。そこは寝室だった。そうとしか思えない。カーテンとベッドカバーは濃い赤紫色で揃えられ、豪華でほの暗い、強烈な男っぽさを感じさせる部屋だ。スザンナは巨大なベッドにおろされ、甘美な後ろめたさと、慈しまれ求められている女の悦(よろこ)びを実感した。肩からずりさがっているとはいえドレスをまだ着ているのに、裸体をさらされているような気がする。デイヴィッドがその不安な気持ちを見抜いたように、ドレスを最後まで脱がす前に自分の服を脱ぎはじめた。スザンナの顔を見つめたままあとずさり、袖口のボタンをはずす。

「これほど美しいものは見たことがない」低い声で言う。

それはスザンナも同じだった。蠟燭の明かりのもとで服を脱ぐデイヴィッドを見つめ、男らしい裸体の美しさに目を奪われた。剝きだしになった男性の胸を見るのは初めてだけれど、シャツを床に落としたデイヴィッドの身体と比べられるものがあるとは想像できなかった。

デイヴィッドがすっとベッドに上がり、身を添わせて、むさぼるようなキスをした。やさしく気遣う手つきで引きさげられたドレスは、もう残像でしかなかった。乳房に肌が触れたときにはどきりとしたが、デイヴィッドはとまどいを覚える間合いを与えず身を押しつけてスザンナを仰向けに倒し、かすれた呻き声を洩らしつつ、下穿(したば)きをつけたままの腰を彼女の脚のあいだに据えた。

「こうなるのを夢みていた」ささやいて、顔が見える程度に上体を起こした。その目の表情は熱っぽく、薄暗くて色がはっきり判別できないにもかかわらず、スザンナにはなぜか燃えているように鮮やかな緑色の瞳で自分の身をたどられているのがわかった。

「わたしはあなたのことをずっと夢みてたわ」はにかみがちに言った。

デイヴィッドは唇をゆがめて、野性味のある男っぽい笑みを浮かべた。「どんな夢か話してくれ」静かに訊く。

熱いものが全身をめぐるのを感じて顔を赤らめつつ、小声で答えた。「あなたにキスをされる夢よ」

「こんなふうに？」デイヴィッドはつぶやいて、鼻にキスを落とした。

スザンナは笑って首を振った。

「こっちかな？」互いの唇を軽く擦らせる。

「そんな感じね」と認めた。

「あるいは」デイヴィッドは考えるしぐさで、いたずらっぽく目を輝かせた。「こうかな」唇で首を下へたどり、乳房のふくらみをのぼって、乳首を口に含んだ。

スザンナは小さく驚きの叫びをあげ……それはたちまち吐息まじりの低い悦びの声に変わった。このような行為があることも、このような心地が存在することも知らなかった。デイヴィッドのいたずらな口とみだらな舌で、堕落したふしだらな女にさせられてしまいそうな気がする。

それに、ますます心地よくなっていく。

「これも夢に？」デイヴィッドは言葉を発しながら愛撫はやめなかった。「いいえ」ふるえがちな声で答えた。「こんなこと、夢にも思わなかったわ」

デイヴィッドが頭を起こし、食い入るように顔を見つめた。「もっといろいろなことができるんだ」

脇におりるとすばやく下穿きを脱ぎ捨て、驚くべきみごとな肉体をあらわにした。スザンナは呆気に取られて目を見張り、それを見たデイヴィッドは含み笑いを洩らした。

「期待していたのとは違うと？」そう訊いて、そばに戻ってきた。

「何を期待していたのかわからないわ」スザンナは正直に答えた。

デイヴィッドは髪を撫でてやりながら、真剣な目つきになった。「怖がる必要はないんだ、約束する」

スザンナはいとしさをこらえきれなくなって、その顔を見上げた。とても誠実で信頼できる善良な男性だ。それに、自分を思いやってくれている——自分のものにしたいとか、自分に都合がいいからといった理由ではなく、内面を見ようとしてくれている。社交界に出てから少しは経つので、結婚初夜に起こることについてささやかれている話も多少は耳にしていたし、すべての男性がこのような心配りをしてくれるわけではないのもわかっていた。

「きみを愛してる」デイヴィッドがささやいた。「それはけっして忘れないでくれ」

「忘れないわ」スザンナは誓った。

そこで会話は途絶えた。スザンナは彼の手と唇に、これ以上になく熱く昂らされ、何か危険な未知の場所へ追いたてられていった。キスをされ、触れられて、愛撫されるうち、もどかしさに身が張りつめ、ふるえだした。やがて、もう数秒たりとも耐えられないと思ったとき、デイヴィッドが上へ戻ってきて顔を向きあわせ、下腹部を押しつけて、スザンナの脚を開かせた。

「用意はいいかな」デイヴィッドは懸命に動きをとめているかのように引き攣った表情で言った。

スザンナはうなずいた。ほかにどうしようもなかった。用意ができているのか、そもそもどのように用意すればいいのかもわからない。でも、何かが欲しくてたまらないことだけは確かだ。

デイヴィッドはほんのわずかに腰を押しだしただけだったが、その感触にスザンナは息を詰めた。

「デイヴィッド！」慌てて彼の肩につかまった。

歯を食いしばり、つらそうにも見える表情をしている。

「デイヴィッド？」

ふたたびゆっくりと、慣れさせる時間を取りながら、なかに入ってきた。

スザンナはまた息を詰めたものの、今度はすぐさま尋ねずにはいられなかった。「大丈夫？」

デイヴィッドは苦しげな笑いを洩らした。「大丈夫だとも」スザンナの顔に触れる。「ただちょっと……きみをとても愛しているせいで、こらえるのがむずかしい」

「こらえなくていいわ」やさしく声をかけた。

デイヴィッドは束の間目を閉じてまた開き、もう一度唇にそっとキスをした。「きみにはわからない」かすれ声で言う。

「わからせて」

デイヴィッドが腰を押しだした。

スザンナは小さく「あっ」と声を発した。

「急ぎすぎると、きみを傷つけてしまう。それだけは避けたい」唸り声を洩らしながら少し奥へ入った。「でも、ゆっくりと進めても……」

いまのデイヴィッドはとうてい楽しんでいるようには見えないし、じつのところ、スザンナもそれは同じだった。それで不都合はないし、胸は好奇心で満ちあふれているけれど、つい先ほどまであった切迫感は消えていた。

「痛みを与えてしまうかもしれない」デイヴィッドはじりじりと腰を沈めながら言った。

「でも、ほんの一瞬だけだ、約束する」

スザンナは両手で彼の顔を包み込んで見つめた。「心配してないわ」静かに応じた。

本心だった。驚くべきことに、この男性を信頼しきっていた。身体も頭も、心の底から。

あらゆる意味でこの男性と結びつき、いつまでもともに生きたい。

そう思うと、あまりの嬉しさにはじけ飛んでしまいそうだった。

そのとき突然、デイヴィッドがなかに収まり、ほんのわずかな違和感は覚えたものの痛みはなかった。そこでしばしとまっているあいだにも、デイヴィッドの呼吸は浅く荒く速まってきて、やがてスザンナの名をささやいて、動きだした。

スザンナはすぐには何が起きているのかすらわからなかった。ゆっくりと一定のリズムを刻む動きにうっとりと魅入られていた。しだいに、先ほどまで感じていた昂りと、どうしようもなく満たされたい気持ちがふたたび増してきた。小さな種のような欲望の疼きが、いつしか全身に隙間なくまとわりつくように広がっていた。

そのうちデイヴィッドがリズムを乱し、狂おしく動きだした。スザンナもじっとしていられなくなって突かれるたび腰を上げ、身悶えて、手の届くかぎりあらゆるところに触れた。そしてとうとう、これ以上続けば間違いなく死んでしまうと思ったとき、視界が砕け散った。

その瞬間、デイヴィッドもみずからを繋ぎとめていた最後の糸がぷつりと切れたかのように全身をふるわせて勝ち誇った声をあげ、崩れ落ちると、ただじっと息をつくだけになった。

彼は驚くほど重かったけれど、そこにいると感じられるのがスザンナにはことのほか心地よかった。もうけっして離れたくない。

「愛してる」デイヴィッドが声を取り戻して言った。「きみを心から愛してる」

スザンナは自分からキスをした。「わたしもあなたを愛してるわ」

「結婚してくれるか？」

「もう答えたはずよ」

デイヴィッドが茶目っ気のある笑みを浮かべる。「ああ、だが、あす、結婚してほしい」

「あす？」スザンナは驚いて、身をくねらせて彼の下から逃れた。

「それなら」デイヴィッドが不満げに言う。「来週。二、三日あれば、結婚特別許可証が取れるはずだ」

「本気なの？」すぐにも自分を娶ろうとしたがってくれていることに嬉しい悲鳴をあげたい反面、デイヴィッドの社会的地位を重んじなければならないのも承知していた。マンフォームズビー家は、にわか準備で結婚式を執り行えるような家柄ではない。「何を言われるかわからないわ」

デイヴィッドは少年のように肩をすくめた。「かまいはしない。きみは？」

スザンナは首を振り、満面の笑みを湛えた。

「よかった」デイヴィッドが唸るように言い、スザンナを抱き寄せた。「だが、この取り決めをもっと確実にしておいたほうがいいな」

「もっと確実に？」声が上擦った。必要以上にきつく抱きしめられている気がする。

「そうとも」デイヴィッドはささやき、耳たぶをそっと噛んで、スザンナを心地よさでぞくりとさせた。「きみはもう私のものだと納得しておいてもらわなければ困る」

「あら、わたしは――」乳房を片手で包まれて息を呑んだ。「――ちゃんと納得してるわ。

信じて」

デイヴィッドがいたずらっぽく笑った。「もっと確かな証しがほしい」

「もっと？」

「もっとだ」デイヴィッドは力強く言った。「もっとたくさん」

もっと、もっとたくさん……。

エピローグ

『読者のみなさま、ハッピー・バレンタインデー。ところで、この知らせはもうご存じだろうか？　レンミンスター伯爵がスザンナ・バリスター嬢と結婚していた！

招待状が届かなかったとご不満の声をあげた方々には、慰めに、新婦の家族、それにミスター・スノウ-マン-フォームズビー（ちなみに筆者はこの名を記すのが愉快でならない。なんとも心をなごませてくれる名ではないだろうか）とその夫人ら新郎の家族以外には誰にも招待状が発送されていない事実をお伝えしておこう。

周囲の話では、新婚夫婦はこのうえなく幸せそうであるとのこと。さらに、レディ・シェルボーンがそれは嬉しそうに、今夜の自分主催の舞踏会にこの伯爵夫妻が出席する予定であると誰彼かまわず触れまわっている』

一八一四年二月十四日付〈レディ・ホイッスルダウンの社交界新聞〉より

「着いたようだ」レンミンスター伯爵は新妻に声をかけた。

スザンナはため息をついた。「行かなくてはいけないの？」

伯爵は眉を上げた。「出席したがっていたんじゃないのか」

「あなたが出席したがっているのかと思ってたわ」

「冗談だろう？　家にいて、きみの服を脱がせるほうがずっといい」

スザンナは顔を赤らめた。

「ふうむ。きみも同意見なんだな」

「待っていてくださる方々がいるのではないかしら」と言ったものの、確信はなかった。

デイヴィッドは肩をすくめた。「かまいはしない。きみは？」

「あなたがかまわないのなら」

デイヴィッドは妻にキスをして、やさしくゆっくりと唇を噛んだ。「いまからきみの服を脱がしにかかってもいいだろうか？」

スザンナはとっさに身を引いた。「だめに決まってるでしょう！」夫のしょげたそぶりに、付け加えざるをえなかった。「馬車のなかなのよ！」

夫はなおも浮かない顔をしている。

「それに、外は寒いわ」

デイヴィッドはぷっと笑いだし、馬車の仕切り壁を軽く叩いて、御者に家へ引き返すよう指示した。「おっと。忘れないうちにと。きみにバレンタインデーのカードを書いたんだ」

「そうなの？」スザンナは嬉しそうに笑った。「もうあきらめたのかとばかり思ってたわ」

「それが、用意してあるんだ。きみと正式に結婚できてほんとうによかった。これからはもう甘ったるい言葉や洒落たバレンタインデーのカードを期待されずにすむ。死にたくなるほど苦労して書いたんだ」

　スザンナは興味津々にカードを受けとった。三つ折りにされ、祝祭用の赤い封蠟で閉じられている。デイヴィッドがふだん書簡を厳かな紺碧色の封蠟で閉じているのを知っていたので、わざわざ赤を選んでくれた気遣いが心に沁みた。

　慎重な手つきで紙を開き、膝の上で皺を伸ばした。

　そこには一文だけが記されていた。

「ほんとうに伝えたかったのはこれだけだった」夫が言った。

「ああ、デイヴィッド」スザンナは目に涙を溜めて、ささやいた。「わたしも、あなたを愛してる」

訳者あとがき

大人気ヒストリカル・ロマンス・シリーズ〈ブリジャートン家〉で重要な役割を担っている社交界新聞のゴシップ記者、レディ・ホイッスルダウンが、一八一四年の冬にロンドンで繰り広げられていた〝ブリジャートン家〟以外の恋物語を読者にお届けするという趣向で、四人の人気作家による短篇集第一作の本書が誕生しました。

〈ブリジャートン家〉シリーズとは異なり、本書の舞台となるのは気候のよい社交シーズンではなく、本来なら多くの貴族たちは田舎の本邸に引きこもっていたはずの寒風吹きすさぶ真冬。とはいえ、十九世紀のロンドンでもすでにバレンタインデーは愛を象徴する日との認識が根づいていたようで、その日を迎えるまでに、四組の男女が迷い、悩みつつ、それぞれに愛の形を見いだす姿が、レディ・ホイッスルダウンを敬愛する四人の作家の遊び心あふれる筆致で描かれています。まずは、各作品のあらましをご紹介しておくと――

一番手は日本でもすっかりおなじみのロマンス小説作家スーザン・イーノックの短篇で『たったひとつの真実の愛』。伯爵令嬢のアンには誕生の際に親同士が決めた婚約者がいるのですが、対面はおろか手紙のやりとりさえしたことのない間柄。アンはそんな状況に不満をこぼしながらも、婚約ずみの令嬢という安全な立場を都合よく利用し、華やかなロンドンで友人たちとの社交生活を満喫していました。ところがある日、社交界新聞のコラムに取りあげられてしまったのをきっかけに、婚約者ハルファースト侯爵が突然訪れます。心の準備をしていなかったアンは動揺し、つい冷たい態度を取ってしまうのですが、この侯爵がロンドンから遠ざかっていたのにはどうやら何か事情があるらしく……。ふたりがどのような〝和解〟に至るのか、好奇心をそそられて読み進めずにはいられない一作です。

二篇目は、独特な作風で人気のカレン・ホーキンスによる『ふたつの心』。ヒロインは、個性的な衣装センスと奇抜な行動で社交界でもきわだつ存在のライザ。裕福であるとはいえ早くに両親を亡くしており、ついに三十路を超え、自分もやはりともに生きる男性を探すべきなのではと思い悩むように。そこで、教母に紹介された田舎の地主の男性と交際を始めるのですが、これまでライザを見守ってきたと自負する親友メグと、その兄でハンサムな放蕩者のロイスがいつにもましてその縁談にお節介をやきはじめ……。幼なじみのような関係のライザとロイスのやりとりが、コミカルで笑いを誘いつつ、読むうちに自然と胸が熱く温められていくような秀作です。

次は、カレン・ホーキンスの親友、ミア・ライアンの『十二（ダース）回のキス』。三年前、侯爵の父を亡くし、その爵位を継いだ親類の男性に母とともに屋敷を追いだされてしまったリニー。ようやく伯爵位を持つ男性との婚約が決まりかけているものの、そのお相手にはどうしても好意を抱けず、将来を考えるたび泣かずにはいられない日々を送っていました。そんなある日、リニーと母を追いだした張本人であるダーリントン侯爵が突然ロンドンに現われます。しかも自分のしたことなど憶えてもいないかのように訪問し、嫌がらせではとリニーが思うほどに失礼な態度を取り……。じつは深い事情をかかえるダーリントン侯爵と親友の紳士の男同士の温かくもほろ苦い友情もまた、絶妙なスパイスとなっている作品です。

最後を飾るのは、ジュリア・クインの『二十六通のバレンタインカード』。前年の社交シーズンには人気者の美男子クライヴとの交際で一躍注目の的となったスザンナでしたが、クライヴが突如ほかの令嬢と結婚したため、以来たちまち壁の花と化していました。運悪く、この年はテムズ川が凍結したせいで例年にはない冬の社交シーズンが到来。スザンナは両親に連れられてしぶしぶ舞踏会に出席しますが、なぜかそこで、つらい記憶を呼び起こされずにはいられないクライヴの兄、レンミンスター伯爵、すなわちデイヴィッドからダンスを申し込まれるはめに……。スザンナとデイヴィッドの恋の行方はもちろん、著者が得意とする、ほろりとさせられる互いのきょうだい関係の描写もいつもながら読みどころのひとつです。二〇〇四年のＲＩＴＡ賞（全米ロマンス作家協会賞）短篇ヒストリカル部門のファイナリスト作品。

四作品を通して〈ブリジャートン家〉シリーズで人気のゴシップ記者、レディ・ホイッスルダウンが社交界新聞によって狂言回し的役割を務める構成なので、ほかの三作家がジュリア・クインのお株を奪うブリジャートン調の軽妙な語り口を引き継ぎつつ、各自の作風もうまく生かされている点が本書の持ち味でしょう。なかでも、今回のアンソロジーの提唱者であるカレン・ホーキンスの『ふたつの心』は、短篇に収めるのはもったいないほどに人物造形、心の機微が丁寧に描き込まれ、読み応えじゅうぶんの力作です。まとめ役を果たしたジュリア・クインは、四作の細かな点を統一させる楽しい苦労を前書きでも明かしていますが、それぞれの物語の登場人物たちが、ドルリー・レーン王立劇場、凍結したテムズ川でのスケート・パーティ、街屋敷での華やかなバレンタインデー舞踏会といった場面に居合わせて交錯しているという洒落た仕掛けによって、アンソロジーならではの新たな面白みが加わっています。

四作品の主人公たちがロンドンで大きな話題を呼んでいるシェイクスピア劇をドルリー・レーン劇場へ観にいく設定は史実に絡めたものです。名優エドマンド・キーンが一八一四一月二十六日にこの劇場で『ヴェニスの商人』の初演を迎え、新たな解釈で演じたシャイロック役が観客を熱狂させたことは広く知られています。また実際に、一八一三年から一四年の冬のロンドンは記録的な寒さに見舞われ、テムズ川が凍結したとのこと。当時、テムズ川が凍った年にはフロスト・フェア（氷上市）が開かれていたそうですから、そんな十九世紀のロンドンの冬の風景に想像を掻き立ててくれる作品でもあります。

本書の邦訳の初版はちょうど十三年前となり、〈ブリジャートン家〉シリーズを愛読してくださるみなさまのおかげで、こうして装いも新たにまたあらためてお届けする機会に恵まれました。当時の訳者あとがきでは、その一年前に公開されたアメリカの映画『バレンタインデー』を例に、日本とは異なるバレンタインデーの多種多様な過ごし方をお伝えしていました。あれからだいぶ時が経ち、現在は日本でも、女性が男性にチョコレートを贈るばかりだったかつての慣習にとらわれない様々な過ごし方が選ばれるようになったのは喜ばしいかぎりです。二〇二四年のバレンタインデーも、より多くの人々が幸せの味を噛みしめられる、愛のあふれる日となりますよう祈りつつ。

二〇二三年十一月　村山美雪

スーザン・イーノック　Suzanne Enoch

スーザン・イーノックは本を生涯の友とし、読み方を覚えたときからみずからも書きつづけている。南カリフォルニアで生まれ育ち、ディズニーランドから数マイルの地で、スター・ウォーズのアクション・フィギュアのコレクションと、著作のヒロインたちから名を取った犬たち、ケイティとエマと暮らしている。ＵＳＡトゥデー紙のベストセラーリスト常連作家であり、現在は次作のヒストリカル・ロマンスの野性的な魅力あふれるヒーローを考案中。

読者のみなさんの声をぜひお聞かせください。お手紙の宛先は、P.O.Box 17463, Anaheim, CA92817-7463

電子メールのアドレスは、suzie @ suzanneenoch.com ウェブサイト、www.suzanneenoch.com へのご訪問もお待ちしています。

カレン・ホーキンス　Karen Hawkins

カレン・ホーキンスは二歳で赤いクレヨンを持ち、魅力的な白壁に向きあったときに、書く喜びを知った。以来、クレヨン以外のものでも書く能力を養ってきたが、じつを言うと、仕事とは関係なく、地元のショッピングモールで小切手に数字を書き入れるのもまた、いつまでもやめられそうにないお気に入りの筆記作業となっている。女性にとって靴は何足あっても飽き足らない。マギー賞の栄誉に輝くと同時に、米ロマンス作家協会（ＲＷＡ）の年間人気作品賞も受賞。靴を買う時間以外は執筆に専念している。カレンへのお手紙の宛先は、P.O.Box 5292, Kingsport, TN 37663-5292 ウェブサイト、www.karenhawkins.com へのご訪問もお待ちしています。

ミア・ライアン　Mia Ryan

ミア・ライアンは正気を保つために書いている。周囲の人々の話によれば、書いていないとすぐに浴室の壁塗り、毛布のかぎ針編み、庭づくりについて、のべつ幕なしに喋りはじめるのだという。そうしたことのすべてに実際に取り組むのだが、成果は芳(かんば)しくない。さいわい現在は新作の執筆に熱中している。

ジュリア・クイン　Julia Quinn

ジュリア・クインは人気シリーズの第一作、The Duke and I（邦訳『恋のたくらみは公爵と』）で、レディ・ホイッスルダウンを創造したときには、この登場人物が語り手となる新たな物語が生まれることになるとは夢にも思っていなかった。世界各地の読者がこの女性の正体に興味を掻き立てられ、韓国の出版社は、ファンたちがジュリア・クインの本について語りあうためのインターネットの掲示板を立ち上げるまでに至った。Avon Booksから多数の作品を出版。ハーバード大学ラドクリフ・カレッジ卒業、太平洋岸北西部に家族と在住。ウェブサイト www.juliaquinn.com もどうぞご覧ください。

本書は、2011 年 1 月 15 日に発行された〈ラズベリーブックス〉「レディ・ホイッスルダウンの贈り物」の新装版です。

ブリジャートン家 短編集 1
レディ・ホイッスルダウンの贈り物

２０２４年1月１８日　初版第一刷発行

著……………………………………………… ジュリア・クイン
訳……………………………………………………… 村山美雪
ブックデザイン……………………………………… 小関加奈子
本文ＤＴＰ…………………………………………………… ＩＤＲ

発行人……………………………………………………… 後藤明信
発行……………………………………………… 株式会社竹書房
〒 102-0075　東京都千代田区三番町８－１
三番町東急ビル６Ｆ
email：info@takeshobo.co.jp
http://www.takeshobo.co.jp
印刷・製本……………………………… 中央精版印刷株式会社